国家社科基金
GUOJIA SHEKE JIJIN HUIQI ZIZHU XIANGMU
后期资助项目

中国历代词选之乐舞论

The Theory of Music and Dance in Ancient Chinese Ci

李永明　刘丽兰　李天　著

文化艺术出版社
Culture and Art Publishing House

图书在版编目（CIP）数据

中国历代词选之乐舞论 / 李永明，刘丽兰，李天著.
— 北京： 文化艺术出版社，2018.9
ISBN 978-7-5039-6561-6

Ⅰ.①中… Ⅱ.①李… ②刘… ③李… Ⅲ.①词（文学）
–作品集–中国–唐代–清代 Ⅳ.①I222.82

中国版本图书馆CIP数据核字（2018）第198445号

中国历代词选之乐舞论

著　　者　李永明　刘丽兰　李　天
责任编辑　魏　硕
书籍设计　姚雪媛
出版发行　文化艺术出版社
地　　址　北京市东城区东四八条52号　（100700）
网　　址　www.caaph.com
电子邮箱　s@caaph.com
电　　话　（010）84057666（总编室）　84057667（办公室）
　　　　　（010）84057696—84057699（发行部）
传　　真　（010）84057660（总编室）　84057670（办公室）
　　　　　（010）84057690（发行部）
经　　销　新华书店
印　　刷　国英印务有限公司
版　　次　2019年9月第1版
印　　次　2019年9月第1次印刷
印　　张　34.25
字　　数　400千字
开　　本　787毫米 × 1092毫米　1/16
书　　号　ISBN 978-7-5039-6561-6
定　　价　68.00元

国家社科基金后期资助项目
出版说明

后期资助项目是国家社科基金设立的一类重要项目，旨在鼓励广大社科研究者潜心治学，支持基础研究多出优秀成果。它是经过严格评审，从接近完成的科研成果中遴选立项的。为扩大后期资助项目的影响，更好地推动学术发展，促进成果转化，全国哲学社会科学规划办公室按照“统一设计、统一标识、统一版式、形成系列”的总体要求，组织出版国家社科基金后期资助项目成果。

全国哲学社会科学规划办公室

前 言

中国历代文学作品，内容丰富，形式多样，体裁众多，从辞赋到诗词再到戏曲、散文、小说等，博大精深，如浩瀚宇宙之星辰，繁星璀璨，光彩夺目。中国历代词中的内容，如苍茫大海之浪花，流光溢彩。在中国数千年的历史文化长河中，历代文豪思想睿智，眼界开阔，才华横溢，使万物映入眼帘，将天、地、人融于作品，撰文不拘形式，其文不仅记载并传承了中华文化，更使中华文化滋养后世，使民族文化生生不息，立于世界民族文化之林。

本书研究的重点为历代词中与乐舞相关的内容，对历代词中的古乐器、乐曲、舞蹈等内容的名称、形态、曲名、曲调、动作、动态、动律、特点、风格及其产生、流变和现状等进行研究。本书从中国历代词中（唐代至清代）精选 125 个作者的 190 篇作品，按历史发展顺序共分为 6 章，即唐代词、五代词、宋代词、元代词、明代词、清代词。包括作者介绍、原文、作品赏析、乐舞阐释 4 个方面的内容，使读者能够较为全面、系统地理解与掌握中国历代词中与乐舞相关的内容。

纵阅中国历代词，其中有许多以乐舞为题材的作品，专门描写乐舞内容，例如，宋代张先《减字木兰花》："垂螺近额，走上红裀初趁拍。只恐轻飞，拟倩游丝惹住伊。　　文鸳绣履，去似杨花尘不起。舞彻《伊州》，头上宫花颤未休。"该词从外形和神韵两方面，刻画出一个妙龄少女妖娆曼妙的身姿，描绘出少女轻盈飘逸的舞姿，营造出和着《伊州》曲翩翩起舞的意境。仿佛为读者展现了一部精彩绝伦的舞蹈作品，产生动人的审美效果。清代傅燮诇《一斛珠》："红牙敲彻。樱桃乍绽莺调舌。一声款绕雕梁侧。惊起芳尘，簌簌如飘雪。　　骊珠一串无争别。洞箫相和怜呜咽。春禽啼晓猿啼月。变徵清商，引惹人愁绝。"该词不仅描绘出歌声之状，更将歌者声中之哀和作者心中之痛跃然纸上。清代方桑者《行香子》(王乾生琴)："清韵悠然。弹破荒天。听平沙、雁落三川。高山流水，曲曲神传。有风中怨，雨中愁，月中怜。　　鱼动清涟。凤舞窗前。行云飘渺歇几筵。余音未散，花落苍烟。是秦时轸，汉时桐，晋时弦。"从词中能感受到王乾生琴声之绝妙。又如，唐代白居易《杨柳枝》："六么水调家家唱，白雪梅花处处吹。古歌旧曲君休听，听取新翻杨柳枝。"唐代张祜《春莺啭》："内人已唱春莺啭，花下傞傞软舞来。"唐代姚月华《怨诗寄杨达》："羞将离恨向东风，理尽秦筝不成曲。"以上词作真可谓"乐舞词"之佳作；词中还有许多和乐舞相关的典故或名人逸事流传后世，例如，明代邵亨贞《贺新郎》："顾曲周郎今已矣，满江南谁是知音客。"词中"顾曲周郎"，取意于《三国志·吴书·周瑜传》："瑜少精意于音乐，虽三爵之后，其有阙误，瑜必知之，知之必顾，故时有人谣曰：'曲有误，周郎顾。'"记载了周瑜精通音律，听到演奏的乐曲音律有误，必回头观望之。后世因此而用"曲有误，周郎顾"作为精于音乐者或善辨音律者的典故，也将欣赏音乐或听戏称为"顾曲"。又如，"满江南，谁是知音客"，此句取意于《吕氏春秋·本味篇》对钟子期和俞伯牙故事的记载，这一记载，被后世传为知音难觅的美谈。还有许多词语在发展过程中逐渐成为乐曲名、乐器名、舞蹈名、舞人名等，例如，"云和"原为山名，以生产琴瑟著称，后世以"云和"为琴瑟之类乐器的统称。又如，唐代白居易《琵琶引》："曲罢曾教善才服，妆成每被秋娘妒。"词句中"秋娘"成为唐代歌姬女伶的通称。宋代周密《扫花游》："掩清尊谩忆，舞蛮歌素。"句中的"蛮、素"，引自白居易的歌舞女小蛮和樊素，后用"蛮素"泛指能歌善舞的女子。历代词中还有许多对乐器的美称，如玉笛、冰弦、瑶笙、凤笙、凤笛、龙管等。对舞女的美称，如秦娥等。历史上许多词人的作品涉及很多跟乐舞有关的内容和知识，更有甚者，一首作品中几乎字字言乐，句句用典，例如，明代桑悦《苏武慢》(寓京师)："子晋吹笙，湘灵鼓瑟，弄玉歌喉一转。"清代魏学渠《鹧鸪天》(赠歌妓倩倩)："十五良家籍主讴。娇移筝雁半含羞。西园北里何曾见，尽说卢家有莫愁。　歌扇底，舞伊州。果然端正又风流。身轻愿向雕梁语，莫锁春深燕子楼。"以上词作在历代词选中屡见不鲜，以乐舞内容及形式抒发作者情怀。尤其是有的作者在多首词作中均有对乐舞的描写，例如，本书所选取的唐代张说词6首，宋代蒋捷词5首，明代金堡词6首，清代魏学渠词6首等。可以看出，中国历史上许多文人有很高的艺术修养和乐舞知识，集琴、棋、书、画、歌、舞、乐等艺术于一身，也说明了乐舞艺术在历史上广为流传。

在中国几千年的文化长河中，乐舞寓于文化之中，得到了长足发展，并且形成了乐舞自身的序列、体系以及乐舞文化和乐舞知识领域。这些乐舞文学作品，在以文学的形式对乐舞进行描述的同时，还记录了若干古乐曲、乐器、舞蹈的名称以及大量记载、叙述、描写、渲染乐舞的词句。对这些内容进行专项研究，旨在学习中国古典文化精髓的同时，进一步认识乐舞艺术在中国古典文化发展过程中的传承和历史地位，进一步发掘乐舞艺术在中国文化中的价值和现实意义。

由于古代缺乏记录乐舞技艺、动作等方面的科学技术，许多乐舞艺术和技能的表现方式已经失传。但是，古代文人通过诗词等形式，对一些乐舞的内容和形式进行了描述，使其得到了部分保存，例如，《抛球乐》词原为唐代人抛球催酒时所唱之歌，后用作词牌名和曲牌名。因为历代词选中有一些乐舞内容和本书所选词中的内容重复，在此不再一一阐述。另外，有一些词中的乐舞内容，仅以单字的形式出现，如“角”“钟”“歌”“舞”“笛”等，因为其意一目了然，且本书篇幅有限，也未收录。考虑到所研究的乐舞内容及意义的全面性和完整性，本书中有个别地方对乐舞内容的分析超出了原作的本意。

中国古代文化博大精深，历代词中的乐舞内容不胜枚举，对历代词中的乐舞内容进行挖掘、梳理和研究，有益于中国大文化中子文化的进一步发展，有益于进一步探究中国古典文化和文学中所蕴含的艺术形式和艺术之美，有益于将中国古典文学中深邃美妙的乐舞之美、乐舞之韵光显于世。词虽短，言虽寡，但每篇词中典故之多、文化和乐舞内容信息量之大，让人目不暇接。情随词动，意从韵游，让我们与文人思想交会，与词人产生共鸣，使先贤的文化精髓传承永久。

目　录

第一章　唐代词

第三章　宋代词

第四章　元代词

第五章　明代词

第六章　清代词

第一章　唐代词

一、谢 偃（599—643）

本姓直勒氏。隋末唐初卫州卫县（今河南省鹤壁市浚县）人。其祖父直勒孝政仕北齐，因为在南北朝时期，北朝地域基本为少数民族政权，多有汉民族改为少数民族姓氏。谢偃在隋代为散从正员郎。唐贞观十一年（637），引为弘文馆直学士，迁魏王府功曹。因当时谢偃善作赋，李百药工诗，人称“李诗谢赋”。《旧唐书》《新唐书》均有传。

踏歌词[①]（节选）

春景娇春台，新露泣新梅。春叶参差吐，新花重叠开。花影飞莺去，歌声度鸟来[②]。倩看飘飖雪，何如舞袖回[③]？

作品赏析

作者以清新生动的笔触，描写了春天景色以及人们踏歌的欢乐景象，通过春日登上台阁眺览优美的景色和对新春以及竞相开放的新梅的赞许，描绘出歌声召唤生灵如画般的春景。最后以飘摇之雪喻美人，以踏歌舞袖更胜似飘摇之雪来表现嫔妃们在春日里以歌舞娱乐消遣时光的掖廷生活，抒发了作者对无限美好的春光的感慨。

乐舞阐释

① 踏歌词：原为唐教坊曲名，后用作词牌。“踏歌”原为中国古代一种民间歌舞形式。踏歌词作为词牌后，宋代时为三片，八十一字。全词同韵，仄韵，韵字可上声，可去声，古韵多入声。本词为单片，共四十字。

踏歌：中国古代民间的一种歌舞形式，又称跳歌、打歌，是汉代民间独具特色的舞蹈形式之一。表演者成群结队，手拉着手，肩并着肩，以脚踏地为节拍，载歌载舞，自娱自乐。

踏歌的主要特点：载歌载舞。特点之一：“歌”时，音与词合，并且音乐旋律的每一段落不断反复，“词”的每一段落则要有变化。例如，唐代刘禹锡《踏歌词》：“新词宛转递相传，振袖倾鬟风露前。月落乌啼云雨散，游童陌上拾花钿。”其中“新词宛转递相传”就描述了新词在婉转的乐曲声中传递的美妙，展现了“‘歌’时，音与词合”的特点。又如，唐代刘禹锡《纥那曲》：“踏曲兴无穷，调同辞不同。愿郎千万寿，长作主人翁。”其中“调同辞不同”就体现了音乐旋律的每一段落不断反复，“词”的每一段落则要有变化的特点。特点之二：舞者手拉手，联臂而舞。在中国出土的文物和岩画、壁画上，发现了许多绘有“踏歌”舞蹈队形及造型的图案。特点之三：“踏”。即舞蹈时，足部踏地而舞，或和着歌声的节奏以足踏地而舞，例如，《资治通鉴》注：“踏歌者，连手而歌，踏地以为节。”特点之四：舞袖。即女子跳舞时所舞动的“长袖”，例如，本词中“倩看飘飖雪，何如舞袖回”，以“飘飖”雪比喻“舞袖”之美。

踏歌这种民间舞蹈由来已久，早在中国原始舞蹈遗存中就可窥见一斑，例如，1973年秋天，在青海省大通县上孙家寨一座墓葬里，出土了一件有舞蹈纹饰的彩陶盆，距今有五千余年。彩陶盆内壁上有三组人，每组五个人站成一排，人们相互手拉手、足踏地而舞。可以说这就是踏歌这种舞蹈形式的雏形（见图 1–1）。据《后汉书·东夷列传》记载："昼夜酒会，群聚歌舞，舞辄数十人相随，踏地为节。"踏歌的舞蹈形式不仅在古代民间广为流传，每年在宫廷中也有盛大的表演场面，例如，唐代无名氏《辇下岁时记·出宫女歌舞》："先天初，上御安福门观灯，太常作歌乐，出宫女歌舞，令朝士能文者为踏歌，声调入云。"另外，唐代张鷟《朝野佥载》载："睿宗先天二年正月十五、十六夜，于京师安福门外作灯轮，高十二丈，衣以锦绮，饰以金玉，燃五万盏灯，簇之如花树。宫女千数，衣罗绮，曳锦绣，耀珠翠，施香粉。一花冠、一巾帔皆万钱，装束一妓女皆至三百贯。妙简长安、万年少女妇千余人，衣服、花钗、媚子亦称是，于灯轮下踏歌三日夜，欢乐之极，未始有之。"描述了唐睿宗时期，公元 713 年的农历正月十五，朝廷选曼妙宫女和貌美民女各千名，盛装艳服，踏歌三天三夜，规模场景空前。宋代每逢元宵节、中秋节，都要举行盛大的踏歌活动，例如，宋代《宣和画谱》："中秋夜，妇女相持踏歌，婆娑月影中。"

图 1–1　大通县上孙家寨舞蹈纹彩陶盆，青海大通县上孙家寨出土，藏于青海省博物馆

踏歌这种舞蹈形式从汉、唐代至宋代，一直十分盛行，在历代诗词中多有提及，并且有许多描述踏歌的名句，例如，唐代李白《赠汪伦》："李白乘舟将欲行，忽闻岸上踏歌声。桃花潭水深千尺，不及汪伦送我情。"宋代朱敦儒《临江仙》："纱帽篮舆青织盖，儿孙从我嬉游。绿池红径雨初收。秾桃偏会笑，细柳几曾愁。　随分盘筵供笑语，花间社酒新篘。踏歌起舞醉方休。陶潜能啸傲，贺老最风流。"清代陆求可《摘得新》："闰孟春。喜见月重轮。青藜双照我，读书人。一年两度正月半，踏歌频。"以上诗词，说明"踏歌"这种舞蹈

形式，在古代十分流行，处处可见。

② 歌声度鸟来：优美的歌声引来鸟儿聆听。一方面形象地比喻了歌声之婉转动听，另一方面展现了唐代春日处处莺歌燕舞的景象。

歌声：此处指歌舞女子动听的歌声。

③ 何如舞袖回：舞动的长袖，犹如飘摇之雪花，悠然地回归大地。

舞袖（见图 1–2）：女子舞蹈时所穿服饰的长袖。多指舞衣，有时也借指舞蹈或舞蹈之人。长袖舞是汉唐时期最为流行的一种舞蹈形式，其最主要的特征是“以袖为容，以袖为舞具”。风格柔曼、婉转。《韩非子·五蠹》载：“长袖善舞，多钱善贾。”例如，古代的《盘鼓舞》就多以长袖进行表演。东汉文学家傅毅在《舞赋》中对舞袖有美妙的描写：“罗衣从风，长袖交横。骆驿飞散，飒擖合并。”唐代钱起《江陵晦日陪诸官泛舟》：“城南无夜月，长袖莫留宾。”随着朝代的更替，长袖舞的表演形式也不断地丰富和变化着，有独舞、双人舞、群舞等表演形式，从一定程度上反映了中国古代人民的审美倾向和思想内涵。特别是元代戏曲的出现和戏曲舞蹈中对长袖的运用，使舞袖动作的技法、韵律及其丰富性等方面都有新的发展。两百多年前京剧的出现，对长袖舞的传承与发展起到了决定性的作用，例如，京剧表演艺术家梅兰芳先生在《贵妃醉酒》中表演的长袖舞可谓如行云流水，精彩绝伦。丰富多彩的地方戏曲中的“水袖”身段也对长袖舞的发展起到了很大的推动作用。现今，中国古典舞身韵课程中也运用了长袖进行教学，因为“袖”舞动的形态似水波荡漾，所以取“行云流

图 1–2　唐代李寿墓舞伎石刻摹本

水”之意，称为“水袖”，是对中国古代长袖舞和巾舞的继承和发展。水袖有长短之分，短水袖有勾、挑、撑、冲、拨、扬、掸、甩、打、抖等动作；长水袖有提、扬、卷、飘、抓、搭、摇、涮等技巧。运用“水袖”时，舞者通过肩、臂、肘、腕、指等的协调配合和不同幅度、力度、速度的运动，使长袖缭绕空际，变化出丰富的形态。对于“水袖”的学习，旨在通过身体的律动带动长袖展现各种舞姿，并通过舞袖动作锻炼舞者身体的韵律，增强舞蹈的意蕴和美感。作为延长肢体运动的水袖，能够充分增强舞蹈的艺术表现力，强化舞蹈情感表达。中国历代诗词中，描写“舞袖”的作品还有很多，例如，南朝梁顾野王《舞影赋》：“图长袖于素壁，写纤腰于华堂。”唐代韩愈《送李愿归盘谷序》：“飘轻裾，翳长袖，粉白黛绿者，列屋而闲居，妒宠而负恃，争妍而取怜。”清代吴景旭《虞美人》：“阑干作势弓腰腑。幻出回风舞。待裁长袖吸花丝。莫是夜行虚绣被人嗤。　雅州曾爱知音曲。应拍旋相逐。错传四面起歌声。到此羞将狼藉拾残英。”此舞蹈形式流传至今，演变为戏曲舞蹈与古典舞中的“袖舞”。

二、乔知之（？—697）

同州冯翊（今陕西省大荔县）人。早年一度隐居。武则天时累除右补阙，迁左司郎中。因其宠婢碧玉被武承嗣占有，知之怨惜，所以作《绿珠篇》以寄情，后武承嗣大怒，将乔知之入狱诛害。乔知之以文词知名。《新唐书·艺文志》录其集二十卷，已佚。今存诗18首。《旧唐书》有传。

绿珠篇（节选）

石家金谷重新声[①]，明珠十斛买娉婷。此日可怜君自许，此时可喜得人情[②]。

作品赏析

本词为作者写给碧玉之作，表达了对碧玉的深切思念以及对武承嗣凭借权势强占碧玉的怨愤之情。关于这段故事，唐代张鷟在《朝野佥载》中记载："周补阙乔知之有婢碧玉，姝艳能歌舞，有文华，知之时幸，为之不婚。伪魏王武承嗣暂借教姬人妆梳，纳之，更不放还知之。知之作《绿珠篇》以寄之……碧玉读诗，饮泪不食，三日，投井而死。承嗣撩出尸，于裙带上得诗，大怒，乃讽罗织人告之。遂斩知之于南市，破家籍没。"

乐舞阐释

① 石家金谷重新声：西晋时豪贵石崇家金谷园里美妙的歌声。

新声：对新创作的新颖而美妙的乐曲的一种称谓。例如，历史上有“延年新声”之说。李延年是汉武帝时的宫廷乐官，是当时造诣很高的音乐家。他不但善歌习舞，而且长于音乐创作，技法新颖高超。有记载说，其“每为新声变曲，闻者莫不感动”。后世诗词中对“新声”的描述比比皆是，例如，宋代王安石《次韵景仁雪霁》：“新声生屋霤，残点著垣衣。”清代董元恺《念奴娇》：“又是子夜新声，前溪妙舞，四座清商发。”

② 此时可喜得人情：此时歌舞之情景、气氛和人的感情一致，犹如懂得人的情感，使人动情而有所感悟。胡兰成《今生今世》：“此时语笑得人意，此时歌舞动人情。”

三、张 说（667—731）

字道济，一字说之。河南省洛阳市人，原籍范阳（今河北省涿州）。唐代政治家、文学家。自幼善文，早年参加科举考试，策论为天下第一；有武略，改革政治和军事制度，立有武功。历任太子校书、右补阙、右史、内供奉、凤阁舍人等。由于不肯构陷魏元忠而被流放至钦州，之后几度被贬，又几度升迁，前后三次为相，执掌文坛三十年，为开元前期一代文宗，是推动“开元盛世”的一位重臣，封燕国公。与许国公苏颋齐名，人称“燕许大手笔”。其作品风格刚劲大气、平实素朴。有《张燕公集》。参与编修《三教珠英》。《旧唐书》《新唐书》均有传。

舞马词①（节选）

其一

彩旄八佾成行②，时龙五色因方③。屈膝衔杯赴节④，倾心献寿无疆⑤。

其二

二圣先天合德⑥，群灵率土可封⑦。击石骖驔紫燕⑧，纵金顾步苍龙⑨。

其三

圣君出震应箓⑩，神马浮河献图⑪。足蹋天庭鼓舞⑫，心将帝乐踟蹰⑬。

作品赏析

作者张说的这组《舞马词》共六首，此处选取第三、第五和第六首。这组词是为唐玄宗做寿时，作者陪同玄宗观赏舞马表演后有感而作，主要描写舞马表演宏伟、壮观的场面。

其一，本词主要描写“舞马”表演时的场面。通过描写“八佾”的乐舞表演和五色骏马的方阵与姿容，以及马儿和着音乐节拍翩翩起舞，并向玄宗敬酒祝寿的情景，表现了为唐玄宗祝寿时宏大壮观的乐舞场景。

其二，本词主要描写在金石乐器的伴奏下，各色“舞马”慷慨激昂、翩翩起舞的壮观景象，以此来烘托和赞美君王治世的功绩与美德。

其三，本词主要描写“舞马”形随“帝乐”而舞，心随“帝乐”而动。借“马”的所思所动，用“神马”浮出河面献图，来歌颂当朝国君的圣明。

乐舞阐释

① 舞马词：词牌名，此调有多种格体，均为单调，平仄不拘，首句可不用韵。以上三篇词均为六言绝句，单调词，每篇二十四字，平韵，首句用韵。另有一种七言绝句，如《清平调》《小秦王》等，字数

相同，调不同。

舞马（见图 1–3）：即“舞马”表演，是唐代的一种宫廷娱乐活动形式，唐玄宗时期最为盛行。唐代舞马表演多用于盛大典礼，如庆祝千秋节（农历八月五日唐玄宗生日）。梨园弟子为唐玄宗训练了很多“舞马”，并用金银珠玉进行装饰，披挂纹绣彩衣。表演时，由乐工奏乐，“舞马”踏乐而舞，盛况非凡。对于当时这种“舞马”的盛况，有明确的记载和描述。据《新唐书·礼乐志》记载：“玄宗又尝以马百匹，盛饰分左右，施三重榻，舞《倾杯》数十曲，壮士举榻，马不动。乐工少年姿秀者十数人，衣黄衫、文玉带，立左右。每千秋节，舞于勤政楼下，后赐宴设酺，亦会勤政楼。其日未明，金吾引驾骑，北衙四军陈仗，列旗帜，被金甲、短后绣袍。太常卿引雅乐，每部数十人，间以胡夷之技。内闲厩使引戏马，五坊使引象、犀，入场拜舞。宫人数百锦绣衣，出帷中，击雷鼓，奏《小破阵乐》，岁以为常。”《新唐书·礼乐志》载：“明皇尝命教舞马四百蹄，各为左右分部目，衣以文绣，络以金珠，每千秋节舞于勤政楼下。赐宴设酺，其曲数十叠，马闻声奋首鼓尾，纵横应节。又施三层板床，乘马而上，抃转如飞。或命壮士举榻，马舞其上，岁以为常。”另外，从出土文物和壁画上也能看到当时“舞马”的情景，例如，1970 年，在西安市南郊何家庄发现唐代金银器窖藏坑，出土了舞马衔杯仿皮囊银壶。

图 1–3　舞马图

② 彩旄八佾成行：六十四个乐舞者手持用彩色牦牛尾装饰的旗竿，八行八列整齐排列。

彩旄：古代在旗杆上用作装饰的彩色牦牛尾旗子。周代形成的《六小舞》，包括：《帗舞》为舞者手中执五彩绸而舞（一说手执全羽而舞）；《羽舞》为舞者执白色羽毛而舞；《皇舞》为舞者执五彩羽毛而舞；《干舞》为舞者执干（盾牌）而舞；《人舞》不执持舞具，"以手袖为威仪"；《旄舞》为舞者执牦牛尾而舞。从《旄舞》中可见，"旄"即旄牛尾，彩旄是染过色的旄牛尾。

八佾：又名八溢、八羽。佾是古代乐舞舞队的行列，数量有严格的规定，在中国古代只有帝王才可以享用八佾之乐舞。《汉书·礼乐志》颜师古注："溢与佾同。佾，列也。"八佾，即八行八列的舞队。舞蹈时横排八人，竖排八人，共六十四人。《论语·八佾》记载："孔子谓季氏：'八佾舞于庭，是可忍也，孰不可忍也？'"《论语集注》："佾，舞列也，天子八、诸侯六、大夫四、士二。"可见古代对享用乐舞的规格有严格的等级要求。用乐规格超越了自己的身份地位，被视为"僭越"的行为。《汉书·礼乐志》："千童罗舞成八溢。"

③ 时龙五色因方：舞马穿着青、赤、黄、白、黑的五色衣套，列成方队进行表演。

④ 屈膝衔杯赴节：马儿膝盖弯曲，嘴里衔着酒杯，和着音乐的节拍进行表演。将"舞马"的舞姿动态地描述出来，也将马儿嘴里衔着酒杯而舞的状态记载于词中，不仅展现了当年"舞马"的艺术价值，同时也具有很高的史料价值。

赴节：应和着节拍。节拍是乐曲中表示固定单位时值和强弱规律的组织形式。马儿应和着音乐的节拍进行表演，可以得知当时皇家为"舞马"表演所下的功夫。

⑤ 倾心献寿无疆：衷心地祝福唐玄宗万寿无疆。

⑥ 二圣先天合德：已经归天的周文王、周武王共同创立的礼乐功德。

⑦ 群灵率土可封：训练出如此有灵性的群马，真可以给它们封官赐爵。

⑧ 击石骖驔紫燕：在石磬乐器的伴奏下，黑色的黄鬃紫燕骏马腾跳起舞。词中的“击石”，使我们了解到，石磬是唐代“舞马”表演中的伴奏乐器之一。词中还记载了中国古代一种良马“紫燕”和马的颜色等，使后人得知当时“舞马”表演的具体状态。

击石（见图 1–4）：打击石磬。石，即磬，是古代石制的打击乐器。《国语·楚语上》韦昭注：“金，钟也；石，磬也。”《尚书·益稷》载：“戛击鸣球……击石拊石，百兽率舞。”唐代孔颖达《礼记注疏》：“石声磬者，石磬也。”唐代韩愈《代张籍与李浙东书》：“阁下凭几而听之，未必不如听吹竹弹丝、敲金击石也。”中国古代将乐器分为八类，即金、石、丝、竹、匏、木、革、土。石，为“八音”之一，石类乐器主要是磬。磬主要是以坚硬的大理石或玉石制成。石质越坚硬，声音就越铿锵。石片或玉石长短、厚薄不同，可以发出不同的音。演奏时，将石磬悬挂架子上，以物击之而鸣。磬可分为特磬、编磬等，其中单个使用的是特磬，编磬是由大小、厚薄不同的石块编悬而成，最早用于汉民族的乐舞活动，后来用于历代帝王等上层统治者的殿堂宴享、宗庙祭祀、朝聘礼仪活动中的乐队演奏，成为象征身份地位的“礼器”。20 世纪 70 年

图 1–4　安阳武关村虎纹石磬，河南省安阳市殷墟出土，藏于中国历史博物馆

代，在山西夏县东下冯遗址出土的大石磬，长60厘米，距今约四千年，属于夏代的遗存，是迄今为止发现的最早的石磬。商代磬已广泛流传，多为宫廷乐队使用。唐宋以后新乐兴起，磬仅在祭祀仪式的雅乐乐队中使用。

驔：黑色马，脊椎毛为黄色。

紫燕：神话传说中穆天子的神马，是古代一种良马的名称，也泛指骏马，赞美马行之快犹如燕飞之状。甘肃武威擂台汉墓出土的文物《马踏飞燕》造像为铜制，形态为一马一燕结合在一起，马一足踏于飞燕身上，其他三足腾空，奔腾如飞，马头回转，好似在看飞燕有没有追上自己，此时飞燕也在奋力向前飞行。文物《马踏飞燕》，又称《铜奔马》，造型精致，动态十足，惟妙惟肖。目前《马踏飞燕》已被确定为中国旅游标志。另外，从文中的驔、紫燕、苍龙（青色的骏马），能够看出古代“舞马”颜色的丰富多彩，可以想见当时舞马表演的现场真是五彩纷呈。

⑨ 扨金顾步苍龙：在金属乐器的撞击声中，青色的苍龙骏马一边回视，一边舞步而行。

金：指金属乐器，是中国古代“八音”之一，大多由铜或锡混合制成。古代的金属乐器种类繁多，其中最主要的是钟类乐器。其声音洪亮，音质清脆，音色柔和。

⑩ 圣君出震应箓：威严的圣明君主唐玄宗坐于帝座之上。

⑪ 神马浮河献图：观赏着“舞马”表演浮河献图的节目。

⑫ 足蹋天庭鼓舞：马儿在帝王的宫廷中随乐而舞。

鼓舞：此处指和着音乐而舞。《墨子·非儒下》：“弦歌鼓舞以聚徒。”汉代应劭《风俗通义序》：“故言语歌讴异声，鼓舞动作殊形，或直或邪，或善或淫也。”元代刘秉忠《木兰花慢》：“鼓舞五华鸑鷟，讴歌一角麒麟。”

⑬ 心将帝乐踟蹰：心随着宫廷中的乐舞徘徊。

帝乐：宫廷中的乐舞。

苏摩遮[1]（节选）

其一

摩遮本出海西胡[2]，琉璃宝服紫髯胡。闻道皇恩遍宇宙，来将歌舞助欢娱[3]。

其二

绣装帕额宝花冠，夷歌骑舞借人看[4]。自能激水成阴气，不虑今年寒不寒。

作品赏析

这两首词为作者侍从唐玄宗观看西域传入的“泼寒胡戏”后所作。泼寒胡戏又称“苏摩遮”或“苏莫遮”，是西域的一种乐舞。

其一，本词通过对“苏摩遮”这种少数民族乐舞形式及异族盛装美饰的男子来大唐献舞的描写，赞誉了唐王朝国力强盛、欣欣向荣的景象，同时也生动地再现了当时西域的“胡舞”在中原演出的盛况。

其二，本词通过对异族歌舞者华丽的装饰，以及唱着异族之歌骑马而舞的景象的描写，烘托出表演时的热烈气氛，以歌颂大唐盛世。

乐舞阐释

① 苏摩遮：唐玄宗时的教坊曲名，后用作词牌，又作《苏莫遮》《苏幕遮》(摩、莫、幕均为同音异字)，又名《鬓云松令》《云雾敛》。本词原为七言绝句，为单片词，共二十八字。后又有双调，六十二字，全词同韵，上下片各四仄韵，韵字可上声，可去声，宋代人即沿用此体。宋代王明清《挥麈录》："妇人戴油帽，谓之苏幕遮。"因周邦彦词有"鬓云松"句，所以又名《鬓云松令》。《清真集》入"般涉调"。

② 摩遮本出海西胡：苏摩遮这种乐舞表演形式，本出自西域胡人之地。

摩遮（见图 1–5)：即《苏摩遮》，又名《乞寒舞》《泼胡乞寒》，是中国古代西域少数民族歌舞，本为胡乐，为泼寒胡戏，源于民间的泼水游戏，是一种以驱除不祥、祈祷人寿年丰为目的，集歌舞、游戏于一身的群众性艺术形式。盛行于西域康国（今乌兹别克斯坦撒马尔罕一带）、龟兹（今新疆库车县）、高昌（今新疆吐鲁番）。北周宣帝时《苏摩遮》已传入中原，并进入宫廷，在唐代风行一时。《旧唐书·康国传》载："至十一月，鼓舞乞寒，以水相泼，盛为戏乐。"

图 1–5　新疆库车苏巴什佛寺舍利盒上的苏摩遮表演图，新疆库车县城以北的苏巴什佛寺出土，藏于日本东京国立博物馆

《资治通鉴》载："己丑，上（唐中宗）御洛城南楼，观泼寒胡戏。清源尉吕元泰上疏，以为'谋时寒若，何必裸身挥水，鼓舞衢路以索之！'"范文澜、蔡美彪等《中国通史》载："泼寒胡戏……经龟兹传入长安（骠国也有此舞，传入时期不详）。舞者骏马胡服，鼓舞跳跃，以水相泼。"

《苏幕遮》原本是指从古高昌国传来的"浑脱"舞曲。"浑脱"是"囊袋"之意。表演时舞者用油囊装水，互相泼洒，唐人称为"泼寒胡戏"。表演者为了不使冷水浇到头上，戴上一种涂了油的帽子，高昌语叫"苏幕遮"，因而乐曲和依曲填出的词被称为《苏幕遮》。《新唐书·张韦韩宋辛二李裴传》载："比见坊邑相率为浑脱队，骏马胡服，名曰'苏莫遮'。"唐代慧琳《一切经音义》卷四十一《苏莫遮冒》载："'苏莫遮'，西戎胡语也，正云'飒磨遮'。此戏本出西龟兹国，至今犹有此曲。此国浑脱、大面、拨头之类也。或作兽面，或像鬼神，假作种种面具形状，以泥水沾洒行人，或持羂索搭钩捉人为戏。每年七月初，公行此戏，七日乃停。土俗相传云，常以此法，禳厌驱趁罗刹恶鬼食啖人民之灾也。"

③ 来将歌舞助欢娱：用歌舞表演庆贺盛世，增强欢庆的气氛。

④ 夷歌骑舞借人看：让人们观看表演者唱着异族之歌骑马而舞的盛况。

夷歌：西南夷是中国古代西南地区少数民族的总称，汉代时分布在今云南省、贵州省、甘肃省南部、四川省西南部一带。西南夷中彝族占大多数，"彝"通"夷"，源自史书记载的"西南夷"。所以这里所说的"夷歌"应是夷人的歌曲，也泛指外族的歌曲。

骑舞：骑马而舞，是唐代"舞马"的一种表演形式。

赠崔二安平公乐世词

十五红妆侍绮楼，朝承握槊夜藏钩。君臣一意金门宠，兄弟双飞玉殿游。宁知宿昔恩华乐，变作潇湘离别愁。地湿莓苔生舞袖①，江声怨叹入箜篌②。自怜京兆双眉妩，会待南来五马留。

作品赏析

作者张说和本作品中的崔二是好友。崔二，即崔日知，字子骏。本词借对哀女怨妇的形象描写，表达了作者对好友的无限同情和希望。

乐舞阐释

① 地湿莓苔生舞袖：以地上生起青苔来描写门庭冷落，以舞蹈来排遣寂寞。

舞袖：多指舞衣，有时也借指舞蹈或舞蹈之人，此处指女子跳舞时舞动的“长袖”。

② 江声怨叹入箜篌：箜篌之音犹如怨叹般的江水之声。

箜篌：中国古代的拨弦乐器，至今已有两千多年的历史。在古代主要用于宫廷雅乐，在民间也广泛流传。箜篌音域宽广，音色柔美清澈，表现力强。箜篌有卧式和竖式两种形态，分为卧箜篌（见图1–6–1）、竖箜篌（见图1–6–2）、凤首箜篌（见图1–6–3）三种形制。

卧箜篌，其形如瑟而小，柱如琵琶。七弦十余柱，也有的是四、五、六、九弦。有大小之分。以竹为身，以木拨弹。关于卧箜篌的产生，说法不一，《史记》记载为太帝时期由五十弦琴演变而成。另

图 1-6-1　嘉峪关魏晋墓弹卧箜篌砖画，甘肃嘉峪关市东北戈壁滩出土

图 1-6-2　敦煌榆林 16 窟弹竖箜篌壁画，甘肃省安西县城南出土

图 1-6-3　敦煌 327 窟弹凤首箜篌壁画，甘肃敦煌县城东南出土

据唐代杜佑《通典》载：箜篌是“汉武帝使乐人侯调所作，以祠太一。或云侯晖所作。其声坎坎应节，谓之坎侯……旧说一依琴制。今按其形，似瑟而小，七弦，用拨弹之，如琵琶也”。最初主要用于雅乐，汉代用于清商乐，隋代用于燕乐。盛唐时期，箜篌演奏艺术达到很高水平，并逐渐流行于民间和少数民族地区。这个时期箜篌传入日本，至今在日本奈良东大寺的寺院中还保存着两架唐代箜篌残品。卧箜篌晋时传入朝鲜，并传承至今，即六弦十六柱玄琴。箜篌盛行于汉、唐时期，宋代仍有不同形制的箜篌存在，明代以后逐渐失传。

竖箜篌，又名胡箜篌、立箜篌、竖头箜篌，俗称擘箜篌，为竖琴的前身。其体曲而长，有大小之分。大的竖抱于怀，两手弹拨；小的左手执器，右手弹拨。东汉时为二十二弦（一作二十三弦），后有十四、二十、二十四、二十五弦。源于美索不达米亚，东汉后期（一说为东晋初年）经西域传至我国中原地区。《通典》载：

“竖箜篌，胡乐也。汉灵帝好之。体曲而长，二十二弦，竖抱于怀中，用两手齐奏。”《隋书·音乐志》载：“今曲项琵琶，竖头箜篌之徒，并出自西域，非华夏旧器。”东汉时竖箜篌用于宫廷；隋、唐时竖箜篌广泛流传，演奏技法高深，用于演奏龟兹、疏勒、西凉、高丽诸乐；宋时竖箜篌用于教坊，此后只限于宫廷使用，所以在中国逐渐失传。竖箜篌约于六朝末传入朝鲜，后传入日本。

凤首箜篌，属于竖箜篌，因饰以凤首而得名。曲颈，颈有轸。原为印度弓形竖琴，唐代（一说东晋初）自印度传入我国中原地区，用于演奏天竺、高昌、骠国等乐。《新唐书·南蛮下》云：“雍羌亦遣弟悉利移城主舒难陀献其国乐，至成都，韦皋复谱次其声。……有凤首箜篌二：其一长二尺，腹广七寸，凤首及项长二尺五寸，面饰虺皮，弦一十有四，项有轸，凤首外向；其一顶有条，轸有鼍首。”凤首箜篌约于明代在中国失传，但至今仍在缅甸流传，称为“桑柯”。

《史记·封禅书》记载了二十五弦箜篌：“于是塞南越，祷祠太一、后土，始用乐舞，益召歌儿，作二十五弦及空侯琴瑟自此起。”1979年，沈阳乐器厂依据资料研制出新箜篌，形似竖琴，装有两排各四十四根同样的弦。可见，箜篌在历史发展中无论是形制、大小，还是弦的数量，都在不断变化。

在中国，描绘有箜篌的石窟、壁画屡见不鲜，历史上描写箜篌的诗词也很多，例如，唐代李贺《李凭箜篌引》：“吴丝蜀桐张高秋，空山凝云颓不流。江娥啼竹素女愁，李凭中国弹箜篌。昆山玉碎凤皇叫，芙蓉泣露香兰笑。十二门前融冷光，二十三丝动紫皇。”清代丁澎《临江仙》：“争看顾曲风流。十三车子引箜篌。漫将公莫舞，翻入调歌头。”

四、李　白（701—762）

字太白，号青莲居士。祖籍陇西成纪（今甘肃省天水市秦安县）。西凉武昭王李暠九世孙。唐代浪漫主义诗人，被后人誉为“诗仙”。李白少年时期兴趣广泛，涉猎颇丰，喜好剑术，有侠义之风。其为人豪爽大方，喜饮酒作诗，善交友。喜游自然山水，也有入世之志。开元十八年（730）入长安求仕不成，天宝元年（742）再入长安为文学侍从，供奉翰林，后受排挤出京。安史之乱时，为永王幕僚，因永王兵败，受牵连被流放夜郎（今贵州桐梓），乾元二年（759）遇赦。代宗宝应元年（762），投靠族叔，流落江南，不久卒于当涂（今属安徽马鞍山）。其诗热情豪放、雄浑壮阔，又具有强烈的浪漫主义色彩。李白与杜甫并称为“李杜”。有《李太白文集》传世，为北宋宋敏求辑成。

清平乐[①]

禁庭春昼，莺羽披新绣。百草巧求花下斗，祇赌珠玑满斗。　　日晚却理残妆，御前闲舞霓裳[②]。谁道腰肢窈窕[③]，折旋笑得君王。

作品赏析

本词以优美的语句，通过对后宫歌舞女白日踏青游戏和晚上梳妆歌舞的描写，表现了她们空虚、悠闲的日常生活状态和精彩的歌舞表演，也表现出她们寂寥、屈辱的生活状况，是对唐代后宫歌舞女生活的真实写照，同时也是对封建时代的统治阶级的鞭挞。

乐舞阐释

① 清平乐：原为唐教坊曲名，用汉乐府的“清乐”“平乐”这两个乐调命名，后用作词牌，又名《清平乐令》《醉东风》《忆梦月》。此词牌在宋代比较流行，例如，欧阳修《清平乐·小庭春老》，黄庭坚《清平乐·春归何处》等。《宋史·乐志》入“大石调”，《金奁集》《乐章集》并入“越调”。相传由唐代李白开始作此词，后通常以李煜词为准。本词为双片，共四十六字，上片同韵，仄韵，韵字可上声，可去声；下片同韵，平韵，韵字可阴平、可阳平。另外，也有全词押仄韵者。

② 御前闲舞霓裳：闲暇时在宫廷御座之前跳《霓裳羽衣舞》。

霓裳：此处指《霓裳羽衣舞》，又名《霓裳羽衣曲》，简称《霓裳》，唐代著名宫廷乐舞，是唐代大曲中的法曲精品，唐歌舞的集大成之作。相传由唐玄宗作曲，贵妃杨玉环跳舞表演。宋代郭茂倩《乐府诗集》：“尝与玄宗至月宫……仙女数百，皆素练霓衣，舞于广庭。问其曲，曰《霓裳羽衣》。帝晓音律，因默记其音调而还。……明日，召乐工，依其音调作《霓裳羽衣曲》。”唐代裴铏《传奇·薛昭》：“妃（杨贵妃）甚爱惜，常令独舞《霓裳》于绣岭宫。”《霓裳羽衣曲》的内容描写了唐玄宗在月宫见到仙女的神话。唐代白居易《霓裳羽衣舞歌》：“不著人家俗衣服。虹裳霞帔步摇冠，钿璎累累佩珊珊。……飘然转旋回雪轻，嫣然纵送游龙惊。小垂手后柳无力，斜曳裾时云欲生。”诗中呈现了美妙动听的音律和委婉飘逸的姿态，也表现了飘飘欲仙的意境，并对该曲做了详尽的描述。此曲成于公元718年至720年间，关于它的来历，有三种说法：一是唐玄宗登三乡驿，望见女儿山，归而作之；二是此曲根据印度《婆罗门曲》改编；三是唐玄宗依据见到女儿山后的幻想写成前部分（散序），又根据西凉节度使杨敬述敬献的《婆罗门曲》的音调改编而成后部分“歌和破”。据白居易《霓裳羽衣舞歌》自注，全曲共分三大部分：散序，有六段，都是自由节奏的散板，以磬、箫、筝、笛等乐器演奏，音乐节奏舒缓，没有舞蹈；中序，有十八段，慢板演奏，以舞蹈为主；入破，有十二段，快板演奏，音乐节奏急促，舞蹈动作迅疾。

《霓裳羽衣曲》在唐代开元、天宝年间盛行一时，安史之乱后失传，随着唐王朝的衰落和亡国而销声匿迹。在南唐时期，后主李煜得到《霓裳羽衣曲》残谱，并与昭惠后、乐师曹生按谱寻声，补缀成曲，将其大部分补齐，并一度整理排演，但已非原味。金陵城破时，李煜下令将曲谱烧毁。《碧鸡漫志》卷三载，五代时南唐后主李煜作《昭惠后诔》云：“霓裳羽衣曲，绵兹丧乱，世罕闻者。获其旧谱，残缺颇甚。暇日与后详定，去彼淫繁，定其缺坠。”以上记载表明，当时李煜他们得到并整理过《霓裳羽衣曲》残谱。宋代宫廷表演的《拂霓裳队》，舞蹈部分继承了唐代《霓裳羽衣舞》的乐舞元素。南宋时期，姜夔发现了十八段商调霓裳曲的乐谱，这些残缺的乐谱保存在《白石道人歌曲》中。

《霓裳羽衣舞》在发展过程中有多种表演形式，有独舞、双人舞以及数百人的大型乐舞。杨贵妃表演的是独舞。白居易在元和年间（806—820）根据在宫中所见的双人舞形式的《霓裳羽衣舞》写成《霓裳羽衣舞歌》。《唐语林》载宣宗朝（846—859）表演的《霓裳羽衣舞》，舞者达数百人。《霓裳羽衣舞》表明唐代大曲已有了庞大而多变的曲体，其艺术表现力显示了唐代宫廷音乐所取得的巨大成就。历代多有描写《霓裳羽衣舞》的诗词，例如，唐代张祜《华清宫》："天阙沉沉夜未央，碧云仙曲舞霓裳。一声玉笛向空尽，月满骊山宫漏长。"白居易《长恨歌》："渔阳鞞鼓动地来，惊破霓裳羽衣曲。"又如，宋代程武《念奴娇·题马嵬图》："蜀江城远，想连云危栈，接天穷处。惆怅烟尘回首地，双阙觚棱犹故。龙扈星联，羽林风肃，未放鸾骁去。不堪掩面，泪沾宸袖如雨。　　底事当日昭阳，吹羌鸣羯，涴却霓裳舞。三十六宫春满眼，曾把色嗔香妒。芳草埋情，飞花陨怨，翻被蛾眉误。画图惊见，黯然魂断今古。"

③ 谁道腰肢窈窕：不必说舞女腰肢优美，体态美好，表演曼妙。紧接着下句"折旋笑得君王"，是前折后旋的舞姿使君王笑得开心。"谁道腰肢窈窕"句，并没有过多地描写舞女的精彩表演，而是通过"折旋笑得君王"句，动态而形象地使舞女的窈窕腰肢、美妙舞姿跃然纸上。读者充分发挥想象力，浮想联翩，其美若现眼前。

五、沈　宇（生卒年不详）

唐玄宗天宝初官太子洗马。《全唐诗》存诗 3 首。

武阳送别

菊黄芦白雁初飞，羌笛胡笳泪满衣①。送君肠断秋江水，一去东流何日归？

作品赏析

本词主要描写送别时的伤感之情，整首词句句紧扣离别之情，悲凉凄婉。词中通过对菊花黄、芦苇白、雁初飞等景与物的描写，营造出离别的氛围，加之对羌笛、胡琴苍凉哀婉之声的渲染，更加深了感伤哀怨之情。最后以“送君肠断秋江水，一去东流何日归”寄情，深深打动人心。

乐舞阐释

① 羌笛胡笳泪满衣：羌笛与胡琴的苍凉之声，使送别之人泪水沾满衣襟。

羌笛（见图 1–7）：西北地区羌民族使用的吹管乐器，后流传于西南少数民族地区，已有两千多年的历史。羌，西北少数民族。笛，吹奏乐器。羌笛用当地高山上生长的油竹制成，为双管捆绑在一起，两管音高相同，竖吹。吹奏羌笛时，双管均含入口内，指法和笛子指法相似。其音色清脆明亮、婉转悠扬，有悲凉凄婉之感，善于表达悲伤苍凉的情绪。东汉许慎《说文解字》和唐代《乐府杂录》中均对羌笛有记载。羌笛常出现在汉代及后世的诗词赋作品之中，例如，汉代马融在《长笛赋》中有这样的描述：“近世双笛从羌起，羌人伐竹未及已，龙鸣水中不见已，截竹吹之声相似，剡其上孔通洞之，裁以当簻便宜持。”该赋中对羌笛有详细的介绍。唐代王之涣《凉州词》：“黄河远上白云间，一片孤城万仞山。羌笛何须怨杨柳，春风不度玉门关。”由此可以得知，羌笛在唐代已广为流行。

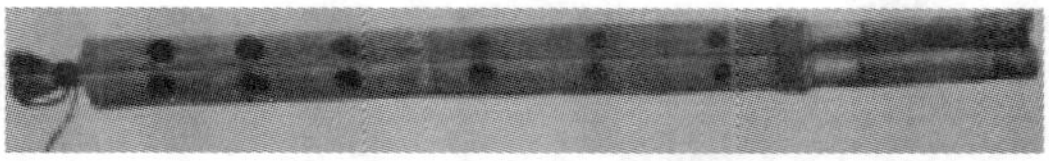

图 1-7　羌笛

羌笛历史悠久，在其发展过程中，长度、口径和音孔的数量均有变化。汉代马融《长笛赋》：“易京君明识音律，故本四孔加以一。君明所加孔后出，是谓商声五音毕。”说明以前羌笛有四孔，由音乐家京房加一孔成为五孔。发展到近代，羌笛已有六孔。现在流行的羌笛长度有 17 厘米和 19 厘米两种，口径约 2 厘米，音孔为每管各六孔。

由于羌族没有文字，其历史文化和风俗，除了世代口传心授外，还通过羌笛这种乐器传承。2006 年，“羌笛演奏及制作技艺”被列入《第一批国家级非物质文化遗产名录》。

宋代黄人杰《满江红》：“小队旌旗，又催送、元戎领客。政十顷、荷香微度，草烟横碧。杨柳参差新合翠，水天上下俱齐色。傍野桥、容与绕重湖，严城侧。　花作阵，舟为宅。敲羯鼓，鸣羌笛。渐夜凉风进，酒杯无力。遥想汉中鸡肋地，未应万里回金勒。看便随、飞诏下南州，朝京国。”

胡琴（见图 1-8）：弹拨乐器，是广泛用于中国民间乐队的弓弦乐器。琴筒用蛇皮或桐木板蒙面，面板置琴码驾弦，筒上装木制琴

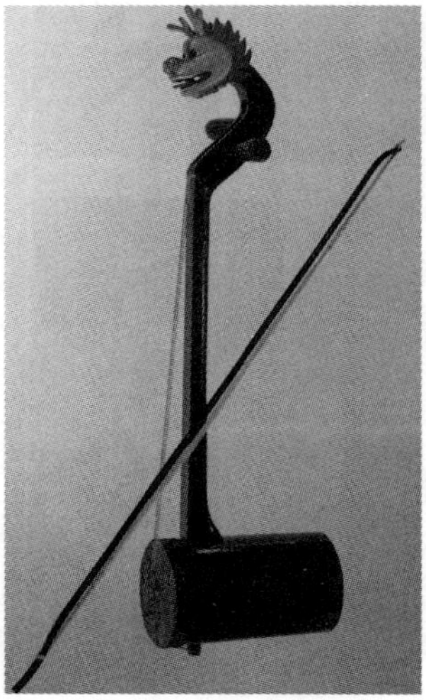

图 1-8　纳西胡琴

杆，杆端设两个或四个木轸，从木轸至筒底张弦，弓上的马尾夹于弦间。演奏时，左手按弦，右手拉弓。胡琴来源于北方少数民族。古代汉人把北方少数民族称为“胡”，从北方传过来的琴，称为“胡琴”，如琵琶、竖箜篌、忽雷等。胡琴近代才用作这类拉弦乐器的专称，如二胡、四胡、板胡、京胡、粤胡、二弦等，均可称为胡琴。最早关于胡琴的记载见于宋代沈括《鄜延凯歌》：“马尾胡琴随汉车，曲声犹自怨单于。”胡琴历史悠久，形制古朴，发音柔美，音色动听。胡琴在唐、宋时期，既是拉弦乐器，又是弹弦乐器，两种演奏方法兼而有之。宋代欧阳修《试院闻胡琴作》：“胡琴本出胡人乐，奚奴弹之双泪落。”诗中说明演奏方法是弹拨。《元史·礼乐志》载：“胡琴，制如火不思，卷颈，龙首，二弦，用弓捩之，弓之弦以马尾。”明代以来，随着地方戏曲的发展，胡琴广泛用于戏曲伴奏和乐器合奏。历代诗词中均有描写胡琴的内容，例如，唐代岑参《白雪歌送武判官归京》：“中军置酒饮归客，胡琴琵琶与羌笛。”清代顾若璞《浣溪沙》：“嫩柳牵丝覆绮窗。起来无绪理明珰。恼人最是日初长。　　三尺乌云随意挽，两条却月待萧郎。胡琴闲放竹方床。”

六、元　结（719—772）

字次山，号漫叟。鲁山人（今属河南）。唐代文学家，唐玄宗天宝六年（747）应举落第后，归隐商余山。天宝十二年（753）进士，安史之乱时在江南避难。乾元二年（759）任山南东道节度使史翙幕参谋，招兵抗击史思明叛军。代宗时，任道州刺史。后为容州都督充本管经略守捉使。大历七年（772）入朝，同年卒于长安。其作品短小精悍，直抒胸臆，善于揭露人间的黑暗现实，发人深省。有《元次山集》，《新唐书》有传。

欸乃曲①（节选）

千里枫林烟雨深，无朝无暮有猿吟。停桡静听曲中意②，好是云山《韶濩》音③。

作品赏析

本词描写行舟途中闻朝暮之猿声如曲，赞美自然界的声响是动听的不加雕饰的音乐，具有清新的自然之美，使人仿佛听到了《韶濩》之乐美妙的旋律。

乐舞阐释

① 欸乃曲：词牌名，因本词作者元结的《欸乃曲》而得名，又

为乐府近代曲名。《词谱》唐元结诗自序："大历初，结为道州刺史，以军事诣都。使还州，逢春水，舟行不进，作《欸乃曲》，令舟子唱之，以取适于道路云。"宋代程大昌《演繁露》载："元次山《欸乃曲》五章，全是绝句，如《竹枝》之类。其谓'欸乃'者，殆舟人于歌声之外，别出一声，以互相其歌也。《柳枝》《竹枝》尚有存者，其语度与绝句无异，但于句末，随加'竹枝'或'柳枝'等语，遂即其语以名其歌。'欸乃'，亦其例也。"黄公绍《韵会》："欸，叹声也，读若哀，乌来切。又应声也，读若霭，上声，倚亥切。又去声，于代切。无袄音。乃，难辞，又继事之辞。无霭音。今二字连读之，为棹船相应声。"本词为七言四句，单片，共二十八字，三平韵。

② 停桡静听曲中意：停止泛舟，安静地聆听曲中之意。

曲：一般指歌曲、乐曲，此处喻指猿吟之声。

③ 好是云山韶濩音：犹如烟雨云山中传来美妙的《韶濩》之音。作者将猿吟比喻为雅乐《韶濩》之音，赞美自然界的声音不让庙堂雅乐，也别具清新的自然美。

《韶濩》：即《大濩》，一作《大擭》，简称《濩》《擭》，是中国古代乐舞，原为商汤的乐舞名，后来经过周代人的加工，成为《六大舞》之一。内容主要是歌颂商汤讨伐夏桀，救护万民的功德。由于夏桀暴虐无道，民不聊生，天下群起而攻之，于是汤率六州讨伐夏桀，一举成功，从此人民安居乐业。汤即命伊尹创作了《大濩》，同时整理了《九韶》等前代乐舞，以纪其功，并庆祝灭夏的胜利。《墨子·三辩》载："汤放桀于大水，环天下自立以为王，事成功立，无大后患，因先王之乐，又自作乐，命曰《擭》。"《吕氏春秋·仲夏纪·古乐》载："汤乃命伊尹作为大护，歌晨露。"由此来看，此处的"濩音"指殷汤时代的古乐舞。

七、鲍　防（723—790）

字子慎。襄阳（今湖北省襄阳市）人。唐代诗人。年少时家中贫穷，笃志好学，善诗文。唐玄宗天宝十二年（753）进士，授太子正字。代宗广德元年（763）为浙东节度使薛兼训从事，大历五年（770）改太原少尹，正拜节度使。入为御史大夫，历福建、江西观察使。德宗建中四年（783）拜礼部侍郎，封东海郡公，历京兆尹。贞元五年（789）以工部尚书致仕，徙居洛阳。次年卒。其在浙东时，为越州诗坛盟主，与谢良弼合称"鲍谢"。与严维等编《大历年浙东联唱集》二卷。《旧唐书》《新唐书》均有传。

忆长安（二月）

忆长安，二月时，玄鸟初至禖祠①。百啭宫莺绣羽，千条御柳黄丝。更有曲江胜地，此来寒食佳期②。

作品赏析

本词描写作者在外地任职时对京都长安的追忆——回忆每年初春二月间帝王祭祀"祠禖神"的活动。通过对绣羽黄莺啼鸣和柳树黄色丝芽等美好事物的描写，来衬托"更有曲江胜地"和难忘的"寒食佳期"，寄托了作者对京都长安的思念之情。

乐舞阐释

① 玄鸟初至禖祠：燕子初至禖神的庙宇。

禖祠：即祭祀“求子之神”的祠庙。“禖”为祭名。古代求子时祭禖神，源自中国最古老的巫术祭祀舞蹈“祀高禖”。巫觋祭祀活动中的舞蹈即“巫舞”。以巫舞祭祀的活动还包括雩祭、傩祭、蜡祭。祀高禖是古代人们举行的祭祀管理婚姻和生育之神的活动。据《礼记·月令》载：“是月也，玄鸟至。至之日，以太牢祠于高禖。天子亲往，后妃帅九嫔御。乃礼天子所御，带以弓韣，授以弓矢，于高禖之前。”记载了天子和后宫的妃子用太牢祭祀“高禖”的情景。在古代，人们的生存环境十分恶劣，生产工具十分简陋，生产力十分低下。此时人的生存和繁衍就是最重要的事情，人类必须重视繁衍后代、延续种族，才能增强生存实力，继而也就产生了对生殖的崇拜。传说伏羲和女娲是人类的始祖，在关于女娲的乐舞《充乐》中记载了“女娲造人”和性爱繁衍的内容，体现了古代人们对繁衍后代和种族传承的重视。所以古代在每年春季二月，无论是宫廷还是民间，都以隆重的仪式来祭祀女娲这位“人类始祖”，即“祀高禖”。祭祀时，人们聚集于供奉女娲的“禖宫”之前，手舞足蹈，载歌载舞，通宵达旦。

与“祀高禖”有关的内容，还出现在古老的岩刻、岩画和壁画上，例如，宁夏贺兰山大西峰沟岩画中多处出现交媾的画面，新疆呼图壁岩画中也有男女交媾图，新疆哈巴河县唐巴尔塔斯岩刻也有“祀高禖”的内容。

② 此来寒食佳期：至此到了“寒食节”的好时候。

寒食：即寒食节，在清明节前一两天。春秋时期晋公子重耳流亡时，大臣介子推始终陪伴其左右，护佐有功。重耳回国即位后大封群臣，却忘了封介子推，等他想起时，介子推已和母亲逃入山林，重耳想逼迫介子推出山，便令人放火烧山，但介子推始终不出山而和其母一起被烧死。重耳十分悔恨，定放火烧山的这天为寒食节，国人于寒食之日不举火，以示纪念。

八、窦 常（756—825）

字中行。平陵（今陕西省咸阳市）人，郡望扶风（今陕西省兴平市）。唐代宗大历十四年（779）进士。隐居广陵，讲学著书。德宗贞元十四年（798）任淮南节度参谋。宪宗元和六年（811）自湖南判官入为侍御史，转水部员外郎。历任郎、夔、江、抚四州刺史。穆宗长庆中以国子祭酒致仕。今存《窦氏联珠集》五卷，收窦常与其兄弟牟、群、庠、巩诗各一卷。《旧唐书》《新唐书》均有传。

还京乐[①]歌词

百战初休十万师，国人西望翠华时。家家尽唱升平曲[②]，帝幸梨园亲制词[③]。

作品赏析

本词表面上描写了一场祸国殃民的“安史之乱”被初步平定后，国中歌舞升平，一片祥和的景象，实际上讽刺了唐明皇享乐误国的事实，意在告诫当朝君主，不要重蹈玄宗西奔逃难的覆辙。

乐舞阐释

① 还京乐：原为唐教坊曲名，后用作词牌。《新唐书・礼乐志》

载："是时，民间以帝自潞州还京师，举兵夜半诛韦皇后，制《夜半乐》《还京乐》二曲。"双片，一百〇三字。全词同韵，仄韵，韵字可上声，可去声。上片第三句、第六句、第八首字为领字。上片末两句，下片第二句、第三句、第四句可撤句、造句，但须保持字数不变。词人方千里、吴文英、陈允平在填此词时均用周邦彦韵。本词为七言四句，单调，共二十八字，三平韵，一仄韵。

② 家家尽唱升平曲：各家各户都在尽情地唱着太平曲。

③ 帝幸梨园亲制词：皇帝至梨园亲自制作新的曲词。

梨园：唐代设置的教习宫廷歌舞艺人的机构，以教习法曲为主。梨园原是唐代都城长安的一个地名，是皇帝禁苑中的一个果木园，园内遍植梨树，因此得名。唐玄宗开元二年（714），将其作为教习歌舞的地方，成为常设乐舞机构，直接服务于皇帝和宫廷。宫廷外还有太常寺梨园别教园。唐玄宗从宫廷燕乐"坐部伎"中选出三百人在此习艺，这些艺人被称作"皇帝梨园弟子"。另在宫女中选出数百人学习音乐，名为"梨园弟子"，居于宜春北院。《新唐书・礼乐志》载："玄宗既知音律，又酷爱法曲，选坐部伎子弟三百人教于梨园，声有误者，帝必觉而正之，号'皇帝梨园弟子'。宫女数百，亦为梨园弟子，居宜春北院。梨园法部，更置小部音声三十余人。"从以上记载中可以得知梨园人数众多。

辞：此处指曲辞，所歌咏之辞。

九、李 涉（生卒年不详）

自号清溪子。河南省洛阳人。唐代诗人。曾与弟李渤同隐居庐山白鹿洞，后出山做幕僚。唐宪宗元和（806—820）初为陈许节度使刘昌裔从事，曾任太子通事舍人。以罪贬谪峡州（今湖北省宜昌市）司仓参军，后遇赦复归洛阳。文宗大和年中（827—835）任国子博士。敬宗宝历元年（825）坐事流放康州，后返洛阳。有《李涉诗》一卷。《全唐诗》存诗一卷。

竹枝词①

十二山晴花尽开，楚宫双阙对阳台。细腰争舞君沉醉②，白日秦兵天下来。

作品赏析

本词是作者被贬峡州时所作，为咏史之作。作品通过神话故事和历史典故，暗讽楚王在“细腰宫”的奢靡生活，抒发了对楚国兴衰的感叹。

乐舞阐释

① 竹枝词：词牌名，又名《竹枝》《竹枝歌》《竹枝曲》《巴渝曲》等。《竹枝》原为乐府《近代曲》名，源于民歌《竹枝》。最早是流行

于巴蜀地区人们口头传唱的民歌，唐代诗人刘禹锡将民歌改作新词，后来逐渐成为一种诗体。其内容主要是咏唱当地的风俗和男女之间的恋情。在题材和形式风格上，都体现出浓郁的民歌特色及巴蜀一带的风土人情。历史上的《竹枝词》作品可分为三类：由文人搜集整理的民间歌谣，由文人根据《竹枝词》民间歌谣创作出的诗歌，以《竹枝词》格律创作的七言绝句。此外，“竹枝”表达的多是怨苦之情，例如，唐代刘禹锡《堤上行》：“江南江北望烟波，入夜行人相应歌。桃叶传情竹枝怨，水流无限月明多。”《竹枝》早在盛唐时期就已经在局部地区流行和传唱。唐代刘禹锡《杨柳枝》：“巫山巫峡杨柳多，朝云暮雨远相和。因想阳台无限事，为君回唱竹枝歌。”本词为七言四句，共二十八字。

② 细腰争舞君沉醉：腰部纤细的宫女争相而舞，使君王沉醉其中。

细腰：指宫中舞女纤细的腰部及瘦削的身躯，也泛指美女。舞女轻柔、飘逸的动作将腰部的纤细、柔软展现得淋漓尽致，充分表现了人体腰部曲线之美。在史料、壁画和历代文学作品中，能够看到楚舞“翘首折腰”的形象，表明楚舞对“腰”的运用达到很高的水平。唐代虽有“以胖为美”之说，但依旧保持着崇尚细腰这一审美观念。

相传楚灵王以细腰为美，以致宫女们为争宠幸，节食束腰，据《资治通鉴》载：“吴王好剑客，百姓多创瘢；楚王好细腰，宫中多饿死。”并且楚灵王喜好士细腰，所以其大臣也纷纷投其所好，节食瘦身，《墨子·兼爱中》载：“昔者楚灵王好士细腰，故灵王之臣皆以一饭为节。”另外，历代描写“细腰”的诗词也很多。五代韩琮《杨柳枝》：“折柳歌中得翠条，远移金殿种青霄。上阳宫女含声送，不忿先归舞细腰。”明代张旭《兰陵王》：“草未茁。青眼窥人已切。东风软，便把细腰学舞，惹得莺调舌。”

十、王　建（约766—832）

字仲初。颍川（今河南省许昌市）人。唐代诗人。曾从军十三年。唐宪宗元和年间（806—820）任昭应县丞、渭南尉、太府丞。后由太常寺丞转秘书丞。文宗大和初年（827），再迁太常寺丞。大和三年（829），出为陕州司马，世称“王司马”。大和五年（831），为光州刺史。晚年退居咸阳原上。其擅长乐府诗，与张籍齐名，世称“张王乐府”。有《宫词》百首，叙帝王宫禁之事。《全唐诗》存诗六卷。有《王建诗集》传世。

调笑令[①]（节选）

团扇[②]，团扇，美人并来遮面[③]。玉颜憔悴三年[④]，谁复商量管弦[⑤]！弦管，弦管，春草昭阳路断[⑥]。

作品赏析

本词主要描写宫廷歌舞女失宠失意、痛苦绝望的生活。词的前一段表现了宫女被抛弃后百无聊赖、悲痛欲绝、愁苦无奈的形象和心声。最后描写“弦管”声又起，春天虽再来，但春草繁杂，将通往昭阳殿的道路阻断了，暗喻美人再无被君王宠幸的希望，也失去了生活的希望。整首词形象地概括了宫中女子“红颜未老恩先断”的痛苦生活和悲惨命运。

乐舞阐释

① 调笑令：原为唐酒筵小曲，后用作词牌，属于“宫词”，又名《古调笑》《调啸词》《调笑歌》《宫中调笑》《调笑转踏》《转应曲》等。为单片词，共三十二字，全词平仄间叶，即为“仄仄仄平平仄仄仄”韵。一组平韵，两组仄韵，各为一个韵。前两句为叠句；第三句为平起仄韵之六字句，第二、第三字平仄可易；第四句换平韵，为平起平收之六字句，第一、第三字平仄不拘；第五句为六字句，仄起平叶，第一字可仄；第六句、第七句为第五句末两字的倒用句，换仄韵；末句则与第五句略同，特叶仄韵，而第三、第五字平仄亦可通用。《乐苑》入“双调”。本调唐代词多采用三十二字体。另有一体，单片，三十八字，全词同韵，仄韵。此体词之前用七言古诗八句似为序，并以诗的末句二字为词的首句。北宋以后，多用不转韵格，七仄韵，联章成“转踏”，借以演唱故事。《韦江州集》作《调啸》，又名《宫中调笑》《转应曲》《三台令》。胡适《词选》：“‘调笑’之名，可见此调原本是一种游戏的歌词；‘转应’之名，可见此词的转折，似是起于和答的歌词；‘三台令’之名，可见此调是从六言的‘三台’变出来的。”白居易诗有“打嫌调笑易”句，自注云：“调笑，曲名也。”由此可见，此调成于中唐之际。本调宋代词多采用三十八字。

王建《调笑令》的格式为词的第一句的一个词重复一遍；从第五句最后一个词往下写时将文字前后颠倒并重复两遍。《调笑令》的词调以“转应”为特点，凡三换韵，仄平仄间换。黄升云：“王仲初（王建字）以宫词百首著名，《三台令》《转应曲》，其余技也。”

② 团扇（见图 1–9）：又名宫扇、纨扇、合欢扇，指圆形有柄的扇子。团扇起源于中国，是汉族传统工艺品。扇子最早出现在商代，称障扇，用野鸡毛制成，不是用来扇风取凉的，主要是为帝王遮阳挡风。先秦时期，扇子多用竹子或羽毛制作，较为笨重，缺乏美感。汉

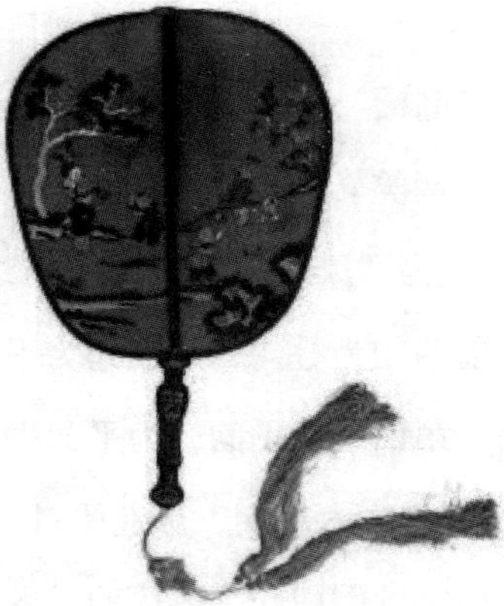
图 1-9　宫廷绣品赏析，清乾隆年间“宫中团扇”

代，以丝绢为扇面，圆形有柄的团扇成为最流行的款式，此后扇子开始用来取凉。历史上扇子有长圆形、扁圆形、梅花形、六角形等各种形状。团扇也是中国古代一种生活用品，多为女性随身佩戴，既可生风纳凉，又可用于遮面障羞和驱赶蚊蚋。团扇的骨架多用象牙、红木、竹等材质制作，扇面则用丝织物制作，扇面上还常有诗文画作，具有很高的文化价值和艺术价值。

关于团扇的制作，《杖扇新录》中记载：“近世通用素绢，两面绷之，或泥金、瓷青、湖色，有月圆、腰圆、六角诸式，皆倩名人书画，柄用梅烙、湘妃、棕竹，亦有洋漆、象牙之类。名为‘团扇’。圆形或近似圆形扇面，扇柄不长。”历史上咏团扇的诗词有很多，例如，唐代王昌龄《长信秋词五首》：“奉帚平明金殿开，暂将团扇共裴回。”宋代朱敦儒《西江月·石夷仲去姬复归》：“织素休寻往恨，攀条幸有前缘。隔河彼此事经年。且说蓬莱清浅。　障面重新团扇，倾鬟再整花钿。歌云舞雪画堂前。长共阿郎相见。”古代的文人名士，皆以在扇面上留题书画为乐事，例如，宋代黄升在《鹧鸪天·暮春》中说：“戏临小草书团扇，自拣残花插净瓶。”汉成帝的妃子班婕妤所作的《怨歌行》中有相关描述：“新裂齐纨素，鲜洁如霜雪。裁为合欢扇，团团似明月。出入君怀袖，动摇微风发。”

③ 美人并来遮面：宫中美人用以遮面。

④ 玉颜憔悴三年：抱病三年，如玉的容颜变得憔悴。

⑤ 谁复商量管弦：没有人再来同她探讨、赏奏优美愉悦的歌乐！

管弦：管乐器与弦乐器，也泛指音乐和乐器。管，指吹管乐器，如笙、竽、笛、箫等；弦，指拉弦和拨弦乐器，如二胡、三弦、琴、筝、琵琶等。《淮南子·原道训》高诱注："管，箫也；弦，琴瑟也。"管弦又称筦弦。《汉书·礼乐志》载："为其俎豆筦弦之间小不备，因是绝而不为，是去小不备而就大不备，（大不备）或莫甚焉。"弦的材质有丝弦、金属弦等多种。丝弦用蚕丝制成，分为子弦、中弦（二弦）、老弦、缠弦四种。子弦、中弦由三股合成，老弦由四股合成。子弦的直径为 0.5 毫米，中弦的直径为 0.67 毫米，老弦的直径为 0.75 毫米，缠弦的直径为 1 毫米。金属弦用钢丝、有色金属丝制成，分为裸体弦、钢绳弦、缠弦三种。

历史上记载管弦的史料和描写管弦的诗词很多，例如，《淮南子·原道训》载："夫建钟鼓，列管弦。"唐代皇甫松《摘得新》："摘得新，枝枝叶叶春。管弦兼美酒，最关人。平生都得几十度，展香茵。"晋代张华《情诗》："终晨抚管弦，日夕不成音。"

⑥ 春草昭阳路断：春草将通往昭阳殿（汉代宫殿名）的道路阻断。《三辅黄图》载："武帝时后宫八区，有昭阳。"

十一、刘禹锡（772—842）

字梦得，世称刘宾客。洛阳（今河南省洛阳市）人。一说为彭城（今江苏省徐州市）人。唐代著名诗人。其祖上为中山靖王刘胜。贞元九年（793）与柳宗元同榜中进士，又登宏词科。官监察御史。贞元十一年（795），登吏部取士科，授太子校书。因"永贞革新"失败，被贬为郎州司马，元和十年（815）被召回。后历任连州、夔州、和州刺史，主客、礼部郎中、苏州刺史等职。官至检校礼部尚书兼太子宾客。武宗初，加检校礼部尚书。诗与白居易齐名，并称"刘白"。开创《竹枝词》体。所著诗文收于《刘梦得文集》。

杨柳枝①（节选）

塞北梅花羌笛吹②，淮南桂树小山词。请君莫奏前朝曲③，听唱新翻杨柳枝④。

作品赏析

本词为作者晚年与白居易共唱新词《杨柳枝》的唱和之作，表达了作者对新编《杨柳枝》曲的赞美。该词接近民歌曲调的创作风格，在保持了纯正民歌风味的同时，提高了民间歌曲的艺术水平。

乐舞阐释

① 杨柳枝：词牌名，乐府近代曲名，又名《杨柳》《柳枝》。本为汉乐府横吹曲辞《折杨柳》，唐玄宗时期入教坊曲，改名为《杨柳枝》。入教坊后词体为七言四句，二十八字，三平韵。作为词牌，在七言句后各加三字、四字或五字句，即成词体。双片，四十字，全词同韵，平韵，韵字可阴平，可阳平。刘禹锡与白居易以词唱和，依照原有的旧曲作词，改为新声，特点是词句都是七言绝句。《碧鸡漫志》载："今黄钟商有杨柳枝曲，仍是七字四句诗，与刘白及五代诸子所制并同。但每句下各增三字一句，此乃唐时和声。"本词也为七言四句，共二十八字。

② 塞北梅花羌笛吹：羌笛在塞北吹奏《梅花引》古曲。

梅花：此处指乐曲《梅花落》，简称《梅花》《落梅》，中国十大古曲之一，汉乐府横吹曲名。《乐府诗集·横吹曲辞四·梅花落》郭茂倩题解载："《梅花落》，本笛中曲也。按唐大角曲亦有《大单于》《小单于》《大梅花》《小梅花》等曲。"唐代诗词中也多有对笛曲《梅花落》的描述，说明南朝至唐代期间，笛曲《梅花落》较为流行。后由笛曲改编为古琴曲《梅花三弄》，又名《梅花引》《玉妃引》。宋代洪皓所作《江梅引四首·忆江梅》中即有"漫弹绿绮。引三弄、不觉魂飞"句。

《梅花三弄》曲谱见于明代《神奇秘谱》，称东晋恒伊为王羲之之子王徽之以笛"为梅花三弄之调。后人以琴为三弄焉"。该曲在结构上用循环再现的手法，重复主题三次，所以称为"三弄"。该曲以思乡怀远为主题，曲调悲凉；通过赞美梅花的纯净和傲雪凌霜的高尚品性，歌颂具有高尚节操之人。唐代李白《青溪半夜闻笛》："羌笛梅花引，吴溪陇水情。"唐代至南唐的笛曲《梅花落》主要表现怨愁离绪，例如，唐代李白《与史郎中钦听黄鹤楼上吹笛》："一为迁客去长沙，西望长安不见家。黄鹤楼中吹玉笛，江城五月落梅花。”后世也有表现伤离怨别之情的词，例如，清代李渔《如梦令》：“小令怕填如梦。记起故人临送。赋此作骊歌，一曲心魂俱痛。珍重。珍重。不比梅花三弄。”明代和清代的琴曲《梅花三弄》主要表现梅花凌霜傲雪、高洁、不屈的品格，例如，明代高启《咏梅》：“琼姿只合在瑶台，谁向江南处处栽。雪满山中高士卧，月明林下美人来。寒依疏影萧萧竹，春掩残香漠漠苔。自去何郎无好咏，东风愁寂几回开。”

羌笛：古代西北地区羌族古老的吹管乐器，后流传于西南少数民族地区，已有两千多年的历史（详见第一章唐代词第五节沈宇《乐世词》）。

③ 请君莫奏前朝曲：请君不要演奏前朝的乐曲。

④ 听唱新翻杨柳枝：听唱新改编创作的《杨柳枝》曲。

十二、白居易（772—846）

字乐天，号香山居士。下邽（今陕西省渭南市）人。白居易生于新郑（今河南省新郑市）。德宗贞元十六年（800）进士。十九年中书判拔萃科，授校书郎。元和初年召为翰林学士，迁左拾遗。元和十年（815）因上书请捕刺杀丞相武元衡之凶手，获罪贬江州司马。自元和十三年（818），历任忠州刺史、尚书司门员外郎，主客郎中，中书舍人，杭州、苏州刺史，刑部侍郎，太子宾客分司东都，太子少傅，河南尹等职。武宗会昌二年（841）以刑部尚书致仕。六年（846）八月，卒于洛阳，葬于洛阳龙门山，追赠尚书左仆射。白居易是继杜甫之后又一位杰出的现实主义诗人。他和元稹等共同倡导的“新乐府”运动，对当时及后来的诗歌发展产生了巨大影响。他和刘禹锡是词体文学的有力推动者，在继承民间文学优秀传统的基础上，创作出了《忆江南》《竹枝词》一类颇有艺术价值的作品。有《白氏长庆集》传世。《旧唐书》《新唐书》均有传。

杨柳枝（节选）

六么水调家家唱①，白雪梅花处处吹②。古歌旧曲君休听③，听取新翻杨柳枝④。

作品赏析

本词为作者与刘禹锡的诗词唱和之作。写作时间大约为唐文宗大和末年（835），作者当时居洛阳，官任太子宾客，分司东都。当时由于朋党斗争激烈，很多才能之士受到排挤，诗人自己之前也为躲避朋党之争，自请外放，长期远离京城。

本词借劝诫君王莫要听“家家唱、处处吹”的“六么水调”“白雪梅花”之旧曲，而要“听取新翻杨柳枝”，暗言要远小人、近君子，包含了作者对自己身世和当时政治腐败、人才埋没的状况的感慨。

乐舞阐释

① 六么水调家家唱：家家都唱“六么水调”之曲。

六么：唐代著名教坊曲名，又名《绿腰》《录要》等，音乐节奏先慢后快，唐代歌舞大曲之一。又为以此曲编创的舞蹈，属于“软舞”类，为女子独舞，表演以舞袖为主，舞姿轻盈曼妙。白居易在《乐世》诗题解中说：“一曰绿腰，即录要也。贞元中乐工进曲，德宗令录出要者，因以为名，后语讹为绿腰。软舞曲也。”本词“六么水调家家唱”句，说明《六么》在唐代已广为流传。宋代歌舞大曲的中吕调、南宫调、仙吕调中均有《六么》(《宋史·乐志》)，宋代教坊四十大曲中仍有《绿腰》名目。唐代李群玉《长沙九日登东楼观舞》：“南国有佳人，轻盈绿腰舞。华筵九秋暮，飞袂拂云雨。翩如兰苕翠，婉如游龙举。越艳罢前溪，吴姬停白纻。”描写一女子身穿长袖舞衣跳《绿腰》舞时曼妙、柔美的动作和飘飘欲仙的意境。另外，历史上多有描写《六么》曲和舞的诗词，例如，唐代白居易《琵琶行》：“轻拢慢捻抹复挑，初为霓裳后六么。”唐代王建《宫词一百首》：“琵琶先抹六么头。”明代周宪王《绿腰琵琶》：“绿腰舞困琵琶歇，花落东风懒下楼。”

水调：即《水调歌头》，曲调名，又名《水调歌》《元会曲》《凯歌》《台城游》等。上海辞书出版社《辞海》载："相传隋炀帝开凿大运河时曾制《水调歌》，唐人演为大曲。水调歌有散序、中序、入破三部分。'歌头'当为中序的第一章。"《碧鸡漫志》载："水调歌，理道要诀所载唐乐曲南吕商，时号水调。……世以今曲水调歌为炀帝自制，今曲乃中吕调。"《乐府诗集》水调二首："《乐苑》曰：'《水调》，商调曲也。'旧说，《水调河传》，隋炀帝幸江都时所制。曲成奏之，声韵怨切。"《词谱》卷四十引《理道要诀》载："南吕时号水调……唐曲凡十一盘前五叠为歌，后六叠为入破。其歌第五叠五言，调声最为怨切。"唐代杜牧《扬州》："谁家唱水调，明月满扬州。"宋代苏轼《水调歌头》："明月几时有，把酒问青天。不知天上宫阙，今夕是何年。"宋代贺铸《罗敷歌》："谁家水调声声怨，黄叶西风。"

② 白雪梅花处处吹：处处吹奏《阳春白雪》《梅花落》曲。

白雪：此处指《阳春白雪》，中国十大著名古曲之一。《阳春白雪》也被称为《阳春古曲》，相传是春秋时期晋国的乐师师旷或齐国的刘涓子所作。宋代李昉《太平御览·乐部六》载："《白雪》是天帝使素女鼓五弦曲名。"《阳春白雪》属"上曲"，即雅乐，以其调高，和者遂寡，比喻高深的文学艺术作品。《文选》五臣本李周翰注："《阳春》《白雪》，高曲名也。"可见古人把《阳春》《白雪》归为上曲，以对应下曲《下里》《巴人》。现存琴谱中的《阳春》和《白雪》是两首器乐曲。《神奇秘谱》载："《阳春》取万物知春和风淡荡之意；《白雪》取凛然清洁雪竹琳琅之音。"

梅花：此处指乐曲《梅花落》，简称《梅花》（详见第一章唐代词第十一节刘禹锡《杨柳枝》）。

③ 古歌旧曲君休听：君王不要听古歌旧曲。

古歌旧曲：指以前的歌曲。

④ 听取新翻杨柳枝：听取新改编创作的《杨柳枝》曲。

柘枝词[①]

柳暗长廊合，花深小院开。苍头铺锦褥，皓腕捧银杯。绣帽珠稠缀[②]，香衫袖窄裁[③]。将军拄球杖，看按柘枝来[④]。

作品赏析

本词为作者观赏《柘枝舞》后所作。描写了在鲜花簇拥、柳树郁郁葱葱的庭院中，家仆铺上华美的坐垫，侍女捧上银杯美酒，宾客们欣赏穿着华丽服饰的舞女们表演优美动人的《柘枝舞》的情景。

乐舞阐释

① 柘枝词：原为唐教坊舞曲，后用作词牌，又名《柘枝调》《柘枝引》。《唐五代词鉴赏辞典》载：“《柘枝词》的词调依《柘枝舞》而得名。”本词为五言八句，共四十字。

② 绣帽珠稠缀：耀眼的珍贵明珠缀满秀丽的帽冠。

③ 香衫袖窄裁：华丽的飘着香气的衣衫配以长袖。

④ 看按柘枝来：专门为欣赏美妙的《柘枝舞》而来。

柘枝：此处指《柘枝舞》，唐代著名舞蹈，属于健舞类。原为西北少数民族舞蹈，后从西域传入中原。该舞出自古郅支，即当时的石国（现乌兹别克斯坦共和国首都塔什干市），而石国又名“柘枝”。《辞海》载：“柘枝舞为唐代西北少数民族舞蹈。出自古郅支（唐代属安西大都护府管辖，即今哈萨克斯坦境内江布尔)。”唐代卢肇《湖南观赋》载：“古也郅支之伎，今也柘枝之名。”从其中能够得知《柘枝舞》源自郅支。《唐声诗》载：“玄宗开元（713）以前人作，《名解》尚无定说，或谓征拓羯之辞，或谓出石国，亦可能因舞，装以柘枝为饰而得名。”

《柘枝舞》最初为女子独舞，其特点是舞姿矫健，动作明快，旋转迅速，以眉目传情；乐曲高亢，以鼓伴奏，节奏丰富。从以下诗句中能够看出《柘枝舞》的这些特点。唐代刘禹锡《和乐天柘枝》：“柘枝本出楚王家，玉面添娇舞态奢。松鬓改梳鸾凤髻，新衫别织斗鸡纱。鼓催残拍腰身软，汗透罗衣雨点花。画筵曲罢辞归去，便随王母上烟霞。”唐代章孝标《柘枝》：“柘枝初出鼓声招，花钿罗衫耸细腰。”均说明《柘枝舞》以鼓伴奏。唐代白居易《房家夜宴喜雪戏赠主人》：“桑落气熏珠翠暖，柘枝声引管弦高。”说明《柘枝舞》的乐曲高亢明亮。以后《柘枝舞》又发展出双人舞形式，名为《双柘枝》，特点为二人舞姿动作整齐对称。舞蹈时，让两位女童戴上系有金铃的舞帽，系上银带，着五色绣罗的宽袍，藏在莲花状的道具中，鼓声一响，莲花花瓣绽放，二女童轻盈地跃出对舞，在翩翩起舞时，又有金铃发出的美妙声音。后来宋代将其发展为人数众多的队舞形式，名为《柘枝队舞》。宋代的官乐队舞中有由七十二名小孩组成的柘枝队，穿着五颜六色的舞蹈服饰，每逢大宴，上场演出。

《柘枝舞》在中原广泛流传，后又出现了专门表演此舞的艺人，称为“柘枝伎”。唐代白居易《柘枝伎》：“平铺一合锦筵开，连击三声画鼓催。红蜡烛移桃叶起，紫罗衫动柘枝来。带垂钿胯花腰重，帽转金铃雪面回。看即曲终留不住，云飘雨送向阳台。柘家美人尤多娇，公子王孙忽忘还。”该诗使柘枝伎表演的情景、韵律和意境跃然纸上，描绘出一幅优美的画卷。诗中通过“画鼓催”“紫罗衫动”等句，描述了柘枝伎出场表演时的状态，间接地表现出柘枝伎身体的舞动，使读者联想到婀娜多姿的舞姿和婉转优美的律动。通过“带垂钿胯”“帽转金铃”等句，描述了柘枝伎的装束和帽子上的装饰：柘枝伎腰间随着舞动的身体飘绕的丝带，仿佛就在读者眼前；帽子上的金铃发出的清脆声响，好像就在读者耳旁。通过“云飘雨送”呈现出柘枝伎行云流水一般的舞姿。《柘枝舞》在以后历代诗词中也多有描写，例如，宋代史浩《柘枝舞》：“回头却望尘寰去。喧画堂箫鼓。整云鬟、摇曳青绡，爱一曲柘枝舞。好趁华封盛祝笑，共指南山烟雾。蟠桃仙酒醉升平，望凤楼归路。”

十三、姚　合（约775—855）

陕州（今河南省陕县）人。唐代著名诗人，开元名相姚崇曾侄孙。宪宗元和十一年（816）进士。曾任武功主簿、秘书少监，所以又称姚武功、姚少监。历监察殿中御史，金州、杭州刺史，刑部、户部郎中，谏议大夫，给事中，陕虢观察使，秘书少监等。姚合诗与贾岛齐名，同为晚唐"苦吟派"诗人，并称"姚贾"。其擅长五律，时有佳句。有《姚少监文集》十卷。另编选有《极玄集》二卷。《旧唐书》《新唐书》均有传。

剑器词

其一

圣朝能用将，破敌速如神。掉剑龙缠臂[①]，开旗火满身。积尸川没岸，流血野无尘。今日当场舞，应知是战人。

其二

昼渡黄河水，将军险用师。雪光偏著甲，风力不禁旗。阵变龙蛇活，军雄鼓角知[②]。今朝重起舞，记得战酣时。

其三

破虏行千里，三军意气粗。展旗遮日黑，驱马饮河枯。邻境求兵略，皇恩索阵图。元和太平乐[3]，自古恐应无。

作品赏析

本词共三首，原作为诗。近人编《全唐五代词》，据《敦煌曲子词集》中已有《剑器词》，所以将其作为词著录。这组词为姚合在唐元和年间（806—820）观看《剑器舞》后所作，主要描述了《剑器舞》动作的雄壮矫健以及所表现的战斗场面。从三首词的内容和结构上看，是一个完整的三段体舞蹈群舞作品的布局，或是一个由三个舞蹈组成的组舞。

唐代以前乐舞分为文舞和武舞两大类。唐代《燕乐》舞蹈分健舞和软舞两大类，软舞又称文舞，健舞又称武舞。《剑器舞》是唐代著名的健舞，是在继承传统舞剑技艺及民间武术的基础上发展出的表演性舞蹈。

其一，本词为歌咏《剑器舞》之作，描写《剑器舞》在舞台上的表演。整首词通过对“战场”上的残酷场面和舞者动作气势的描写，勾勒出将士的英姿。作者通过一首数言的词，将一个尸横遍野、血流成河、激烈而残酷的战斗场面呈现在读者眼前；通过“破敌速如神”句，让我们看到了“舞动”的将士在战场上的勇猛，在脑海中浮现出舞者带有中国古典舞韵律美的表演。不但展示出舞者精湛的舞剑技艺，还以“龙缠臂”的神奇动作展现舞者的奇技。通过“开旗火满身”句，不仅将战场上激烈、残酷的场面表现出来，而且将舞者上盘下绕的舞剑动作和步伐呈现于读者眼前。之后通过舞剑者大幅度的舞姿、舞步和艰难的舞动，甚至是匍匐的动作，表现出尸积如山、血流成河的战斗场面。该词可谓《剑器词》的经典之作。

其二，本词为歌咏《剑器舞》之作，主要描写将士行军作战的过程和场面。通过“渡黄河”“风力不禁旗”“阵变龙蛇”和“军雄鼓角知”等描写，将战争的景象描述得淋漓尽致。前两句描写雄师横渡黄河的惊险场面。此处一个“险”字，从文学上讲，将渡河的艰难险阻描写了出来；从剑舞表演的方面来讲，也会让上跃下匐的肢体动作、迂回前行的群舞队形、前赴后继的阵容变化，浮现在读者眼前，映入读者脑海。接着，“雪光偏著甲，风力不禁旗”两句，描写洁白的雪光照在将士的盔甲上，旗帜因大风吹动剧烈摇摆，描写出当时舞台表演所营造的效果：或是运用道具来营造气氛，或是运用群舞演员变换的队形、夸张的动作来营造出狂风肆虐的场景，使读者仿佛亲临冬日的大雪和狂风之中。紧接着“阵变龙蛇活”句，描写军阵犹如龙缠蛇绕般变化多端，剑器舞阵势（舞蹈队形）的变化，活跃如龙蛇，不仅变化多端，而且前后照应。我国戏曲舞台和舞蹈表演中有许多关于“龙蛇”的队形，例如，龙游水、二龙吐水、龙摆尾、二龙并进、蛇形、蛇蜕壳等。作者在当时应该也从《剑器舞》中看到了这样流畅优美的队形变换。“军雄鼓角知”句，描写鸣角声中展示出大军的威武雄壮，说明在当时的舞台上，一定会有起伴奏作用的“威震敌营”的军鼓和号角之声。最后写到今日重新舞起剑器，再现当年激烈残酷的战斗场景。

作者在该词中通过对视听的描写，展示出将士们在战场上英勇杀敌的画面，余韵犹在，使读者感同身受，如身临其境。

其三，本词描写三军将士浩浩荡荡地奔赴疆场以及威武雄壮的气势。词中描写唐军意气高昂，军旗飘扬，遮天蔽日，军马众多，将河水饮枯，邻近的兵将都来谋求用兵的策略，皇恩浩荡，唐军将士部署作战的军阵，歌颂了唐代元和年间的太平景象。

整首词字里行间使三军浩浩荡荡的军威跃然纸上，让我们通过文字看到了军队强大的阵容和行军的步伐；看到了舞蹈队形在舞台上的调度和变化，在脑海里勾勒出《剑器舞》震撼、唯美的画面。《剑器舞》这种表演形式在我国历史上广为流传，并且延续至今，在现今的戏曲和中国古典舞中，均有《剑器舞》表演。唐代宗大历二年（767）杜甫在四川夔府观公孙大娘弟子李十二娘表演《剑器舞》，回忆起五十多年前自己年幼时在河南郾城看公孙大娘表演《剑器舞》的情景，写下了《观公孙大娘弟子舞剑器行》诗："昔有佳人公孙氏，一舞剑气动四方。观者如山色沮丧，天地为之久低昂。㸌如羿射九日落，矫如群帝骖龙翔。来如雷霆收震怒，罢如江海凝清光。绛唇珠袖两寂寞，况有弟子传芬芳。临颍美人在白帝，妙舞此曲神扬扬。与余问答既有以，感时抚事增惋伤。先帝侍女八千人，公孙剑器初第一。五十年间似反掌，风尘倾动昏王室。梨园弟子散如烟，女乐余姿映寒日。金粟堆南木已拱，瞿唐石城草萧瑟。玳筵急管曲复终，乐极哀来月东出。老夫不知其所往，足茧荒山转愁疾。"生动传神地描写了作者观看《剑器舞》表演时的情景。

乐舞阐释

① 掉剑龙缠臂：将剑缠绕在臂膀之上，作破敌舞态。

龙缠臂：剑缠绕在臂膀之上，犹如龙缠绕于立柱。我国在春秋战国时期制造出的传世名剑"龙泉宝剑"，距今已有两千六百多年的历史，它也是历代皇帝赐给爱臣的"尚方宝剑"。另外，龙泉宝剑不仅是历代武将战场杀敌的武器，也是历代文人雅士腰间的饰物。据《越绝书》载，春秋时楚王请欧冶子和干将"凿茨山，泄其溪，取铁英"，铸成"龙渊""秦阿""工布"三剑，"作铁兵，威服三军。天下闻之，莫敢不服"。

② 军雄鼓角知：从鼓角的声中就可以得知军队的雄壮。

鼓角：此处指战鼓和号角。古代军队为鼓舞士气、发号施令而使用的打击和吹奏乐器。

图 1–10　战鼓

鼓（见图 1–10）：古老的膜鸣打击乐器。圆柱形，中空。远古时以陶为框，后世以木或铜为框，一面或两面蒙以牛皮或蟒皮等。东汉许慎《说文解字》载："鼓，郭也。春分之音，万物郭皮甲而出，故谓之鼓。"据《礼记·明堂位》记载，传说"伊耆氏"时就已有"土鼓"，即陶土做成的鼓。一般以双鼓锤击奏，也有用单鼓锤敲击、手拍击或以指弹奏的。鼓的作用很多，例如，可以用作乐器或道具，用于配合舞蹈表演或打节拍。《晏子春秋·外篇下一》："今孔丘盛声乐以侈世，饰弦歌鼓舞以聚徒。"汉代应劭《风俗通义序》："故言语歌讴异声，鼓舞动作殊形，或直或邪，或善或淫也。"战时可用于鼓舞士气。鼓的声音雄壮高亢而传播很远，所以多用于古代军队战场助威。相传黄帝大战蚩尤的涿鹿之战中就已使用鼓。《太平御览》卷五八二引《帝王世纪》载："黄帝杀夔，以其皮为鼓，声闻五百。"据《周礼·地官司徒》记载，周代专门设有"鼓人"管理制鼓和用鼓之事，有祭祀用的雷鼓、灵鼓，表演用的晋鼓，军事用的鼖鼓等。

随着历史的发展，鼓的用途更加广泛，如用于祭祀、庆典、民间社火、舞台表演，等等。鼓的种类很多，不同地域、不同民族都有自己独具风格的鼓，有胸鼓、腰鼓、手鼓、背鼓、太平鼓、八角鼓等。宋代刘过《满江红·高帅席上》："敌面风轻，一两点、海棠微雨。春总在、英雄元帅，晓来游处。楼阁万家帘幕卷，江郊十里旌旗驻。有黄鹂、百舌啭新声，垂杨舞。　　寒食近，喧箫鼓。车马闹，铜鞮路。尽不妨沉醉，与花为主。风韵可将图画比，笑谈尽是惊人语。问何如、邹湛岘山头，陪羊祜。”

角（见图 1-11）：古代吹奏乐器，汉代流行于北方游牧民族。最初用牛角或羊角制成，以后也用木、竹、革、铜等材料制作。汉代主要用于“鼓吹乐”，后世用于军中和典礼仪仗等。唐代段成式《觱篥格》载：“革角，长五尺，形如竹筒，卤簿、军中皆用之，或竹木，或皮。”宋代陈旸《乐书》载：“双角”为曲形状兽角状，“警角”为竹筒状。原为角之声鸣激越响亮，常为古代军中所用。《后汉书·刘虞公孙瓒陶谦列传》载：“袁氏之攻，状若鬼神，梯冲舞吾楼上，鼓角鸣于地中，日穷月急，不遑启处。”

图 1-11　大汶口陶角，山东莒县墓葬出土，藏于山东省文物考古研究所

历代诗词作品中多有对鼓角的描写，例如，清代史唯圆《傅言玉女》：“才定惊魂，怕说江边鼙鼓。夜谯吹角，半残钟声苦。征雁未返，迢递关山犹阻。带愁知闷，倚窗听雨。　　宝带金缸，试春灯、几今古。相逢年少，竞嬉游三五。今宵黯然，掩尽月亭梅圃。且教长袖，郭郎休舞。”

③ 元和太平乐：唐代元和年间的太平景象。

太平乐：歌唱天下太平之乐，此处指太平景象。太平乐，也是词牌名，据《词谱》载，《太平乐》原本是七言律诗，因唐代人用来歌唱，遂成词调。

十四、张　祜（约782—852）

字承吉，自称“钓鳌客”。河北清河东武城（今山东省武城）人。唐代著名诗人。早年寓居苏州，举进士不第，后至长安。元和十五年（820）令狐楚认为张祜有奇才，所以上表荐之，令张祜以诗三百首进献朝廷，然为翰林学士元稹所排挤，朝廷竟不录用，张祜失望而归。此后漫游各地，终身未仕，隐居以终。其早年以宫词著名，晚年则崇尚建安风骨。《唐诗纪事》称其：“短章大篇，往往间出，讲讽怨谲，时与六义相左右。善题目佳境，言不可刊置别处，此为才子之最也。”有宋蜀刻本《张承吉文集》十卷。《全唐诗》收其诗349首。

听筝

十指纤纤玉笋红①，雁行轻遏翠弦中②。分明似说长城苦③，水咽云寒一夜风④。

作品赏析

本词用细腻的文字描写和赞美了女子之美和弹筝技法之高超。通过“筝音”述说了隋炀帝在位期间，征调民众修长城、凿运河，酷刑重赋，民不聊生之苦。以激烈和哀怨之音，展现出古筝的艺术表现力。本词借筝语以指其事，表现了百姓之苦和作者对民众的同情。

乐舞阐释

① 十指纤纤玉笋红：纤细如玉笋一般美丽的手指，涂红了指甲。

② 雁行轻遏翠弦中：手法娴熟地弹奏着如雁行般排列整齐的筝弦。

翠弦：对筝弦的美称。

③ 分明似说长城苦：将百姓修筑长城的万般辛苦于筝弦之上倾诉出来。

④ 水咽云寒一夜风：凄凉哀怨的水调之音直冲云霄。

水调：即《水调歌头》，曲调名（详见第一章唐代词第十二节白居易《杨柳枝》）。

春莺啭[①]

兴庆池南柳未开，太真先把一枝梅。内人已唱春莺啭[②]，花下傞傞软舞来[③]。

作品赏析

本词开篇用了“以物喻人”的手法，接着通过描写宫中技艺高超的歌舞伎表演《春莺啭》时的歌声、舞态，将李、杨当年歌舞相伴的豪奢生活呈现出来，暗讽了唐玄宗独宠杨玉环。

乐舞阐释

① 春莺啭：词牌名。本词为单调，七言四句，共二十八字，第

二、第四句押韵，均用平声韵。

② 内人已唱春莺啭：宫里的歌舞伎已经在演唱《春莺啭》曲。

春莺啭：此处指《春莺啭》曲。唐代著名乐舞，教坊曲名，其舞属于软舞类。《教坊记》和《乐府诗集》均将其列为“法曲”类。据《教坊记》载，唐高宗晨闻莺鸣声婉转、旋律美妙，所以命隋朝太乐署遗伶、唐代宫廷乐工白明达谱成曲子。后又依此曲编舞（《春莺啭》，高宗晓声律，晨坐闻莺声，命乐工白明达写之，遂有此曲）。此曲多用羯鼓、琵琶、箜篌、筝等乐器伴奏。白明达是龟兹（今新疆库车）人，因而此曲具有龟兹音乐风格；又因他久居中原，此曲也兼具汉族音乐特色。另外，从史料上得知，无论是音乐、舞姿，还是服装、化妆，当时《春莺啭》都受到了“胡乐胡舞”的影响。唐代元稹《法曲》：“女为胡妇学胡妆，伎进胡音务胡乐。火凤声沈多咽绝，春莺啭罢长萧索。胡音胡骑与胡妆，五十年来竞纷泊。”当时由于“胡乐胡舞”盛行，《春莺啭》的流传也受到影响。从“内人已唱春莺啭，花下傞傞软舞来”可以看出，《春莺啭》的特点为歌舞相伴。《春莺啭》通常在后宫的花园内表演。明代杨慎《词品》载：“唐人绝句多作乐府歌，而七言绝句随名变腔。如《水调歌头》《春莺啭》《胡渭州》……皆是七言绝句而异其名。”

③ 花下傞傞软舞来：在花下不停地跳着曼妙柔美的“软舞”。

软舞：唐教坊乐舞，属宫廷燕乐，是著名的汉族舞蹈，与健舞相对应，多为独舞或双人舞形式。软舞盛行于唐代宫廷和贵族士大夫家中，并且广泛流行于民间。其舞姿轻盈柔美，节奏舒缓，曼妙抒情；某些舞段中也穿插有快节奏的舞蹈。舞者具有很好的腰腿软功和控制能力，以及高超的技术和表演才能。历史上有很多著名的软舞作品。《教坊记》载：“垂手罗、回波乐、兰陵王、春莺、半社渠、借席、乌夜啼之属，谓之软舞。”

魏晋南北朝是承上启下的时期，文人士大夫为乐舞的发展做出了很大的贡献。他们在观赏舞蹈后，习惯于用诗词赋来描写舞蹈的风格和舞者的姿容，以抒发自己的情感，开启了诗歌型舞蹈批评、舞蹈品评的时代，也形成了中国古代舞蹈理论的初级形式。魏晋南北朝时的舞蹈是唐代燕乐构架的基础：唐代的九部乐、十部乐的内容，在南北朝时期已具备了十之八九；唐代的软舞、健舞也源自魏晋南北朝时期，据《教坊记》载，部分软舞和健舞在南北朝时期就已经形成，魏晋南北朝的“胡舞胡乐”“清商乐舞”是唐代舞蹈发展的基础。清商乐舞中对袖、腰的充分运用，展现了汉族传统乐舞的韵律之美和阴柔之美。魏晋南北朝时期的乐舞对长袖的运用和对腰部技艺的发展，为唐代软舞的发展打下了基础，例如，著名的《白纻舞》就是软舞的代表作之一。唐代又进一步发展了软舞的技艺和表现力，在其发展过程中融合了西域乐舞的舞姿和技巧，将中原传统舞蹈与西域舞蹈结合，使软舞具有了“先柔后刚、柔中有刚”的新的审美特点。

十五、吴　融（约850—903）

字子华。越州山阴（今浙江省绍兴市）人。晚唐诗人。昭宗龙纪元年（889）进士。一生仕途不顺。曾任侍御史、礼部郎中、中书舍人，后入充翰林学士。天复元年（901）朱全忠犯上作乱，率四镇之兵犯河中（今山西省永济市），京师闻之大恐，昭宗奔于凤翔，吴融逃出京城躲避于阌乡。天复三年（903）再度被召为翰林学士，左迁承旨学士。卒于官。其诗文辞藻华美。《唐才子传》称其“为诗靡丽有余，而雅重不足”。有《唐英歌诗》三卷，《全唐诗》存诗四卷，《新唐书》有传。

水调①

凿河千里走黄沙，沙殿西来动日华。可道新声是亡国②，且贪惆怅后庭花③。

作品赏析

本词通过对南朝陈后主不问政事，终日与嫔妃在后宫享乐，共享名曲《玉树后庭花》，以亡国而终的描写，将隋炀帝所制的《水调歌》比拟为陈后主贪恋的《玉树后庭花》，讽刺隋炀帝迷恋亡国之音，用以劝谏晚唐统治者要引以为戒，不要重蹈覆辙。

乐舞阐释

① 水调：词牌名，即《水调歌头》。为双调词，共九十五字，上片九句，下片十句，上、下片各四平韵。《水调》为五言曲调，至五代时有七字句，到宋代时演变为新腔，而成为今调。本词为七言四句，共二十八字。

② 可道新声是亡国：可以说新歌曲是亡国之音。

新声：一般是历史上对新颖而美妙的乐曲的一种称谓，此处指《水调歌》。

③ 且贪惆怅后庭花：尚在贪图享用曲调轻浮哀怨的《玉树后庭花》曲。

后庭花：即《玉树后庭花》曲名的简称，为南朝陈后主陈叔宝在亡国前所作，其词哀怨靡丽。其词曰："丽宇芳林对高阁，新妆艳质本倾城。映户凝娇乍不进，出帷含态笑相迎。妖姬脸似花含露，玉树流光照后庭。花开花落不长久，落红满地归寂中。"《隋书·乐志》载：陈后主"于清乐中造《黄鹂留》及《玉树后庭花》《金钗两鬓垂》等曲。……极于轻薄。男女唱和，其音甚哀"。陈后主不理朝政，在后宫作曲享乐，整天过着花天酒地、荒淫的生活。当时杨坚正积蓄兵力，有夺取天下之心，而陈后主对此不以为意，最终亡国。后世常用此典故比喻历代帝王亡国的预兆，所以此曲被喻为"亡国之音"。

十六、司空图（837—908）

字表圣，自号知非子，又号耐辱居士。祖籍临淮（今安徽省泗县东南）。自幼居于河中虞乡（今山西省永济）。晚唐诗人，诗论家。唐懿宗咸通十年（869）进士，后入王凝府为幕僚。乾符五年（878）召为殿中侍御史，六年为礼部员外郎。光启元年（885）僖宗召为知制诰，拜中书舍人，二年隐居中条山王官谷。后朝廷数见征，均称疾辞谢。后朱温篡唐，召他为礼部尚书，其以年老为由不就。后梁开平二年（908）闻唐哀帝被弑，他绝食吐血而死。

司空图主要以诗论著称，清代何文焕评其所著《二十四诗品》曰："仿《书评》而别具体裁，气味可步柴桑四言后尘。"其生前曾自编《一鸣集》，已佚。今存《嘉业堂丛书》本《司空表圣文集》十卷。《司空表圣诗集》五卷。《全唐诗》编其诗三卷。《旧唐书》《新唐书》均有传。

杨柳枝寿杯词十八首

乐府翻来占太平①，风光无处不含情。千门万户喧歌吹②，富贵人间只此声。

作品赏析

本词歌颂了唐代太平盛世的景象，使读者如临其境。词句营造出清新、优美、激昂的意境，表现了作者对自然和人生的赞美之情。

乐舞阐释

① 乐府翻来占太平：新谱写的盛世歌词预示着太平景象。

乐府：此处指词。乐府是秦、汉、隋代的宫廷乐舞机构，后世也指诗歌的体裁。乐府与“太乐”并立，均由内廷掌管。乐府设立于秦代，秦代及西汉惠帝时均设有“乐府令”，汉武帝时期沿用乐府之名，并大规模扩建，后人称为“汉乐府”。《汉书·礼乐志》载：“至武帝定郊祀之礼……乃立乐府，采诗夜诵，有赵、代、秦、楚之讴。以李延年为协律都尉，多举司马相如等数十人造为诗赋，略论律吕，以合八音之调，作十九章之歌。以正月上辛用事甘泉圜丘，使童男女七十人俱歌，昏祠至明。”唐代设教坊和梨园，此后就不再有乐府机构的设置。后来乐府成为一种诗歌体裁，人们把乐府收集并制谱的诗歌称为“乐府诗”，简称“乐府”。乐府主要用来训练乐工、编制乐谱、采集民间音乐和编纂歌词，并且进行演唱及演奏。汉武帝时，李延年就从民间采集了大量的民歌，并创作为新声。汉哀帝绥和二年（前7）罢乐府。除一些祭祀乐舞人员归入太乐署留用外，其余人员一律除名。(《汉书·礼乐志》) 宋代时，郭茂倩将所有乐府诗歌汇集到一起，编成《乐府诗集》。有许多乐府诗流传至今，例如,《十五从军征》《陌上桑》《孔雀东南飞》等，其内容主要是反映百姓的苦难生活。历代记载和描写乐府的文献不胜枚举，例如，宋代张元干《十月桃》：“年华催晚，听尊前偏唱，冲暖欺寒。乐府谁知，分付点化金丹。中原旧游何在，频入梦、老眼空潸。撩人冷蕊，浑似当时，无语低鬟。　有多情多病文园。向雪后寻春，醉里凭阑。独步群芳，此花风度天然。罗浮淡妆素质，呼翠凤、飞舞斓斑。参横月落，留恨醒来，满地香残。”

② 千门万户喧歌吹：千家万户喧闹的歌声和吹奏之声。

十七、姚月华（生卒年不详）

唐代女诗人。据《艳异编续集》卷四《姚月华小传》载，月华幼失母，随父寓扬子江，与邻舟书生杨达相遇，以诗传情。后其父忽迁江右，仓促成行，不及面别，月华仅留诗以赠。后杨达遍寻江右，而终不可得。《全唐诗》存诗6首。

怨诗寄杨达（节选）

春水悠悠春草绿，对此思君泪相续。羞将离恨向东风，理尽秦筝不成曲①。

作品赏析

本词是作者触景生情之作，整首词表现了作者对恋人的无限思念之情。词中“春水悠悠春草绿”的美好景象，引起诗人对恋人的思念，又因思念却不得见而伤感。最后一句描写作者以筝寄情，而又因思绪万千终不成曲。

乐舞阐释

① 理尽秦筝不成曲：竭力弹奏着秦筝，但终不成曲。

秦筝（见图1–12）：又名古筝，是古代秦地（今陕西省）的一种弦乐器。关于秦筝的记载，最早见于《史记·李斯列传》：“夫击瓮叩缶弹筝搏髀，而歌呼呜呜快耳者，真秦之声也。”(《谏逐客书》) 筝在春秋战国时期已流行于秦地，所以称“秦筝”。它具有悠久的历史、浓郁的民族特色、丰富的筝曲及古朴雅致的情趣。

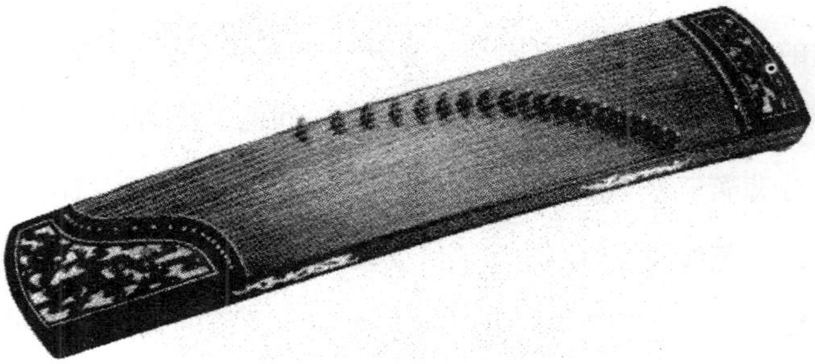

图 1–12　筝

筝由筝首、筝身、筝尾三部分组成。以前、后弦梁为分界，右端前梁为筝首，左端后梁为筝尾，两梁之间为筝身。筝面张弦，每弦下设筝柱。据史料记载，晋代以前筝为十二根弦，皆以寸余长的鹿骨爪拨奏，唐、宋时期教坊用筝均为十三根弦，明、清时期为十五根至十六根弦，后经改革增至十八弦、十九弦、二十一弦、二十三弦、二十五弦、二十六弦等规格，能转十二个调。品种分为大筝、小筝和钢弦筝，常用的木制古筝为十三弦和十六弦。现今筝的形制、制作工艺和构造与古代的筝有较大区别。目前筝的统一规格是：长约 163 厘米，二十一根弦。传统演奏手法是用右手的大拇指、食指、中指弹弦，用左手的食指、中指或无名指按弦。现已发展为双手均可弹奏，从而增强了表现力。可用于独奏、伴奏与合奏，代表曲目有《渔舟唱晚》《寒鸦戏水》《出水莲》等。中国古筝目前有九个流派：陕西筝、山东筝、河南筝、潮州筝、客家筝、浙江筝、福建筝、内蒙筝、朝鲜筝。

关于筝，有一个传说，相传当时秦地有个好弹瑟的人，他的两个儿子也很喜欢音乐，均想将瑟占为己有，父亲只好把瑟一劈两半，两个儿子一人一半。因两人争要这件乐器，所以称为“筝”。汉、魏时期，筝已是《相和歌》和民间集会中不可或缺的乐器。《古诗十九首·其四》载：“弹筝奋逸响，新声妙入神。”对筝动人的艺术魅力做了生动的描绘。从唐代白居易《邓鲂张彻落第》“奔车看牡丹，走马听秦筝”的诗句中，也可以了解到筝在民间已广泛流传。秦筝发出的声音十分悲苦。唐代岑参《秦筝歌送外甥萧正归京》：“汝不闻秦筝声最苦，五色缠弦十三柱。”宋代晏几道《蝶恋花》：“细看秦筝，正似人情短。”历代诗词和明清小说中均有涉及筝的描写，例如，三国魏曹丕《善哉行》：“齐倡发东舞，秦筝奏西音。”晋代潘岳《笙赋》：“晋野悚而投琴，况齐瑟与秦筝。”宋代刘过《满江红·同襄阳帅泛湖》：“猎猎风蒲，画船转、碧湾沙浦。都不是、蓼汀桃岸，橘洲海渚。指点山公骑马地，经是羊祜登山处。悄一如、人在水晶宫、销烦暑。　　熏风动，帘旌举。秦筝奏，凌波舞。拚冰壶沉醉，晚凉归去。侵岸一篙杨柳浪，过云几点荷花雨。倚楼人、十里凭阑干，神仙侣。”清代姚燮《疏影楼词》：“十三弦子银筝脆。十三管子银簧媚。”清代李渔《长相思》：“雨初晴。月初明。何处人家喜弄筝。潜来湿处听。喜风生。怪风鸣。搅乱宫商不使清。模糊到二更。”

第二章　五代词

一、和　凝（898—955）

字成绩。郓州须昌（今山东省东平县）人。五代词人。幼聪敏好学，十七岁举明经，十九岁后梁贞明二年（916）进士。历任礼部、刑部员外郎，主客员外郎，知制诰。召入翰林，兼知贡举。后迁中书舍人、工部侍郎。后晋天福五年（940）拜中书侍郎。后晋出帝即位后，迁左仆射。后汉时拜太子太保，封为鲁国公。后周时迁太子太傅。一生历五代时期梁、唐、晋、汉、周五政权。其好文学，擅长作短歌艳曲，时有“曲子相公”之称。李冰若《栩庄漫记》称其：“其词有清秀处，有富艳处，盖介乎温、韦之间也。”有集百余卷。有《演纶》《游艺》《孝弟》《疑狱》《香奁》《籯金》6集，均已佚。长短句《红叶稿》，已佚。《花间集》录词20首，《尊前集》录7首。王国维《唐五代二十一家词辑》辑有《红叶稿》一卷。

解红①歌

百戏罢②，五音清③，解红一曲新教成④。两个瑶池小仙子⑤，此时夺却柘枝名⑥。

作品赏析

本词赞美了歌童解红与另一舞童技艺超群的《柘枝舞》表演。词的前三句，渲染了演出的气氛，热闹非凡的表演现场如在读者眼前。后两句，对两个“瑶池仙子”表演《柘枝舞》的技艺充满赞美之情。

乐舞阐释

① 解红：词牌名，由本词作者和凝所创，是宋词中专门为儿童制作的词牌。宋代陈旸《乐书》载：“解红，优童名。”调名由此而得。《宋史·乐志》载：“小儿舞队有《解红》，其曲失传。”毛先舒《填词名解》卷一：“解红，后晋和凝歌童也。”本词为单调，全词为五句，共二十七字，第二、第三、第五句押韵，均用平声韵。

② 百戏罢：百戏表演完毕。

百戏（见图 2–1）：古代对各种戏、乐的概称，泛指音乐、舞蹈、杂技、幻术、武术、杂戏、滑稽表演等各种民间技艺的综合性演出形

图 2–1　汉代乐舞百戏画像石上的百戏图，山东诸城出土

式。“百戏”一词首见于汉代，在汉代又称“角抵戏”。内容包括：扛鼎、寻幢、吞刀、吐火、飞丸、安息五案、叠案倒立、总会仙倡、鱼龙曼衍、东海黄公，以及舞蹈和器乐演奏等各种表演形式。百戏在秦代已有。《汉文帝纂要》载：“百戏起于秦汉曼衍之戏，技后乃有高絙、吞刀、履火、寻橦等也。”百戏在汉代已经十分盛行，《汉书·武帝纪》载，元封三年（前108）春，皇家在京师举行百戏表演，出现“三百里内皆来观”的盛况。唐代百戏得到进一步发展，但是有些表演的重点有所变化，如在教坊中，倡优、曼延之戏等已有技艺的侧重：倡优由重表演转为重说唱技艺，曼延之戏由表演逐渐发展为重杂技表演。宋代沿用汉族百戏的民间表演技艺，但已呈现分化的趋势，此时多专指杂技及竞技表演。北宋时汴梁（今河南开封）每逢节日，都要举行歌舞百戏盛会。南宋吴自牧《梦粱录》中把以唱为主的技艺归于“伎乐”之中，包括当时流行的口栗、唱、诸宫调、唱耍令等。由于当时以杂剧为“正色”，“散乐”逐渐成为戏剧歌舞的专称。元代以后，百戏节目内容更加丰富多彩，但是逐渐少用“百戏”作为音乐、舞蹈、杂技、幻术、武术、杂戏、滑稽表演等各种民间技艺的统称。

③ 五音清：乐曲及宫、商、角、徵、羽五音清晰明了。

五音：此处泛指音乐。五音又称五声，指古代五声音阶中的宫、商、角、徵、羽五个音级，类似于现在简谱中的1、2、3、5、6，相当于现代音乐大调中的C、D、E、G、A，即“宫”等于1（Do）音，商等于2（Re）音，角等于3（Mi）音，徵等于5（Sol）音，羽等于6（La）音。

五音中各相邻两音间的音程，除角和徵、羽和宫（高八度的宫）之间为小三度外，其余均为大二度。后来又加上“二变”，即变宫、变徵：变宫近似现代音乐简谱中的7（Si），变徵近似现代音乐简谱中的 4（Fa）。五音加二变，合起来叫作七音或七声，这样就形成了一个七声音阶，即宫、商、角、变徵、徵、羽、变宫。分为清乐调式、雅乐调式、燕乐调式。

五声与中国古代的阴阳五行、五味、五色、五谷等朴素的理论形式一样，是中国早期整体化的美学观，被看作整个东方音乐的基本形态。古人认为五音是正音，它来源于音乐的“五度相生”。五度相生与五行的金、木、水、火、土相对应，又与五方的东、南、中、西、北，五候的春、夏、长夏、秋、冬相对应。另外，古汉语文字的声调有平、上、去、入四声，以四声比附五音，平即宫、商，上即角，去即徵，入即羽，而上、去、入总称仄声。《周礼·春官宗伯》载：“皆文之以五声：宫、商、角、徵、羽。”《汉书·礼乐志》载：“展诗应律铜玉鸣，函宫吐角激徵清。”

④ 解红一曲新教成：表演一曲新创作的《解红》之舞。

⑤ 两个瑶池小仙子：两个舞童如同昆仑山上的小仙子一般。

⑥ 此时夺却柘枝名：此时争相表演《柘枝舞》。

柘枝：此处指《柘枝舞》（详见第一章唐代词第十二节白居易《柘枝词》）。

二、冯延巳（903—960）

字正中。广陵（今江苏省扬州市）人。南唐著名词人。是南唐后主李煜的老师。南唐开国时，先主李昪任其为秘书郎。李璟登基，于保大二年（944）任翰林学士承旨。保大四年任宰相。后因用兵失败，遭攻击，被罢相，改任太子太傅，后因病去世。他善于作词，对北宋诸词家影响较大。王国维《人间词话》评其“开北宋一代风气”。有词集《阳春集》。《旧唐书》《新唐书》均有传。

抛球乐①（节选）

霜积秋山万树红，倚岩楼上挂朱栊。白云天远重重恨，黄叶烟深淅淅风。仿佛《梁州》曲②，吹在谁家玉笛中③？

作品赏析

本词通过满山的凌霜红叶、天上重重的白云和风中的黄草，描绘出浓郁的秋色。“白云天远重重恨，黄叶烟深淅淅风”两句，以景抒情，勾勒出一幅惟妙惟肖的秋景画面，将作者的悲情寄于词中，同时给人以“悲美”之感。末句以虚代实，好似前面描述的景色出自《梁州》曲，低回婉转，诗情画意尽在其中。

乐舞阐释

① 抛球乐：原为唐教坊曲名，后用作词牌，又为曲牌名，为唐代人抛球催酒时所唱。北宋柳永以旧曲创制新体，始制双片，一百八十八字，仄韵体。本词为单片，共四十字，全词同韵，平韵，韵字可阴平，可阳平。另有单片，三十字体、三十三字体、四十二字体，各体平韵，均为旧体。

② 仿佛《梁州》曲：好似《梁州》之曲。

梁州曲：唐、宋大曲名。梁州又作凉州，《碧鸡漫志》载："凉州即梁州。"凉州，在今甘肃省武威市，唐代时期属右道。《凉州曲》音乐多杂有西域龟兹（今新疆库车一带）诸国的胡音。十六国时期凉州歌舞伎人就来到中原，周、隋以来有数百首管弦杂曲用西凉乐曲。该曲最初为西凉都督郭知运于唐开元六年（718）从西凉带回，进献给唐玄宗，后迅即流行。唐代张籍《旧宫人》："歌舞梁州女，归时白发生。"也有诗人依谱创作《凉州歌》《凉州词》等，以描写边塞风情。《凉州》在唐代发展为不同宫调的多种谱本。历代诗词多有描写《凉州曲》的作品，例如，唐代杜牧《河湟》："唯有凉州歌舞曲，流传天下乐闲人。"宋代苏辙《水调歌头·徐州中秋》："离别一何久，七度过中秋。去年东武今夕，明月不胜愁。岂意彭城山下，同泛清河古汴，船上载凉州。鼓吹助清赏，鸿雁起汀洲。　坐中客，翠羽帔，紫绮裘。素娥无赖，西去曾不为人留。今夜清尊对客，明夜孤帆水驿，依旧照离忧。但恐同王粲，相对永登楼。"

③ 吹在谁家玉笛中：谁家的玉笛在吹奏《梁州曲》？

玉笛（见图 2-2）：笛子的美称。笛，吹孔气鸣乐器，因为多以

图 2-2　笛

竹子制成，又称竹笛；因为横持，又称横笛。有竹笛和木笛两种，且各具特色。春秋战国时期，竹笛已在演奏中占有重要地位，具有浓郁的民族色彩、丰富的表现力和吹奏技巧，音色清脆、甜美。木笛演奏时音调准确，音色优美，音质独特。古时称竹制直吹的洞箫为笛，现今的笛是由古时竹制“横吹”的管乐器发展而来，俗称笛子。笛子的种类繁多，最常用的有梆笛和曲笛两种，因为过去常分别用于梆子戏、昆曲伴奏而得名。另外，我国蒙古族、维吾尔族等民族所用之笛，都各具特色。

三、李 璟（916—961）

原名景通，后名璟，字伯玉。南唐先主李昪长子。升元元年（937）为吴王，后封为齐王。升元四年（940）立为太子，七年（943）李昪过世，李璟继位，为南唐第二位皇帝，改年号为保大。在位十九年，史称南唐中主，庙号元宗。多才艺，善歌诗。他的词感情真挚，风格自然明快，长于抒情，语言不事雕琢，偏于悲情感伤。存词6首。存书、表、小札等17篇。有《南唐二主词》传世。

摊破浣溪沙①

菡萏香销翠叶残，西风愁起绿波间。还与韶光共憔悴，不堪看。　　细雨梦回鸡塞远，小楼吹彻玉笙寒②。多少泪珠何限恨，倚阑干。

作品赏析

本词以思妇怀人为主题，是作者“悲秋怀人”的名作，有对国家面临危亡时的感慨。整首词情景交融，描绘出思妇彻骨的凄凉及其寂寥远怀的感人画面。上片“菡萏香销翠叶残，西风愁起绿波间”句描写莲花枯萎，莲香销尽，荷叶凋残，一阵秋风带着愁意在绿波中兴起。“香销”二字描写枯萎的莲花，把如今凋残殆尽的惨状呈现了出来，又使人联想到莲花盛开时清香四溢的情景。“愁”字融情于景，怨西风使“菡萏香销翠叶残”。下片即景写情，描写出思妇的悲秋之情和对征人的怀念之情。“塞远”和“笙寒”等词，使人感到凄凉寂寥，多少思念、几多恨都融于凄婉的泪珠之中。

乐舞阐释

① 浣溪沙：原为唐教坊曲名，后用作词牌，又为曲牌名，属“南曲”类，又名《浣纱溪》《南唐浣溪沙》《山花子》《小庭花》《庆双椿》《负心期》《醉中真》《杨柳陌》《频载酒》《锦缠头》《东风寒》《满院春》《醉木犀》《霜菊黄》《广寒枝》《清和风》《怨啼鹃》等。相传《浣溪沙》因春秋时期越国的美女西施浣纱而得名。《金奁集》入“黄钟宫”，《张子野词》入“中吕宫”。为双调词，上、下片，四十二字。上、下片各七言三句，全词同韵，平韵，韵字可阴平，可阳平。上片三或二平韵，下片两平韵。也有上、下各用三仄韵，下片的一、二句对仗。本词为双片，共四十八字。另外，宋代周邦彦《浣溪沙慢》为双调，九十三字，上片五仄韵，下片六仄韵。有《摊破浣溪沙》或《添字浣溪沙》为《山花子》的别称，上、下片各增三字，韵全同。

② 小楼吹彻玉笙寒：在小楼上吹奏完最后一曲凄美的笙曲。

吹彻：即吹完最后一曲。彻，大曲中的最后一遍，因为“彻”有结束、完结的字意。唐代杜甫《茅屋为秋风所破歌》：“自经丧乱少睡眠，长夜沾湿何由彻。”

玉笙（见图 2–3）：笙的美称。中国历史悠久的吹管乐器。最早笙和竽都为匏类乐器，区别在于：笙的簧片为十三至十九，竽的簧片为三十六。《宋书·乐志》载：“十九簧至十三簧曰笙。”笙起源很

图 2-3　清代宫廷所用十七簧笙，藏于北京故宫博物院

早，殷墟出土的甲骨文中已有竽的象形文字。笙从春秋战国至汉代都很流行，《诗经·小雅·鹿鸣》载："我有嘉宾，鼓瑟吹笙。吹笙鼓簧，承筐是将。"笙是世界上现存的大多数簧片乐器的鼻祖，对西洋乐器的发展有积极的推动作用。

笙由簧片、笙管、斗子三部分组成。簧片古时用竹制作，后改用响铜（一种由铜、铅、锡按一定比例混合炼制而成的合金）。笙管为长短不一的竹管，数量为十三根至十九根不等；在靠近笙管上端处开音窗，近下端处开按孔，下端嵌接木制"笙角"以装簧片。斗子用匏（葫芦）、木或铜制成，有圆形、方形等多种形制，吹奏时手按指孔，通过吹吸振动簧片发音，能奏和音。经过改革，现在有二十四簧笙、三十六簧笙等，转调更便捷，表现力更为丰富。除用于伴奏、合奏外，也用于独奏。在中国传统吹管乐器中，笙是唯一能够吹出和声的乐器。在大型的民族管弦乐队里，还会用到高音、中音和低音三种笙。笙的音色明亮甜美，高音清脆通透，中音柔和丰满，音色浑厚低沉，音量较大。另外，"笙师"为古时官名，其职务是总管教习吹奏笙和竽等乐器。《周礼·春官宗伯》载："笙师，掌教吹竽、笙、埙、龠、箫、篪、笛、管、舂牍、应、雅，以教祴乐。"

四、李　煜（937—978）

初名从嘉，继位时更名为煜，字重光，号钟隐，又自称莲峰居士等。南唐中主李璟第六子。李煜少聪慧，好读书，工诗文，善书画，晓音律。宋太祖建隆二年（961）继位，在位十五年，南唐最后一位国君，世称李后主。宋太祖开宝八年（975）宋军攻破金陵（今南京），国家灭亡，李煜出降，被俘至汴京（今开封市），封为违命侯，实被软禁。不久，便被逼服毒而死。李煜的词，语言清丽婉转，形象生动，风格鲜明，感情真挚。被俘后，把亡国之痛和故国之思写进词里，表现出“故国不堪回首”之痛。有“问君能有几多愁，恰似一江春水向东流”之名句。有文集三十卷，已佚。存词30余首，见于《南唐二主词》。

子夜歌①

寻春须是先春早②，看花莫待花枝老③。缥色玉柔擎④，醅浮盏面清⑤。　何妨频笑粲⑥，禁苑春归晚⑦。同醉与闲评⑧，诗随羯鼓成⑨。

作品赏析

本词是南唐后主李煜前期的作品，描写了他在皇家禁苑与后妃饮酒歌舞、奏乐赋诗、纵情行乐的生活。

乐舞阐释

① 子夜歌：乐府曲名，因为始于吴地，又称《子夜吴歌》。又为词牌名，别称《菩萨蛮》。双调，一百一十七字，上片十句四仄韵，下片十二句五仄韵。诗中多用双关语。后来延伸出多种变曲，发展出《大子夜歌》《子夜四时歌》等曲。本词为双片，共四十四字。

② 寻春须是先春早：在春天到来之前，及早寻春赏花。

③ 看花莫待花枝老：以免错过大好春光。

④ 缥色玉柔擎：玉手举起满杯酒。

⑤ 醅浮盏面清：沉湎于春光宜人的皇家林园。

⑥ 何妨频笑粲：开怀大笑，尽情欢乐。

⑦ 禁苑春归晚：故觉宫廷春归晚。

⑧ 同醉与闲评：一同唱醉，随性而谈。

⑨ 诗随羯鼓成：随着演奏羯鼓的乐曲，诗作一蹴而就。

羯鼓（见图 2–4）：古代打击乐器。两面蒙皮，腰部细，声音响亮激昂。原流行于西域地区，南北朝时传入中原，盛行于唐代。唐代南卓《羯鼓录》载，其形制“如漆桶，下以小牙床承之。击用两杖”，所以又名“两杖鼓”。《旧唐书·音乐志》载，隋唐《燕乐》的《龟兹乐》《疏勒乐》《高昌乐》《天竺乐》诸部均用之。唐玄宗创作了数十首羯鼓独奏曲，当时羯鼓的演奏技巧已经达到较高的水平，说明羯鼓在唐代已

图 2–4　五代王建墓棺座乐舞石雕 · 击羯鼓，藏于成都永陵博物馆

经广泛流行。唐代崔道融《羯鼓》：“华清宫里打撩声，供奉丝簧束手听。寂寞銮舆斜谷里，是谁翻得雨淋铃。”清代董汉策《沁园春》：“月倚凉秋，春随薄醉，酒动花神。谱开元遗事，风流天子，梨园协律，调笑能臣。暂怨长门，终归幕府，双绾鸳鸯结契新。还应道，但宜男赋就，便胜宜春。　　重将旧史评论。一女子、尝关治乱因。叹怜取红红，英雄颠倒，卢龙扰攘，也惜真真。羯鼓愁云，琵琶江月，博得今宵笑几巡。安排好，早天生李郭，有个人人。”

浣溪沙（节选）

红日已高三丈透①，金炉次第添香兽②，红锦地衣随步皱③。佳人舞点金钗溜④，酒恶时拈花蕊嗅⑤，别殿遥闻箫鼓奏⑥。

作品赏析

本词是南唐后主李煜前期的作品。抒情写景，情景交融。以细腻的笔触、愉悦的性情，形象地描绘出他在宫廷中纵情声色、寻欢作乐、豪奢淫靡的享乐生活状况，真实地反映了南唐统治者的腐败，也是南唐最终亡国的必然写照。

乐舞阐释

① 红日已高三丈透：红日已升起三竿之高。

② 金炉次第添香兽：又依次往一个个金炉里添加兽形香碳。

③ 红锦地衣随步皱：锦缎制的红色地毯被美女们轻盈的舞步踩皱。

④ 佳人舞点金钗溜：佳人忘情地狂舞，使金钗滑落在地上。

⑤ 酒恶时拈花蕊嗅：醉酒时拈取鲜花嗅其香味。

⑥ 别殿遥闻箫鼓奏：又听到远处的宫殿传来箫鼓演奏之声。

箫（见图 2–5）：古代竹制吹奏乐器，又称洞箫，源于远古时期的骨哨。浙江河姆渡出土的文物中有距今七千多年的骨质发声器，用鸟禽类中段肢骨制成，考古学家称其为“骨哨”，现存于浙江博物馆。箫在古时又称“篴”。篴为一种竹。篴，古同“笛”。《吕氏春秋》载，黄帝命伶伦伐昆仑之竹为管。汉代刘熙《释名》载：“篴，涤也，其声涤涤然也。”秦、汉至唐代，箫是指编管的排箫，而后发展为单管竖吹乐器，其音色柔和、圆润、典雅。魏晋南北朝时期，箫已用于独奏、合奏，并在伴奏《相和歌》的乐队中使用。箫，吹孔在上端，按音孔数量区分为六孔箫和八孔箫两种类别。六孔箫的按音孔为前五后一，八孔箫的按音孔则为前七后一。八孔箫为现代改进的产物。

图 2–5　明代福建德化窑烧制的瓷箫，藏于北京故宫博物院

鼓：古老的膜鸣打击乐器（详见第一章唐代词第十三节姚合《剑器词》其二）。

破阵子①

四十年来家国，三千里地山河。凤阙龙楼连霄汉，玉树琼枝作烟萝，几曾识干戈？　　一旦归为臣虏，沈腰潘鬓销磨。最是苍黄辞庙日，教坊独奏别离歌②，垂泪对宫娥。

作品赏析

本词是南唐后主李煜降宋沦为囚徒后所作。词中充满着对故国的思念和痛彻肺腑的亡国之恨，其中有痛失家国的悲情，有对以前帝王生活的追忆和留恋，也有对葬送江山社稷的悔恨。

乐舞阐释

① 破阵子：原为唐教坊曲名，后用作词牌，出自《秦王破阵乐》，又名《破阵乐》《十拍子》《醉琼枝》。《破阵乐》在音乐上以汉族清乐为基础，又吸收了龟兹乐。《秦王破阵乐》即《秦王破阵舞》，又名《七德舞》，属武舞类，与《庆善乐》《上元乐》合称为“唐代三大舞”。是唐代宫廷乐舞，著名的歌舞大曲。最初用于宴飨，后用于祭祀。秦王，即唐太宗李世民，“秦”是其登基前的封号。最初是唐初的军歌，620年，秦王李世民打败了叛军刘武周，巩固了刚建立的唐政权，其将士遂以旧曲填入新词，为李世民唱赞歌：“受律辞元首，相将讨叛臣。咸歌破阵乐，共赏太平人。”“四海皇风被，千年德水清。戎衣更不著，今日告功成。”“主圣开昌历，臣忠奉大猷。君看偃革后，便是太平秋。”李世民登基后，又将这首乐曲引入龟兹（今新疆库车一带）少数民族的音乐，并编成舞蹈，经过宫廷艺术家的加工、整理，成为一个大型乐舞，后编入乐府。《钦定词谱》载，唐《破阵子》乐属龟

兹部，秦王（李世民）所制，舞用两千人，皆画衣甲，执旗旆。外藩镇春衣犒军设乐，亦舞此曲，兼马军引入场，尤壮观也。又载，破阵子，一名《十拍子》。此调始见于晏殊《珠玉词》，为宋代人从唐《秦王破阵乐》舞曲中取其中一段制成之新声。宋词中《破阵乐》为双片，一百三十三字或一百三十四字，全词同韵，仄韵。清代毛先舒《填词名解》载："破阵子一名十拍子，然考之唐乐，自是两曲，俱隶教坊也。"本词为双调，全词十句，上、下片各五句，共六十二字，全词同韵，上、下片前四句对仗。上、下片第二、第四、第五句押韵，均用平声韵，韵字可阴平，可阳平。

② 教坊独奏别离歌：教坊尚且演奏着别离之歌。

教坊：唐代设置的管理和训练宫廷乐舞人员的机构。唐高祖武德年间（618—626）在蓬莱宫侧设立了内教坊。唐玄宗开元二年（714）又在禁城外设右教坊（光宅坊）、左教坊（延政坊）两处，并在长安、洛阳分别设左教坊、右教坊，即外教坊，其中左教坊为善歌者，右教坊为善舞者，均由宫廷派内监为教坊使掌管。教坊主要管理俗乐，包括教习歌舞、散乐；太常寺管理雅乐，包括太乐署、鼓吹署、清商署。《资治通鉴》载："旧制，雅俗之乐皆隶太常。上精晓音律，以太常礼乐之司，不应典倡优杂伎；乃更置左右教坊以教俗乐。"

唐玄宗时期，长安教坊艺人多达一万一千四百人，依技艺的高低，分成不同的等级，分别管理。平民女子，属"教坊"，主要是弹琵琶、五弦、箜篌、筝等，称为"搊弹家"；一般女艺人，属云韶院，称为"宫人"；技艺最高的女艺人，属宜春院，专给皇帝表演，称为"内人"或"前头人"。"安史之乱"后缩减乐舞机构，850年，顺宗遣散教坊女伎六百人。北宋初年，宫廷仍因袭唐代旧制，设立教坊，分为四部，即大曲部、法曲部、龟兹部、鼓笛部。宋代教坊"所掌宴乐阅习，以待宴享之用"（《宋史·职官志》）。靖康二年（1127）北宋政权崩溃，教坊解散。南宋绍兴十四年（1144）又设置教坊，分为十三部/色，即筚篥部、大鼓部、杖鼓部、拍板部、笛色、琵琶色、筝色、方响色、笙色、舞旋色、歌板色、杂剧色、参军色。绍兴三十一年（1161）由于战乱，教坊解散。元世祖时，设置教坊司。明代设有教坊司，隶属礼部，管理乐舞及戏曲。清代雍正七年（1729）改教坊司为和声署，教坊被废止。

离歌：古人离别时所唱的歌。

五、韦　庄（836—910）

字端己。京兆杜陵（今陕西省西安市）人。五代时前蜀词人。少时聪慧好学，很早就负有诗名。昭宗乾宁元年（894）进士。授校书郎。昭宗天复元年（901）在西蜀为王建掌书记，自此在蜀十年。天佑四年（907）唐朝灭亡，他辅助王建称帝，建立蜀国，史称前蜀。曾任左散骑常侍、判中书门下事、吏部侍郎平章事。七十五岁卒于成都花林坊。其词与花间派鼻祖温庭筠齐名，世称“温韦”。其诗流畅清新，情致深婉。词作大多存于《花间集》中，多写自身的生活经历，以伤时、感旧、离情、怀古等为主题。因长诗《秦妇吟》而被称为“《秦妇吟》秀才”。有《浣花集》十卷。《全唐诗》录其诗316首。

菩萨蛮[①]

红楼别夜堪惆怅，香灯半卷流苏帐。残月出门时，美人和泪辞。　　琵琶金翠羽[②]，弦上黄莺语[③]。劝我早归家，绿窗人似花。

作品赏析

本词是一首怀旧之作。作者当时长期流落他乡，以孤寂思归之心，描写当初和佳人惜别与别后的思念之情，也反映出作者归心之急切。

乐舞阐释

①菩萨蛮：原为唐教坊曲名，后用作词牌，又为曲牌名，一作《菩萨鬘》，又名《重叠金》《子夜歌》《花间意》《梅花句》《花溪碧》《晚云烘日》等。五代孙光宪《北梦琐言》载：唐“宣宗爱唱《菩萨蛮》词。令狐相国假其新撰密进之”。《碧鸡漫志》载：“今《花间集》温词十四首是也。按，温词有‘小山重叠金明灭’句，名《重叠金》。南唐李煜词名《子夜歌》，一名《菩萨鬘》。韩淲词有‘新生休写花间意’句，名《花间意》。又有‘风前觅得梅花’句，名《梅花句》。有‘山城望断花溪碧’句，名《花溪碧》。有‘晚云烘日南枝北’句，名《晚云烘日》。”

唐代李白词《菩萨蛮》为后世倚声填词之祖。《宋史·乐志》《尊前集》《金奁集》入“中吕宫”。《菩萨蛮》为词调中之最古者，属小令。本词为双调，共四十四字，由五言与七言组成。全词两句一韵，上下片各四句，均为两平韵、两仄韵。上片第一、第二句为七言仄韵，上、下片第三、第四句字数格式相同。下片第三句为仄起五言句，换用平韵。第四句为五言拗句“仄平平仄平”，也可为“平平仄仄平”。下片第一、第二句为平起仄韵五言句，第三、第四句与上片第三、第四句句式相同。

②琵琶金翠羽：用金银翡翠装饰点缀的琵琶。

琵琶（见图2–6）：拨奏弦鸣乐器。最早出现在秦代，已有两千多年的历史。在秦代，人们将鼗鼓（拨浪鼓）安上弦，改造成为拨弦乐器，后世称为“秦琵琶”。琵琶演奏时竖抱，左手按弦，右手五指弹奏。“琵琶”二字，是模拟演奏手法的形声字，右手向前弹称为“琵”，向后弹称为“琶”，是弹奏时的两个基本手法，凡是用这两个

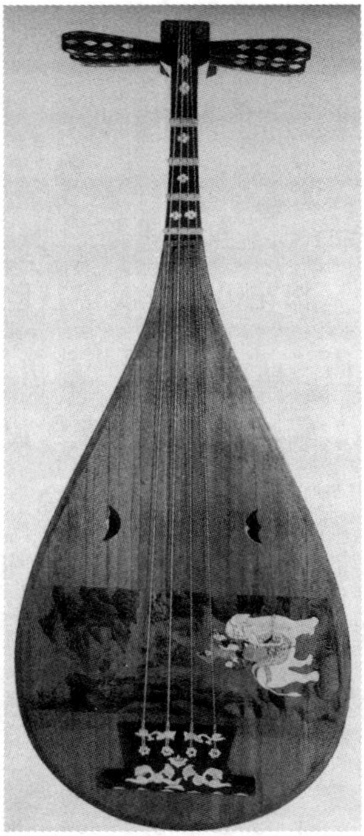

图 2-6　琵琶

手法抱在怀中弹奏的乐器，在早期都称为琵琶。琵琶分为圆形音箱和半梨形音箱两种形制。在公元前105年左右，人们参考琴、筝、筑、箜篌等乐器，创造了圆形音箱的琵琶，直柄，四根弦，十二个柱。相传汉代解忧公主将它带到西域，所以又称“汉琵琶”。晋代的阮咸擅长弹奏此琵琶，称为“阮咸琵琶”，简称为“阮”，秦琴、月琴、三弦、双清等都属于这类乐器。半梨形音箱的琵琶，又称曲颈琵琶、龟兹琵琶，曲颈，四根弦，四个柱，在公元350年左右由印度传入中国北方，后逐渐传到南方，隋、唐时广泛流行，五弦琵琶、六弦琵琶、忽雷（二弦琵琶）、火不思等都属于这类乐器。宋代以后，曲颈琵琶被称为“琵琶”，直柄圆形琵琶被称为“阮咸”。经过不断改进，现在的琵琶有更大的发展，音位增致六相二十五品，具备十二个半音，可以转十二个调。琵琶是中国民族弹拨乐器中的重要一员，广泛用于民族乐队之中，积累了丰富的曲目和高超的演奏技艺，成为既能独奏，又能伴奏和合奏的重要乐器。

历史上描写琵琶的诗词有很多，宋代孙洙《菩萨蛮》：“楼头上有三通鼓。何须抵死催人去。上马苦匆匆。琵琶曲未终。　回头肠断处。却更廉纤雨。漫道玉为堂。玉堂今夜长。”宋代蒋捷《贺新郎》：“妾有琵琶谱。抱金槽、慢捻轻抛，柳梢莺妒。羽调六么弹遍了，花底灵犀暗度。奈敲断、玉钗纤股。低画屏深朱户掩，卷西风、满地吹尘土。芳事往，蝶空诉。”另外，《明皇杂录·逸文》中有关于琵琶的美称的记载：“有中官白秀贞自蜀使回，得琵琶以献，其槽以沙檀为之，温润如玉，光辉可见，有金缕红文，蹙金双凤。所言‘双凤’，即此‘金翠羽也’。”文中“槽以沙檀为之”“有金缕红文”“蹙金双凤”“金翠羽也”等句对琵琶的记载，有珍贵的史料价值，使后人了解到古代琵琶的材质和装饰情况。

③ 弦上黄莺语：琵琶的弦声犹如黄莺语一般美妙动听。

六、毛文锡（生卒年不详）

字平珪。公元913年左右在世。高阳（今河北省高阳县）人。唐代太仆卿毛龟范之子。唐代进士，五代词人。为前蜀内枢密使，迁文思殿大学士，拜司徒。前蜀亡，归后唐。不久，又仕后蜀。为“花间派”词人。其词见于《花间集》。有《前蜀纪事》二卷。今有王国维辑《毛司徒词》一卷。

甘州遍[①]（节选）

春光好，公子爱闲游，足风流。金鞍白马，雕弓宝剑，红缨锦襜出长楸。　　花蔽膝，玉衔头，寻芳逐胜欢宴，丝竹不曾休[②]。美人唱[③]，揭调是甘州[④]，醉红楼。尧年舜日，乐圣永无忧。

作品赏析

本词主要描写少年公子骑着白马、背着雕弓、佩着宝剑的英武形象和游春寻芳的情景，赞美了太平盛世的景象和对国泰民安的祝愿。

乐舞阐释

① 甘州遍：原为唐教坊曲名，后用作词牌，又名《甘州曲》《甘州子》等，本是来自西域少数民族地区的胡乐。清代王奕清《钦定词

谱》载："唐教坊大曲有《甘州》，凡大曲多遍，此则《甘州曲》之一遍也。"本词为双调，共六十三字，平韵。

② 丝竹不曾休：不停地演奏乐曲。意指欢愉的歌舞乐不间断。

丝竹：中国传统民族弦乐器和竹制管乐器的统称，也泛指音乐。《礼记·乐记》载："德者性之端也，乐者德之华也。金石丝竹，乐之器也。"唐代韦应物《金谷园歌》："洛阳陌上人回首，丝竹飘飖入青天。"

③ 美人唱：美丽的女子歌唱。

④ 揭调是甘州：高亢激昂的音调是《甘州曲》。

甘州：即《甘州曲》，唐教坊曲名，此调悲凉凄苦。《乐府诗集》引《乐苑》载："甘州，羽调曲。"《新唐书·礼乐志》载："天宝乐曲，皆以边地为名。"现在的甘州区，隶属于甘肃省张掖市，位于河西走廊中部。宋代王灼《碧鸡漫志》卷三引《西清诗话》载："如伊州、甘州、凉州，皆自龟兹致。"

七、毛熙震（生卒年不详）

蜀人。五代词人。曾任后蜀秘书郎。清代沈雄《古今词话·词评》卷上载："周密曰：(毛熙震词)中多新警而不为儇薄者也。"李冰若《花间集评注·栩庄漫记》载：其词"浓丽处，似学飞卿，然亦有清淡者，要当在毛文锡上，欧阳炯、牛松卿间耳"。存词29首，见于《花间集》。今有王国维辑《毛秘书词》。

南歌子[①]（节选）

远山愁黛碧，横波慢脸明。腻香红玉茜罗轻，深院晚堂人静，理银筝[②]。　　鬓动行云影，裙遮点屐声[③]。娇羞爱问曲中名[④]，杨柳杏花时节，几多情。

作品赏析

本词是一首描写美人之作。上片描写美人的容貌、体态、服饰及其愁怨之情。下片描写佳人起舞，表现其不仅容貌可人，舞技更为精湛，进一步突出其色艺双绝。结尾描写女子的内心活动和情态，情景交融，意境佳美，可谓词中有画，画中生情。

乐舞阐释

① 南歌子：原为唐教坊曲名，后用作词牌，又名《南柯子》《春宵曲》《望秦川》《风蝶令》等。“歌”或作“柯”。《词学全书》载：“《南歌子》题，采于淳于棼事，一名《南柯子》。”敦煌乐谱中也有此调舞谱，是为催酒时的舞曲。《金奁集》入“仙吕宫”。宋人多用同一格式重填一片，谓之“双调”。本词为双调，共五十二字，全词同韵，平韵，韵字可阴平、可阳平。起为五言对句，首句仄起仄收，次句平起平韵，与平起之五言律颔联无异。第三句为平起平韵之七言句，一、三字平仄不拘。本调也有仄韵体。另有单调，二十三字或二十六字平韵体。

② 理银筝：调试弹奏装饰美好的筝。

筝：中国最古老的弹拨乐器之一，又称古筝（详见第一章唐代词第十七节姚月华《怨诗寄杨达》）。

③ 裙遮点屐声：旋转飞舞的舞裙遮住了木屐点地的声音。

屐：此处指木屐，即木鞋。汉族传统的两齿木鞋，是晋、隋、唐时期的常见服饰。文献记载，中国人穿木屐至少有三千多年的历史。1987 年，在浙江宁波慈湖发掘出两件残存的木屐，均为左脚所穿，其中一件木屐扁身平整，另一件为圆头方跟。据研究，这两件木屐已有四千多年的历史。另外，在中国古代民间还有一种雨具鞋称为“泥屐”。20 世纪 60 年代，中国农村还有人穿泥屐，随着胶鞋的出现，泥屐逐渐消失。《辞海》载：“木底鞋，有齿，屐者以木为之，而施两齿，所以践泥。”又“戴良嫁女，布裳木屐”。《后汉书·五行志》载：“延熹中，京都长者皆著木屐；妇女始嫁，至作漆画五采为系。”历史上还有许多有关《木屐舞》的记载，如史料记载，吴王夫差得到越国进献的美女西施，命人造了一条“响屐廊”，即在雕梁画栋的长廊之下挖坑，埋下成排的陶缸，再在上面铺设一层有弹性的木板，让佩戴有小铜铃和种种宝玉饰品的衣裙，脚着精巧木屐的西施于廊中翩翩起舞。木屐踏地，发出美妙的声音，与清脆的铃声、玉佩声共鸣，伴随着优美的韵律，西施优美的舞姿，使夫差为之倾倒。宋代王禹偁据此事作词《游灵岩山·响屐廊》："廊坏空留响屐名，为因西施绕廊行。可怜五相终死谏，谁记当时曳屐声。"如今在民间也流传着《木屐舞》，如《木屐秧歌》，又称《嘎嗒板秧歌》，流传于辽宁抚顺一带。相传该木屐是受满族妇女所穿花盆底鞋和表演寸跷秧歌时所穿的寸跷的影响，因为舞鞋的底部呈尖锐形而得名。以上资料说明木屐和《木屐舞》在我国历史悠久。

④ 娇羞爱问曲中名：娇羞的佳人喜欢问曲调之名。

八、孙光宪（约 900—968）

字孟文，号葆光子。陵州贵平（今四川省仁寿县）人。五代词人。历事十国中南平政权高从诲、高保融、高继冲三世。累官至荆南节度副使、朝议郎、检校秘书少监、试御史中丞。入宋后为黄州刺史。其博通经史，著述甚富，但多散佚。其词风格清疏秀朗，题材广泛，有传统的艳情词，也有一些咏史、田园、异乡、边塞之作。清代陈廷焯《白雨斋词话》卷一载："孙孟文词，气骨甚遒，措语亦多警炼。然不及温、韦处亦在此，坐少闲婉之致。"吴梅《词学通论》载："余谓孟文之沉郁处，可与李后主并美。"有《北梦琐言》。其词载于《花间集》《尊前集》《历代诗余》等书，共存 84 首。今有王国维辑《孙中丞词》。

河传①（节选）

风飐，波敛，团荷闪闪，珠倾露点。木兰舟上，何处吴娃越艳②？藕花红照脸。　《大堤》狂杀襄阳客③，烟波隔，渺渺湖光白。身已归，心不归，斜晖，远汀鸂鶒飞。

作品赏析

本词为赞美吴越水乡少女之作。上片通过描写美丽的江南水乡湖面景色如画，衬托出吴越少女的美丽姿容，勾画出“吴娃越艳”的鲜明形象。下片通过少女唱《大堤》歌的美妙歌声，引起北方游客对吴越少女的倾慕，以至流连忘返。

乐舞阐释

① 河传：词牌名，一作《水调河传》，又名《怨王孙》《月照梨花》《唐河传》等。《河传》之名始于隋代。宋代王灼《碧鸡漫志》卷四引《脞说》载：“《水调》《河传》，炀帝将幸江都时所制，声韵悲切，帝喜之。”又载：“《河传》，唐词存者二，其一属‘南吕宫’，凡前段平韵，后仄韵。其一乃今《怨王孙》曲，属‘无射宫’。以此知炀帝所制《河传》，不传已久。然欧阳永叔（修）所集词内《河传》，附‘越调’，亦《怨王孙》曲。今世《河传》，乃‘仙吕调’，皆令也。”首见于温庭筠的词作，双调，五十五字，仄韵、平韵换叶。唐、宋人所作令词，句读韵脚，极不一致。另有句式、韵脚略异者，还有六十字体、五十七字体、五十四字体，平仄韵间用。本词为双调，共五十五字，全词同韵，仄韵，韵字可上声、可去声。

② 何处吴娃越艳：这是何处的漂亮的姑娘啊？

吴娃越艳：泛指江南美女。吴、越均为地名（今江苏省、安徽省、浙江省一带）。“吴越”之名始于先秦。因为春秋时期在此地出现过吴国和越国，所以称为吴越。秦统一中国后，长江下游一带称为越地或东越，用以区别南越（今东南沿海一带）。唐代李白《经乱离后天恩流夜郎忆旧游书怀赠江夏韦太守良宰》：“吴娃与越艳，窈窕夸铅红。”明代夏完淳《大哀赋》：“吴歈越艳，鲁酒梁樽。”吴娃，指吴地一代美貌的女子。《文选》引枚乘《七发》载：“使先施、徵舒、阳文、段干、吴娃、闾娵、傅予之徒……嬿服而御。”李善注：“皆美女也。”《资治通鉴·赧王中》载：“主父初以长子章为太子，后得吴娃，爱之。”胡三省注：“吴娃……吴、楚之间谓美女曰娃。”清代方文《赠万年少》：“挟瑟吴娃媚，临书魏傅工。”因为古代美女西施出自越国，所以以“越艳”泛指越地美貌的女子。宋代柳永《长寿乐》：“况有红妆，楚腰越艳，一笑千金何啻。”

③《大堤》狂杀襄阳客：北方旅人听到少女歌唱的《大堤》曲，欣喜若狂，倾慕至极。

《大堤》：歌曲名，乐府西曲歌名。内容主要写男女爱情。唐代张柬之《大堤曲》：“南国多佳人，莫若大堤女。玉床翠羽帐，宝袜莲花炬。魂处自目成，色授开心许。迢迢不可见，日暮空愁予。”唐代孟浩然《大堤行》：“大堤行乐处，车马相驰突。岁岁春草生，踏青二三月。王孙挟珠弹，游女矜罗袜。携手今莫同，江花为谁发。”

菩萨蛮（节选）

木绵花映丛祠小，越禽声里春光晓。铜鼓与蛮歌[①]，南人祈赛多[②]。　客帆风正急，茜袖偎樯立。极浦几回头，烟波无限愁。

作品赏析

本词描写了旅人在我国西南地区的见闻和感受。通过对当地自然景色和社会风俗等的描写，为人们呈现出一幅神奇瑰丽的风景画；继而通过对“茜袖偎樯立”的女子的描写，引发旅人无限的愁思。

乐舞阐释

① 铜鼓与蛮歌：铜制的大鼓与南方少数民族的歌曲。

铜鼓（见图 2–7）：铜制打击乐器，又名蛮鼓、蛙鼓、诸葛鼓、孔明鼓等，是南方少数民族使用的乐器，主要流行于广西、广东、云南、贵州、四川、湖南等省份的少数民族地区。鼓呈圆形，由面、胴、腰、足、耳五部分组成。鼓腔中空，鼓有单面、双面两种，两侧有铜环耳，鼓面和鼓身都有精致的纹饰。大小不一，分为特大、大、中、小等不同的型号，大者直径可达 100 厘米，小者直径十几厘米。现在存世的最大的铜鼓实物，是广西北流铜鼓，面径 165 厘米，残高 67.5 厘米，重 300 千克。最小者为牟定佛土龙鼓，高 17.8 厘米，面径约 22 厘米。古时有平置于地上和悬奏两种演奏方式，现代则多用悬奏，也有抬着击奏的。据研究，最早的铜鼓出土于云南楚雄万家坝，是从炊具铜釜（即铜锅）演变而成的，距今已有 2000 多年。铜鼓最早出现于春秋初期，盛行于汉代，铜鼓的铸造与使用一直延续至今。《太平御览》卷七八六引三国万震《南州异物志》载："出得人（出猎获得可食之人）归家，合聚邻里，悬死人中当，四面向坐，击铜鼓歌舞饮酒，稍就割食之。"《广南府志》载：广西壮族"自正月至二月击铜鼓跳舞为乐，谓之过小年"。另外，古代少数民族统治者以铜鼓作为权力的象征，在宗教活动、节日、宴飨、传信和伴奏乐舞中使用。用于《铜鼓舞》时，自奏铜鼓起舞，或以铜鼓伴奏，舞者围着铜鼓，随着击鼓的节奏起舞。晋代裴渊《广州记》载："俚僚铸铜为鼓，鼓唯高大为贵。面阔丈余……有是鼓者，极为豪强。"云南晋宁石寨山出土的西汉铜鼓形贮贝器盖上，刻有多人跳铜鼓舞的

图 2–7　万家坝铜鼓

场面。另外，铜鼓还用于赏赐或进贡。

蛮歌：南方少数民族所唱的歌曲。古代汉人称南方少数民族为“蛮”。唐代杜甫《夜》：“蛮歌犯星起，空觉在天边。”明代徐熥《送李太守擢宪滇南》：“开府定能宽汉法，采诗自可入蛮歌。”

② 南人祈赛多：南方少数民族多有谢神佑助的祭祀、娱乐、社交活动。

祈赛：即社赛，是古代谢神佑助的祭祀活动，主要为古代南方少数民族集祭祀、娱乐、社交为一体的社会活动形式。《旧唐书·张嘉贞传》载：“岳祠为远近祈赛。”唐代王维《凉州郊外游望》：“野老才三户，边村少四邻。婆娑依里社，箫鼓赛田神。洒酒浇刍狗，焚香拜木人。女巫纷屡舞，罗袜自生尘。”描写了人们在凉州郊外赛田神的情景，表现出较强的娱乐性。

第三章　宋代词

一、寇 准（961—1023）

字平仲。华州下邽（今陕西省渭南市）人。北宋政治家，诗人。少时聪颖，通文史，善诗。太平兴国五年（980）进士。曾知巴东，历任尚书右仆射、集贤殿大学士，官至宰相。景德元年（1004）辽兵入侵，寇准力排众议，请真宗亲征，进驻澶州（今河南省濮阳市），最终达成和议，辽罢兵而还，史称"澶渊之盟"。因王钦若等人所谗，被罢相，贬为道州（今湖南省道县）司马。天禧初复相，封莱国公。后又受排挤，贬为雷州（今广东省雷州市）司户参军。卒于雷州。宋仁宗时赐谥曰"忠愍"。《四库提要》称其诗作"含思凄惋，绰有晚唐之致"。有《巴东集》，存词6首。有《寇莱公集》，存词5首。有《寇忠愍公诗集》。《宋史》有《寇准传》。

阳关引①

塞草烟光阔，渭水波声咽。春朝雨霁轻尘歇。征鞍发。指青青杨柳，又是轻攀折。动黯然，知有后会甚时节。　更尽一杯酒，歌一阕②。叹人生，最难欢聚易离别。且莫辞沉醉，听取《阳关》彻③。念故人，千里自此共明月。

作品赏析

本词是作者在守边时送别友人的惜别之作，整首词通过对送别时情景的描写，表达了词人深深的惜别之情。上片通过对边塞风景的描述，映衬了送友人离去时的离愁别绪。“阔”字，从视觉上突出地表达了离别后天各一方、相见艰难的距离感；“咽”字则从听觉上表现了离别时的哭泣之声，声色相兼，通过寓情于景的写作手法，点明“送别”的主题。而“春朝雨霁轻尘歇”与“征鞍发”之间有着强烈的对比，春天应是同友人赏美景的时节，但此时征人却要出发，更加强了词人心中的离愁别绪。下片写送别时的情形。“听取阳关”是指古代著名的送别曲《阳关三叠》。结尾“千里自此共明月”句，表达了作者和征人共同的心情，既包含王勃《送杜少府之任蜀州》“海内存知己，天涯若比邻”诗句中所表现的宽阔胸怀，也蕴含了苏轼《水调歌头》“但愿人长久，千里共婵娟”诗句中的美好心愿。

乐舞阐释

① 阳关引：词牌名，此调始于本词作者寇准的《阳关引》，词中有“听取阳关彻”句，所以以其作词调名。调名取意于唐代王维《渭城曲》(又名《送元二使安西》) 中“西出阳关无故人”句。

② 歌一阕：歌唱一曲《阳关曲》。

③ 听取《阳关》彻：听《阳关曲》唱完。

《阳关》：即《阳关曲》，古代琴歌，又名《渭城曲》《阳关三叠》，是唐代王维送别友人去边疆时写下的一首七言绝句，描写的是送别、惜别之情。此诗后来编入乐府，流传很广，成为关于饯别的名曲。王维《渭城曲》：“渭城朝雨浥轻尘，客舍青青柳色新。劝君更尽一杯酒，西出阳关无故人。”

二、柳　永（约987—1053）

原名三变，字景庄，后改名永。崇安（今福建省武夷山）人。北宋著名词人，婉约派创始人。宋仁宗景祐元年（1034）进士。仕途不得志，只任过余杭县令、盐场大使、屯田员外郎等职。世称“柳屯田”。怀才不遇，放荡不羁，终身潦倒。年轻时是风流才子，常与伶人和教坊乐工交往。其词吸收了民间作品的养料，经教坊歌伎传唱，流传很广。内容多描写城市风光和歌伎的生活。其词铺叙刻画，音律谐婉，情景交融，语言通俗，对宋词的发展有很大影响，对慢词的发展有开拓性贡献。陈振孙在《直斋书录解题》中评价柳永的词：“承平气象形容曲尽。”叶梦得《避暑录话》载：“凡有井水饮处，即能歌柳词。”柳永卒于润州（江苏省镇江市），埋葬于北固山下。有《乐章集》，存词近200首。

倾杯乐①

禁漏花深，绣工日永，蕙风布暖。变韶景、都门十二，元宵三五，银蟾光满。连云复道凌飞观。耸皇居丽，嘉气瑞烟葱蒨。翠华宵幸，是处层城阆苑。　　龙凤烛、交光星汉。对咫尺鳌山开羽扇。会乐府两籍神仙②，梨园四部弦管③。向晓色、都人未散。盈万井、山呼鳌抃。愿岁岁，天仗里、常瞻凤辇。

作品赏析

本词通过对宋初元宵佳节人们载歌载舞的热闹场景的描写，浓墨重彩地展现出京城繁华的景象，歌颂皇恩浩荡和皇帝与民同乐的情景，展现了国泰民安的太平盛世。

乐舞阐释

① 倾杯乐：原为隋代旧曲，唐代翻为教坊曲，后用作词牌，又名《倾杯》《倾杯序》《古倾杯》。唐玄宗时曾作为配合“舞马”的乐曲。唐宣宗时，又制《新倾杯》。《乐府杂录》载：“《倾杯乐》，宣宗喜吹芦管，自制此曲。”本调有多种字数格式，唐教坊曲《倾杯乐》调名本于《倾杯令》小调。上、下两片，五十二字，仄韵体。敦煌曲子词中的这一词牌，有一百〇九字与一百一十字两体，仄韵。还有双片一百〇六字体，全词同韵，仄韵，韵字可上声、可去声。另有一百〇四字体和一百一十六字体。宋代柳永《乐章集》中有八首《倾杯乐》，均为双调，仄韵，但这八首词的宫调各不相同，共计五种，字数也从一百〇四字至一百〇六字不等。本词为双调，共一百〇六字，全词同韵，仄韵，韵字可上声、可去声。上片前两句对仗，第四、第五句对仗，第六、第八句首字领格。下片第四、第六句首字领格，第七、第八句对仗，尾句为“上三下四”句式。

② 会乐府两籍神仙：乐府两宫伎乐部中技艺高超的乐人。

乐府：是秦、汉、隋代的宫廷乐舞机构，后世也指诗歌体裁（详见第一章唐代词第十六节司空图《杨柳枝·寿杯词十八首》）。

③ 梨园四部弦管：梨园中四个乐舞部别（乐工编制）的音乐和乐器。

梨园：唐代设置的教习宫廷歌舞艺人的乐舞机构（详见第一章唐代词第八节窦常《还京乐歌词》）。

四部：原指金、石、丝、竹四类乐器，此处指乐舞部别。《新唐书·南蛮下》中分为四部：龟兹部、大鼓部、胡部、军乐部。唐代梨园又按照不同的级别和乐舞性质分为四部：梨园法部，在蓬莱宫侧；梨园，在宜春北院；梨园别教院，在太常寺；梨园新院，在洛阳东都太常寺。宋代洪皓《蓦山溪》："鳌山凤阙，多少飞琼侣。颙俟翠华临，庆新春、金波盈五。莲灯开遍，侍从尽登楼，簪花赴。　　传柑处。咫尺聆天语。厌厌欲罢，宣劝犹旁午。扶上玉花骢，更踟蹰、梨园四部。追思往事，一夕九回肠，皇恩溥。归期阻。引领江南路。"

弦管：吹管乐器与拨弦乐器，也泛指音乐和乐器。

看花回[①]

玉城金阶舞舜干[②]。朝野多欢。九衢三市风光丽，正万家、急管繁弦[③]。凤楼临绮陌，嘉气非烟。　　雅俗熙熙物态妍。忍负芳年。笑筵歌席连昏昼[④]，任旗亭、斗酒十千。赏心何处好，惟有尊前。

作品赏析

本词描写了当时繁华热闹、祥和富丽、歌舞升平的盛世景象，流露出作者身处盛世的自豪感和恣意享乐的思想。上片主要展现了国泰民安的气象，词中借用"舜大布文德，舞干羽两阶"的典故，歌颂当朝天子崇尚文治、天下祥和大治的局面。“朝野多欢”句，承上启下，写出承平时代的盛世气象。下片通过对歌舞欢宴等的描写，表现出太平欢歌的气氛和及时行乐的心理。

乐舞阐释

① 看花回：词牌名，又为琴曲名。该词牌源自琴曲《看花回》。一百〇一字体，全词同韵，仄韵，韵字可上声、可去声，古韵多入声，上、下片第四句首字为领字。另有六十七字体、六十八字体，平韵。本词为双调，共六十八字，上、下片各六句，四平韵。

② 玉墄金阶舞舜干：在金玉台阶上表演舜帝时的盾牌大斧舞。

舞舜干：取意于《韩非子·五蠹》：“当舜之时，有苗不服，禹将伐之。舜曰：‘不可。上德不厚而行武，非道也。’乃修教三年，执干戚舞，有苗乃服。”描写了舜帝时，中原周边的有苗族常常挑衅，舜乃让兵士列队执干戚舞于阵前，有苗族被震慑而退兵。“金阶舞舜干”语出《尚书·虞书·大禹谟》：“帝乃诞敷文德，舞干羽于两阶。”《旧唐书·文苑传下·刘蕡》载：“叔子之所务，不若重华之舞干。”

舜：舜帝，又称虞舜，五帝之一，名重华，字都君，是我国传说中父系氏族社会后期部落联盟领袖，与尧帝并称“尧舜”。舜死后，禅位于禹。舜的乐舞为《大韶》。《大韶》是古代著名乐舞，简称《韶》。《大韶》是舜帝命乐人夔创作的歌颂舜帝继承尧帝之仁德的纪功乐舞。《尚书·虞书·益稷》载：“《箫韶》九成，凤凰来仪。”此乐舞主要以排箫为伴奏乐器，所以又称《箫韶》；又因其乐共九段，“九”通“大”，所以又名《九韶》。表演时以人扮成凤凰、百兽，翔舞庆贺。《大韶》经过周代的加工整理，成为《六大舞》之一，是文舞的代表作之一。《六大舞》又名《六代舞》《六乐》等，包括《云门》《大章》《大韶》《大夏》《大濩》《大武》，分别是黄帝、唐尧、虞舜、夏禹、商汤、周武王的乐舞。

干（见图 3–1）：此处指《干舞》，又称《兵舞》，舞者持盾牌而舞，为周代《六小舞》之一，属于武舞类。小舞之名始见于《周礼》，周代将小舞列为贵族子弟的必修课程。干，即盾牌，孔颖达《礼记注疏》："干，盾也。戚，斧也。武舞所执也。"贾公彦疏："《干舞》者，《兵舞》者。此有《干舞》，'舞师'有《兵舞》，先郑（司农）以干戈兵事所用，故以《干舞》为《兵舞》，后郑（玄）亦从之也。"汉代郑玄笺："干，盾也。"古代宫廷乐舞分为"文舞"和"武舞"两类。文舞的表演形式，是舞者左手执龠（竹制管乐器），右手执翟（羽）而舞，舞蹈文雅舒缓；武舞的表演形式，是舞者左手持干（盾牌），右手持戚（长柄斧）而舞，舞蹈刚健有力。在周代，利用文舞和武舞来训练人们在仪表举止方面的修养。学习《六小舞》有严格的年龄和身份限制，并有细致严明的奖罚制度。据《周礼·春官宗伯》载，《六小舞》由乐师掌管，主要用于教育贵族子弟，也用于某些祭祀场合。《论语·宪问》载："文之以礼乐。"《礼记·内则》载："十有三年学乐，诵《诗》，舞《勺》，成童舞《象》，学射御。二十而冠，始学《礼》，可以衣裘帛，舞《大夏》。"唐代褚亮《祭方丘乐章·舒和》："玉币牲牷分荐享，羽旄干戚递成容。"

图 3–1　明代朱载堉《乐律全书》中《六代小舞谱》的干舞图

③ 急管繁弦：管弦乐器一起奏鸣。

管弦：吹管乐器与拨弦乐器，也泛指音乐和乐器。

④ 笑筵歌席连昏昼：昼夜不停地欢享于歌舞宴席。

破阵乐①

露花倒影，烟芜蘸碧，灵沼波暖。金柳摇风树树，系彩舫龙舟遥岸。千步虹桥，参差雁齿，直趋水殿。绕金堤、曼衍鱼龙戏②，簇娇春罗绮，喧天丝管③。霁色荣光，望中似睹，蓬莱清浅。　　时见。凤辇宸游，鸾觞禊饮，临翠水、开镐宴。两两轻舠飞画檝，竞夺锦标霞烂。罄欢娱④，歌鱼藻⑤，徘徊宛转⑥。别有盈盈游女，各委明珠，争收翠羽，相将归远。渐觉云海沉沉，洞天日晚。

作品赏析

本词描写宋仁宗年间（1010—1063），每年农历三月一日以后，君臣与平民一同游览汴京金明池的盛况。上片开门见山地对金明池的“露花”“蘸碧”和“灵沼”进行描绘，奠定了整首词清新明丽、暖意融融的基调；接着作为铺垫和渲染，对“遥岸”“虹桥”“金堤”等风光景色和热闹场景进行描写，景象宛如蓬莱仙境。下片紧承上片词境，描写了歌舞升平、君民欢娱游览的景象。作者运用精细的笔触，将写景与抒情融于一体。整首词首尾呼应，从晨景写起，以暮景结束，展现了金明池自晨景到“日晚”的美好景象，构成了一幅描绘繁荣兴旺的社会景况的实录图。

乐舞阐释

① 破阵乐：原为唐教坊曲名，后用作词牌，又名《破阵子》《十拍子》《醉琼枝》，属武舞类（详见第二章五代词第四节李煜《破阵子》）。本词为双调，共一百三十三字，上片十四句，下片十五句，全

词同韵，仄韵。

② 绕金堤、曼衍鱼龙戏：绕着坚固的堤堰表演《鱼龙曼衍》戏。

曼衍鱼龙戏（见图 3–2）：即《鱼龙曼衍》戏，是古代百戏中的一种杂技节目，又为汉代角抵戏中的一种舞蹈。鱼龙，古代百戏节目。曼衍，一作“漫衍”，为巨兽名。《鱼龙曼衍》戏，由艺人利用制作的动物模型扮成各种动物进行表演，主要表现各种动物追逐、搏斗、嬉戏的状态。

图 3–2　沂南汉画像石上的百戏《鱼龙曼衍》，山东省沂南县北寨村出土

现今已经看不到《鱼龙曼衍》戏的表演，在古籍中有相关描写，如汉代张衡《西京赋》载：“巨兽百寻，是为漫延。”另外，在汉代画像石上也能看到其面貌，如山东沂南汉画像石《百戏图》中就刻有鱼龙之舞。梁元帝《纂要》载：“百戏，起于秦汉，有鱼龙曼延。……象人、怪兽、舍利之戏。”《汉书·西域传下》载：“设酒池肉林以飨四夷之客，作巴俞、都卢、海中砀极、漫衍鱼龙、角抵之戏以观视之。”唐代长安、洛阳等地盛行鱼龙戏。唐代陈子昂《洛城观酺应制》：“云凤休征满，鱼龙杂戏来。”唐代张说《侍宴隆庆池应制》：“鱼龙百

戏纷容与，凫鹢双舟较溯洄。”宋代汴京及临安等地也盛行《鱼龙曼衍》及角抵之戏，称为“鱼龙杂戏”或“鱼龙百戏”。宋代秦观《望海潮》：“追思故国繁雄。……爵马鱼龙。”宋代夏竦《和上元观灯》：“鱼龙曼衍六街呈，金锁通宵启玉京。”宋代陈济翁《蓦山溪》：“去年今日，从驾游西苑。彩仗压金波，看水戏、鱼龙曼衍。宝津南殿，宴坐近天颜，金杯酒，君王劝。　　头上宫花颤。六军锦绣，万骑穿杨箭。日暮翟华归，拥钧天、笙歌一片。如今关外，千里未归人，前山雨，西楼晚。望断思君眼。”

③ 喧天丝管：演奏管弦乐器，声入云霄。

丝管：弦乐器与管乐器，也泛指音乐，是汉族传统民族管弦乐器的统称。丝，指弦乐器，如琴、筝、琵琶等。管，指吹管乐器，如笙、竽、笛、箫等。

④ 罄欢娱：尽情欢乐。

⑤ 歌鱼藻：歌唱着《鱼藻》篇。

《鱼藻》：《诗经·小雅》中的篇名，是一首歌颂、赞美周天子的诗歌。宋代朱熹《诗集传》载：“诸侯美天子之诗。”西周初年，周武王平定天下，建都镐京，民众逢此盛况，以鱼之在藻之乐兴武王之在镐之乐，充分显示了周代民众爱戴武王的心。《鱼藻》原文：“鱼在在藻，有颁其首。王在在镐，岂乐饮酒。鱼在在藻，有莘其尾。王在在镐，饮酒乐岂。鱼在在藻，依于其蒲。王在在镐，有那其居。”诗中的内容是借鱼在水藻之中自得其乐，喻说周武王在京城的安乐。

⑥ 徘徊宛转：舞蹈中不断转动身体。

木兰花[①]

心娘自小能歌舞[②]。举意动容皆济楚。解教天上念奴羞[③]，不怕掌中飞燕妒[④]。　　玲珑绣扇花藏语[⑤]。宛转香茵云衬步[⑥]。王孙若拟赠千金，只在画楼东畔住。

作品赏析

作者柳永的《木兰花》词共有四首，分别叙写了心娘、酥娘、虫娘、佳娘四位青楼歌舞伎。本词以虚实并用的写法，描写了名叫心娘的艺伎。词的开头对心娘的情况进行了交代。先以念奴、飞燕做比较，从侧面赞誉她技压群芳的才华；接着又细致地描述了她美妙的歌声、轻盈的舞步，表现了作者对她的赞许和同情。

乐舞阐释

① 木兰花：原为唐教坊曲名，后用作词牌，又名《木兰花令》《玉楼春》《惜春容》等，另有《减字木兰花》《偷声木兰花》《木兰花慢》等，各有其格律。《花间集》所录三首各不相同，兹以韦庄词为准：双片，五十五字，全调同韵，仄韵，韵字可上声、可去声。上下片各三仄韵，不同部换叶。五代时文人用为两体：一为三七言长短句的仄韵体，一为七言八句用仄韵。《金奁集》入“林钟商调”。《尊前集》所录皆五十六字体，北宋以后多遵用之。本调因五代欧阳炯所作“同在木兰花下醉”句得名，最初其句式参差不齐。在宋以前，此调与《玉楼春》各为独立词牌，后宋人实作《玉楼春》调时，成此七言八句，使两词同体不同名，“玉楼春”成为本词的别称。本词为双调，共五十六字。

② 心娘自小能歌舞：歌舞女心娘从小能歌善舞。

③ 解教天上念奴羞：能让天上的念奴感到娇羞。

念奴：是唐代天宝年间京师长安著名的歌伎，后世也用以泛指歌女。因为念奴音色绝妙，唐玄宗常召见听其唱歌，所以有此曲名。又为词牌名《念奴娇》，取自念奴这一人名。《开元天宝遗事》记载她："有姿色，善歌唱。"唐代元稹在《连昌宫词》中描写了当时念奴演唱的情景："力士传呼觅念奴，念奴潜伴诸郎宿。须臾觅得又连催，特敕街中许然烛。春娇满眼睡红绡，掠削云鬟旋装束。飞上九天歌一声，二十五郎吹管逐。"宋代晏殊《山亭柳》："家住西秦，赌博艺随身。花柳上，斗尖新。偶学念奴声调，有时高遏行云。蜀锦缠头无数，不负辛勤。　　数年来往咸京道，残杯冷炙漫消魂。衷肠事，托何人？若有知音见采，不辞遍唱阳春。一曲当筵落泪，重掩罗巾。"明代徐之瑞《探春慢》："春转园林，绿阴似水，鸣禽初变时节。薄日熏风，群芳才谢，偏是此花娇绝。今日同看处，却还忆、年来离别。乱红轻素翩翻，一庭交艳霏雪。　　试问追游胜地，谁唤起念奴，檀板歌彻。故国凄凉，风流云散，博得满头华发。惟酒能销恨，翻引我、愁肠如结。又是春归，清霄数声啼鴂。"

④ 不怕掌中飞燕妒：不怕被掌上舞的赵飞燕妒忌。

飞燕（见图3–3）：即赵飞燕，原名宜主，汉代著名舞蹈家，汉成帝皇后，为乐工之女。因其舞艺高超，体态瘦削，舞姿轻盈如燕飞凤舞，相传能为掌上舞，所以人们称其为"飞燕"。赵飞燕幼年时父亲就去世了，家庭败落，她流落到长安，在阳阿公主家当婢女，并学习歌舞和气韵之术，掌握了一种善于用气的舞蹈，表演时扬袖飘舞，身体如若乘风飘飞。汉成帝见赵飞燕舞艺超群，召其入宫，封为婕妤，永始元年（前6），立为皇后。宫中有太液池，中间的小岛叫瀛洲，汉成帝命人在上面筑起一个高四十尺的台子。一次赵飞燕身着薄纱，在上面跳舞，忽然一阵大风袭来，赵飞燕轻薄的衣袖随风飘舞，好似她要随风飘去，汉成帝急忙命人拉住赵飞燕的衣裙。自此以后，汉成帝特意为她建造了名为“七宝避风台”的住所，还为赵飞燕造一水晶盘，令宫人托盘，赵飞燕在盘上起舞。《汉书》载：“赵飞燕体轻，能掌上舞。”另外，赵飞燕还擅长一种叫作“踽步”的舞蹈步法。踽步像后世戏曲艺术中的“圆场步”。跑“圆场步”时，膝盖稍微弯曲，脚以小碎步快速向前走动，上身平稳、不晃动，犹如在水上飘来飘去，表演技巧很高。《赵飞燕别传》载：“赵后腰骨纤细，善踽步而行，若人手执花枝，颤颤然，他人莫可学也。”绥和二年（前 7），汉成帝去世，哀帝刘欣继位，封赵飞燕为皇太后。六年后，汉平帝刘衎即位，废赵飞燕为庶人，令其自杀身亡。宋代康与之《舞杨花》：“牡丹半坼初经雨，雕槛翠幕朝阳。娇困倚东风，羞谢了群芳。洗烟凝露向清晓，步瑶台、月底霓裳。　　轻笑淡拂宫黄。浅拟飞燕新妆。杨柳啼鸦昼永，正秋千庭馆，风絮池塘。三十六宫，簪艳粉浓香。慈宁玉殿庆清赏，占东君、谁比花王。良夜万烛荧煌。影里留住年光。”明代周拱辰《水龙吟》：“石榴裙底柔情，红泥留得佳人谱。草思秀陌，花忆苍苔，愁深鹦鹉。只合拉、掌中飞燕，试昭阳舞。何人无赖，偷来裁作酒瓠。　　调笑风流绝创，消受盈盈香步。刘伶锸畔，毕卓瓮边，不辞多露。浇汝一杯，消予傀磊，许多狂诅。细尝来不似椒醇，一半是，巫山雨。”

图 3-3　赵飞燕《掌上舞》图

⑤ 玲珑绣扇花藏语：小巧玲珑的绣扇花纹里暗含有柔情细语。

绣扇：绣有美丽花纹的扇子，即古代的团扇。

⑥ 宛转香茵云衬步：舞步犹如被回旋缥缈的云托着一样。

云衬步：犹如浮云托着的舞步。“云步”是戏曲舞蹈动作，是根据浮云移动的形状而创作的舞蹈步法。有两种做法：单踯云步，为一脚用脚掌，另一脚用脚跟，两脚同时踯动，在内“八”字形和外“八”字形的交替变化中横移。双踯云步，为两脚掌同时向右（或向左）横移，然后两脚跟同时向右（或向左）横移。

三、张　先（990—1078）

字子野。乌程（今浙江省湖州吴兴）人。北宋著名词人。宋仁宗天圣八年（1030）进士。曾任安陆知县，永兴军通判，渝州知州。官至尚书都官郎中。晚年退居吴兴、杭州一带。曾与梅尧臣、苏轼、欧阳修、王安石等人交往。他早年以小令和晏殊并称；后来写慢词，和柳永齐名。对慢词的发展有一定的贡献。曾因“坠风絮无影”“云破月来花弄影”“帘压卷花影”三处“影”字的妙用，而被称为“张三影”。其词沿袭婉约派词风，多写离情别绪，月影花色和男女爱情。夏敬观认为：“子野词凝重古拙，有唐、五代之遗音。慢词亦多小令作法。在北宋诸家中，可云独树一帜。”有《张子野词》，存词170余首。

减字木兰花[①]

垂螺近额[②]。走上红裀初趁拍[③]。只恐轻飞[④]。拟倩游丝惹住伊[⑤]。　　文鸳绣履[⑥]。去似杨花尘不起[⑦]。舞彻《伊州》[⑧]，头上宫花颤未休[⑨]。

作品赏析

本词运用白描的写法，以简洁的文字、细腻的笔触从舞女的外形和神韵两方面，刻画了一个妙龄少女妖娆曼妙的身姿，描绘出少女轻盈飘逸的舞姿，营造出和着《伊州》曲翩翩起舞的意境。从舞者“垂螺近额”的首饰，描写至“文鸳绣履”；从舞蹈表演的出场到动作随节奏转换，再至舞蹈的结束，描写了舞蹈表演的全过程，生动地呈现出女子优美的舞姿和迷人的形象——跳跃旋转间，如杨花一般缥缈婀娜，就连舞蹈终止后，舞者头上的宫花仍然颤巍巍地摇晃不停这个生动传神的微小细节都描绘了出来，使人如身临其境，回味无穷。仿佛给读者展现了一部精彩绝伦的舞蹈作品，产生了动人的审美效果，真可谓“乐舞词”之佳作。

乐舞阐释

① 减字木兰花：词牌名。“减字”是唐宋曲子词中的术语，指词调减省节奏和减少歌词字句，从而衍变新调。词的句读和声韵，都需要按谱子来填写，不能随意变换。但当时的音乐家在曲子的声腔方面有所更新，将旧曲发展为新声，如《木兰花》原为七言八句，五十六字体，后将一、三、五、七句各减去末尾三个字，并将第三句、第四句改为平韵，全词“四换韵体”，成为《减字木兰花》，只有四十四字。本词为双片，共四十四字，上、下片各为两仄韵转两平韵，其中两仄韵、两平韵各为一个韵，或仄与仄、平与平、平与仄各为一个韵。仄声可上声、可去声，平声可阴平、可阳平。

② 垂螺近额：下垂至近额角的螺形发髻。

③ 走上红裀初趁拍：快速跑上红地毯，按照乐曲的节拍翩翩起舞。

拍：此处指节拍。唐代白居易《醉后赠人》：“香球趁拍回环匼，花盏抛巡取次飞。”宋代吴文英《玉楼春》：“归来困顿殢春眠，犹梦婆娑斜趁拍。”

④ 只恐轻飞：这位舞女舞步轻盈、身轻如燕，好似要飞到天上去。

⑤ 拟倩游丝惹住伊：于是想让空中的游丝牵住她。

⑥ 文鸳绣履：她穿着绣有文采鸳鸯的舞鞋在红地毯上轻快地旋转跳跃。

⑦ 去似杨花尘不起：又像柳絮一样飘去，连一点灰尘也没有落上。

⑧ 舞彻《伊州》：一曲《伊州》演奏完，舞蹈停止。

《伊州》：即《伊州大曲》，唐代舞曲名，为西凉节度使盖嘉运所进。伊州，本为地名，隋代为伊吾郡，唐改置伊州，又名西伊州（西州），后泛指边疆。《新唐书·礼乐志》载：“开元二十四年，升胡部于掌上。而天宝乐曲，皆以边地名，若《凉州》《伊州》《甘州》之类。后又诏道调、法曲与胡部新声合作。”“伊州”作为曲名进入中原后已有所改变。唐代崔令钦《教坊记》载：“戏曰，内会出舞。教坊人惟得舞《伊州》《五天》，重来叠去，不离此两曲。”宋代刘克庄《清平乐》：“贪与萧郎眉语，不知舞错伊州。”《伊州大曲》是唐代大曲之一，名曲《阳关三叠》就是《伊州大曲》中的第三段（遍）。唐代陈陶《西川座上听金五云唱歌》：“歌是伊州第三遍。唱著右丞征戍词。”另外，敦煌藏经洞中发现的唐代大曲谱子中，有《伊州大曲》音乐的片段。

⑨ 头上宫花颤未休：舞女头上的红花还在颤巍巍地摇晃不休。

四、李　冠（生卒年不详）

字世英。齐州历城（今山东省济南市）人。宋代文学家。举进士不第，得同三礼出身，曾官乾宁主簿。以文学著称，与王樵、贾同齐名。又与刘潜同时以文学称誉京东。陈师道《后山诗话》载王安石谓："'云破月来花弄影'，不如李冠'朦胧淡月云来去'也。"有《东皋集》20卷，今已佚。《全宋词》收录其词5首。

六州歌头[①]（骊山）

凄凉绣岭，宫殿倚山阿。明皇帝。曾游地。锁烟萝。郁嵯峨。忆昔真妃子。艳倾国，方姝丽。朝复暮。嫔嫱妒。宠偏颇。三尺玉泉新浴，莲羞吐、红浸秋波。听花奴，敲羯鼓，[②]酣奏鸣鼍[③]。体不胜罗。舞婆娑[④]。　　正霓裳曳[⑤]。惊烽燧。千万骑。拥雕戈。情宛转。魂空乱。蹙双蛾。奈兵何。痛惜三春暮，委妖丽，马嵬坡。平寇乱。回宸辇。忍重过。香瘗紫囊犹有，鸿都客、钿合应讹。使行人到此，千古只伤歌[⑥]。事往愁多。

作品赏析

本词以李隆基与杨玉环为主题。作者来到骊山华清宫时，看到当年宏伟的宫殿如今已是凄凉的景象而触目伤怀，将对李、杨的感慨抒写成一首咏史怀古之作。上片对当年杨贵妃受到专宠，在骊山温泉宫轻歌曼舞的豪奢享乐生活进行了描写。下片以《霓裳》之舞作为转折，再现了“安史之乱”马嵬驿兵变的历史，以致最终唐玄宗赐死杨玉环的凄惨结局。又对唐玄宗让方士招魂，从而与杨贵妃的魂魄相会进行了讽刺和嘲笑。最后以“千古只伤歌，事往愁多”作为结尾，表达了作者“吊古伤今”的感慨。

乐舞阐释

① 六州歌头：原为鼓吹曲名，后用作词牌。该词牌三字句较多。宋程大昌《演繁露》：“《六州歌头》，本鼓吹曲也。近世好事者倚其声为吊古词……音调悲壮，又以古兴亡事实文之。闻其歌，使人惆怅，良不与艳辞同科，诚可喜也。”明代张慎《词品》卷一：“《六州》得名，盖唐人西边之州，伊州、梁州、甘州、石州、渭州、氏州也。”“歌头”指《六州》的引歌部分，即中序的第一章。此调悲壮而深沉，宋时大祀、大恤典礼皆用。本词为双调，共一百四十三字，用平韵、平韵叶仄韵和平仄互换三体。以平韵叶仄韵体为正体，上片十九句，七平韵，八叶仄韵；下片十九句，八平韵，十叶仄韵。由于多三字短句，平仄相叶或平仄互押，所以，该词牌在音律上急促多变。另有一百三十三字、一百四十四字体，字句、韵脚各不相同。

② 听花奴，敲羯鼓：听汝阳王李琎敲击羯鼓。

花奴：是唐玄宗的侄子汝阳王李琎的小名。李琎善击羯鼓。《杨妃外传》载：“汝阳王琎，小名花奴，尤善羯鼓。”有唐代文献记载了唐玄宗与李琎演奏羯鼓的过程，如唐代南卓《羯鼓录》载：“琎常戴砑绢帽打曲。上自摘红槿花一朵，置于帽上笪处，二物皆极滑，久之方安，遂奏舞山香一曲，而花不坠落，上大喜笑，赐琎金器一厨。”

宋代范成大《题开元天宝遗事》：“御前羯鼓透春空，笑觉花奴手未工。”明代刘荣嗣《钗头凤》：“天生惯，无拘绊，秋光春色随缘玩。村醪薄，安闲酌，花奴歌舞，友朋酬酢，乐！乐！乐！　诗书府，功名径，无端误人浮华梦。青楼幙，红香阁，许多愁闷，片时欢谑。错！错！错！”

羯鼓：古代打击乐器，原流行于西域地区，南北朝时传入中原，盛行于唐代（详见第二章五代词第四节李煜《子夜歌》）。

③ 酣奏鸣鼍：尽兴地敲打演奏鼍鼓。

鼍：又名中华鳄、扬子鳄，俗称土龙、猪婆龙，此处为鼓名，分布于长江中下游，是中国特有的动物。此鼓以鼍皮蒙鼓面，鼍皮坚厚，敲打之声如鼍鸣。

④ 舞婆娑：盘旋起舞。

⑤ 正霓裳曳：正在随着《霓裳羽衣曲》歌舞欢愉之时。

霓裳：指《霓裳羽衣曲》，唐代著名宫廷乐舞（详见第一章唐代词第四节李白《清平乐》）。

⑥ 千古只伤歌：成为千年悲伤之歌。

五、王安石（1021—1086）

字介甫，号半山。抚州临川（今江西省抚州市）人。北宋政治家，文学家，“唐宋八大家”之一。自幼喜爱读书，文思敏捷，拥有超凡的记忆力。宋仁宗庆历二年（1042）进士。历任淮南判官、鄞县知县、舒州通判、常州知府、提点江东刑狱等。庆历六年（1046）求外调为鄞县知县，办学校，修水利，贷谷于民，为民兴利除弊，政绩显著。嘉祐三年（1058）《上仁宗皇帝言事书》，提出政治改革主张。后入京任三司度支判官、知制诰。熙宁二年（1069）拜参知政事，次年拜同中书门下平章事。在宋神宗支持下主持变法，因遭保守派反对，屡屡受阻。熙宁七年（1074）罢相，次年再度入相，一年后又被罢相，贬为江宁知府。后辞去官职，隐居江宁（今江苏省南京市）半山园中。元祐元年（1086）卒，赠太傅，谥曰“文”。王安石“尚实学”，主张教育要学用一致，在中国古代教育史上有着积极的影响。他是诗文革新的支持者，认为文章要明道，有社会实用性，反对华而不实之作。议论文析理深透，凝练概括，立意超卓，成就显著。前期作品多反映社会现实，思想性较强。晚年多作抒情写景和酬答赠别的小诗，艺术欣赏性高。词作数量不多，却大有新意。刘熙载《艺概·词概》说：“王半山词瘦削雅素，一洗五代旧习，惟未能涉乐必笑，言哀已叹，故深情之士，不无间然。”有《临川先生文集》，存词29首。

桂枝香①

登临送目。正故国晚秋，天气初肃。千里澄江似练，翠峰如簇。归帆去棹残阳里，背西风、酒旗斜矗。彩舟云淡，星河鹭起，画图难足。　　念往昔、繁华竞逐。叹门外楼头，悲恨相续。千古凭高，对此谩嗟荣辱。六朝旧事随流水，但寒烟、芳草凝绿。至今商女，时时犹唱，后庭遗曲。②

作品赏析

本词是作者罢相后，观赏金陵胜地的景物时有感而发。上片描写金陵雄伟壮丽的景色。通过描写“登临”后开阔的视野，观赏到的澄江、翠峰、归帆、彩舟、星河，描绘了一幅壮美的晚秋图景，同时体现出作者高瞻远瞩的境界和爱国情怀。下片由写景转为抒情，以“怀古”之情，通过“念往昔”“悲恨相续”等句，对金陵古城历史过往中的风云变幻、屈辱悲恨进行了概括，折射出作者对当时社会荒淫腐败的生活风气的强烈不满，体现了作者内心对宋王朝命运的忧虑，表达了作者希望以“六朝旧事”的历史教训为前车之鉴的心声。结束句“至今商女，时时犹唱，后庭遗曲”以“商女犹唱后庭花”的典故，批判当时金陵贵族纸醉金迷的生活。

乐舞阐释

① 桂枝香：词牌名，又名《疏帘淡月》。该词牌出自唐代裴思谦《及第后宿平康里》：“银釭斜背解鸣珰，小语低声贺玉郎。从此不知兰麝贵，夜来新惹桂枝香。”本词为双调，共一百〇一字，全词同韵，仄韵，韵字可上声、可去声。上下片第二句首字为领字。上片第四

句、第五句可制为“六四”句式。

② 至今商女，时时犹唱，后庭遗曲：至今酒楼茶坊的歌女，仍然不时地唱《玉树后庭花》。

商女：指歌女，又为秋娘、秋女的指代。“商女”的典故出自唐代杜牧《泊秦淮》：“烟笼寒水月笼沙，夜泊秦淮近酒家。商女不知亡国恨，隔江犹唱后庭花。”后世以“商女”作为不顾国家存亡而醉生梦死的代名词。歌女之所以被称为“商女”，是因为唐代将歌舞女通称为“秋娘”或“秋女”，而古人把五音宫、商、角、徵、羽与四季五候春、夏、长夏、秋、冬相对应，并认为商音悲凉、哀婉，与秋天的肃杀之气相对应，如《礼记·月令》载“孟秋之月……其音商”，所以以商配秋。白居易《琵琶行》：“曲罢曾教善才伏，妆成每被秋娘妒。”五代孙光宪《竹枝》：“门前春水白蘋花，岸上无人小艇斜。商女经过江欲暮，散抛残食饲神鸦。”“乱绳千结绊人深，越罗万丈表长寻。杨柳在身垂意绪，藕花落尽见莲心。”宋代俞德邻《姑苏有赠》：“画楼珠翠列娉婷，辽鹤重来失故城。商女不知宁有恨，徐娘虽老尚多情。一帘花雨谈幽梦，双桨莼波急去程。却倚阊门重回首，笳声呜咽暮云横。”

后庭遗曲：即《后庭花》，是《玉树后庭花》曲名的简称（详见第一章唐代词第十五节吴融《水调》）。

六、晏几道（约1030—1106）

字叔原，号小山。抚州临川（今江西省抚州市）人。北宋著名词人。晏殊之子，与其父合称“二晏”。出身于官宦人家，成年后其父去世，家道中落。性情孤傲耿直。初为太常寺太祝，曾任颖昌府（今河南省许昌市）许田镇监。熙宁七年（1074）光州司法参军郑侠因上书贬斥王安石变法而入狱，晏几道因与郑交往，被株连下狱。崇宁四年（1105）为开封府推官，赐章服，后退居京城。黄庭坚为其词集作序，称赞他“文章翰墨，自立规模”。晚年家道中落，生活穷困潦倒。有《小山词》传世。《宋诗纪事》存诗6首。《全宋词》收其词200多首。事迹见黄庭坚《小山集序》，欧阳修《晏公神道碑铭》。

清平乐（节选）

幺弦写意①。意密弦声碎②。书得凤笺无限事。犹恨春心难寄。　　卧听疏雨梧桐。雨余淡月朦胧。一夜梦魂何处，那回杨叶楼中。

作品赏析

本词是一首怀人之作。通过弹琴和书信来寄托和倾诉衷肠，只盼望与情人梦中相见。上片作者将自己的思恋之情托之于歌姬，以女子的口吻来表达。下片描写相思之情。相思无眠，听潇潇疏雨敲打梧桐，凄凉悲苦。雨后淡月朦胧，即使入睡，梦魂也飘荡着，再度回到杨叶楼中，回到那女子身边，这都与作者今夜的情感相映衬。整首词以景衬情，清疏淡远。词意婉约幽雅，动人心魄，表现了作者对女子的相思之苦和深深的爱恋之情。

乐舞阐释

① 幺弦写意：细弦演奏的意境。

幺弦：琵琶的第四根弦。因为此弦最细，“幺”为细小、末小之意，所以称为幺弦。幺弦又借指琵琶。唐代刘禹锡《澈上人文集纪》：“世之言诗僧多出江左……如幺弦孤韵，瞥入人耳，非大乐之音。”宋代舒亶《菩萨蛮》：“香波绿暖浮鹦鹉。黄金捍拨幺弦语。”宋代张先《千秋岁》：“莫把幺弦拨。怨极弦能说。”

② 意密弦声碎：琴弦声细碎急促。

生查子①

轻轻制舞衣②，小小裁歌扇③。三月柳浓时④，又向津亭见⑤。　垂泪送行人⑥，湿破红妆面⑦。玉指袖中藏⑧，一曲清商怨⑨。

作品赏析

本词描写了歌舞女在渡口卖艺的情景。上片通过描写“舞衣、歌扇、柳浓、津亭”等，描绘了女子的装束和渡口的景色。下片通过“垂泪送行人，湿破红妆面”两句，将女子悲惨的生活状况和心中的愁苦跃然纸上。最后通过“一曲清商怨”句，将其内心深处的悲苦之情抒发出来。

乐舞阐释

①生查子：原为唐教坊曲名，后用作词牌，又名《楚云深》《梅和柳》《晴色入青山》《绿罗裙》《陌上郎》《梅溪渡》等。因贺铸词中有“处处愁风月”句，又名《愁风月》。《词谱》引《尊前集》入“双调”。任半塘《教坊记笺订》载：“《生查子》乃五言八句，仄韵之声诗。今传辞虽以韩偓之作为早，但盛唐间韦应物已有其调。”曾慥《类说》载：“唐明皇呼人为‘查’，言士大夫如‘仙查’，随流变化，升天入地，能处清浊也。”“查”同“槎”，古人释“查”为“楂”或“槎”。本词为双调，共四十字。上下片各四句，每句五字，格式相同，全词同韵，仄韵，韵字可上声、可去声。

②轻轻制舞衣：身穿轻盈飘逸的舞衣。

③小小裁歌扇：手拿小巧的歌扇。

歌扇：即古代的团扇，歌舞时所用的道具（详见第一章唐代词第十节王建《调笑令》）。

④三月柳浓时：初春三月正是柳树浓密之时。

⑤又向津亭见：又在渡口旁的亭子相见。

⑥垂泪送行人：流泪送别远行之人。

⑦湿破红妆面：浓妆被横流的泪水冲花。

⑧玉指袖中藏：白嫩的手指藏于袖中。

⑨一曲清商怨：一曲《清商怨》曲。

清商怨：词牌名。古乐府《清商曲辞》是一种悲怨的曲调。清商，指音调，即高的商调。宫、商、角、徵、羽五调，即相当于C、D、E、G、A五调。加一个“清”字表示比其本调高半个音，如清商比商调高半个音。《韩非子·十过》载，春秋初期，乐师师涓鼓琴，晋平公问：“此所谓何声也?”乐师师旷说：“此所谓清商也。”晋平公又问：“清商固最悲乎?”师旷说：“不如清徵。”师旷拿来比较的“清徵”和“清商”，指的是音调。张孝祥《水调歌头》即描写抚瑟奏清商的宋词：“濯足夜滩急，晞发北风凉。吴山楚泽行遍，只欠到潇湘。买得扁舟归去，此事天公付我，六月下沧浪。蝉蜕尘埃外，蝶梦水云乡。　　制荷衣，纫兰佩，把琼芳。湘妃起舞一笑，抚瑟奏清商。唤起九歌忠愤，拂拭三闾文字，还与日争光。莫遣儿辈觉，此乐未渠央。”

七、王 观（生卒年不详）

字通叟，号逐客。大约生活在北宋仁宗、英宗、神宗、哲宗四朝。如皋（今江苏省如皋市）人。宋仁宗嘉祐二年（1057）进士。元丰二年（1079）为大理寺丞。累官翰林学士、知江都县。曾奉诏作《清平乐》词，高太后认为其亵渎神宗，遂将其贬谪，所以王观自号“逐客”。宋代王灼《碧鸡漫志》曰：“王逐客才豪，其新丽处与轻狂处，皆足惊人。”有《扬州赋》《芍药谱》《冠柳词》。《全宋词》存词 16 首。

菩萨蛮（归思）

《单于》吹落山头月[①]。漫漫江上沙如雪。谁唱缕金衣[②]。水寒船舫稀。　　芦花枫叶浦。忆抱琵琶语[③]。身未发长沙。梦魂先到家。

作品赏析

本词抒写作者离开长沙返回家乡，登船后的思乡之情。上片借景抒情，通过对“山头月、沙如雪、船舫稀”等的描写，为下片抒发“思归”之情渲染气氛。下片情景交融，景艳情烈。“身未发长沙，梦魂先到家”的情感表达，点明题意，将一幅征人归心似箭的画面呈现于读者眼前，表达了作者急于归乡的迫切心情和魂牵梦萦的思乡之情。

乐舞阐释

①《单于》吹落山头月：角曲《单于》之声，好似能吹落山头的月亮。

《单于》：角曲名，有《大单于》《小单于》等曲。《乐府诗集》卷二十四中宋代郭茂倩题解："唐大角曲亦有《大单于》《小单于》《大梅花》《小梅花》等曲，今其声犹有存者。"唐代韦庄《绥州作》："一曲单于暮烽起，扶苏城上月如钩。"

② 谁唱缕金衣：何人在唱《金缕衣》曲？

缕金衣：即《金缕衣》，又名《金缕曲》《贺新郎》《乳燕飞》，曲牌名，又为词牌名。唐代杜秋娘《金缕词》："劝君莫惜金缕衣，劝君须惜少年时。"

③ 忆抱琵琶语：追忆白居易《琵琶行》中"今夜闻君琵琶语，如听仙乐耳暂明"的意境。

琵琶：拨奏弦鸣乐器（详见第二章五代词第五节韦庄《菩萨蛮》）。

八、陈济翁（1035—1100）

名恺，字济公。婺州永康（今浙江省永康）人。治平四年（1067）进士。仕历不详。《宝真斋法书赞》中曾布撰《宋朝散郎飞骑尉赐绯鱼袋陈君墓志铭》，岳珂跋称为《陈济翁墓志铭》，疑即其人。今存词3首，《全宋词》自《能改斋漫录》《全芳备祖》录入。

蓦山溪[1]

去年今日，从驾游西苑。彩仗压金波，看水戏、鱼龙曼衍[2]。宝津南殿，宴坐近天颜，金杯酒，君王劝。头上宫花颤。　　六军锦绣，万骑穿杨箭。日暮翠华归，拥钧天[3]、笙歌一片[4]。如今关外，千里未归人，前山雨，西楼晚。望断思君眼。

作品赏析

本词描写作者身处关外，对当年随皇帝出行西苑游乐的追忆。通过对侍驾时歌舞欢宴“宴坐近天颜，金杯酒，君王劝”等备受恩宠情景的描写，以及随皇帝射猎及一片笙歌归去情景的追忆，表现了词人对当时富贵荣耀的得意，也从侧面衬托了作者现在身处关外凄凉的处境，进一步抒发了作者“望断思君眼”的苦痛情感。

乐舞阐释

① 蓦山溪：词牌名，又名《上阳春》《弄珠英》。“上阳”是唐代宫名，《新唐书·地理志》载：“上阳宫在禁苑之东，东接皇城之西南隅，上元中置，高宗之季常居以听政。”《上阳春》词调由此而来，后演变为《蓦山溪》。《清真集》入“大石调”。本词为双调，共八十二字，全词同韵，仄韵，韵字可上声、可去声。有上片六仄韵，下片四仄韵；也有上片四仄韵，下片三仄韵者，列为别格；也有上、下片第七句押韵体，或上片九句三或五仄韵，下片九句三或六仄韵。

② 看水戏、鱼龙曼衍：观看龙舟和《鱼龙曼衍》戏的表演。

水戏：即水嬉，舫龙舟于水上表演。南朝梁刘勰《新论》载：“水戏则舫龙舟，建羽旗，鼓吹乎不测之渊。”

鱼龙曼衍：即《鱼龙漫衍》戏（详见第三章宋代词第二节柳永《破阵乐》）。

③ 拥钧天：听着天上的仙乐。

钧天：此处指《钧天乐》，古代乐曲名，是《钧天广乐》的简称。钧天，指天之中央；广乐，指优美而雄壮的音乐，是神话传说中天宫的音乐。例如，《列子·周穆王》载：“王实以为清都、紫微、钧天、广乐，帝之所居。”《史记》载：“简子寤，语诸大夫曰：‘我之帝所甚乐，与百神游于钧天，广乐九奏万舞，不类三代之乐，其声动心。’”南朝梁刘勰《文心雕龙·乐府》载：“钧天九奏，既其上帝。”元代傅若金《次韵元日朝贺》：“小儒未得随冠冕，遥听钧天隔彩霞。”明代何邦渐《巫山一段云》：“华胥难得到，似是此山间。地灵隐隐入音宣。湘瑟并奇传。圣代鸣珂里，尧封击壤年。熙融化境奏钧天。歌咏太平仙。”

④ 笙歌一片：在笙管乐器的伴奏下，歌声一片。唐代王维《奉和

圣制十五夜然灯继以酺宴》："上路笙歌满，春城漏刻长。"

笙：中国历史悠久的吹管乐器（详见第二章五代词第三节李璟《摊破浣溪沙》）。

九、苏 轼（1037—1101）

字子瞻、和仲，号东坡居士。眉州眉山（今四川省眉山市）人。北宋著名政治家、文学家、诗人、画家、书法家。与其父苏洵、弟苏辙合称“三苏”。嘉祐二年（1057）与弟赴京应举，同榜中进士，并深得主考官欧阳修的赏识。曾任大理评事、签书凤翔府判官、开封府推官等职。因反对王安石新法，先后转任密、徐、湖州知州。因“乌台诗案”，元丰年间被贬居黄州。元祐元年（1086）累官中书舍人、翰林学士等职。后因与新党意见不合，在元祐四年（1090）先后任职于杭州、颍州、扬州、定州等地。绍圣年间，新派官僚报复元祐旧臣，苏轼先后被贬至惠州、儋州。徽宗即位，由岭外北归，次年卒于常州。谥文忠。苏轼是北宋文坛巨匠，才华横溢，诗文词赋，均有极高造诣。在散文方面被称为“唐宋八大家”之一，在诗歌方面与黄庭坚并称“苏黄”。其词风雄健顿挫、豪放不羁，开豪放一派。书法擅长楷书和行书，自成一家，与黄庭坚、米芾、蔡襄合称“宋四家”。绘画重视“神似”，善绘竹。南宋刘辰翁《辛稼轩词序》：“词至东坡，倾荡磊落，如诗，如文，如天地奇观。”清代叶燮在《原诗》评论：“苏轼之诗，其境界皆开辟古今之所未有。”有《宋六十名家词》《四印斋所刻词》《彊村丛书》等所收《东坡乐府》，存词300余首。存世书迹有《答谢民师论文帖》《黄州寒食诗帖》《祭黄几道文》等。画迹有《古木怪石图》《竹石图》。《宋史》有传。

水龙吟[①]

楚山修竹如云，异材秀出千林表。龙须半剪，凤膺微涨，玉肌匀绕。木落淮南，雨晴云梦，月明风袅。自中郎不见[②]，桓伊去后[③]，知孤负、秋多少。　闻道岭南太守，后堂深、绿珠娇小。绮窗学弄，梁州初遍[④]，霓裳未了[⑤]。嚼徵含宫[⑥]，泛商流羽[⑦]，一声云杪。为使君洗尽，蛮风瘴雨，作霜天晓[⑧]。

作品赏析

本词是一首咏笛之作。通过从“笛之质”“笛之状”“笛之曲”“笛之音”“笛之功”等方面进行描述，表现了笛材的珍贵、笛形的优美、笛技的精湛、笛曲的悠扬以及吹笛时清风明月的幽雅环境和音乐效果。通过将赵晦之家笛侍儿与其他吹笛名家的比较，从侧面衬托出对赵家侍儿精湛笛艺的高度评价，以及对此女子如竹般坚韧、顽强、与世无争品格的赞美。词中对“梁州，霓裳，嚼徵含宫，泛商流羽”的描写，体现出作者精深的音乐造诣。宋代张端义《贵耳集》载：“东坡《水龙吟·笛词》八字谥：‘楚山修竹如云，异材秀出千林表’，此笛之质也；‘龙须半剪，凤膺微涨，玉肌匀绕’，此笛之状也；‘木落淮南，雨晴云梦，月明风袅’，此笛之时也；‘自中郎不见，桓伊去后，知孤负，秋多少’，此笛之事也；‘闻道岭南太守，后堂深、绿珠娇小’，此笛之人也；‘绮窗学弄，梁州初遍，霓裳未了’，此笛之曲也；‘嚼徵含宫，泛商流羽，一声云杪’，此笛之音也；‘为使君洗尽，蛮风瘴雨，作霜天晓’，此笛之功也。”上文中“质、状、时、事、人、曲、音、功”八字囊括了词作的全部内涵。

乐舞阐释

① 水龙吟：词牌名，又名《丰年瑞》《鼓笛慢》《龙吟曲》《小楼连苑》《庄椿梦》《海天阔处》等。清代毛先舒《填词名解》载："《水龙吟》，越调曲也。采李白诗'笛奏龙吟水'。"《清真集》入"越调"。本词为双调，共一百〇二字，全词同韵，仄韵，韵字可上声、可去声。上片、下片第九句首字为领字。上片头两句可制为"四四五"句式，第九句、第十句可制为"三六"句式；下片后三句可制为"三六四"句式。下片首句可押韵，属句中韵。此调亦有平韵之作。该词牌声调激越。

② 自中郎不见：自蔡邕不在以后。

中郎：此处指蔡邕，他曾为中郎将，称蔡中郎，是蔡文姬之父。蔡邕才华横溢，精通音律。干宝《搜神记》卷十三载："蔡邕尝至柯亭，以竹为椽，邕仰盼之，曰：'良竹事。'取以为笛，发声辽（同'嘹'）亮。"

③ 桓伊去后：桓伊离世之后。

桓伊：字叔夏、子野、野王。谯国铚县（今安徽省淮北市濉溪县）人。晋代人，善吹笛，有"笛圣"之称，号称"江左第一"。《晋书》卷八十一载：桓伊"善音乐，尽一时之妙，为江左第一。有蔡邕柯亭笛，常自吹之"。桓伊的《挽歌》、袁山松的《行路难》、羊昙的《唱乐》并称为"三绝"。《梅花三弄》是根据他的笛谱改编的。

④ 梁州初遍：《梁州》套曲的开端一曲。

梁州：此处为乐曲名，即《梁州曲》（详见第二章五代词第二节冯延巳《抛球乐》）。

⑤ 霓裳未了：《霓裳羽衣曲》还未演奏完。

霓裳：指《霓裳羽衣曲》（详见第一章唐代词第四节李白《清平乐》）。

⑥ 嚼徵含宫：吹奏的音包含着徵调和宫调。

徵：此处指徵调。徵为古代五声音阶宫、商、角、徵、羽之一，相当于简谱中的 5（sol）音。

宫：此处指宫调。宫为古代五声音阶宫、商、角、徵、羽之一，相当于简谱中的 1（do）音。《国语·周语下》载："夫宫，音之主也。第以及羽。"《礼记·乐记》载："宫为君，商为臣，角为民。"宫调调高和调式的综合关系，是中国传统乐学对音、律、声、调之间的逻辑关系的概括。在实践中宫位定下来后，一定调式的各音也都随之而定。依据宫音所在的律，称为某宫（如黄钟宫）。传统的宫调系统有四类：律声系统的宫调（雅乐宫调）；琴律系统的琴调；工尺谱系统，或以弦序、孔序为标志的燕乐和民间音乐的宫调；词曲和南北曲系统的宫调。

⑦ 泛商流羽：又转而吹奏舒缓的商调和羽调。宋玉《对楚王问》："引商刻羽，杂以流徵，国中属而和者不过数人。"

商：此处指商调，为古代五声音阶宫、商、角、徵、羽之一，相当于简谱中的 2（re）音。古人认为："商，属金，臣之象。"

羽：此处指羽调，为古代五声音阶宫、商、角、徵、羽之一，相当于简谱中的 6（la）音。

⑧ 作霜天晓：演奏《霜天晓角》之曲。

霜天晓：即《霜天晓角》，古乐曲名。

江神子[①]

公自序云："陈直方妾嵇，钱塘人也。丐新词，为作此。钱塘人好唱陌上花缓缓曲，余尝作数绝以纪其事矣。"

玉人家在凤凰山。水云间。掩门关。门外行人，立马看弓弯[②]。十里春风谁指似，斜日映，绣帘斑。　多情好事与君还。闵新鳏。拭余潸。明月空江，香雾着云鬟。陌上花开春尽也[③]，闻旧曲[④]，破朱颜。

作品赏析

本首是作者对新丧正室的好友陈直方的赠词。上片以婉转的笔触通过对"玉人"家环境的描写，以及"门外行人，立马看弓弯"等生动传神的表述，来衬托"玉人"倾国倾城的美丽容貌。下片以诙谐婉转的词语，对友人表达慰藉，表现出作者对友人的怜悯和同情。

乐舞阐释

①江神子：即《江城子》，词牌名。"江城"指金陵（今南京市）。该词调源自晚唐五代时期的唐著词曲调。唐著词是唐代酒宴上流行的酒令，是经过文人加工而成为小令的词调。宋代晁补之将其改名为《江神子》。宋韩淲《江神子》中有"腊后春前村意远，回棹稳，水西流"句，所以又名《村意远》。始见《花间集》韦庄词，单调，三十五字体，七句五平韵。又有三十六字体，七句五平韵和三十七字体，七句五平韵等。至北宋苏轼开始变为双调词，七十字体，上片、下片格式相同，均为七句五平韵，一韵到底。本词为双调，共

七十字。

② 看弓弯：观看《弓弯舞》。

弓弯：即《弓弯舞》，舞蹈名，古代一种向后弯腰及地，身体呈弓形的舞蹈。唐代沈亚之《异梦录》载：“凤即起，从东庑下几上取彩笺，传《春阳曲》。其词曰：‘长安少女踏春阳，何处春阳不断肠。舞袖弓弯浑忘却，罗衣空换九秋霜。’凤卒诗，请曰：‘何谓弓弯？’美人乃起，整衣张袖，舞数拍，为弓弯状以示凤。”宋代王千秋《临江仙》：“寿杯须斗酌，舞袖正弓弯。”明代冯鼎位《子夜歌》：“上西楼、曲屏暮霭，记得烛花红处。自心字香消、彩云飞散，苹踪难聚。春水画桥，烟溪芳草，夜夜相思路。怅重来，情事依然，惟有半帘淡月，照人离绪。　　酒阑后、无聊短梦，尚逐紫箫声去。杨柳梢头，寒梅影里，曾看弓弯舞。想章台信杳，凄凉京兆眉妩。啼帕遗红，唾裙留碧、憔悴莺花主。倩谁传、桃叶桃根，断肠新句。”

③ 陌上花开春尽也：陌上花开放，春天结束了。

陌上花：此处指古代吴地的民歌。《苏轼诗集》卷十《陌上花三首诗序》：“游九仙山，闻里中儿歌陌上花。父老云，吴越王妃每岁春必归临安，王以书遗妃曰：‘陌上花开，可缓缓归矣。’吴人用其语为歌，含思宛转，听之凄然。而其词鄙野，为易之云。”

④ 闻旧曲：听《陌上花》古曲。

旧曲：指古曲，相对“新曲”而言。此处指《陌上花》曲。南朝陈徐陵《折杨柳》：“江陵有旧曲。洛下作新声。”

浣溪沙

旋抹红妆看使君。三三五五棘篱门。相挨踏破茜罗裙。　　老幼扶携收麦社①，乌鸢翔舞赛神村②。道逢醉叟卧黄昏。

作品赏析

本词作于宋神宗元丰元年（1078），作者就任徐州知州不久，因遭遇严重旱灾，他亲自前往城东的石潭求雨。降雨后，再次往石潭谢神，对路经农村时的见闻有感而作。原作共五首，本篇为其中的第二首。上片通过“旋抹红妆”和“踏破茜罗裙”等句，惟妙惟肖地刻画了美少女们争相围观知州的情景，并将她们急切的心情表现了出来。下片则描写田野和祠堂，通过“老幼扶携”“乌鸢翔舞”以及醉倒路旁的老头儿等由远及近转换的光景的描写，展现出祈雨祭神的热闹场面以及人们喜悦的心情。全篇运用白描的写法、传神的笔触、朴实的言语，从不同角度描绘出一幅充满农村生活气息的社火祭神活动的风俗画卷。

乐舞阐释

① 老幼扶携收麦社：老人和幼儿相互搀扶着参加麦收时的祭神活动。

收麦社：麦收时节祭土地神的活动，源自周代的“腊祭”活动。腊祭是周代以歌舞形式庆丰收的祭祀活动。腊祭时要祭祀先啬（神农）、司啬（后稷）、农神（田官之神）、邮表畷（田间庐舍和阡陌之神）等。当时人们认为，有了诸神的庇护，才会有百谷的丰收，所以祭祀百谷之神是为了报答先啬和司啬。

② 乌鸢翔舞赛神村：乌鸦和老鹰展翅飞翔在赛神村上空。

翔舞：飞舞之态。

赛神：古代一种祭祀活动，又称迎神赛会，以仪仗、鼓乐和杂戏表演的形式，迎神出庙，周游街巷。赛神的内容有赛猪、赛鹅等。举行赛神活动时，乡里摆设祭坛，各家将宰杀的猪、鹅摆在一起集中设祭。清代张心泰《粤游小识》卷三引佚名《潮城竹枝词》："四月初旬犹赛神，五更三点有游人。居然长夜不春地，几度风光过眼新。"

十、黄庭坚（1045—1105）

字鲁直，号山谷道人、涪翁。洪州分宁（今江西省修水县）人。宋代著名诗人、书法家。自幼天资聪慧，博闻强识。宋英宗治平四年（1067）进士。熙宁、元丰年间为汝州叶县（河南省叶县）县尉、国子监助教，知太和县，移监德州德平镇。元祐元年（1086）为《神宗实录》检讨官。四年任集贤校理。六年《神宗实录》成，擢起居舍人。八年任国史编修官，同年坐修《神宗实录》失实罪名，被蔡京等以“诬毁先帝”罪，贬至黔州（四川省彭水县）。后在新旧党争中，屡遭贬斥，曾流寓于荆州、鄂州、宜州。崇宁四年（1105）病卒于宜州，谥“文节先生”。黄庭坚与张耒、晁补之、秦观为“苏门四学士”，又与苏轼并称“苏黄”，为江西诗派的开山之祖；词与秦观齐名；书法与蔡襄、苏轼、米芾齐名。苏轼赞其诗文“超逸绝尘，独立万物之表，世久无此作”。有《豫章黄先生文集》《山谷琴趣外篇》等。《宋史》有传。

千秋岁[1]

少游得谪，尝梦中作词云："醉卧古藤阴下，了不知南北。"竟以元符庚辰，死于藤州光华亭上。崇宁甲申，庭坚窜宜州，道过衡阳。览其遗墨，始追和其千秋岁词。

苑边花外。记得同朝退。飞骑轧，鸣珂碎。齐歌云绕扇[2]，赵舞风回带[3]。严鼓断[4]，杯盘狼藉犹相对。　酒泪谁能会。醉卧藤阴盖。人已去，词空在。兔园高宴悄，虎观英游改。重感慨，波涛万顷珠沉海。

作品赏析

本词是一首凭吊故人之作，据胡仔《苕溪渔隐丛话·后集》卷三十三引《复斋漫录》可知，因秦观的《千秋岁》句意之善，早前黄庭坚就有和韵之意，但因"海"字难押韵，而为之搁置。直到宋徽宗崇宁三年（1104）黄庭坚被贬宜州，途径衡阳时在知州孔毅甫处见到秦观的遗作《千秋岁》词，不禁唏嘘，和韵写下此词来祭奠友人。

本词通过忆昔两人在朝为官时私交甚笃、意气相投、酣歌恒舞的惬意生活，来反衬而今友人已故，政局突变，撕心裂肺之痛无人能明的结局。作者既抒发了永别挚友的痛惜之感，也表露出自己因命运多舛而感到悲痛。

乐舞阐释

① 千秋岁：词牌名，又名《千秋节》。依据本调添字、减字后，

名为《千秋岁引》(又名《千秋岁令》《千秋万岁》) 等。据记载，唐玄宗生日时，大宴群臣，百官上表请将玄宗生日定为千秋节，由此产生了《千秋乐》曲牌。《新唐书·魏卢李杜张韩》载："千秋节，公王并献宝监，九龄上'事鉴'十章，号《千秋金鉴录》。"《隋唐嘉话》载："八月初五今上生之日请为千秋节……士庶结丝承露囊，更相遗问。"该词调源自唐代王维《大同殿柱产玉芝龙池上有庆云神光照殿百官共睹圣恩便赐宴乐敢书即事》："共欢天意同人意，万岁千秋奉圣君。"该词调以《淮海长短句》为准，双调，七十一字体，上片、下片各八句、五仄韵，用上声或去声韵。也有七十二字体。声调舒缓。宋人依此旧曲另制新声《千秋岁》。《宋史·乐志》入"歇指调"，《张子野词》入"仙吕调"。

② 齐歌云绕扇：美妙动听的歌曲犹如云雾绕扇一般。

齐歌：此处泛指歌唱。本指古代齐地人唱的歌。相传齐人善歌，后因以齐歌指代动听的歌曲。《汉书·高帝纪上》："皆歌讴思东归。"唐代颜师古注："讴，齐歌也，谓齐声而歌。或曰齐地之歌。"

扇：即古代的团扇。

③ 赵舞风回带：美妙轻盈的舞蹈犹如罗带随风回旋。作者在词中以"风回带"来描述"赵舞"的美妙，将赵女轻盈飘逸的舞姿形象地描述为随风飘舞回旋的衣带，使读者脑海里浮现出一幅舞动的画面。隋代李德林《夏日》："微风动罗带，薄汗染红妆。"

赵舞：本指古代赵地女子的舞蹈，此处泛指舞蹈。相传赵国女子善舞，后因以赵舞指代美妙的舞蹈。在历史上多有关于"赵舞"的记载和诗词描述。例如，西晋左思《魏都赋》中有"邯郸躧步，赵之鸣瑟"的诗句。北魏张铣注解说："赵地，亦多美女，善行步，皆妙鼓瑟。""躧步""行步"均指舞步。左思《娇女诗》："从容好赵舞，延袖象飞翮。"唐代卢照邻《长安古意》："罗襦宝带为君解，燕歌赵舞为君开。”

④严鼓断：急促的鼓声忽然停下。汉代张衡《东京赋》：“总轻武于后陈，奏严鼓之嘈囐。”

十一、晁端礼（1046—1113）

一作元礼，字次膺。祖居澶州清丰（今河南省清丰县），徙家彭门（江苏省徐州市）。宋代词人。宋神宗熙宁六年（1073）进士。授单州成武县主簿，迁瀛州防御推官，历任洺州平恩县、大名府莘县县令，因忤逆上级而被坐废。徽宗政和三年（1113），宋徽宗设置大晟乐府，晁端礼受宰相蔡京推荐，应诏赴京，赋《并蒂莲》词以进，受到宋徽宗的赏识，授大晟府协律郎。未及就职而卒。晁端礼博学强记，长于词。其词音韵和谐，文辞清丽。《苕溪渔隐丛话后集》载："晁次膺《绿头鸭》一词，殊清婉，但樽俎间歌喉，以其篇长惮唱，故湮没无闻焉。"有词集《闲适集》，已佚。今传词集《闲斋琴趣外篇》6卷。《全宋词》录存139首。《全宋词补辑》另录1首。

绿头鸭①

锦堂深，兽炉轻喷沉烟。紫檀槽、金泥花面②，美人斜抱当筵。挂罗绶、素肌莹玉，近鸾翅、云鬓梳蝉。玉笋轻拢③，龙香细抹④，凤凰飞出四条弦⑤。碎牙板、烦襟消尽⑥，秋气满庭轩。今宵月，依稀向人，欲斗婵娟。　变新声、能翻往事⑦，眼前风景依然。路漫漫、汉妃出塞⑧，夜悄悄、商妇移船⑨。马上愁思，江边怨感，分明都向曲中传。困无力、劝人金盏，须要倒垂莲。拚沉醉，身世恍然，一梦游仙。

作品赏析

本词作者以和谐委婉、隽永恬淡的笔墨，运用上景下情的章法，通过上片对筵席上美人弹奏琵琶的场景和形态的细腻刻画，以及下片“汉妃出塞”“商妇移船”等典故的引用，表现了作者在美人的琵琶曲中，内心所产生的忧愁、哀怨之情。特别是结尾“身世恍然，一梦游仙”两句，更是意味深长地体现了作者对现实的感伤和无奈。

乐舞阐释

① 绿头鸭：原为唐教坊曲名，后用作词牌，又名《多丽曲》《跨金鸾》《陇头泉》。该词调源自宋代晁补之《琴趣外篇》。为双调，一百三十九字体，上片十三句六平韵，下片十一句五平韵。另有一百三十七字体、一百四十字体。本词为双调，共一百三十九字，上片十四句，下片十二句。

② 紫檀槽、金泥花面：琵琶上的用紫檀木制成的架弦的槽格，琵琶表面用金粉装饰。本句词将当年琵琶的材质和装饰进行了描述，不但富于诗韵，也记录下了宋代琵琶的性状。不仅具有很高的文学价值，而且具有很高的史料价值。

③ 玉笋轻拢：如玉笋般的手指轻柔地弹拨琵琶。

拢：弹奏琵琶的一种指法，指叩弦，即用手指在弦上按捺。

④ 龙香细抹：用龙香木制成的拨子细腻地弹拨琵琶。

抹：弹奏琵琶的指法，右手食指向里（手心方向）弹弦。

⑤ 凤凰飞出四条弦：凤凰琴声犹如从四条弦中飞出。

四条弦：此处指琵琶。古代琵琶为四根弦。南朝梁代简文帝《生别离》："别离四弦声，相思双笛引。"宋代姜夔《浣溪沙》："恨入四弦人欲老，梦寻千驿意难通。"弦，指拉弦和拨弦乐器，如二胡、三弦、琴、筝、琵琶等，有丝弦、金属弦、肠衣弦等多种。本句在其优美的词境中，不经意地记载了宋代使用的"四条弦"之琵琶；另外，本词前两句中"拢""抹"两字，将弹奏琵琶的指法描写出来，对研究古乐器发展的来龙去脉和古时弹奏琵琶的手法等，均具有一定的史料价值。

⑥ 碎牙板、烦襟消尽：节拍急促繁密的牙板声使烦闷消尽。

牙板（见图 3-4）：古代碰奏体鸣乐器，用象牙或檀木制作的拍板，歌舞时用其拍打节奏。又名檀板、拍板、歌板、象板等，简称板。唐玄宗时，梨园乐工黄幡绰善奏此板，故又称绰板。戏曲乐队所用的拍板主要以 3 块红木或紫檀木制成，前两块板用丝弦捆在一起，与后一块板的上端用丝弦相连接。长度为 18~20 厘米，宽度为 4~6 厘米。历代拍板的形制和手持演奏形式均有所不同，《旧唐书·音乐志》载："拍板，长阔如手，厚寸余，以韦连之，击以代抃。"宋代陈旸《乐书》载："拍板长阔如手掌，大者九板，小者六板。"拍板在魏、晋时期兴起，宋、元时期广为流行。唐代拍板用于宫廷雅乐中，唐代诗人曾专为拍板写下诗篇。例如，朱湾《咏柏板》："赴节心长在，从绳道可观。须知片木用，莫向散材看。空为歌偏苦，仍愁和即难。既能亲掌握，愿得接同欢。"李贺《酬答》："试问酒旗歌板地，今朝谁是拗花人。"宋代拍板在民间说唱艺术

图 3-4　牙板，山西永乐宫石椁杂剧图

中普遍应用，是民间器乐“鼓板”中的主要乐器，并在宫廷的教坊大乐器和小乐器合奏中使用。宋代周邦彦《虞美人》：“舞腰歌版闲时按。一任旁人看。”宋代柳永《凤栖梧》：“牙板数敲珠一串，梁尘暗落琉璃盏。”元代，拍板用于宫廷宴乐，也是杂剧的主要伴奏乐器之一。《元史·礼乐志·宴乐之器》载：“拍板，制以木为板，以绳联之。”元代薛昂夫《朝天曲》：“买两个丫鬟，自拈牙板，一个歌一个弹。”

⑦ 变新声、能翻往事：琴声变为新调，能够表现出往昔之事。

⑧ 路漫漫、汉妃出塞：王昭君出塞路途遥远。取意汉代昭君出塞的故事。古琴曲有《昭君怨》《琴曲谱录》载：“中古琴弄名有《昭君怨》，明妃制。”

⑨ 夜悄悄、商妇移船：商妇歌船夜沉沉。取意唐代杜牧《泊秦淮》：“烟笼寒水月笼沙，夜泊秦淮近酒家。商女不知亡国恨，隔江犹唱后庭花。”

十二、贺 铸（1052—1125）

字方回，号庆湖遗老。卫州共城（今河南省卫辉市）人。北宋词人。宋太祖孝惠皇后族孙。少时博学强记，十七岁至京，授右班殿直。后改任监军器库门。四十岁转文职。元祐七年（1092）由李清臣、苏轼等人推荐，任鄂州宝泉监。崇宁元年（1102）以宣议郎通判泗州。后迁宣德郎，改判太平州。徽宗大观三年（1109）退居于苏州、常州。政和元年（1111）再度任职，管勾杭州洞霄宫。张耒《东山词序》称其词“妖冶如揽嫱、施之袪，盛丽如入金、张之堂，幽索如屈、宋，悲壮如苏、李”。今存诗集《庆湖遗老集》，词集《东山寓声乐府》。事迹见贺铸《庆湖遗老诗集自序》，叶梦得《石林居士建康集》，程俱《宋故朝奉郎贺公墓志铭》。《宋史》有传。

换追风①

掌上香罗六寸弓②。雍容胡旋一盘中③。目成心许两匆匆。　　别夜可怜长共月，当时曾约换追风。草生金埒画堂空。

作品赏析

本词大量地引用典故，运用回忆的方式，构成今昔对比的格局。

上片通过对舞者柔美轻盈的舞姿的描写，以及以目传情、互通爱慕之意的体现，与下片现实的荒凉景色和氛围形成对比，以“月”和“草”之景来外化作者孤寂凄楚与睹景思人的感情，表达了作者对女主人公深深的相思之情。

乐舞阐释

① 换追风：原为唐教坊曲名，后用作词牌，又名《浣溪沙》《小庭花》《庆双椿》《负心期》《醉中真》《杨柳陌》《频载酒》《锦缠头》《东风寒》《满院春》等。为双片，四十二字体，上片、下片各七言三句，全词同韵，平韵，韵字可阴平、可阳平。上片三或二平韵，下片两平韵。也有上、下各用三仄韵的，下片的一句、二句多用对偶。本词为双调，共四十二字，上片、下片各三句。

② 掌上香罗六寸弓：掌上舞人犹如美丽轻盈的纱罗且足小似纤弓。

掌上：即掌上舞，此处指赵飞燕（详见第三章宋代词第二节柳永《木兰花》）。

③ 雍容胡旋一盘中：在盘中跳着华丽的胡旋舞。取意《汉成帝内传》：“汉成帝获飞燕，身轻欲不胜风。恐其飘翥，帝为造水晶盘，令宫人掌之而歌舞。”

胡旋（见图 3–5）：即《胡旋舞》，唐代舞蹈，属健舞类。出自西域康国（今中亚撒马尔罕一带），唐代有“胡旋女，出康居”之说。唐代曾在康国设置康居都督府，属安西都护府管辖。《胡旋舞》自北周起由西域传入中原，到唐代更为流行。因其在表演时要迅速地旋转

图 3–5　唐代胡旋舞石刻，宁夏盐池县苏步井乡唐墓出土，藏于宁夏回族自治区博物馆

而得名，如《通典》载："舞急转如风，俗谓之胡旋。"《胡旋舞》的主要特点是节奏鲜明，动作轻盈，旋转急速，主要以打击乐伴奏。《胡旋舞》的女舞者头戴美艳的饰品，身穿宽摆长裙，旋转时舞长袖，身如飞雪。白居易《胡旋女》："胡旋女，胡旋女，心应弦，手应鼓。弦鼓一声双袖举，回雪飘飖转蓬舞。左旋右转不知疲，千匝万周无已时。人间物类无可比，奔车轮缓旋风迟。曲终再拜谢天子，天子为之微启齿。胡旋女，出康居，徒劳东来万里余。中原自有胡旋者，斗妙争能尔不如。天宝季年时欲变，臣妾人人学圜转。中有太真外禄山，二人最道能胡旋。"唐代元稹《和李校书新题乐府十二首·胡旋女》："胡旋之义世莫知，胡旋之容我能传。蓬断霜根羊角疾，竿戴朱盘火轮炫。骊珠迸珥逐飞星，虹晕轻巾掣流电。潜鲸暗嗡笪波海，回风乱舞当空霰。万过其谁辨终始，四座安能分背面。才人观者相为言，承奉君恩在圜变。"

东邻妙[①]（木兰花）

张灯结绮笼驰道。六六洞天连夜到。昭华吹断紫云回[②]，怊怅人间新梦觉。　　倾城犹记东邻妙[③]。尊酒相逢留一笑。卢郎任老也多才，不数五陵狂侠少。

作品赏析

本词是一首抒情之作。上片首句以热闹繁华之景写起，第二句则运用对比手法描述失意时的惆怅伤感，奠定了整首词的情感基调。下片则直抒作者赞许卢郎“老也多才”的主题，表现了作者的情思。整首词通过清新平淡的韵味和对细腻情感的表现，赞许校书郎虽然时年已老，但依然拥有广博的学识和放荡不羁的性格，体现了作者对卢郎的赞美之意。

乐舞阐释

① 东邻妙：词牌名，又名《玉楼春》《玉楼春令》《木兰花》《春晓曲》《西湖曲》《惜春容》《归朝欢令》《呈纤手》《归风便》《梦乡亲》《续渔歌》等。唐教坊曲有《木兰花令》。宋代人所作《木兰花》词皆《玉楼春》体。五代毛熙震、魏承班、韦庄，各有《木兰花》调，为此调正体。毛熙震词双片，五十二字体，上片、下片各六句三仄韵。魏承班词双片，五十四字体，上片六句三仄韵，下片四句三仄韵。韦庄词双片，五十五字，上片五句三仄韵，下片四句三仄韵。本词为双调，共五十六字，七言八句，上片、下片格式相同，各三仄韵，一韵到底。

② 昭华吹断紫云回：玉管吹奏的《紫云回》曲荡气回肠。

昭华：此处指玉管，乐器名。《西京杂记》载：“高祖初入咸阳宫，周行库府，金玉珍宝，不可称言。……玉管长二尺三寸，二十六孔，吹之则见车马山林，隐辚相次，吹息亦不复见。铭曰：昭华之管。”

紫云回：即《紫云曲》，后依曲编舞，又为唐代舞蹈名。据《杨太真外传》载，唐玄宗梦见十个仙子乘云而下，手中均执乐器演奏，乐声优美。仙子曰：“此即仙乐，现传授于你。”唐玄宗梦醒，乐声仍回荡于耳。玄宗以玉笛演奏梦中之曲，即《紫云回》。

③ 倾城犹记东邻妙：对东邻之倾城美女依然记忆犹新。司马相如《美人赋》：“臣之东邻，有一女子，玄发丰艳，蛾眉皓齿。”

秋风叹①（燕瑶池）

琼钩褰幔。秋风观。漫漫。白云联度河汉。长宵半。参旗烂烂。何时旦。　　命闺人、金徽重按②。商歌弹③。依稀广陵清散④。低眉叹。危弦未断⑤。肠先断。

作品赏析

本词上片主要是对景物的描写，运用寓情于景的手法，以含蓄、深沉的写法，营造了浓郁的感伤气氛。"秋风""漫漫""长宵"等词的运用凝练有力，字字都流露出伤感的情调。问句"何时旦"的巧妙运用，更表达了作者内心强烈的哀伤。下片则直抒胸臆，"商歌"的悲凉，"广陵清散"的愤慨不屈，"低眉叹"的愁苦描写以及结尾句"危弦未断，肠先断"的点睛之笔，谱写了一首凄美的哀歌。俞陛云《唐五代两宋词选释》评该词："结句极沈痛，如孟才人之歌《河满》，寸寸回肠矣。"

乐舞阐释

①秋风叹：词牌名，即《越江吟》，又名《宴瑶池》《瑶池宴令》等。《秋风叹》由汉乐府《秋风辞》而来。宋代文莹《续湘山野录》载：太宗酷爱琴曲十小词，"命近臣十人各探一调撰一辞，苏翰林易简探得越江吟"，遂赋此词。后贺铸词，因苏词起句有"瑶池宴"字，更名《宴瑶池》。《乐府雅词》名《瑶池宴令》。本词为双调，共五十一字，上片、下片各七句。

②金徽重按：重按金色的琴徽。

金徽：金色的琴徽。琴徽，是琴弦音位标志，从琴头开始，依次为第一徽、第二徽……直至琴尾的第十三徽。常以金、玉或贝等镶嵌在琴面之上。

③ 商歌弹：以商音弹唱。

商歌：此处指商调，音调悲凉、凄怆。

④ 依稀广陵清散：类似《广陵散》之曲。

广陵清散：即《广陵散》，古琴曲名，又称《广陵止息》，是中国古代著名的“十大古琴曲”之一。魏晋琴家嵇康以善弹此曲著称，他刑前仍从容不迫，索琴弹奏此曲。《三国志·魏书·王粲传》注引《康别传》载：“三国魏嵇康善鼓琴，景元三年被杀，临刑前索琴奏《广陵散》，曲终，叹曰：‘袁孝尼尝从吾学广陵散，吾每固之不与，《广陵散》于今绝矣！’”《晋书》载，此曲乃嵇康游玩洛西时，一老人所赠。《太平广记》中更有传奇故事，说嵇康好琴，有一次，嵇康夜宿月华亭，夜不能寝，起坐抚琴，琴声优雅，打动一幽灵，那幽灵遂传《广陵散》于嵇康，更与嵇康约定：此曲不得教人。现存琴谱最早见于《神奇秘谱》。据赵西尧等著《三国文化概览》的描述：“《广陵散》乐谱全曲共有四十五个乐段，分开指、小序、大序、正声、乱声、后序六个部分。正声以前主要是表现对聂政不幸命运的同情；正声之后则表现对聂政壮烈事迹的歌颂与赞扬。正声是乐曲的主体部分，着重表现了聂政从怨恨到愤慨的感情发展过程，深刻地刻画了他不畏强暴、宁死不屈的复仇意志。”该曲旋律优美、浑厚坚实、气势磅礴、慷慨激昂而具有叙事性。

⑤ 危弦未断：急弦没有断。

危弦：指急弦。《文选·张协》：“僬促柱则酸鼻，挥危弦则流涕。”

十三、王庭珪（1080—1172）

字民瞻，号卢溪。吉州安福（今江西省吉安市安福县）人。两宋之交著名诗人。崇宁三年（1104）入东京太学。政和八年（1118）进士。调茶陵县丞。绍兴十二年（1142）胡铨被贬新州，王庭珪以诗送之，因此被贬。秦桧死后，他返回故里。孝宗隆兴元年（1163）应诏赴阙，改左承奉郎，除国子监主簿。以年高请退，命主管台州崇道观。乾道六年（1170）因胡铨荐之，复除直敷文阁。有《卢溪文集》五十卷、《六经讲义》十卷、《论语讲义》五卷、《易解》三十卷、《语录》五卷、《沧海遗珠》两卷、《泸词》《风亭禄》等著作。部分著作已失传。

柳梢青①（和张元晖清明）

兰亭丝竹②。高会群贤，其人如玉。曲水流觞，灯前细雨，檐花蔌蔌。　　舞雩初试春衣③，听咏歌、童子五六④。泽畔行吟，沙汀拾翠，满江新绿。

作品赏析

本词上片描述了王羲之于穆帝永和九年（353）三月三日同谢安等四十一人会于兰亭，修祓禊之礼，清流激湍，映带左右，在这清凉的夜晚，细雨和檐花在灯前纷纷飘落，意境优美。下片描写女巫“舞雩”求雨，孩童歌唱，有人在河畔边行边吟诗，妇女在河边春游等，描绘出一幅春意盎然的充满农村生活气息的画卷。

乐舞阐释

① 柳梢青：词牌名，又名《云淡秋空》《陇头月》《玉水明沙》《雨洗元宵》《早春怨》。《词谱》卷七载："此调两体，或押平韵，或押仄韵。"平韵体始见于秦观的词作，双调，四十九字，上片、下片各三平韵，下片第十二字宜用去声。另有一体改用入声韵，上片三仄韵，下片两仄韵。也有五十字体。本词为双调，共四十九字。全词十一句，上片第一、第三、第六句，下片第一、第二、第五句押韵，均用平声韵。上片第四、第五句不押韵，作对偶格；下片第二句为七字句，用上三下四句式。

② 兰亭丝竹：兰亭（今浙江省绍兴市）的丝竹乐器。

丝竹：此处泛指弦乐器和竹制管乐器（详见第二章五代词第六节毛文锡《甘州遍》）。

③ 舞雩初试春衣：初次穿着春季的衣裳跳祈雨的《雩舞》。

舞雩：即《雩舞》《雩祭》，古代祭天求雨的一种舞蹈。雩，古代求雨的一种祭祀。因舞者手执牛尾，相互传递，所以又称"代舞"或"隶舞"。《周礼·春官宗伯》载："司巫：掌群巫之政令。若国大旱，则帅巫而舞雩。"郑玄注："雩，吁嗟求雨之祭也。"东汉许慎《说文解字》载："雩：夏祭，乐于赤帝，以祈甘雨也。"《尔雅·释训》载："舞号，雩也。"据史料记载，从周代开始，每逢大旱，人们则舞雩求雨。另外，每年的仲夏五月举行雩祭。周代求雨的祭祀舞蹈由女巫专职承担。《礼记·月令》载："仲夏之月……命有司为民祈祀山川百源，大雩帝，用盛乐。乃命百县，雩祀百辟卿士有益于民者，亦祈谷实。"举行这种盛大的祭祀仪式，目的是通过祭祀天地祈求风调雨顺，五谷丰登。

在古代社会，科技欠发达，生产力落后，人们只能“靠天吃饭”，每逢干旱，人们都要举行祈雨活动，以祈求老天降雨，“救黎民于水火”。无论是否天降甘露，民众的精神得到了慰藉，希望就不会灭。“雩祭”这种祈雨活动，一直延续到20世纪初。据胡朴安《中华全国风俗志（下编）》载：20世纪初，在四川越巂地方，“如遇天旱，必有童子数十成群，向各处人家讨香三炷，到黄昏之时，将香燃起，各持三炷，沿街祝祷。一童子先大呼曰：‘童子烧香，祝告上苍。天降滂沱，地下焚香。有雨无雨？’众童子齐声应之曰：‘有雨！有雨！’”。

④听咏歌、童子五六：听五六个孩童咏唱着歌曲。取意《论语·先进》：“冠者五六人，童子六七人，浴乎沂，风乎舞雩，咏而归。”

虞美人[①]（辰州上元）

城东楼阁连云起。冠绝辰州市。莲灯初发万枝红。也似江南风景、半天中。　　花衢柳陌年时静。划地今年盛。棚前箫鼓闹如雷[②]。添个辰溪女子、舞三台[③]。

作品赏析

本词描写辰州的景色。上片通过“城东楼阁连云起”“莲灯初发万枝红”等句，描写辰州景色美如江南。下片描写辰州繁华的街道，以及元宵节的箫鼓如雷鸣一般响亮，女子表演着宴饮乐舞《三台》，描绘出节日欢闹喜庆的画面。

乐舞阐释

① 虞美人：原为唐教坊曲名，后用作词牌名，又名《虞美人令》《玉壶冰》《一江春水》《忆柳曲》《巫山十二峰》《宣州竹》等。另有《虞美人影》，为《桃源忆故人》之别称。因南唐李煜词有“恰似一江春水向东流”句，此词又名《一江春水》。为双调词，有五十六字和五十八字两体。上片、下片句式完全相同。第一句为七言，平起仄韵。第二句为五言，仄起仄韵。第三句为七言，平起平收，换平韵。第四句为九言叶平。五十六字体，上片、下片各四句，两仄韵、两平韵。五十八字体，上片、下片各五句，两仄韵、三平韵。本词为双调，共五十六字，上片、下片各四句。

② 棚前箫鼓闹如雷：乐棚前箫鼓声如春雷一般。

棚：即乐棚，是古代艺人表演歌舞、戏剧时所用的棚帐，是一种简易的演出场所。唐代元稹《哭女樊四十韵》：“腾蹋游江舫，攀缘看乐棚。和蛮歌字拗，学妓舞腰轻。”

③ 添个辰溪女子、舞三台：添加一个辰溪的女子，舞《三台》之曲。

三台：曲调名，汉乐府杂曲名，又为宋代宴饮乐舞名。为三十拍促曲，分为《宫中三台》《突厥三台》《江南三台》。

十四、朱敦儒（1081—1159）

字希真，号岩壑，世称洛川先生，洛阳（今河南省洛阳市）人。靖康中期，被召至京师，不为名利，辞而隐居，“有朝野之望”。北宋覆亡后，于绍兴五年（1135）被召对便殿，赐进士出身，守秘书省正字，擢兵部郎中，迁两浙东路提点刑狱。后因“专立异论”罪名被罢官，后居嘉禾（浙江省嘉兴市）。词除反映其遁世隐居的生活外，也有忧国伤时之作。有《岩壑老人诗文》一卷，已失传。有词《樵歌》三卷。

鹧鸪天①

唱得梨园绝代声②。前朝惟数李夫人③。自从惊破霓裳后④，楚奏吴歌扇里新⑤。　　秦嶂雁，越溪砧。西风北客两飘零。尊前忽听当时曲⑥，侧帽停杯泪满巾。

作品赏析

本词是作者因靖康之变流落到南方，在一次宴会上听到美妙的歌声有感而作。上片前两句“唱得梨园绝代声，前朝惟数李夫人”，赞许唐代梨园遗声之绝妙，可与之相比的只有“前朝”的李师师。“自从惊破霓裳后，楚奏吴歌扇里新”两句，表述了李师师在“靖康之变”后的遭遇。作者借古抒今，巧妙地将“靖康之变”寓于“安史之乱”中。下片突出表达作者的悲痛感慨之情，以虚写的手法制造了凄凉悲伤的氛围。“秦嶂雁，越溪砧”两句，描写南飞之雁的鸣叫和南方妇女在小溪边的捣衣声，这声音更使客寄他乡之人倍感凄凉。“尊前忽听当时曲，侧帽停杯泪满巾”两句，描述耳边忽然传来李师师当年所唱之曲，婉转低回又似曾相识，勾起词人对往昔的无限追忆；一想起李师师那悲惨的遭遇和国家支离破碎、生灵涂炭的惨状，不禁泣涕涟涟。本词低回婉转，深切感人，通过写李师师的不幸遭遇和对她的同情，从侧面描述了“靖康之变”的历史，表达了文人士大夫深沉的悲痛和爱国情怀。

乐舞阐释

① 鹧鸪天：词牌名，又名《思佳客》《思越人》《剪朝霞》《骊歌一叠》《醉梅花》《禁烟》《锦鹧鸪》《避少年》《鹧鸪引》《千叶莲》《第一花》《半死桐》等。此调取唐代郑嵎诗句“春游鸡鹿塞，家在鹧鸪天”而得名。因贺铸词有“梧桐半死清霜后”句，又名《半死桐》。“鹧鸪”为鸟名，又称中华鹧鸪，俗称赤姑、花鸡、怀南、越雉等。此鸟喜朝太阳飞，因此又名“随阳鸟”。其叫声的谐音为“行不得也哥哥”，所以古人用鹧鸪表达思乡之情。吟咏鹧鸪的唐诗颇多，并谱曲以歌之。这种鹧鸪类音乐属笙、笛类乐曲，所以宋词《鹧鸪天》和《瑞鹧鸪》都取意于此。本词为双调，共五十五字，全词上片、下片共九句。全词同韵，平韵，韵字可阴平、可阳平。上片第一、第二、第四句押韵，第三、第四句多用对偶；下片第二、第三、第五句押韵，第一、第二句多用对偶。

② 唱得梨园绝代声：唱出梨园绝世之声。

梨园：唐代设置的教习宫廷歌舞艺人的乐舞机构（详见第一章唐代词第八节窦常《还京乐歌词》）。

③ 前朝惟数李夫人：前代唯一能数得上的是李师师。

李夫人：此处指李师师，北宋时期汴京著名的歌舞伎。约生于哲宗元祐元年（1086），李师师以"色艺绝伦"令宋徽宗赵佶格外赏爱，封为瀛国夫人。靖康元年（1126）她被籍没家财后逃难到江南。鉴于宋徽宗的昏庸误国，后人认为李师师为"红颜祸水"。《浩然斋雅谈》载："宣和中，李师师以能歌舞称。"《李师师外传》载："帝（宋徽宗）尝于宫中集宫眷等宴坐，韦妃（徽宗韦贤妃，高宗赵构之母）私问曰：'何物李家儿，陛下悦之如此？'帝曰：'无他，但令尔等百人，改艳妆，服玄素，令此娃杂处其中，迥然自别。其一种幽姿逸韵，要在容色之外耳'。"描写了李师师"惊艳绝伦"和"倾国倾城"的姿色。

④ 自从惊破霓裳后：自从"安史之乱"打破歌舞升平以后。此处的"惊破霓裳"，是暗指唐玄宗荒淫误国的惨痛历史教训，以此借指眼下的"靖康之变"。唐代白居易《长恨歌》："渔阳鞞鼓动地来，惊破霓裳羽衣曲。"

霓裳：即《霓裳羽衣曲》，此处代指歌舞升平的好时光。

⑤ 楚奏吴歌扇里新：唱着写在扇子上的吴楚之地的新曲子。

楚奏：此处指楚地的歌舞乐。

吴歌：清商乐中出自江南吴地的民间歌舞，又称吴声、江南吴歌，是文学史上对吴地汉族民歌民谣的总称。是吴语方言地区广大劳动人民的口头文学创作，发源于江南太湖流域一带，人们口口相传，代代承袭，具有浓厚的地方特色，以表现男女爱情为主。民间歌谣包括歌和谣两部分，歌是唱山歌，谣是顺口溜。最初只是歌唱，没有伴奏，逐渐发展为有管弦乐器伴奏。伴奏乐器主要有箜篌、琵琶、筝、笙等。《乐府诗集》卷四十四载："《晋书·乐志》曰：'吴歌杂曲，并出江南。东晋以来，稍有增广。其始皆徒歌，既而被之管弦。盖自永嘉渡江之后，下及梁、陈，咸都建业，吴声歌曲起于此也。’《古今乐录》曰：‘吴声十曲：一曰《子夜》，二曰《上柱》，三曰《凤将雏》，四曰《上声》，五曰《欢闻》，六曰《欢闻变》，七曰《前溪》，八曰《阿子》，九曰《丁督护》，十曰《团扇郎》，并梁所用曲。《凤将雏》以上三曲，古有歌，自汉至梁不改，今不传。上声以下七曲，内人包明月制舞《前溪》一曲，余并王金珠所制也。游曲六曲《子夜四时歌》《警歌》《变歌》，并十田中间游田也。……又有《七日夜》《女歌》《长史变》《黄鹄》《碧玉》《桃叶》《长乐佳》《欢好》《懊恼》《读曲》，亦皆吴声歌曲也。’”元代张翥《鹧鸪天》：“一曲吴歌酒半酣。声声字字是江南。书凭仙苑青鸾递，花助妆楼粉蝶衔。飞燕瘦，宝儿憨。已妍还慧更岩岩。无因剪得湘江水，与蘸春云作舞衫。”

歌扇：即古代的团扇（详见第一章唐代词第十节王建《调笑令》）。

⑥ 尊前忽听当时曲：在酒席之前忽然听到当年熟悉的乐曲。

十五、胡世将（1085—1142）

字承公。晋陵（今江苏省常州市）人。崇宁五年（1106）进士。历任兵部侍郎，四川安抚制置使，兼知成都府，川、陕宣抚副使，端明殿学士，监察御史，福建路抚谕使，知洪州兼江西安抚制置使，兼权直学士院。绍兴十二年（1142）卒，谥“忠献”。他是一位力主抗金的将领，曾领兵击败金兵，收复陇州一带失地。有《胡忠献集》六十卷，已佚。

酹江月[①]（秋夕兴元使院作，用东坡赤壁韵）

神州沉陆，问谁是、一范一韩人物。北望长安应不见，抛却关西半壁。塞马晨嘶，胡笳夕引[②]，赢得头如雪。三秦往事，只数汉家三杰。　试看百二山河，奈君门万里，六师不发。阃外何人回首处，铁骑千群都灭。拜将台攲，怀贤阁杳，空指冲冠发。阑干拍遍，独对中天明月。

作品赏析

本词作于绍兴十年（1140）秋，作者时任川、陕宣抚副使。他调动诸将出击，遏制了金兵的攻势。与此同时，岳飞、韩世忠等人也在中原地区屡败金兵。但没过多久，南宋朝廷却任用秦桧，力主和议，罢斥了一批主战的人，将淮河至大散关以北的土地拱手让给敌人。因此，作者在词中，以“神州沉陆”之痛，鉴古慨今，痛斥和议，反对投降，鼓舞国人共同抗敌以收复失地，统一山河。整首词直抒胸臆，多用典故。词风慷慨激昂，议论纵横，激发人的斗志。

乐舞阐释

① 酹江月：词牌名，又名《念奴娇》《大江东去》《赤壁词》《百字令》《壶中天》《酹江月》《双翠羽》《淮甸春》《湘月》等。本词为双调，共一百字，上片九句，下片十句。全词同韵，仄韵，韵字可上声、可去声，古韵多入声。

② 胡笳夕引：傍晚弹奏胡笳。

胡笳（见图 3–6）：古代少数民族吹奏乐器，与笛子相似。汉代流行于塞北和西域一带并传入中原。最初用芦苇叶卷成，后逐渐发展为以芦苇叶卷之为哨，以芦苇秆或羊骨为管，大多没有指孔。胡笳的形制不一，历史上出现过大胡笳、小胡笳。古代笳声也经常用于军队作战时鼓舞士气，如同军中常用的号角。据《太平御览·乐部十九·笳》载：“笳者，胡人卷芦叶吹之以作乐也，故谓曰胡笳。”以后又有用羊角制作的胡笳。清代有 3 孔的木制笳，两端弯曲。《皇朝

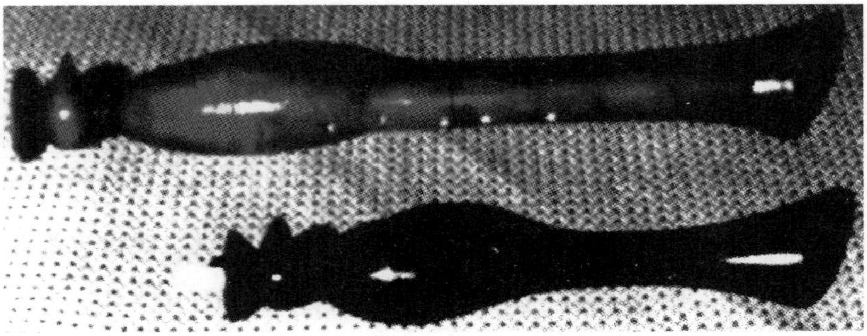

图 3–6　胡笳

礼器图式》载："木管三孔，两端加角，末翘而上，口哆（张口的样子）。"笳的音色悲凉，善于表现悲哀、苍凉的情感，所以又有哀笳的别称。据《晋书》记载：刘畴"曾避乱坞壁，贾胡百数欲害之，畴无惧色，援笳而吹之，为《出塞》《入塞》之声，以动其游客之思。于是群胡皆垂泣而去之"。南宋刘壎《菩萨蛮》："故园青草依然绿，故宫废址空乔木。狐兔穴岩城。悠悠万感生。胡笳吹汉月。北语南人说。红紫闹东风。湖山一梦中。"

十六、刘潜（生卒年不详）

潞州（今山西省长治）人。

期夜月[1]

金钩花绶系双月[2]。腰肢软低折[3]。揎皓腕[4]，紫绣结[5]。轻盈宛转[6]，妙若凤鸾飞越[7]。无别[8]。香檀急扣转清切[9]。翻纤手飘瞥[10]。催画鼓，追脆管[11]，锵洋雅奏[12]，尚与众音为节[13]。　当时妙选舞袖[14]，慧性雅资[15]，名为殊绝[16]。满座倾心注目[17]，不甚窥回雪[18]。纤怯[19]。逡巡一曲霓裳彻[20]。汗透鲛绡肌润[21]，教人传香粉[22]，媚容秀发[23]。宛降蕊珠宫阙[24]。

作品赏析

本词为作者观看歌舞伎杨素娥表演后有感而作。整首词细致生动地描绘了歌舞伎声情并茂表演的情景，歌声、乐音、舞容争相绽放，勾勒出一幅曼妙柔美的美人表演的绚丽画面。上片主要描写歌舞伎着缀花的丝带和双面玉器，伴随着音乐折腰而舞，舞姿轻盈，美妙若凤凰飞舞。下片主要描写舞者着长袖舞衣而舞，舞姿优雅动人，就像风中飞舞之雪，美得使“满座倾心注目”。跳完一曲《霓裳羽衣舞》，如同降落在仙境宫殿的仙女，妩媚动人，让人回味无穷。

乐舞阐释

① 期夜月：词牌名，本词为双调，共一百一十三字。全词同韵，仄韵，韵字可上声、可去声，古韵多入声。上片第九句首字为领字。上片十三句，八仄韵；下片十一句，六仄韵。

② 金钩花绶系双月：用金丝线织成美丽花纹的丝带上系着双璧玉器。

③ 腰肢软低折：表演着柔软的“折腰舞”。“折腰舞”是舞蹈的一种动作体态，指在舞蹈时随着动作的韵律，将上身下旁腰作 90°折曲。长袖折腰舞发源于楚国，是楚舞的主要特征之一，舞时配以长袖，做“翘袖折腰”之舞。翘袖折腰之舞态在汉代的陶舞俑、玉舞人、画像砖石中屡见不鲜。《西京杂记》卷一记载：“高帝、戚夫人善鼓瑟击筑。帝常拥夫人倚瑟而弦歌，毕，每泣下流涟。夫人善为翘袖折腰之舞，歌《出塞》《入塞》《望归》之曲，侍妇数百皆习之。”

④ 揎皓腕：露出洁白的手腕。舞态婀娜，使歌舞伎臂膀的优美姿态浮现读者脑海之中。

⑤ 紫绣结：舞动着将绣着花纹的紫色衣袖系成美丽的结。“紫绣结”三字，描写出舞蹈动作的上旋下绕，身体的左旋右绕、前倾后仰，将飞动的修长舞袖打成美丽的结。用词形象而生动，使读者如临其境。

⑥ 轻盈宛转：轻盈含蓄的舞姿。

⑦ 妙若凤鸾飞越：美妙得犹如凤凰乘鸾飞翔。凤鸾，此处指天上的仙女。此句将歌舞伎轻盈若翔的身姿跃然纸上，无比美妙。

⑧ 无别：舞蹈突然停止。在动态的舞蹈过程中，舞蹈动作突然停止，犹如龙飞凤舞的草书收笔时的回锋，能够起到“点睛”的作用。视觉瞬间的转换，有一波三折之妙用。

⑨ 香檀急扣转清切：用檀木制的鼓槌迅速击打着鼓，使鼓声转

为清亮急切的声音。骤停的舞姿随着急切的鼓点，忽然急速地舞动起来，好似柔柔细雨乍停，瞬间转为瓢泼大雨，给人强烈的视觉冲击的同时，使人心潮澎湃。

⑩ 翻纤手飘瞥：女子击鼓时如飘飞的雪，迅速翻动着纤细的玉手，将女子击鼓时龙飞凤舞的情态和动作表现得淋漓尽致。

⑪ 追脆管：脆笛追逐般的声音。乐舞相融，舞姿伴以笛音萦绕于舞台。管，吹管乐器，也泛指音乐和乐器，此处指笛子。

⑫ 锵洋雅奏：众多乐器发出的锵锵之声，汇成动人的朝堂雅乐。将交响乐般的听觉和舞剧般的视觉交融的美妙画面展示出来：其磅礴的景象流连于脑海，其醉人的乐音响彻于天际，给人以余音绕梁之美。

⑬ 尚与众音为节：在多变的节奏中，舞者尚可和着音乐舞蹈。使读者仿佛看到节奏多变的舞姿、快慢更迭的舞蹈动作、柔美刚健的舞态。

⑭ 当时妙选舞袖：表演时巧用飞动的舞袖。展现出舞袖在空中飞舞的美妙景象：或向上抛出，直至云天；或向前抛出，直至席间；或手臂连续画圆，袖如螺旋；或手臂上盘下绕，袖如龙盘；或身体连续旋转，袖如花环。舞袖，多指舞衣，此处指女子跳舞时所舞动的长袖，有时也借指舞蹈或舞者。宋代虞俦《满庭芳》："别是仙韵道标，应羞对、舞袖弓弯。"

⑮ 慧性雅资：典雅的舞姿中透露出舞者的灵巧聪慧。描写出舞者优雅的舞姿和良好的艺术表现力，将面部表情和身体语言相结合，使人看到女子充满灵性的美妙的表演。

⑯ 名为殊绝：因此得名"殊绝"。

⑰ 满座倾心注目：在座的无不被其曼妙的舞姿所吸引、打动而注目观赏。通过对满座观众倾心注目观看的场景描写，更加深入地表现

出台上舞者精湛的表演。

⑱ 不甚窥回雪：在空中飞舞的长袖，犹如风吹回旋的雪一般，又聚又散，忽左忽右；又去又来，忽上忽下。美丽壮观，可谓使人眼花缭乱。

⑲ 纤怯：飞舞的长袖缭乱壮观，令人震撼，使人看着有些胆怯。

⑳ 逡巡一曲霓裳彻：顷刻间，一曲《霓裳羽衣舞》表演结束。

霓裳：指《霓裳羽衣舞》。

㉑ 汗透鲛绡肌润：汗水湿透了鲛人织的薄纱，露出润洁的肌肤。视觉上，看到歌舞伎汗湿薄纱，显露肌肤。回味表演的过程，可谓美从辛苦来，福从劳作生。

㉒ 教人传香粉：让人闻到身上传出的脂粉的香气。表现满座观众倾心于歌舞伎的表演。

㉓ 媚容秀发：妩媚动人，英秀焕发。

㉔ 宛降蕊珠宫阙：如同降落在仙境宫殿的仙女。歌舞结束，歌舞伎缓缓收起身姿，仿若静静地站立着的下凡的仙女。

十七、李弥逊（1089—1153）

字似之，号筠溪居士。连江（今属福建省）人，居吴县（今江苏省苏州）。宋徽宗大观三年（1109）进士。累官起居郎，试中书舍人、户部侍郎等。主张抗金，反对与金议和，被秦桧排斥。以徽猷阁直学士知端州，改知漳州。晚年归隐连江西山。擅诗词，词属于豪放派，有苏轼之风格。有《筠溪集》。今有词集《筠溪乐府》，存词80余首。

水调歌头

八月十五夜集长乐堂，月大明，常岁所无，众客皆欢。戏用伯恭韵作。

白发闽江上，几度过中秋。阴晴相半，曾见玉塔卧寒流。不似今年三五，皎皎冰轮初上，天阙恍神游。下视人间世，万户水明楼。　　贤公子，追乐事，占鳌头。酒酣喝月、腰鼓百面打凉州[①]。沉醉尽扶红袖[②]，不管风摇仙掌，零露湿轻裘。但恐尊中尽，身外复何忧。

作品赏析

本词通过对作者当年独自一人在闽江上度过的几个中秋节的追

忆，再到今日中秋节高朋满座、明月皎皎的描写，表现出作者当时愉悦的心情。上片以写景为主，描写眼前圆月初升的景色。“天阙恍神游，下视人间世，万户水明楼”几句，以浪漫的笔触将天上与人间相融，展示出作者丰富的艺术想象力和游仙一样的心境。下片描写此时贤友相聚，一起追忆过去的开心往事。结尾句“但恐尊中尽，身外复何忧”抒发了作者此时只怕杯中酒空，身外之事有什么可担忧的旷达的情怀。

乐舞阐释

① 腰鼓百面打凉州：腰鼓无数次敲打着《凉州曲》的节奏。

腰鼓（见图 3–7）：中国汉族古老的民族乐器，是挂在腰间的膜鸣打击乐器。形似圆筒，中间稍粗，两端略细，两面蒙皮为鼓面，鼓身有两只环，用以系带，挂于腰间。表演时用双手掌拍击或双手各执一木槌击奏，多伴有舞蹈动作。宋代陈旸《乐书》载：“大者以瓦，小者以木，皆广首纤腹。”隋、唐时期，腰鼓就用于《九部乐》《十部乐》中的《西凉乐》《龟兹乐》《疏勒乐》《高丽乐》《高昌乐》。

“腰鼓舞”是历史悠久的汉族民间舞蹈，流行于陕西省、山西省、山东省、安徽省、江苏省、浙江省以及东北三省等地区。各地称谓不同，陕西称“打腰鼓”，山西、山东称“打花鼓”或“花鼓”，安徽称“凤阳花鼓”。腰鼓舞流派很多，就其表演风格可分为文、武两类。文腰鼓的鼓点变化丰富，表演细腻，动作活泼，技巧高超，多以单人即兴表演为主；武腰鼓的鼓点急促，动作雄健狂放，多以集体表演为主。腰鼓舞表演形式可分为“路鼓”和“场地鼓”：路鼓是舞队在行进

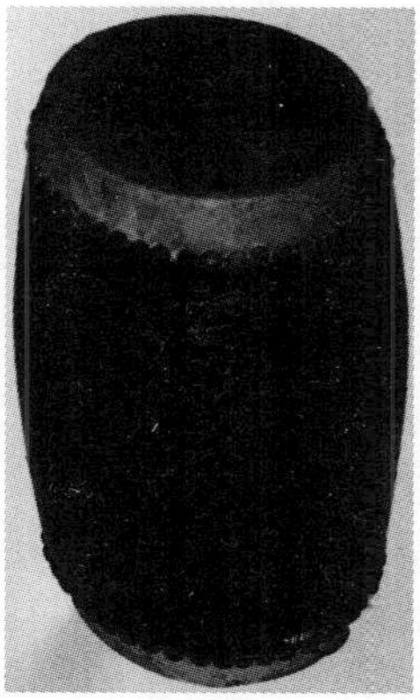

图 3–7　腰鼓

中进行表演，场地鼓是在广场上进行表演。男子舞蹈激烈粗犷，女子动作舒缓优美。

凉州：即《凉州曲》，又称《梁州曲》(详见第二章五代词第二节冯延巳《抛球乐》)。

② 沉醉尽扶红袖：醉酒后扶着佳人。

红袖：女子的红色衣袖。此处指歌舞女或侍婢，也泛指美女。

十八、吕渭老（生卒年不详）

一作滨老，字圣求。嘉兴（今属浙江省）人。宣和、靖康年间朝士。南渡后情况不详。曾为宋徽宗、宋钦宗北迁作忧国诗、痛伤诗而著名，诗失传。其早期词作多写个人志趣，后身逢国难，以写忧国词闻名。有《圣求词》一卷，存词134首。

思佳客[①]

江上何人一笛横[②]。倚楼吹得月华生。寒风堕指倾三弄[③]，小市收灯欲二更。　　持蟹股，破霜橙。玉人水调品纂筝[④]。细看桃李春时面，共尽玻璃酒一觥。

作品赏析

本词描写江南入夜时分的美好意境。通过对静静的江面上笛声吹鸣，一直到“月华生”，笛曲三调精妙动听，以及“小市收灯欲二更”等的描写，表现了当年夜市的繁华和喧闹。又以“玉人水调品纂筝”，以及和友人“共尽玻璃酒一觥”等，描写了和友人一边观纂筝，一边饮酒畅谈的美好情景。表现出作者此时良好的心境和小城夜生活的丰富多彩。

乐舞阐释

① 思佳客：词牌名，即《鹧鸪天》，又名《思越人》等。本词为双调，共五十五字，上片、下片各三平韵，上片第三、第四句与下片三言两句多作对偶。

② 江上何人一笛横：江上何人在吹奏着笛子？

笛横：即横笛。在隋代及以前，竖吹笛称为长笛。到了唐代，由于宫廷音乐中广泛融合了少数民族的音乐，在乐队里有横笛，也有竖笛。为了区别，横持笛前缀以“横”字，称“横笛”；竖笛称为“笛”。史籍中有所记载，如在唐代《十部伎》中，天竺、高昌、龟兹、疏勒等部伎中所用的横吹笛称“横笛”；清乐、安国、康国、燕乐等部伎中所用的竖吹笛则称“笛”。《西凉伎》中竖吹、横吹两种笛皆用，则分别称“笛”与“横笛”。

③ 寒风堕指倾三弄：寒风中倾心弹奏三弄之调。

三弄：即三调，此处指精妙的琴声。三弄取意于《梅花三弄》，该曲谱见明代《神奇秘谱》，称此曲根据东晋恒伊为王羲之之子王徽之在笛上“为梅花三弄之调，后人以琴为三弄焉”而作。三弄也指乐曲的三个变奏，古代有“高声弄”“低声弄”“游弄”之说。

④ 玉人水调品篆筝：美女吹弄着《水调歌头》，弹奏着秦筝。

水调：即《水调歌头》，曲调名（详见第一章唐代词第十二节白居易《杨柳枝》）。

篆筝：即秦筝，乐器名，又名古筝、十三弦（详见第一章唐代词第十七节姚月华《怨诗寄杨达》）。

十九、王之道（1093—1169）

字彦猷，号相山居士。濡须（今安徽省合肥市）人。宣和六年（1124）进士。调历阳县丞。绍兴八年（1138）通判滁洲。因其反对与金议和，忤秦桧，谪监南雄盐税，废沦二十年。秦桧死后，官至湖南转运判官，以朝奉大夫致仕。有《相山集》《相山居士词》传世。

满庭芳[1]（和元发弟秋日对酒）

露溢金茎，风翔玉宇，嫩凉初霁秋容。山肴野蔌，聊快一尊同。正值大田多稼，临邛隘、酒客憧憧。追随处，杯盘狼藉，野草荫长松。　新词，何所似，金声应铎[2]，玉气腾虹。时来终宦达，休怨苍穹。顾我蹉跎老矣，飘素发、哀忝龙钟。心犹壮，会看文度，独步大江东。

作品赏析

本词是作者和好友元发弟秋日对酒之作。上片主要描写正值秋收时节，秋日天气转凉，外面树木野草丛生，与好友在临邛喝着酒，品着野味蔬菜，看着酒客来来往往。下片以抒情为主，表达了作者饱经风霜，对“清淡”的隐居生活向往已久，暮年归隐正是作者的美好愿望：弃官而归，过日出而作、日落而息的生活，让饱经沧桑的心灵在此间得到些许休憩。“心犹壮”和“独步大江东”句，表现了作者老当益壮，志在千里的雄心不减。

乐舞阐释

① 满庭芳：词牌名，又名《锁阳台》《江南好》《话桐乡》《锁阳台》《满庭霜》《潇湘夜雨》《潇湘雨》《话桐乡》《满庭花》等。词名源于唐代柳宗元诗“偶地即安居，满庭芳草积”句。《清真集》入“中吕调”。词为双调，全词上、下两片，二十二句。有平韵、仄韵两体，历来以平韵为正体。平韵又可有九十五字体和九十六字体等。全词同韵，平韵可阴平、可阳平，仄韵可上声、可去声。上片起首两句为四字句，多用对偶；下片首句可押韵，可不押韵。前四句可制为“五四四”句式，第五句首字为领字，第五句、第六句可制为“三六”句式。仄韵词又名《转调满庭芳》，始见于宋代张伯端词。本词为双调，共九十五字，上片十句，下片十一句。

② 金声应铎：金属制作的乐器铎之声。

金：泛指金属类乐器，中国古代“八音”之一（详见第一章唐代词第三节张说《舞马词》）。

铎（见图 3–8）：古代铜制打击乐器，又称金铎、木铎，形如铙、钲而有舌，铜舌的称金铎，木舌的称木铎。武事振金铎，文事振木铎。古代主要用于宣布政教法令时和军旅作战时，后世也用于乐舞表演。铎主要盛行于春秋至汉代。汉代乐舞中就有执铎而舞的《铎舞》。汉代至南朝梁，都有新编的《铎舞曲》。唐代将《铎舞》列于《清商乐》中。郑玄注：“铎，大铃也，振之以

图 3–8　铎

通鼓。"《古今乐录》载："铎，舞者所执也。"《淮南子·泛论训》载："告寡人以事者振铎。"《说文解字》载："铎，大铃也。军法：五人为伍，五伍为两，两司马执铎。"晋代傅玄《铎舞曲·云门篇》载："列代有五，振铎鸣金，延大武。清歌发唱，形为主。声和八音，协律吕。身不虚动，手不徒举。"历史文献记载了当时歌舞乐并举的铎乐舞的表演形式。

二十、曹 勋（1098—1174）

字公显，一作功显，号松隐。颍昌阳翟（今河南省禹县）人。北宋末慢词大家。曹组之子。宣和五年（1123）赐进士出身。以荫补承信郎。靖康初除武义大夫，从被俘的宋徽宗北上，后奉宋徽宗密诏自燕山遁归。绍兴五年（1135）除江西兵马副都督，后拜昭信军节度使。绍兴十一年（1141）以忠州防御使出使金议和，归后迁保信军承宣使。绍兴三十二年（1162）官至太尉，提举皇城司、开府仪同三司。有《松隐文集》《北狩见闻录》。

浣溪沙

玉柱檀槽立锦筵①。低眉信手曲初传②。凤凰飞上四条弦③。　　杨柳已吹三叠韵④，何须人在九江船⑤。夜凉人与月婵娟⑥。

作品赏析

本词上片描述了用玉制成的琵琶弦柱，弹奏出美妙的音律如同凤凰之鸣，在琵琶上空飞旋，其声就像是在倾诉衷肠。下片通过“杨柳已吹三叠韵，何须人在九江船”的描写，表现出作者惜别时凄婉的心境，结尾句“夜凉人与月婵娟”，描绘出寒夜中人与月相伴的孤寂、凄美的景象。

乐舞阐释

① 玉柱檀槽立锦筵：怀抱玉制弦柱、檀木架弦格的琵琶，站在丰盛的筵席前。

② 低眉信手曲初传：低下眉眼娴熟地拨动琴弦，曲子之声立即传出。唐代白居易《琵琶行》中有“低眉信手续续弹，说尽心中无限事”的名句。

③ 凤凰飞上四条弦：美妙的音律犹如凤凰鸣叫，在琵琶上空旋绕。《吕氏春秋·古乐》：“昔黄帝令伶伦作为律……听凤皇（凰）之鸣，以别十二律。其雄鸣为六，雌鸣亦六，以比黄钟之宫适合。”

四条弦：此处指琵琶。古代琵琶为四根弦。

④ 杨柳已吹三叠韵：杨柳树下送别时，已吹起《阳关三叠》。

三叠：此处指《阳关三叠》，即《阳关曲》，古曲名，又名《渭城曲》（详见第三章宋代词第一节寇准《阳关引》）。唐代白居易《对酒》：“相逢且莫推辞醉，听唱阳关第四声。”

⑤ 何须人在九江船：送别之时何须人在船上听琵琶声飘荡。

⑥ 夜凉人与月婵娟：寒夜人与月亮相伴的凄美的景象。

西江月[①]（琵琶）

弦泛龙香细拨[②]，声回花底莺雏[③]。低眉信手巧工夫[④]。犹带巫烟楚雨[⑤]。　　人占东风秀色[⑥]，花笼宝髻真珠[⑦]。锦条金凤要人扶[⑧]。只恐乘鸾飞去[⑨]。

作品赏析

本词上片以清新的笔触描写弹奏琵琶的精湛技艺和美妙的声音如花间雏莺妙音迂回。“低眉信手巧工夫，犹带巫烟楚雨”两句，将鼓琴之人的容姿跃然纸上，呈现出烟雨蒙蒙的意境。下片通过描写琵琶弹奏的意境，勾勒出美人微风中身姿绰约，发饰优美，衣冠华丽，珠光宝气的秀色之美。结尾句“只恐乘鸾飞去”，道出只恐她乘鸾飞去，人间就再难有这美妙的琵琶声。整首词描绘出美人弹奏琵琶所营造出的仙境一般的画面。

乐舞阐释

① 西江月：词牌名，又名《步虚词》《江月令》《醉高歌》《双锦瑟》《白蘋香》。原为唐教坊曲，后为词牌名。最早出现在敦煌曲子词中，清代在敦煌发现唐琵琶谱，犹存此调，但虚谱无词。五代欧阳炯开始有创作此调的词作，宋代成为常用的词牌。《乐章集》《张子野词》将其并入“中吕宫”。“西江”指长江。李白《苏台览古》：“只今惟有西江月，曾照吴王宫里人。”张祜《江西道中作三首》：“西江江上月，远远照征衣。”本调调名所本也。兹以柳永词为准。为双调词，五十字，上片、下片各四句，两平韵、一叶韵，除第三句为七言外，其余皆为六言，结句各叶一仄韵。平韵可阳平、可阴平，仄韵可上声、可去声。上片、下片头两句用对仗句。宋代沈义父《乐府指迷》：“《西江月》起头押平声韵，第二第四句就平声切去，押侧声韵。如平声押东字，侧声须押董字、冻字方可。”另有《西江月慢》，双片，一百〇三字，仄韵体。本词为双调，共五十字。

② 弦泛龙香细拨：琵琶弦上浮动着用龙香柏木制成的细致的拨子。

③ 声回花底莺雏：犹如雏莺一般美妙动听的琵琶之音回荡于花丛中。

④ 低眉信手巧工夫：低下眉眼娴熟灵巧地拨动琴弦。将琵琶女的情态和动作描述出来，使人犹如看到了琵琶女信手而弹时高超的技艺，好似听到了那从琵琶中飞向空中、悬于耳际的美妙声音。

⑤ 犹带巫烟楚雨：琵琶音犹如巫山烟雨般缥缈。

⑥ 人占东风秀色：美艳绝伦的美人。

⑦ 花笼宝髻真珠：花一样的高髻的发式上，饰以颗颗珍珠。

⑧ 锦条金凤要人扶：丝带犹如金凤凰般飞舞，需要人来扶正。

⑨ 只恐乘鸾飞去：只怕她乘鸾飞去。此句取意弄玉与萧史乘凤升仙的故事。弄玉是秦穆公的女儿。此典故出自汉代刘向《列仙传》卷上《萧史》："萧史者，秦穆公时人也。善吹箫，能致孔雀白鹤于庭。穆公有女，字弄玉，好之，公遂以女妻焉。日教弄玉作凤鸣，居数年，吹（箫）似凤声，凤凰来止其屋。公为作凤台，夫妇止其上，不下数年。一旦，皆随凤凰飞去。"

二十一、朱淑真（生卒年不详）

号幽栖居士。钱塘（今浙江省杭州市）人，一说海宁（今浙江省海宁市）人。出身仕宦家庭，幼聪慧，好读书，善诗词，晓音律，工绘画。常随丈夫游宦吴越荆楚间，因所嫁非人，婚姻不幸，抑郁而终。多哀怨之作。其词“清新婉丽，蓄思含情，能道人意中事”。有词集《断肠词》，存词25首。

念奴娇[①]（催雪）

鹅毛细剪，是琼珠密洒，一时堆积。斜倚东风浑漫漫，顷刻也须盈尺。玉作楼台，铅镕天地，不见遥岑碧。佳人作戏，碎揉些子抛掷。　争奈好景难留，风僝雨僽，打碎光凝色。总有十分轻妙态，谁似旧时怜惜。担阁梁吟，寂寥楚舞[②]，笑捏狮儿只。梅花依旧，岁寒松竹三益。

作品赏析

本词上片描写风狂雪舞之态，通过“鹅毛、堆积、东风、盈尺”等词句，使读者仿佛看到天上狂风席卷，漫天大雪，迎风飞舞，天地浑然一色，地上尺余高的白雪顷刻间堆积而成。将大雪飘落比喻为“琼珠密洒”，既形象生动，又有浪漫主义色彩。下片通过“风僝雨僽，打碎光凝色”两句，描绘出冰消雪融的画面，感叹“好景难留”，表现出作者对时过境迁，好景不长的惋惜之情。狂风大雪过后，仅有“梅花依旧”，暗喻大浪淘沙，只留高洁的人品于世。展现出作者的高洁品质。

乐舞阐释

① 念奴娇：词牌名，又名《大江东去》《赤壁谣》《酹江月》《壶中天》《湘月》《寿南枝》《古梅曲》《百字谣》《百字令》《千秋岁》《大江西上曲》《太平欢》《白雪词》《淮甸春》《无俗念》《庆长春》《大江东》《双翠羽》等。唐代元稹《连昌宫词》自注：“念奴，天宝中名倡，善歌。每岁楼下酺宴，累日之后，万众喧隘，严安之、韦黄裳辈辟易不能禁，众乐为之罢奏。玄宗遣高力士大呼于楼上曰：‘欲遣念奴唱歌，邠二十五郎吹小管逐，看人能听否？’未尝不悄然奉诏。”（《元氏长庆集》卷二十四）唐代王仁裕《开元天宝遗事》载：“念奴者，有姿色，善歌唱……帝谓妃子曰：此女妖丽，眼色媚人，每啭声歌喉，则声出于朝霞之上。”词名取意于此。始见《东坡乐府》。宋曲入“大石调”，复转入“道调宫”，又转入“高宫大石调”。此调有平、仄两韵体。万树《词律》定辛弃疾词为正体，其上片前两句为“四五四”句式，五字句后为断句；其下片前三句为“六四五”句式。此调其他格的前部均有变化，属别格。本词为双调，共一百字。全词上、下两片、二十句。全词同韵，仄韵，韵字可上声、可去声，古韵多入声。韵段内可撤句、可造句，但须保持字数不变。上片前三句制为“四五四”句式，其五字句首字可为领字。上片首句不用韵。上片第二、第四、第七、第九句，下片第三、第五、第八、第十句押韵。

② 寂寥楚舞：使楚舞寂寥。

楚舞：楚地一带的舞蹈。楚乐舞艺术是春秋战国时期，楚地人民以长江中游地区的舞蹈为基础，融合中原礼乐文化和南方蛮夷巫风传统而形成的一种独特的具有浪漫主义文化风格的地方性乐舞艺术。历代典籍多有对楚舞的记载，如《史记·留侯世家》载：“戚夫人泣，上曰：‘为我楚舞，吾为若楚歌。’”据《西京杂记》载，戚夫人“善为翘袖折腰之舞”。《汉书·礼乐志》载：“凡乐，乐其所生，礼不忘本。高祖乐楚声，故房中乐楚声也。”唐代李白《书情赠蔡舍人雄》：“楚舞醉碧云，吴歌断清猿。”清代彭而述《卫藩旧邸遇酒南将军》：“若能为楚舞，何处得秦声？”楚乐舞直接源于娱神的巫音、巫舞。汉代王逸《楚辞章句》载：“昔楚国南郢之邑，沅湘之间，其俗信鬼而好祠，其词必作歌乐鼓舞，以乐诸神。”

古代舞女，以纤腰为尚，以长袖为美。后代的文人墨客常用“纤腰长袖”来形容楚舞。唐代薛能《柳枝词》：“纤腰舞尽春杨柳，未有侬家一首诗。”唐代刘禹锡《无题》：“为是襄王故宫地，至今犹有细腰多。”楚舞的主要特点是，长袖所体现的飘逸曼妙之美，腰肢（细腰）所体现的轻柔灵动之美，“三道弯”身姿所体现的曲线之美。楚乐舞大致可分为三类：民间祭祀乐舞，带有十分浓厚的巫舞色彩，以祭神祀鬼为主要目的；宫廷乐舞，供统治者宴饮之用，以娱人为主要目的；楚地“新声”，新创作的乐舞，以民间自娱为主要目的。

二十二、王千秋（生卒年不详）

字锡老，号审斋。宋高宗、宋孝宗前后在世。东平（今山东省东平县）人。宋室南渡后流寓金陵（今江苏省南京市），晚年居于湖湘间。与韩元吉、姚宏等人交往。有《审斋词》一卷。存词73首。

贺新郎[1]（石城吊古）

吊古城头去。正高秋、霜晴木落，路通洲渚。欲问紫髯分鼎事，只有荒祠烟树。巫觋去、久无箫鼓[2]。霸业荒凉遗堞坠，但苍崖、日阅征帆渡。兴与废，几今古！　夕阳细草空凝伫。试追思、当时子敬，用心良误。要约刘郎铜雀醉[3]，底事遽争荆楚。遂但见、吴蜀烽举。致使五官伸脚睡，唤诸儿、昼取长陵土。遗此恨，欲谁语。

作品赏析

本词为深秋时节作者在石城追思怀古、感慨世事之作，叙述了遥想当年孙权分鼎天下，追忆吴蜀相争，约刘郎铜雀而欢之事等，抒发了当今霸业不复存的感慨。词中“夕阳细草空凝伫”句，虽然描写的是景物，实则写人，抒发了作者物是人非的悲凉心情，以及“万古基业今何在”的爱国情怀和无尽的惋惜之情。此时又正值深秋，万物凋零，其世事之哀，时世之衰，更加升华了作者的情感。

乐舞阐释

① 贺新郎：词牌名，一作《贺新凉》，又名《金缕歌》《金缕曲》《金缕词》《乳燕飞》《风敲竹》《貂裘换酒》等。清代毛先舒《填词名解》载："《贺新郎》，宋苏轼守钱塘作。词云：'乳燕飞华屋，悄无人、桐阴转午，晚凉新浴。'故名《贺新凉》，后误为'郎'。"传作以《东坡乐府》所收为最早，唯句读平仄，与诸家颇多不合，因以《稼轩长短句》为准，所以是宋人常用的长调之一。本词为双调，共一百一十六字，上片、下片各六仄韵。上片、下片第一、第三、第五、第六、第八、第十句押韵，均用仄声韵。上片、下片第二句以下平仄韵皆同。另有一百一十五字体。

② 巫觋去、久无箫鼓：巫觋的降神祭祀活动过去后，好久没有箫鼓之声。此句说明，古代巫觋的降神祭祀活动中所用乐器有箫和鼓，对后代研究巫觋祭祀活动中所用乐器有史料价值。

巫觋：古代以歌舞降神为业者，原始社会被认为能沟通天、地，神、人的人。女称巫，男称觋，合称巫觋。《说文解字》载："觋：能斋肃事神明也。在男曰觋，在女曰巫。"商代时，巫也是一种高级官员，大巫行使神权，执掌筮法，参与军国大事及医疗，主管以歌舞事神等。因此巫音、巫舞等都从"巫"字得名。巫音即巫风，是先秦巫文化的表现，当时的巫风极为重视歌舞之事，《尚书注疏》卷七载："敢有恒舞于宫，酣歌于室，时谓巫风。"孔颖达疏："巫以歌舞事神，故歌舞为巫觋之风俗也。"殷商和春秋战国时期的楚越一带巫风很盛，楚国诗人屈原的《九歌》就是在民间祭祀乐舞的基础上加工创作而成的。部分民间舞蹈也是在巫舞的发展和演变过程中形成的。王国维《宋元戏曲考》认为，巫觋为中国戏剧的起源。另外，古代祈雨、求子、婚姻、农事、庆丰收、驱鬼逐疫等活动，都有由巫觋主持的祭祀活动，其中的舞蹈均属于古代的巫舞。祈雨的祭祀活动称为“雩祭”，求子和婚配的祭祀活动称为“祀高禖”，庆丰收的祭祀活动称为“蜡祭”，驱鬼逐疫的祭祀活动称为“傩祭”。有关祈雨祭祀的记载有《新唐书·元王黎杨严窦》：“时大旱，乾造土龙，自与巫觋对舞，弥月不应。”有关求子和婚姻祭祀的记载有《礼记·月令》：“是月也，玄鸟至。至之日，以太牢祠于高禖。天子亲往，后妃帅九嫔御。乃礼天子所御，带以弓韣，授以弓矢，于高禖之前。”有关农事祭祀的记载有《周礼·地宫·鼓人》：“凡祭祀百物之神，鼓兵舞帗舞者。”有关驱鬼逐疫祭祀的记载有《礼记·月令》：周代每年要举行三次傩祭，第一次在仲春，由百姓在都城九门外行磔牲（宰杀牲畜）祭祀，称为“国傩”；第二次在仲秋，由天子主持举行，称为“天子傩”；第三次在冬季腊月举行，由官员在国门旁磔牲祭神，称为“大傩”。《论语·乡党》载：“乡人傩，朝服而立于阼阶。”

③ 要约刘郎铜雀醉：要约见刘备在铜雀台同饮共醉。

铜雀：指铜雀台，是魏武帝曹操于建安十五年（210）在邺都（今河北省临漳县）建造的一座用于表演乐舞的楼台，楼顶有大铜雀，楼台上住着姬妾和歌舞伎。铜雀台高十丈，其上建造房屋一百二十间，是曹操欣赏乐舞、宴饮享乐之场所。在铜雀台上表演的歌舞伎称为铜雀伎。历史上有很多诗词描写铜雀台，如南朝梁简文帝《和藉田诗》：“鳐鱼显嘉瑞，铜雀应丰年。”唐代杜牧《赤壁》：“东风不与周郎便，铜雀春深锁二乔。”另外，《宋书·乐志》载：“今之《清商》，实由铜雀。”说明曹操建造铜雀台，为歌舞伎提供了最好的表演清商乐舞的场所，使清商乐舞有了新的发展，将歌舞伎的技艺推到了更高的艺术境界。

二十三、李　吕（1122—1198）

字滨老，一字东老。邵武军光泽（今福建省光泽县）人。聪慧好学，尤善通鉴。年四十即弃科举，常年召集族人致礼享堂，教人循循善诱。有《澹轩集》15卷，词1卷，存词18首。有《国史经籍志》传世。

满庭芳

光拂星榆，轮高金掌，暮烟飘尽澄空。素娥幽恨[①]，霜艳洗铅红。醉把摩云妙手，教纤翳、不点青铜。知多少，天高露冷，争占九秋风。　　歌钟[②]。邀胜侣，园攀琼树，帘卷珠宫。算庾楼吟赏，今古应同。多谢秦娥绝唱[③]，声声为、飘入云中。留仙住，莫教清影，容易转梧桐。

作品赏析

本词以景抒怀，由星空至人间，从追忆古事到今之吟赏，抒发了往事千年过，“逝者如斯夫”的情怀。上片以“光拂星榆，轮高金掌”等景物抒怀；以“素娥幽恨”，即嫦娥的典故，喻人间多遗恨之事。“知多少，天高露冷”句，隐含着“高处不胜寒”的哀怨之情。下片描写在歌女的声声绝唱中，作者与益友同登庾公楼吟词赏月。结尾笔锋一转，“留仙住，莫教清影，容易转梧桐”几句，体现了作者唯恐这般美好时光稍纵即逝的心情。

乐舞阐释

① 素娥幽恨：嫦娥深深的怨恨。

素娥：此处指月亮中的仙女，即嫦娥。神话传说中，嫦娥是上古时期三皇五帝之一帝喾的女儿，后羿之妻，因其偷吃了后羿自西王母处求得的长生不老药而奔月成仙。

② 歌钟：歌与钟。

歌：指歌舞。

钟（见图 3–9）：古代打击乐器。多以铜或铁铸成，中间空，顶部穹形，悬挂于架子上，用槌敲击发声。东汉许慎《说文解字》载："钟者，可捶之物。"常用于祭祀、礼仪、宴饮等场合。

单用的大钟称"特钟"，由数个频率不同的依大小次序组成的钟称为"编钟"。西周中期开始有由十几个或数十个依大小次序组成的编钟。1978 年在湖北省随县曾侯乙墓中发掘出土的一架战国早期编钟，是公元前 5 世纪的宫廷乐器，由 8 组 65 个大小各异的青铜钟组成，包括钮钟、甬钟、镈钟，65 个钟总重 2500 多千克，分上、中、下三层悬挂在长 10.79 米、高 2.73 米的钟架上。钮钟铭文为律名和阶名（如宫、商、角、徵、羽等），甬钟正面隧、鼓部位（即钟口沿上

图 3–9　秦乐府钟，陕西临潼秦始皇陵出土，藏于秦始皇帝陵博物院

部正中和两角部位）的铭文为阶名，是该钟的标音，准确敲击标音位置就能发出合乎一定音阶的乐音。每件甬钟都有两个乐音，能配合起来演奏；甬钟的下层在演奏中起烘托气氛与和声的作用。甬钟反面各部位的铭文记载了曾国与楚、周、齐、晋等国律名与阶名的相互对应关系。演奏时需要 5 个至 7 个乐师，用棒敲槌击，气势恢宏。钟上还镌刻着 2800 多字的篆体铭文，记载了先秦时期的乐学理论。编钟从低音到高音，音域跨 5 个八度之多。在中心音域 3 个八度的范围内，12 个半音齐全，而基本骨干是五声、六声以致七声的音阶结构。说明当时人们已懂得八度位置和增减各种音程的乐理知识。唐代李白《魏郡别苏明府因北游》："青楼夹两岸，万家喧歌钟。"

③ 多谢秦娥绝唱：多谢歌女绝妙的歌唱。

秦娥：古代歌女，泛指古代善歌的女子。《大臣注文选》卷三十李周翰注："齐僮、秦娥，皆古善歌者。"宋代晏几道《玉楼春》："清歌学得秦娥似，金屋瑶台知姓字。可怜春恨一生心，长带粉痕双袖泪。从来懒话低眉事，今日新声谁会意。坐中应有赏音人，试问回肠曾断未。"

二十四、陆　游（1125—1210）

字务观，号放翁。越州山阴（今浙江省绍兴市）人。南宋著名诗人。自幼好学不倦。童年时代，金兵攻陷宋朝首都汴京，饱经战乱之苦，此为其以后激昂的爱国精神之基础。青年时期曾从“江西派”诗人曾几学诗。以荫补登仕郎。绍兴二十三年（1153）省试第一。次年试礼部，位列秦桧孙之前，被秦桧除名。宋孝宗时，赐进士出身。绍兴二十八年（1158）始仕福州宁德县主簿。后历任福州决曹，大理司直，枢密院编修官，镇江、隆兴府、夔州通判，蜀州通判成都府安抚司参议官等职。乾道八年（1172）在川陕宣抚使王炎幕中襄理军务，投身军旅生活，官至宝章阁待制。淳熙二年（1175）范成大帅蜀时，陆游被辟为参议官。淳熙五年（1178）出川东归。光宗即位后，曾任礼部郎中。因其力主恢复中原，遭到奸佞之徒的弹劾，罢职后闲居多年。晚年居于山阴。与尤袤、杨万里、范成大合称“南宋中兴四大诗人”，其为中兴之冠。有“小李白”之称。陆游不仅为南宋一代诗坛领袖，而且在中国文学史上享有崇高地位，是我国伟大的爱国诗人。有《剑南诗稿》《渭南文集》《南唐书》《老学庵笔记》《放翁词》。存诗9000余首，存词145首。

朝中措①

冬冬傩鼓饯流年②。烛焰动金船。彩燕难寻前梦，酥花空点春妍。　　文园谢病，兰成久旅，回首凄然。明月梅山笛夜③，和风禹庙莺天。

作品赏析

本词上片通过对“傩鼓”“烛焰”流年岁月的追忆，抒发了过往之事终不可追的感慨之情。下片以西汉辞赋家司马相如以生病为借口辞官而去的潇洒，以及南朝官员庾信出使西魏而不得南归的历史典故，感叹古人前事，可谓“回首凄然”。只有“明月梅山笛夜，和风禹庙莺天”的意境与景象，使作者向往。

乐舞阐释

① 朝中措：词牌名，又名《照江梅》《芙蓉曲》等。此调始见于北宋欧阳修。《宋史·乐志》入“黄钟宫”。本词为双调，共四十八字，全词同韵，平韵，韵字可阴平、可阳平。上片四句，三平韵；下片五句，两平韵。

② 冬冬傩鼓饯流年：咚咚作响的傩鼓饯别流失的年华。

傩鼓：古代在驱鬼逐疫祭祀仪式中敲击的鼓。

傩（见图 3–10）：又名《大傩》《傩舞》《傩戏》等。傩，古作“难”。源于原始社会中的图腾崇拜，是古代以乐舞驱鬼逐疫的一种祭祀仪式。商周时期，宫廷里有了逐鬼的祭祀仪式，周代将这种祭祀仪式称为傩祭，主持祭祀仪式的官员戴上面具扮成傩神方相氏的形象。《周礼·夏官司马》载：“方相氏：狂夫四人。”郑玄注：“方相，犹言放想，可畏怖之貌。”又“蒙，冒也，冒熊皮者以惊驱疫厉之鬼，如今魌头也”。《论语注疏》称傩为“逐疫鬼也”。《乐府杂录》载：驱傩“用方相氏四人，戴冠及面具。黄金为四目。衣熊裘，执戈，扬盾”，口唱巫术咒语，在室内到处乱打，使鬼惧怕而逃遁。据《礼记·月令》载：“（仲春之月）命国难，九门磔攘，以毕春气。……（仲秋之月）天子乃难，以达秋气。……（季冬之月）命有大司难，旁磔，出土牛，以送寒气。”春秋战国时期，傩舞在徐、楚等地民间盛行，一般在每年的腊月举行。汉代傩祭的规模增大，《后汉书·礼仪志》载：“先腊一日，大傩，谓之逐疫。其仪：选中黄门子弟年十岁以上，十二以下，百二十人为侲子。皆赤帻皂制，执大鼗。方相氏黄金四目，蒙熊皮，玄衣朱裳，执戈扬盾。十二兽，有衣毛角。”记载了一百二十个十岁至十二岁的孩子和扮成十二神兽的人同时“跳傩”，场面声势浩大。在汉魏南北朝、隋唐至南宋时期，皇城的除夕之夜还保留有大傩仪，后逐渐被社火取代。随着岁月的流逝，经朝历代，这种驱傩由宫廷传入民间，逐渐形成巨大的民俗礼仪活动，演变为乡村祭神、娱神、迎神的赛会，并加入杂戏表演。所以朱熹说：“傩虽古礼而近于戏。”

图 3-10　跳傩图

傩舞作为由古代傩祭仪式舞蹈发展而来的民间舞蹈形式，至今仍在我国民间广为流传，主要分布于江西、安徽、山东、河南、陕西、湖北、广西、福建、云南、贵州等地。各地名称不一，有舞鬼、跳傩、舞傩、魌傩舞、演傩、跳傩神、滚傩神、还傩愿、玩喜等称谓。随着历史的发展，一部分傩舞逐渐发展为有故事情节和人物形象的戏剧表演形式，称为傩戏，又称傩堂戏、傩愿戏、傩坛戏、脸子戏、地戏等。主要为歌舞表演形式，以鼓、锣、镲等打击乐器伴奏。傩舞在发展过程中逐渐发生变化，原来主持祭祀仪式的“方相氏”，逐渐演变为“门神”“钟馗”“将军”“关羽”“岳飞”等。现今大多傩舞表演具有以下两个基本特征：一是保存着古代傩祭驱鬼逐疫的遗风，二是保存着戴面具的传统。至今还有傩戏流行于安徽省山区。宋代陆游《朝中措》：“冬冬傩鼓饯流年。烛焰动金船。”

③ 明月梅山笛夜：夜晚的梅山之上，吹奏着的笛声悠扬。

笛：吹孔气鸣乐器，又称竹笛、横笛。

采桑子①

宝钗楼上妆梳晚，懒上秋千。闲拨沉烟。金缕衣宽睡髻偏。　　鳞鸿不寄辽东信，又是经年。弹泪花前。愁入春风十四弦②。

作品赏析

本词是一首伤春怀人之作，主要描写了女子对爱人的思念之情。上片以抒情的笔触、细腻的描写，呈现出女子的情态。“宝钗楼上妆梳晚，懒上秋千。闲拨沉烟。金缕衣宽睡髻偏。”几句，表现出女子无暇关注生活起居的细节。下片含蓄而凄婉地抒写出对恋人的思念之情。愁闷的情绪是由对余年未归又杳无音信的爱人的思念和怨情所致，所以只有“弹泪花前”，将忧愁体现在犹如春风一般的琵琶声中。整首词思绪缠绵，情韵无限，表现出恋人相爱、相思之深情。

乐舞阐释

① 采桑子：又名《丑奴儿》《丑奴儿令》《罗敷媚》《罗敷歌》《罗敷媚歌》《罗敷令》《伴登临》《忍泪吟》《苗而秀》《醉梦迷》。本词调名由《采桑曲》(《陌上桑》) 演变而来。“陌上桑”名称始见南朝，收录在南朝徐陵编著的诗歌总集《玉台新咏》中，是汉乐府中唯一一部喜剧叙事诗歌，描述美貌少妇秦罗敷采桑的情景。本词为双调，共四十四字，全词上、下两片，共八句。上片、下片第二、第三、第四句押韵。上片、下片句法相同，各四句、三平韵。上片、下片的第二、第三句多用叠句，在音律上有一种反复婉转之感。另有四十八字和五十四字的变体。

② 愁入春风十四弦：忧愁飘进春风中的琵琶声里。

十四弦：此处指琵琶，因有十四根弦而得名。宋代孟珙《蒙鞑备录》“燕聚舞乐”：“国王出师，亦以女乐随行，率十七八美女，极慧黠，多以十四弦等弹大官乐等曲。”

二十五、范成大（1126—1193）

字致能，一作至能，号石湖居士。苏州吴县（今江苏省苏州市）人。与尤袤、杨万里、陆游为“南宋中兴四大诗人”。绍兴二十四年（1154）进士。宋孝宗乾道六年（1170）出使金国，不辱使命，全节而归。历任知处州、知静江府兼广西经略安抚使、四川安抚制置使，权礼部尚书，拜参知政事，加资政殿大学士。晚年退居故乡石湖。谥“文穆”。以善写田园诗著称，词风谐婉恬静、清逸淡远。有《石湖居士诗集》《揽辔录》《石湖词》等。存词110首（一作105首）。

鹧鸪天

休舞银貂小契丹①。满堂宾客尽关山②。从今袅袅盈盈处③，谁复端端正正看④。　模泪易⑤，写愁难⑥。潇湘江上竹枝斑⑦。碧云日暮无书寄⑧，寥落烟中一雁寒⑨。

作品赏析

本词写离别感伤之情。上片首句的“休舞”两字，表现出作者与同僚、故人分别时内心的苦痛。因为即将分离，所以即使欣赏着欢乐的舞蹈，作者和宾客的心中却更加悲愁，赶忙叫停歌舞。下片通过典故和景象描写，使“愁”更加具体。漂泊的友人们，犹如碧空中的孤雁，表现出作者对友人的恋恋不舍，心中充满着思念之情和离别之痛。整首词文字精美，音韵婉转和谐，体现了这首词的婉约风格。

乐舞阐释

① 休舞银貂小契丹：不要再穿着银灰色貂皮服装跳《小契丹》舞了。

小契丹：契丹族的一种歌舞。契丹族是古代居住在辽河上游西拉木伦河一带的少数民族，以游牧为生。公元916年建立辽国，北宋宣和七年（1125）为金所灭。跳《小契丹》舞时，身着胡装，边唱边舞。《画墁录》载：辽待南使，“乐列三百余人，舞者更无回旋……止于顿挫伸缩手足而已”。从以上记载来看，契丹舞的动作比较简单。不过，这只是记载了该舞蹈中的一种，不能代表契丹舞的全貌。契丹舞的表演形式多种多样，有独舞、双人舞、三人舞、集体舞、队舞等。在我国不同地域的寺院的砖塔、石塔上的乐舞图中，多有对契丹舞的描绘，如河北丰润县车轴山寿丰寺辽代石塔，有乐舞图八幅，共刻人物十五人，有独舞、双人舞和三人舞。北京房山北郑村砖塔，有伎乐图八幅，共八人，乐器有箜篌、琵琶、鼓、笛，有四幅独舞。同地有石幢，上有浮雕伎乐图也为八幅，共八人，演奏乐器有琴、拍板、四弦直项琵琶、云锣、笙、横笛、小钹、山鼓。北京房山云居寺南塔（即压经塔），有乐伎图八幅，乐器有筚篥、笙、琴、拍板、横笛、排箫、琵琶等，有一男舞者。云居寺北塔上，八幅乐伎图可辨认的乐伎有四十余个。乐器除上述常见者外，还有鸡娄鼓、建鼓、大鼓、腰鼓等多种鼓，舞者达十八人。

本词作者范成大另有《次韵宗伟阅番乐》诗：“绣靴画鼓留花住，剩舞春风小契丹。”宋代王安石《出塞》：“涿州沙上饮盘桓，看舞春风小契丹。”

② 满堂宾客尽关山：满堂的宾客多是来自边塞他乡之客。

③ 从今袅袅盈盈处：从今以后，舞女仪态轻盈地舞动。

④ 谁复端端正正看：离愁之人谁还有心思欣赏这美妙的小契丹舞蹈呢？

⑤ 模泪易：表现流泪是容易的。

⑥ 写愁难：却很难抒发悲愁。

⑦ 潇湘江上竹枝斑：就像潇湘江竹枝上的斑斑泪痕。

⑧ 碧云日暮无书寄：以后我在寂寞遥远的旅途中日夜想念却收不到你们的书信时。

⑨ 寥落烟中一雁寒：只能孤寂地空对那碧空中的孤雁了。

二十六、尤　袤（1127—1194）

字延之，号遂初居士。无锡（今江苏省无锡市）人。南宋诗人。自幼受家学熏陶，5岁能为诗句，有“神童”之称，15岁以词赋闻名于毗陵郡（今江苏省常州市）。绍兴十八年（1148）进士。初为泰兴令。为读书计，任江阴学官七年，除大宗正丞，转秘书丞，兼国史院编修，迁著作郎兼太子侍读。除淮南东路常平，改江南东路常平，迁江西转运使兼知隆兴府（今江西省南昌市）。除吏部郎官，迁枢密检正兼左谕德。除太常少卿，兼权中书舍人、直学士院。绍熙元年（1190）起知婺州，改太平州，除给事中。后授礼部尚书兼侍读。谥“文简”。与杨万里、范成大、陆游并称为“南宋中兴四大诗人”。有《遂初堂书目》1卷。有《梁溪集》50卷，已佚。今存词两首。清人尤侗辑有《梁溪遗稿》两卷。

瑞鹧鸪[①]（落梅）

梁溪西畔小桥东。落叶纷纷水映空。五夜客愁花片里，一年春事角声中[②]。　歌残玉树人何在[③]，舞破山香曲未终[④]。却忆孤山醉归路，马蹄香雪衬东风。

作品赏析

本词以景抒情，以落花满地、一片孤寂，衬托出夜晚远客的愁悲，呈现出一幅冷寂的月夜落叶映水图，渲染出悲凉的氛围，为后文抒发“愁”情做了铺垫。接着以商女犹唱《玉树后庭花》，而今“人何在”，玄宗鼓羯鼓“曲未终”等典故，追忆古人、感慨古事，表现了作者的叹古之情。结尾“却忆孤山醉归路，马蹄香雪衬东风”两句，表现出作者对美好未来的遥想与期望。

乐舞阐释

① 瑞鹧鸪：词牌名，又名《鹧鸪词》《五拍》《舞春风》《天下乐》《拾菜娘》《报师恩》等。此调虽与《木兰花》同句式，但句式和韵脚不同。本词调取意盛唐时吟咏鹧鸪之笙笛类乐曲。唐代人因诗而歌，遂谱为歌词，成为词调。至宋代，增添为双片，成为词牌。本词为双调，共五十六字，全词同韵，平韵，韵字可阴平、可阳平。上片四句三平韵，下片四句两平韵。平仄句式与平起的七言律诗相同。另有六十四字、八十六字、八十八字三体，其句式各异。

② 一年春事角声中：角声中唤起一年的春事。

角：古代吹奏乐器（详见第一章唐代词第十三节姚合《剑器词》二）。

③ 歌残玉树人何在：当年歌唱《玉树后庭花》残曲的人，如今在哪里？

玉树：《玉树后庭花》的简称。

④ 舞破山香曲未终：舞破《舞山香》之曲，该曲尚未终结。该句取意唐代杜牧《过华清宫绝句》：“霓裳一曲千峰上，舞破中原始下来。”

山香：即《舞山香》，古代乐舞名，又为羯鼓曲名。元代朱德润

《和李仲节咏落花韵》："却忆当时研光帽，山香一曲泪沾巾。"清代熊文举《醉落魄》："围红蘸绿。一抹明霞娇似束。等闲莫遣眉妩蹙。爱惜金铃，怎禁风霾毒。相思银烛高烧独。阑珊舞破山香曲。重来暗记题门熟。点碎苍苔，尚有凌波蹴。"

二十七、张孝祥（1132—1170）

字安国，号于湖居士。历阳乌江（今安徽省和县）人。南宋著名词人、书法家。少年时合家迁居芜湖（今安徽省芜湖市）。绍兴二十四年（1154）进士。廷试第一。授承事郎，签书镇东军节度判官。由于上书为岳飞辩冤，为当时权相秦桧所忌，诬陷其父张祁有反谋，并将其父下狱。次年秦桧死，授秘书省正字，迁校书郎，起居舍人，权中书舍人。绍兴三十年（1160）除知抚州，知平江府，迁中书舍人、直学士院，兼都督府参赞军事，领建康留守。因拥护张浚北伐主张，被投降派弹劾落职。后复起用知静江府兼广西经略安抚使。后任荆南湖北路安抚使。因治水有功，进显谟阁直学士。还出任过抚州、平江、潭州等地方官。乾道五年（1169）卒，葬于南京江浦老山。其工诗文，尤善词。早期词风清丽婉约，南渡后转为慷慨悲凉，多有爱国情怀。陈应行《于湖先生雅词序》有“自在如神之笔，迈往凌云之气”之评。有《于湖词》，存词224首。有《于湖居士文集》传世。《全宋词》辑录其词223首。

水调歌头（泛湘江）

濯足夜滩急，晞发北风凉。吴山楚泽行遍，只欠到潇湘。买得扁舟归去，此事天公付我，六月下沧浪。蝉蜕尘埃外，蝶梦水云乡[①]。　　制荷衣，纫兰佩，把琼芳。湘妃起舞一笑[②]，抚瑟奏清商[③]。唤起九歌忠愤[④]，拂拭三闾文字，还与日争光。莫遣儿辈觉，此乐未渠央。

作品赏析

本词为作者因为谗言所污，被贬后在北归途中，泛舟湘江时而作。词的上片开头两句“濯足夜滩急，晞发北风凉”用屈原作品《楚辞》中词句的意境，赞美屈原高洁的品格，同时，也抒发了作者对世事不平的怨愤之情和宽阔的胸怀。下片前三句“制荷衣，纫兰佩，把琼芳”承上启下，运用《楚辞》的意境，表现出作者高洁的志向。整首词的意境超越时空，作者丰富的想象不仅在于《楚辞》的启迪，而且在于把湘水之神写得栩栩如生。最后作者从幻想的境界返回现实，寓怨愤于欢乐之中。

乐舞阐释

① 蝶梦水云乡：如《庄周梦蝶》隐居于水云乡。

蝶梦：此处取意《庄周梦蝶》的典故，又为古琴曲名。此曲谱最早见于《神奇秘谱》，后收录于《浙音释字琴谱》等著作。

② 湘妃起舞一笑：湘水女神微笑着起舞。

湘妃：此处指古代传说中的湘水之神，又称“湘灵”，即舜帝的妃子娥皇和女英姊妹俩。又为《湘妃怨》琴歌曲。相传尧帝见舜为人正直，德才兼备，办事公道，刻苦耐劳，深得人心，将其首领的位置禅让给舜，并把两个女儿娥皇、女英嫁给舜为妻。后来舜帝巡察南方时，在“苍梧”病故，娥皇、女英追踪至洞庭湖，两人十分悲痛，操琴而歌《湘妃怨》，然后在君山自沉湘江而死，化为湘水之神，后人尊之为“湘妃”，并以此作歌。汉代刘向《烈女传·有虞二妃》载：“有虞二妃者，帝尧之二女也。长娥皇，次女英。……尧乃妻以二女以观厥内。舜既嗣位，升为天子，娥皇为后，女英为妃。”由于湘妃二人的高洁品质，百姓在湘水流域修建了许多湘妃庙，来纪念她们，如郦道元《水经注·湘水》载：“大舜之陟方也，二妃从征，溺于湘江，神游洞庭之渊，出入潇湘之浦。……故民为立祠于水侧焉。”徐霞客《楚游日记》载：“祁江从北至此，南向入湘；而甘泉活水，又绕学前，透出南胁，而东向入湘。乃三交会之中，故桥曰潇湘桥，亭曰潇湘亭，庙曰潇湘庙，谓似潇、湘之合流也。”自屈原作《湘君》《湘夫人》以来，湘妃二人一直是文人笔下寄托情感的对象，在《山海经》《尚书》《孟子》等文献中，都有对其故事的记载。宋代高观国《南乡子》：“直柱倚冰弦。曾见胡儿马上弹。却笑琵琶风韵古，溅溅。想像湘妃水一帘。塞恨曲中传。两摺琴丝费玉纤。不似江南风月好，厌厌。拍手齐看舞袖边。”

③ 抚瑟奏清商：抚瑟弹奏一曲音调悲哀的《清商乐》。《楚辞·远游》载：“使湘灵鼓瑟兮，令海若舞冯夷。”

瑟（见图 3–11）：中国古代拨弦乐器。以桐木制成，瑟面稍隆起，体中空，体下嵌有底板。形状似古琴，但无徽位，通常有 25 根弦，弦的粗细不同，每弦有一柱，按五声音阶（宫、商、角、徵、羽）定弦。最早的瑟有 50 根弦，所以又称为“五十弦”。相传黄帝改为二十五弦，古有黄帝使素女鼓瑟之说。《史记·封禅书》载：“太帝使素女鼓五十弦瑟，悲，帝禁不止，故破其瑟为二十五弦。”瑟有大小之别，大瑟长约 180 厘米，宽约 48.5 厘米；小瑟长约 100 厘米，宽约 40 厘米。瑟的历史悠久，最早见于《诗经·国风·周南·关雎》：“琴瑟友之。……钟鼓乐之。”瑟在春秋时已流行，汉代流行很广，南北朝时常用于《相和歌》伴奏，唐代应用更为广泛，后世渐少使用。

图 3-11　徐州汉抚瑟俑，徐州驮篮山西汉楚王墓出土，藏于徐州博物馆

据元代熊朋来《琴谱》记载，当时的瑟张弦 25 根，按十二律吕半音排列，指法有擘、托、抹、挑、勾、剔、打、摘八种，用拇指、食指、中指、无名指分别向内、外方向拨弦。《诗经 · 小雅 · 鹿鸣》载：“我有嘉宾，鼓瑟吹笙。吹笙鼓簧，承筐是将。”东汉许慎《说文解字》载：“瑟，庖牺所作弦乐也。”《楚辞 · 九歌 · 东皇太一》载：“疏缓节兮安歌，陈竽瑟兮浩倡。”古时，瑟常常与琴或笙合奏，后又以此表现两人的关系密切，如《诗经 · 国风 · 周南 · 关雎》载：“窈窕淑女，琴瑟友之。”

清商：即《清商乐》，又称《清商曲》，隋唐时简称《清乐》，是汉、魏、晋、南北朝期间流行的汉族民间乐舞的总称。《清商乐》的内容有乐曲、歌曲、舞曲等。是将汉、魏《相和歌》和由南方地区汉族民歌发展起来的“吴声”“西曲”相结合的产物。北魏孝文帝时，南方的《清商乐》传到了北方，此后，《清商乐》成为盛行于中国南北方的重要乐种。《乐府诗集》卷四十四载：“清商乐，一曰清乐。清乐者，九代之遗声。其始即相和三调是也，并汉魏已来旧曲。其辞皆古调及魏三祖所作。”汉代已有《清商》之名和女乐表演《清商》的记载，如《后汉书·王充王符仲长统列传》载："弹南风之雅操，发清商之妙曲。"张衡《西京赋》载："始徐进而嬴形，似不任乎罗绮。嚼《清商》而却转，增婵娟以此豸。"《清商乐》在曹魏时期更加兴盛，当时还设立了"清商署"。《魏书·齐王芳纪》载："帝每见九亲妇女有美色，或留以付清商。"据《晋书·乐志》记载，永嘉之乱（307—313）后，清商署的乐工舞人大部分流散。一部分《清商乐》传入凉州，与《龟兹乐》结合成为《西凉乐》；另一部分《清商乐》随东晋政权南迁传至江南，融进《吴歌》《西曲》，形成南朝的新声。《魏书·乐志》载："初，高祖（北魏孝文帝）讨淮、汉，世宗（宣武帝）定寿春，收其声役。江左所传中原旧曲，《明君》、《圣主》(《鞞舞》)、《公莫》(《巾舞》)、《白鸠》(《拂舞》) 之属及江南吴歌、荆楚四声 (《西曲》)，总谓《清商》。"《清商乐》的新声在《乐府诗集·清商曲辞》中分为三类：《吴声歌曲》《西曲歌》《江南弄》。隋代将《清乐》列入《九部乐》之中，唐代将其列入《十部乐》之中。清商乐舞的特征是，抒发志向，表达情感，表现闲情雅致、轻柔美妙、眉目传情等。杜佑《通典》载："清乐者，九代之遗声。"

④ 唤起九歌忠愤：唤起屈原《九歌》中的爱国和愤慨之情。

九歌：指屈原的作品《九歌》，此处代指屈原的爱国忠魂和愤慨。《九歌》是屈原在被放逐后，以湘水一带的民间祭祀乐舞为基础创作的楚辞作品。屈原融合道家的"天乐思想"和儒家的"礼乐观"形成自己独特的乐舞思想。东汉王逸《楚辞章句·九歌序》载："《九歌》者，屈原之所作也。昔楚国南郢之邑，沅湘之间，其俗信鬼而好祠，其词必作歌乐鼓舞，以乐诸神。屈原放逐，窜伏其域，怀忧苦毒，愁思沸郁，出见俗人祭祀之礼，歌舞之乐，其词鄙陋。因为作《九歌》之曲。上陈事神之敬，下见己之冤结，托之以风谏。"南宋朱熹认为，屈原的《九歌》依据巫觋乐歌而作，删除民间原作中"鄙俚""亵慢淫荒”的词句，同时，寄托了“忠君爱国”之意。《九歌》共有十一篇：《东皇太一》，为祭祀天神；《云中君》，为祭祀云神；《湘君》，为祭祀湘水男神；《湘夫人》，为祭祀湘水女神；《大司命》，为祭祀司寿夭的男神；《少司命》，为祭祀司寿夭的女神；《东君》，为祭祀太阳神；《河伯》，为祭祀男性河神；《山鬼》，为祭祀女性山神；《国殇》，为祭祀楚国阵亡将士；《礼魂》，为送神乐歌。《九歌》充满了乐观主义精神和浪漫主义气息，主要描绘楚国的自然景物和社会生活，记载古老的神话传说等，是楚文化的生动体现。从乐舞而言，春秋时期楚国的歌曲称为“南音”，具有独特的楚声，不同于中原地区之音。《九歌》中描写的祭祀歌舞，勾勒出“五音”繁会、“南音”鲜明的古代祭祀歌舞画面。

另外，《九歌》又为古代乐舞名，传说是夏启时的乐舞。关于乐舞《九歌》源于夏启有两种说法，一指夏启从天帝处获得的乐舞，二指夏启祭祀天帝时所用的乐舞。《山海经·大荒西经》载：夏启“上三嫔于天，得九辩与九歌以下”。

二十八、吕胜己（生卒年不详）

字季克，号渭川居士。约宋孝宗乾道末前后在世。建阳（今福建省建瓯市）人。后迁福建省邵武。以荫为湖南干官。历江州通判，知杭州。淳熙八年（1181）知沅州，坐事放罢。后官至朝请大夫。从张栻、朱熹讲学。工隶书。有《渭川居士词》。

满江红[①]（赴长沙幕府，别饯，送客）

拍碎红牙[②]，一声上、梁尘暗落[③]。纨扇掩、雏莺叶下[④]，巧呈绰约。字字只愁郎幸浅，声声似怨年华薄。坐中人、相顾感幽怀，添萧索。　　歌暂阕[⑤]，杯交错。人又去，情怀濩。那堪听风雨，渭城吹角[⑥]。去去已离闽岭路，行行渐近滕王阁。便无情、山海会相逢，坚心著。

作品赏析

本词是一首送别友人之作。上片以描写歌舞开篇，反衬出即将和友人离别的不舍和悲伤之情。通过“坐中人、相顾感幽怀”的描述，形象生动地表现出和友人的真挚情感。下片通过对歌声暂时停止，与友人频频举杯，以及角声哀伤的描写，更加烘托了离情和悲凉的气氛。结尾“便无情、山海会相逢，坚心着”几句，写出作者对友情的信念，坚信即使到了天涯海角也会再次相逢。

乐舞阐释

① 满江红：词牌名，又名《念良游》《伤春曲》。《乐章集》《清真集》入“仙吕调”。宋以来多以柳永词为准。唐人名《上江红》，后改为《满江红》。此调有仄韵、平韵两体。仄韵始于柳永，平韵始于姜夔。有八十九字、九十一字、九十三字、九十四字、九十七字等多体，其句式略异。本词为双调，共九十三字；十八句，上片八句，下片十句。全词同韵，仄韵，韵字可上声、可去声，古韵多入声。上片第二、第四、第六、第八句，下片第二、第四、第六、第八、第十句押韵。上片第五、第六句，下片第七、第八句为七字句，多作对偶。下片第一、第二、第三、第四句均为三字句，可作两组，自为对偶，也可以上二句对下二句。韵段内可撤句、可造句，但须保持字数不变。

② 拍碎红牙：节拍急促细且碎地拍打红牙板。

拍：此处指节拍，又称拍子（详见第一章唐代词第三节张说《舞马词》）。

红牙：即红色檀木制成的牙板，古代碰奏体鸣乐器。乐舞中打拍子用的拍板，又名拍板、歌板等（详见第三章宋代词第十一节晁端礼《绿头鸭》）。

③ 一声上、梁尘暗落：一声唱，震得房梁灰尘缓缓飘落。

梁尘：房梁上的灰尘。《太平御览》卷五七二引汉代刘向《别录》载：“汉兴已来善歌者，鲁人虞公，发声清哀，盖动梁尘。”此记载大意为，鲁人虞公歌声洪亮，以至于将房梁上久聚的厚厚的尘土振动得飞扬至空中。后世以“梁尘飞”来形容歌曲高妙动人，如晋代陆机《拟东城一何高》：“长歌赴促节，哀响逐高徽。一唱万夫叹，再唱梁尘飞。”宋代梅尧臣《夜听邻家唱》：“想像朱唇动，髣髴梁尘飞。”清代黄景仁《杂咏》：“梁尘飞更寂，璚枝冷欲披。”

④ 纨扇掩、雏莺叶下：年幼的舞女在纨扇掩饰之下。

纨扇：古代用细绢制成的团扇，又名宫扇、纨扇、合欢扇，是圆形有柄的扇子。清代董元恺《塞垣春》：“纨扇双蛾老。零落秋风多少。羊车过也，鸾笙何处，长门漏悄。听一声、千帐琵琶调。绝胜云和斜抱。待得射生归晚，乳酒搁茶共倒。貂锦换罗衣，拥如花、醉眠芳草。夜夜擅胭脂，筚篥吹春晓。君不见、汉家战士，谋臣不若、汉宫人巧。若爱妾颜色，已困平城道。”

⑤ 歌暂阕：歌声暂时停止。

⑥ 渭城吹角：渭城的吹角声。

渭城：城市名，即秦代咸阳城，在今陕西省西安市西。又为《渭城曲》琴歌名，又名《阳关曲》《阳关三叠》(详见第三章宋代词第三节张先《减字木兰花》)。

角：古代吹奏乐器。最初用牛角或羊角制成，以后也用木、竹、革、铜等材料制作。

二十九、辛弃疾（1140—1207）

原字坦夫，后改字幼安，号稼轩。历城（今山东省济南市）人。南宋著名爱国词人，宋代豪放派词人的重要代表。幼随祖父辛赞生活，辛赞仕于金。宋高宗绍兴三十年（1160）进士。三十一年率众起义抗金，归义军耿京，为掌书记。次年奉表南渡归宋，归宋后历任江阴签判，广德军通判，建康府通判，滁州知州，江西提点刑狱，湖南、湖北转运使，江西、福建、浙东安抚使等职。他一生力主抗金，曾上书《美芹十论》和《九议》，力陈复国方略。一生三仕三已，曾落职乡居近二十年。韩侂胄主张北伐，辛弃疾以65岁高龄出知镇江府，积极备战。不久又被弹劾落职归铅山，忧愤而死。谥“忠敏”。其词悲慨雄放，多抒要求抗金北伐、统一国家的强烈爱国感情，代表了南宋词的最高成就。与苏轼合称“苏辛”。王国维《人间词话》称：“东坡之词旷，稼轩之词豪。”与李清照并称“济南二安”。有《稼轩长短句》，存词629首，数量居两宋词人之首。今人辑有《辛稼轩诗文钞存》。

贺新郎（听琵琶）

凤尾龙香拨①。自开元、霓裳曲罢②，几番风月③。最苦浔阳江头客④，画舸亭亭待发⑤。记出塞、黄云堆雪⑥。马上离愁三万里[7]，望昭阳、宫殿孤鸿没[8]。弦解语[9]，恨难说[10]。　辽阳驿使音尘绝[11]。琐窗寒、轻拢慢捻[12]，泪珠盈睫[13]。推手含情还却手[14]，一抹梁州哀彻[15]。千古事、云飞烟灭[16]。贺老定场无消息[17]，想沉香亭北繁华歇[18]。弹到此[19]，为呜咽[20]。

作品赏析

本词借历史典故，以唐说宋，抒写北宋沦亡之悲，讥讽南宋朝廷耽于安乐。整首词借琵琶抒怀，以商女、昭君故事写怨，再感慨"千古事、云飞烟灭"。从个人遭遇写到国家恨事。事实上"弹"（谈）的是国家兴亡之曲，盛世已成为历史，抒发了作者对国难家愁的无穷悲愤。

乐舞阐释

① 凤尾龙香拨：檀木琵琶上刻着凤图，龙香柏木为拨子。此句形容琵琶之精美名贵。苏轼《宋叔达家听琵琶》："数弦已品龙香拨，半面犹遮凤尾槽。"

② 自开元、霓裳曲罢：白居易《新乐府法曲》注："《霓裳羽衣曲》起于开元，盛于天宝。"

③ 几番风月：多年的岁月。

④ 最苦浔阳江头客：最为痛苦的是"浔阳江头客"忽闻伤心女子弹奏着琵琶。此句取意唐代白居易《琵琶行》："浔阳江头夜送客，枫叶荻花秋瑟瑟。……忽闻水上琵琶声，主人忘归客不发。"

⑤ 画舸亭亭待发：装饰华美的船只，准备出发。宋代张耒《绝句》："亭亭画舸系春潭，直到行人酒半酣。"

⑥ 记出塞、黄云堆雪：记起当年昭君出塞，天空中的云弥漫犹如茫茫的雪一般。

⑦ 马上离愁三万里：坐于马背之上远去，心中有无限苦闷。

⑧ 望昭阳、宫殿孤鸿没：遥望汉未央宫中的昭阳宫，孤独的鸿雁（指王昭君）已经离去。

⑨ 弦解语：琵琶弦音能够明白我意。

⑩ 恨难说：而怨恨却难以述说。

⑪ 辽阳驿使音尘绝：未见远方边塞驿道上的信使送来征人的音信。唐代沈佺期《独不见》："十年征戍忆辽阳。"

⑫ 琐窗寒、轻拢慢捻：琐窗之中寒气袭来，柔和缓慢地弹拨着琵琶。拢，弹奏琵琶的一种指法，指叩弦，用手指在弦上按捺。捻，弹琵琶的一种指法，用手指揉弦。唐代白居易《琵琶行》："轻拢慢捻抹复挑。"

⑬ 泪珠盈睫：泪水盈盈，睫毛已经湿透。

⑭ 推手含情还却手：含着深深的情思弹奏着琵琶。推手和却手均是弹琵琶的指法。推手，右手指向前弹出；却手，右手指向后弹进。汉代刘熙《释名·释乐器》载："枇杷，本出于胡中，马上所鼓也。推手前曰枇，引手却曰杷。象其鼓时，因以为名也。"宋代欧阳修《明妃曲和王介甫作》："推手为琵却手琶。"说明乐器琵琶，是以弹奏的指法而得名。也能够看出，本词作者辛弃疾对琵琶弹奏技法十分熟悉，也从另一个角度证明了古代文人士大夫大多是琴、棋、书、画方面的行家里手。

⑮ 一抹梁州哀彻：弹奏悲伤的《梁州》曲。

《梁州》：即《梁州曲》，又称《凉州曲》（详见第二章五代词第二节冯延巳《抛球乐》）。

⑯ 千古事、云飞烟灭：千古之事都已随时间消逝。

⑰ 贺老定场无消息：琵琶高手贺怀智演奏时，能压住场子，全场鸦雀无声。

贺老：指贺怀智，是唐玄宗时期宫廷乐队中技艺高超的琴师，琵琶高手。唐玄宗很器重他，他在宫廷乐队中资格老，年纪较大，有较高的声誉，世称“贺老”。唐代元稹《连昌宫词》：“半夜月高弦索鸣，贺老琵琶定场屋。”

⑱想沉香亭北繁华歇：想来当年杨贵妃在兴庆宫中的沉香亭北“倚栏杆”的身影和繁华景象都已成为过去。此句取意唐代李白《清平调》：“解释春风无限恨，沉香亭北倚阑干。”

⑲弹到此：琵琶弹到此处。

⑳为呜咽：为此而凄切地哭泣。

水龙吟（用瓢泉韵戏陈仁和兼简诸葛元亮，且督和词）

被公惊倒瓢泉，倒流三峡词源泻。长安纸贵，流传一字，千金争舍。割肉怀归，先生自笑，又何廉也。但衔杯莫问，人间岂有，如孺子、长贫者。　谁识稼轩心事，似风乎、舞雩之下[①]。回头落日，苍茫万里，尘埃野马。更想隆中，卧龙千尺，高吟才罢。倩何人与问，雷鸣瓦釜[②]，甚黄钟哑[③]。

作品赏析

本词是一首与友人唱和之作。上片以美妙的佳句赞许友人词作的经典。下片接着赞美友人如稼轩（辛弃疾）一样，才思敏捷、德厚才高。描写了友人才思超凡，犹如风在呼啸，野马奔腾；才华横溢，堪比卧龙先生诸葛孔明“隆中对”之才。结尾“雷鸣瓦釜，甚黄钟哑”两句，以将泥土制作的锅敲得很响，使黄钟不能发声，来比喻无德无才的平庸之辈居于高位，贤能之人遭受排挤，被弃置不用，表现了作者对不公世事的怒斥，对友人才华无用武之地的惋惜，以及生不逢时、怀才不遇的郁闷心情。

乐舞阐释

① 似风乎、舞雩之下：表演《雩舞》之时，好似风在呼啸。

舞雩：即《雩舞》《雩祭》，古代祭天求雨的一种舞蹈（详见第三章宋代词第十三节王庭珪《柳梢青》）。

② 雷鸣瓦釜：瓦釜发出雷鸣一般的响声。此处用将泥土制作的锅敲得很响，比喻无德无才的平庸之辈居于高位。“雷鸣瓦釜”出自屈原《楚辞·卜居》：“黄钟毁弃，瓦釜雷鸣。谗人高张，贤士无名。”

瓦釜：古乐器名，是将泥土烧制的大锅用作乐器。其音调很低。

③ 甚黄钟哑：胜过黄钟乐器之声，使黄钟不能发声。此处比喻贤能之人遭受排挤，被弃置不用。

黄钟（见图3–12）：黄铜铸造的钟，古代钟形打击乐器和容器，主要用于宫庭礼仪和宗教祭祀活动。又为燕乐二十八调中的“黄钟宫”调名。中国古代音乐有十二律，阴阳各六律，黄钟为阳六律的第一律。在宫、商、角、徵、羽五音之中，宫属于中央黄钟，声调宏大响亮。唐代张说《大唐祀封禅颂》：“撞黄钟，歌大吕，开阊阖，与天语。”《灵枢经·九针论》载：

图3–12 清代金编钟·黄钟，藏于北京故宫博物院

"九而九之，九九八十一，以起黄钟数焉。"宋代欧阳修《渔家傲》："十一月新阳排寿宴。黄钟应管添宫线。猎猎寒威云不卷。风头转。时看雪霰吹人面。南至迎长知漏箭。书云纪候冰生研。腊近探春春尚远。闲庭院。梅花落尽千千片。"

破阵子（为陈同甫赋壮语以寄）

醉里挑灯看剑，梦回吹角连营①。八百里分麾下炙，五十弦翻塞外声②。沙场秋点兵。　马作的卢飞快，弓如霹雳弦惊。了却君王天下事，赢得生前身后名。可怜白发生。

作品赏析

本词以"醉里挑灯看剑"起句，通过具体的动作，将一位将军的形象跃然纸上，接着顺理成章地引出下文的军旅生活和战斗场面。全文生动地描绘了一位披肝沥胆、忠贞不屈、勇往直前的将军的形象，寄喻着作者的远大抱负和理想。结尾句"可怜白发生"，以时过境迁人老去的沉痛慨叹，抒发了作者壮志难酬的悲愤，表现出作者对南宋朝廷腐败无能的愤慨。

乐舞阐释

① 梦回吹角连营：梦里回到角声吹鸣的一座座军营。

角：古代吹奏乐器。最初用牛角或羊角制成，以后也用木、竹、革、铜等材料制作。

② 五十弦翻塞外声：五十弦瑟演奏着塞外战斗的乐曲。

五十弦：此处指古代拨弦乐器瑟。最早的瑟有五十根弦，因此称五十弦，后演变为二十五弦。也指悲哀的乐曲。历代有关描写“五十弦”的诗词很多，如唐代李贺《上云乐》：“三千宫女列金屋，五十弦瑟海上闻。”唐代李商隐《锦瑟》：“锦瑟无端五十弦，一弦一柱思华年。”宋代辛弃疾《破阵子·为陈同甫赋壮语以寄》：“八百里分麾下炙，五十弦翻塞外声。”

三十、何 澹（1146—?）

字自然。括苍（今浙江省丽水市）人。乾道二年（1166）进士。淳熙二年（1175）授秘书省正字，一年后为武学谕。历任校书郎、秘书丞、将作少监、国子祭酒，右谏议大夫，御史中丞等职。庆元二年（1196）除同知枢密院事兼参知政事。任职期间，依附权臣韩侂胄，排除异己为伪党，立“庆元党禁”。数年后，澹有韬晦之意，于嘉泰元年（1201）力请辞官，奉祠禄闲居故郡近七年。其间于开禧元年（1205）奏请朝廷调兵三千，疏浚处州通济堰，将木坝改为石坝；修筑洪塘，蓄水灌溉两千余亩；修撰《龙泉县志》，开龙泉地方志之先河。嘉定元年（1208）以观文殿学士知建康府兼江淮制置使。后请归，优游散地20年左右。有《小山集》，收入《永乐大典》。

鹧鸪天（灯夕雨雪）

好景良辰造物悭。一年灯火遽摧残。雨淋夹道星千点，雪阻游人路九盘。　停社舞[①]，撤宾筵。谩烧银烛照金莲。不如我入香山社，一盏青灯说夜禅。

作品赏析

本词以写景为主，表现了作者对雨雪天气的抱怨情绪。上片写上天不给人间好的天气，降雨、降雪给人的生活带来了诸多不便。下片“停社舞，撤宾筵”两句，描写了因为天气原因，人们的一些社会活动也停止了。最后写到，还不如自己去香山社（香火社）里，点着一盏油灯，在夜里谈禅说佛。

乐舞阐释

① 停社舞：停止“社舞”的乡村民间舞蹈。

社舞：古代乡村民间舞蹈。古时农村曾以“社”作为地方基层行政单位，因此乡村民间舞蹈称为“社舞”。宋代杨万里《宿新市徐公店》：“春光都在柳梢头，拣折长条插酒楼。便作在家寒食看，村歌社舞更风流。”

三十一、陈 亮（1143—1194）

原名汝能，后改名亮，字同甫，世称龙川先生。婺州永康（今属浙江省）人。有才气，喜谈兵，力主恢复中原，反对与金议和。宋高宗时著《酌古论》，研考古人用兵成败之迹，为人推重。宋孝宗时著《中兴五论》，力主抗金，遭到权贵嫉恨，被诬入狱。宋光宗绍熙四年（1193）状元，授签书建康府判官厅公事，未至而卒，谥"文毅"。能文，亦善词。其词慷慨豪放，兼有委婉幽秀之风。有《龙川文集》及《龙川词》，存词74首。

贺新郎（寄辛幼安和见怀韵）

老去凭谁说。看几番、神奇臭腐，夏裘冬葛。父老长安今余几，后死无仇可雪。犹未燥、当时生发。二十五弦多少恨[①]，算世间、那有平分月。胡妇弄，汉宫瑟[②]。　　树犹如此堪重别。只使君、从来与我，话头多合。行矣置之无足问，谁换妍皮痴骨。但莫使、伯牙弦绝[③]。九转丹砂牢拾取，管精金、只是寻常铁[④]。龙共虎，应声裂。

作品赏析

本词上片议论、慨叹世事多变，黑白不分，身经"靖康之难"的中原遗老已所剩无几，后辈人不知复仇雪耻，复土已无望。痛斥南宋朝廷不图复国，屈膝与金求和，表现出作者对故都沦亡的悲痛。下片叙述与辛弃疾的友谊。由于作者与辛弃疾之间有着“雪仇复土”的共同理想，因此“只使君、从来与我，话头多合”几句，表明只要双方不变初衷，即使天各一方也能够相互鼓励。最后以“九转丹砂”与辛弃疾共勉，希望能经得起磨砺，使“寻常铁”炼成“精金”，为国家干一番事业。结尾以“龙共虎，应声裂”之语，表现出灿烂的阳光终会破云而出的信心，展示出胜利最终会到来的豪气。

乐舞阐释

① 二十五弦多少恨：比喻分离的悲与恨。

二十五弦：古代拨弦乐器，是一种二十五根弦的瑟。以桐木制成，形状似古琴（详见第三章宋代词第二十七节张孝祥《水调歌头》)。《史记·孝武本纪》载：“于是塞南越，祷祠泰一、后土，始用乐舞，益召歌儿，作二十五弦及箜篌瑟自此起。”《淮南子·泰族训》载：“琴不鸣，而二十五弦各以其声应。”历代描写“二十五弦”的诗词很多，如唐代钱起《归雁》：“潇湘何事等闲回，水碧沙明两岸苔。二十五弦弹夜月，不胜清怨却飞来。”

② 胡妇弄、汉宫瑟：西北少数民族的妇女弹奏汉人宫中的瑟。

③ 但莫使、伯牙弦绝：但愿不要让伯牙所弹之琴声绝迹。

伯牙：即俞伯牙，名瑞，字伯牙。春秋时楚国郢都（今湖北荆州）人，晋国上大夫，著名琴师，技艺高超，被尊为“琴仙”。历代文献关于俞伯牙的记载有很多，如《荀子·劝学》载：“伯牙鼓琴，而六马仰秣。”其高超的琴技是“积学”而成。据《乐府解题》记载，伯牙学琴于成连先生，三年不成。后随先生至东海蓬莱山，闻海水澎湃、群鸟悲号之声，心有所感，乃援琴而歌，从此琴艺大进。琴曲

《高山流水》《水仙操》即为伯牙所作。古琴在我国古代民间十分普及，也正因为如此，有着数千年历史的古琴艺术得以传承至今。本词中“伯牙弦绝”句，指当时发生的一个故事。《吕氏春秋·本味》记载了钟子期听伯牙弹琴的过程。当伯牙以琴表现泰山的巍峨雄伟时，钟子期说：“善哉乎鼓琴，巍巍乎若泰山。”当伯牙以琴表现流水时，钟子期说：“善哉乎鼓琴，汤汤乎若流水。”钟子期死后，“伯牙破琴绝弦，终身不复鼓琴，以为世无足复为鼓琴者”。两位古代音乐大师的这段故事被后世传为知音难觅之美谈。清代储贞庆《沁园春》：“燕赵佳人，左舞霓裳，右按琵琶。想燕支山下，风吹蝉翼，受降城外，月冻梨花。谱我离忧，借伊妖艳，堆发垂鬟胜鬓鸦。新声奏，有昭君怨曲，蔡琰悲笳。伤心何处天涯。待流水、鸣弦问伯牙。奈世比浮云。乘风出岫，人同塞雁，向北为家。江上青衫，堤边黄绢，星汉谁乘博望槎。栖遑者，似蜂房酿蜜，蚁窟排衙。”

④管精金、只是寻常铁：精金之管，也是以平常的铁炼就而成的。

管精金：精炼（也指纯金）的吹管乐器。

诉衷情①

独凭江槛思悠悠。斜日堕林邱。鸳鸯属玉飞处，急桨荡轻舟。　红蓼岸，白蘋洲。夜来秋。数声渔父②，一曲水仙③，歌断还愁④。

作品赏析

本词通过描写景色和歌起乐落时的感受，表达了作者的所思所愁。词中“思”和“愁”两字点出了整首词的主题。上片描写江边夕阳西下，鸳鸯和水鸟飞起，江上轻舟泛起，一片看似美好的景象。下片描写在秋季的傍晚，红蓼开满江岸，听到《渔父引》歌曲和《水仙操》琴曲，但是歌声停止后，作者对亲人的思念却一直不能停止。

乐舞阐释

① 诉衷情：原为唐教坊曲名，后用作词牌，又名《画楼空》《偶相逢》《步花间》《渔父家风》《一丝风》《诉衷情令》等。《金奁集》入“越调”。因五代毛文锡词有“桃花流水漾纵横”句，又名《桃花水》。本词为双调，共四十四字，十句，上片四句，下片六句，六平韵（于宋词中最为常见）。另有双片，四十一字体；单片，三十三字体；平仄互用体。在宋词中另有《诉衷情近》与此调不同，双片，七十五字体，仄韵。有单调、双调两体，字数、用韵也不同。

② 数声渔父：唱着《渔父引》之歌。

渔父：即《渔父引》，歌曲名，又名《渔歌子》《渔父乐》等。唐教坊曲名，又为词牌名。

③ 一曲水仙：一曲《水仙操》。

水仙：即《水仙操》，古代琴曲，又名《秋塞吟》《搔首问天》，为春秋时期著名琴师俞伯牙所作。

④ 歌断还愁：歌声结束后又回到忧愁之中。

三十二、张履信（生卒年不详）

字思顺，号游初。鄱阳（今江西省鄱阳县）人。宋孝宗淳熙中监江口镇，后任潭州通判，官至连江守。其词收录于《绝妙好词》，现存两首。

谒金门[①]

春睡起。小阁明窗儿底。帘外雨声花积水。薄寒犹在里。

欲起还慵未起。好是孤眠滋味。一曲广陵应忘记[②]。起来调绿绮[③]。

作品赏析

本词主要描写了词中主人公“春睡起”时的所见、所感、所思和所愁。语言朴素，意蕴深长。虽未具体描述主人公的形象和动作，但将主人公富有诗意的慵懒和雅致的形象展现在读者眼前。上片“小阁”“明窗”“雨声”等词，通过对窗外雨声犹在、寒气依然的所见、所感的描写，为下片“孤眠滋味”的所思、所愁做了铺垫，以景抒情，展现了主人公的孤寂和对旧情的怀念。最后描写起身调弄绿绮琴，弹奏一曲《广陵散》来消除忧愁，更加表达了主人公对往事的无法忘怀和孤独的愁思。

乐舞阐释

① 谒金门：原为唐教坊曲名，后用作词牌，又名《空相忆》《花自落》《垂杨碧》《杨花落》《出塞》《东风吹酒面》《不怕醉》《醉花春》《春早湖山》等。汉武帝使学士待诏金马门，备顾问。金马门，简称金门，喻天子宫门。乐府古歌有“延宾客，入金门之咏”句。其意取儒生朝谒天子。毛先舒《词学全书》载：“唐乐有儒生谒金门，词沿其名。”《金奁集》入“双调”。有四十五字和四十六字两体——在四十五字体基础上换头增加一字，即变成四十六字体。本词为双调，共四十五字，全词同韵，仄韵，韵字可上声、可去声。上片第一句为三字句，句法为上一下二，平仄仄；第二句为六字，叶韵；第三句为仄起仄收之七言句；第四句与《菩萨蛮》下片第一句句法相同。下片仅第一句为六字句，其余均与上片相同。

② 一曲广陵应忘记：弹一曲《广陵散》来消除和忘却忧愁。

广陵：即《广陵散》，古琴曲名。是中国古代著名的“十大古琴曲”之一（详见第三章宋代词第十二节贺铸《秋风叹》）。

③ 起来调绿绮：起来调试弹奏绿绮琴。

绿绮：古代一种名琴的名称，后世泛指古琴。相传为汉代司马相如所用之琴。司马相如善作赋，琴艺精湛。梁王慕名请他作赋，司马相如写《如玉赋》相赠。此赋辞藻瑰丽，气韵非凡，梁王极为高兴，以收藏的“绿绮”琴回赠。司马相如精湛的琴艺配上“绿绮”名琴绝妙的音色，使“绿绮”琴名噪一时。后来“绿绮”成了古琴的别称。古琴的历史悠久，被誉为“四大名琴”的是，齐桓公的“号钟”、楚庄王的“绕梁”、蔡邕的“焦尾”、司马相如的“绿绮”。唐代李白《听蜀僧浚弹琴》：“蜀僧抱绿绮，西下峨眉峰。”宋代贺铸《小梅花》：“愁无已。奏绿绮。历历高山与流水。”

三十三、郭应祥（生卒年不详）

字承禧，号遁斋。约宋宁宗嘉定末前后在世。临江（今江西省清江）人，一作新淦（今江西省新干）人。嘉定年间进士。后在楚、越等地为官。其他事迹不可考。有《笑笑词》1卷，收其词129首。

昭君怨①（醉别小妓丽华）

歌舞籍中第一②。情致人间第一。年纪不多儿。尽娇痴。

昨夜华严阁下。今夜海棠洞下。多少别离情。泪盈盈。

作品赏析

本词描写了“醉别小妓丽华”之事。上片通过两个“第一”，体现了作者对小伎丽华的歌舞和情致的赞赏。下片追忆了和丽华在百花齐放的“华严阁”与“海棠洞”相见的情景。最后以“多少别离情，泪盈盈”句，表达了与丽华恋恋不舍的离别之情。

乐舞阐释

①昭君怨：原为琴曲名，后用作词牌，又名《洛妃怨》《宴西园》《明妃怨》《一痕沙》。“昭君怨”得名于汉代王昭君出塞的故事。《琴操》载：“齐国王穰，以其女昭君，献之元帝，帝不之幸。后欲以一

女赐单于，昭君请行。及至，单于大悦。昭君恨帝始不见遇，乃作怨思之歌。”《昭君怨》至隋、唐由乐府而入长短句，成为词曲名。清代毛先舒《词学全书》载：“汉王昭君作怨诗，入琴操，乐府吟叹曲，有《王昭君》，盖石崇拟作，以教绿珠，隋唐相沿有此曲。”本词为双调，共四十字，上片、下片各四句换韵，两仄韵、两平韵相互递转，仄韵、平韵可各押一个韵字，亦可押两个或两个以上韵字。仄韵可上声、可去声，平韵可阴平、可阳平。

② 歌舞籍中第一：歌舞之中数第一。

歌舞籍：即乐籍，古代将从事歌舞艺术的女子和乐工专门立户籍，统一登记管理。

歌舞：此处指唱歌跳舞。

三十四、戴复古（1167—?）

字式之，号石屏。黄岩（今浙江省台州）人。南宋著名江湖诗派诗人。因常居南塘石屏山，所以号石屏、石屏樵隐。少孤，一生不仕。从林宪、徐似道游江湖，又登陆游之门。作品受晚唐诗风影响，多有豪放之作，兼具江西诗派风格。部分作品抒发爱国思想，反映人民疾苦，具有现实意义。他生性耿直，不奉权贵，终穷不悔。晚年归家隐居。有《石屏诗集》10卷，其中1卷《石屏词》为词集，收词45首。

鹊桥仙[①]

新荷池沼，绿槐庭院。檐外雨声初断。喧喧两部乱蛙鸣[②]，怎得似、啼莺睍睆。　风光流转。客游汗漫。莫问鬓丝长短。即时杯酒醉时歌，算省得、闲愁一半。

作品赏析

本词以景抒情，词句优美、自由流畅。整首词描写了自然界的美好和对人生的感悟。上片以写景咏物为主，通过对“池沼”“庭院”“雨声”“蛙鸣”“啼莺”的描写，勾勒出一幅美丽的自然画卷，并且将“蛙鸣”形象而夸张地比喻为宫廷乐舞中的“两部”——《坐部伎》和《立部伎》——演奏的乐声。下片主要是抒情，通过“风光流转”“即时杯酒醉时歌”等句，感悟人生苦短，要及时把握当下的快乐。

乐舞阐释

① 鹊桥仙：词牌名，又名《鹊桥仙令》《忆人人》《广寒秋》《蕙香囊》《梅已谢》等。因北宋秦观词有“金风玉露一相逢”句，又称《金风玉露相逢曲》。《鹊桥仙》词牌得名于“牛郎织女”的神话故事。《风俗通》载：“织女七夕当渡河，使鹊为桥。”唐代诗人多有咏之者，如李白《拟古》：“银河无鹊桥，非时将安适。”李洞《赠庞炼师》：“若能携手随仙令，皎皎银河渡鹊桥。”本调调名于此产生。《鹊桥仙》有五十五字体、五十六字体、五十七字体、五十八字体，句式略异。北宋柳永有双片，八十八字体，仄韵。本词为双调，共五十五字，全词同韵，仄韵，韵字可上声、可去声。上片、下片各五句，均为两仄韵。上片、下片均为首二句为四字，第一字平仄均可。虽首句第三字可作平，次句第三字必须作仄。第三句六字，起韵。第一片、第三片、第五字平仄均可。第四句为七言句，平起平收，不用韵。第五句上三下四，第二、第六两字，可平可仄。

② 喧喧两部乱蛙鸣：喧闹的乱蛙之鸣犹如《坐部伎》《立部伎》两部之乐声。

两部：此处比喻蛙鸣。“两部”是唐代宫廷乐舞中《坐部伎》和《立部伎》的合称，属唐代宫廷燕乐。

坐部伎（见图 3–13）：唐代乐伎制度中，根据表演方式和技艺精粗而分的两大部之一。唐代宫廷宴乐之一。宴乐又称燕乐，一般在宫廷厅堂上（室内）坐着进行演奏。《坐部伎》与《立部伎》相对。《新唐书·礼乐志》载：太宗贞观中，始造宴乐。其后“又分乐为二部：堂下立奏，谓之立部伎；堂上坐奏，谓之坐部伎”。演出规模较小，乐舞者三人至十二人。内容主要是歌颂帝王功德，祝愿君主千秋万岁。《坐部伎》的表演者水平很高，从《坐部伎》淘汰的乐舞表演者入《立部伎》，从《立部伎》淘汰的乐舞表演者则入雅乐部。《坐部伎》共六部，即《宴乐》《长寿乐》《天授乐》《鸟歌万寿乐》《龙池乐》《破阵乐》(《旧唐书·音乐志》)。宋代苏轼《游武昌寒溪西山寺》："风泉两部乐，松竹三益友。"

立部伎（见图3–14）：唐代宫廷宴乐之一。一般在宫廷厅堂下

图3–13　唐代李寿墓伎乐石刻摹本·坐部伎，藏于陕西历史博物馆

图3–14　唐代李寿墓伎乐石刻摹本·立部伎，藏于陕西历史博物馆

（庭院、广场）站立着进行演奏，与《坐部伎》相对。演出规模较大，乐舞者六十四人至一百八十人。

除《太平乐》外，其余各部内容都是歌颂皇帝的文德与武功。《立部伎》共八部，即《安乐》《太平乐》《破阵乐》《庆善乐》《大定乐》《上元乐》《圣寿乐》《乐圣乐》(《旧唐书·音乐志》。

三十五、高观国（生卒年不详）

字宾王，号竹屋。生活于南宋中期。山阴（今浙江省绍兴市）人。为“南宋十杰”之一。与史达祖交好，并称“竹屋、梅溪”。词作擅咏物，风格婉丽，句琢字炼，格律严谨。继承了周邦彦的词风，同时，受“体制高雅”的姜夔词风的影响，被称为“姜夔的羽翼”。陈造在《竹屋痴语》序称：“高竹屋与史梅溪，皆周秦之词。所作要是不经人道语，其妙处少游、美成若唐诸公亦未及也。”有《竹屋痴语》1卷。存词108首。

南乡子[①]（赋十四弦）

直柱倚冰弦[②]。曾见胡儿马上弹[③]。却笑琵琶风韵古[④]，溅溅[⑤]。想像湘妃水一帘[⑥]。　　塞恨曲中传[⑦]。两折琴丝费玉纤[⑧]。不似江南风月好[⑨]，厌厌[⑩]。拍手齐看舞袖边[⑪]。

作品赏析

本词以琵琶抒情，主要描写了塞外大漠黄沙中的琵琶风韵和对江南美好风月的赞誉，表达了作者身处塞外、无望南归以及对江南美好景象的无限怀念之情。

上片描写了作者曾看到、听到的西北少数民族胡人使用的“立式直柱琵琶”，其音犹如潺潺流水之声，用以表明《湘妃怨》琴曲之妙。下片以抒情为主，首先是描写了曲中传出身处边塞之怨情，其次表达了对江南美丽景色的向往，最后只是心情低落地附和着舞蹈表演拍手。

乐舞阐释

① 南乡子：原为唐教坊曲名，后用作词牌，又名《好离乡》《蕉叶怨》等。首见于《花间集》。有单调、双调两体。《南乡子》始见于五代后蜀词人欧阳炯，属单调。《金奁集》入“黄钟宫”。二十七字，两平韵，三仄韵。此词另有二十八字、三十字等体，均为先两平韵，后转三仄韵。《张子野词》入“中吕宫”。后人在冯延巳的基础上，有减为五十四字的，也有增至五十八字者。本词为双调，共五十六字，全词同韵，平韵，韵字可阴平、可阳平，上片、下片各五句四平韵。

② 直柱倚冰弦：琵琶的直柱倚着冰蚕丝做的琴弦。

冰弦：琴弦的美称，传说中用冰蚕丝做的琴弦。冰蚕丝是古代传说中的一种蚕所吐的丝，有五种色彩，能避水火。《杨太真外传》载：开元中，中官白季贞自蜀回，得琵琶献给杨贵妃，其弦乃“拘弥国所贡绿冰蚕丝”。

③ 曾见胡儿马上弹：曾经见到胡人在马上弹奏。

④ 却笑琵琶风韵古：笑看琵琶的古风古韵。

⑤ 溅溅：若潺潺流水之声。

⑥ 想像湘妃水一帘：设想《湘妃怨》曲如一帘水声。张孝祥《水调歌头》：“湘妃起舞一笑，抚瑟奏清商。”

湘妃：此处指《湘妃怨》琴曲。湘妃是古代传说中的湘水女神，即舜帝的妃子娥皇和女英姊妹俩（详见第三章宋代词第二十七节张孝祥《水调歌头》）。

⑦ 塞恨曲中传：身处边塞的怨情从曲中传出。

⑧ 两折琴丝费玉纤：两条琴弦消耗女子的美指。

琴（见图 3–15）：中国古老的弹拨乐器，又称古琴。古时有五根弦，后增加为七根，又称七弦琴。古琴在周代已有，春秋时期就已盛行，文字可考的历史有四千余年，据《史记》记载，琴的出现不晚于尧舜时期。琴面标识泛音位置及音位的徽，定型于汉代。魏晋以后，形制已和现在的琴大致相同。古琴有大、中、小多种形制，以中型为多。琴身为狭长形，木制音箱，长约 110 厘米，琴头宽约 17 厘米，琴尾宽约 13 厘米；七根弦依次为徵、羽、宫、商、角、少徵、少羽，称为正调。演奏时，右手用拇指、食指、中指、无名指拨弦，有擘、托、抹、挑、勾、剔、打、摘等基本指法；左手以拇指、无名指按弦外，还可以拨弦、打弦。琴在汉魏六朝时期曾是《相和歌》的伴奏乐器之一；在隋、唐时期的《九部乐》《十部乐》中，也用作伴奏乐器。在长期的历史发展过程中，琴形成了独特的演奏艺术和多种各具特色的流派。古代琴曲极为丰富，现存琴曲、琴谱、琴集一百五十余种。

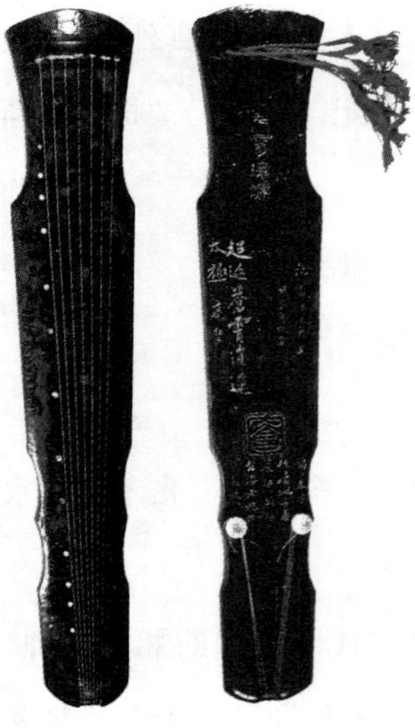
图 3–15　唐代琴“大圣遗音”，藏于北京故宫博物院

⑨ 不似江南风月好：不像江南那样的美好风光。

⑩ 厌厌：情绪低落。唐代韩偓《春尽日》：“把酒送春惆怅在，年年三月病厌厌。”

⑪ 拍手齐看舞袖边：都在拍着手观看舞袖之舞蹈。

舞袖：此处指女子跳舞时所舞动的“长袖”，多指舞衣，有时也借指舞蹈或舞蹈之人。

玉楼春[①]（拟宫词）

几双海燕来金屋。春满离宫三十六。春风剪草碧纤纤，春雨浥花红扑扑。　卫姬郑女腰如束[②]。齐唱阳春新制曲[③]。曲终移宴起笙箫[④]，花下晚寒生翠縠。

作品赏析

本词以清新优美的辞藻描写了宫廷的美好春色。上片以写景为主，通过对“海燕”“金屋”“离宫”“春风”“浥花”等景物的描写，将宫廷的春色描摹出来。下片以描绘歌舞盛宴的场景为主，通过对“卫姬郑女”“阳春新制曲”“曲终移宴起笙箫”等的描写，将宫廷歌舞升平、聚宴享乐的奢华生活景象呈现于读者眼前。

乐舞阐释

① 玉楼春：词牌名，又名《东邻妙》《玉楼春令》《木兰花》《春晓曲》《西湖曲》《惜春容》《归朝欢令》《呈纤手》《归风便》《梦乡亲》《续渔歌》等。《御定词谱》卷一二《玉楼春》载：“《花间集》五代蜀顾敻词起句有‘月照玉楼春漏促’句，又有‘柳映玉楼春日晚’句，《唐尊前集》欧阳炯词起句有‘日照玉楼花似锦’句，又有‘春早玉楼烟雨夜’句，取为调名。”本词为双调，共五十六字，上片、下片格式相同，各三仄韵，一韵到底。

② 卫姬郑女腰如束：卫国、郑国的女子腰身纤细。战国宋玉《登徒子好色赋》：“腰如束素，齿如含贝。”

卫姬郑女：此处指卫国、郑国的女子。古有“郑卫之音”之说。“郑卫之音”原指春秋战国时期郑、卫两国（今河南省新郑、滑县一带）的民间音乐，后用作淫靡之乐的代称，也泛指与雅乐相对的、源于民间的俗乐。《论语·阳货》载："恶郑声之乱雅乐也。"《荀子·乐论》载："郑卫之音，使人之心淫。"《礼记·乐记》载："郑卫之音，乱世之音也。"以上记载都反映了历史上对"郑卫之音"的排斥和厌恶。

③ 齐唱阳春新制曲：同时唱着新创作的《阳春白雪》之曲。

阳春：此处指《阳春白雪》，古乐曲名，中国十大著名古曲之一。相传是春秋时晋国的乐师师旷或齐国的刘涓子所作（详见第一章唐代词第十二节白居易《杨柳枝》）。

新制曲：新创作的乐曲。

④ 曲终移宴起笙箫：乐曲演奏完将宴席撤掉，笙箫一起奏鸣。

三十六、刘学箕（生卒年不详）

字习之，号种春子、方是闲居士。崇安（今福建省武夷山市）人。宋代理学家、诗人刘子翚之孙。一生未仕，年未五十即隐居。文风高雅、豪爽，笔力雄健。刘淮为其著作《方是闲居士小稿》作序，称其“诗摩香山之垒，词拍稼轩之肩”。有《方是闲居士小稿》，存词 38 首。

贺新郎

近闻北虏衰乱，诸公未有劝上修饬内治以待外攘者。书生感愤不能已，用辛稼轩金缕词韵述怀。此词盖鹭鸶林寄陈同甫者，韵险甚。稼轩自和凡三篇，语意俱到。捧心效颦，辄不自揆，同志毋以其迂而废其言。

往事何堪说。念人生、消磨寒暑，漫营裘葛。少日功名频看镜，绿鬓鬅鬙未雪。渐老矣、愁生华发。国耻家仇何年报，痛伤神、遥望关河月。悲愤积，付湘瑟①。　人生未可随时别。守忠诚、不替天意，自能符合。误国诸人今何在，回首怨深次骨。叹南北、久成离绝。中夜闻鸡狂起舞②，袖青蛇、戛击光磨铁③。三太息，眦空裂。

作品赏析

本词描写了作者对误国误民的南宋朝廷及文武百官的怨恨和要收复失地的决心。作者将自己的不幸身世与报国热情相结合，词句气势恢宏，音韵铿锵。上片以“往事何堪说”开篇，点明南宋痛失故土，偏居南地，不图复国的主题。又以作者个人身世与际遇，表明其忧愁失意不在个人得失成败，而在国恨家仇无报，满腔的悲愤积于胸中无处倾诉，只有付诸琴瑟，以此暂时排忧解愁。下片通过“误国诸人今何在”句，表达了作者对耽误国家统一大业之人的痛恨。最后运用“闻鸡起舞”的典故，抒发了作者奋发图强的志向。

乐舞阐释

① 悲愤积，付湘瑟：将积聚的悲愤付之琴瑟。

湘瑟：湘竹制成的琴瑟。瑟，古代拨弦乐器（详见第三章宋代词第二十七节张孝祥《水调歌头》）。

② 中夜闻鸡狂起舞：半夜听到鸡叫声就起来舞剑。

闻鸡狂起舞：即“闻鸡起舞”。半夜听到鸡叫声就起来舞剑，后比喻有志报国的人奋发图强。取意《晋书・祖逖传》：“与司空刘琨俱为司州主簿，情好绸缪，共被同寝。中夜闻荒鸡鸣，蹴琨觉曰：‘此非恶声也。’因起舞。”此典故主要讲，东晋时的祖逖年轻时很有抱负，与好友刘琨在半夜听到鸡鸣，就起床刻苦练武的故事。金代元好问《木兰花慢》：“不用闻鸡起舞，且须乘月登楼。”元代张昱《看剑亭为曹将军赋》：“闻鸡起舞非今日，对酒闲看忆往年。”

③ 袖青蛇、戛击光磨铁：袖子里的青蛇宝剑，是用铁打击磨光而成的。

青蛇：古代宝剑名，又作“青虵”，也泛指剑。明代郑若庸《玉玦记》：“青虵袖里藏，白鹤云中放，乾坤一壶春自广。”

三十七、吴 泳（生卒年不详）

字叔泳，号鹤林。约宋宁宗嘉定年间在世。潼川（今属四川省）人。宋宁宗嘉定元年（1208）进士。绍定五年（1232）为秘书丞。绍定六年为著作郎。累迁刑部尚书、吏部侍郎兼直学士院。后进宝章阁学士，知温州、泉州。与刘克庄有词唱和，词风相近。有《鹤林集》，其中词1卷。《全宋词》辑其词37首。《宋史》有传。

洞庭春色[①]（元夕）

金柝声中，铁衣影里，仍旧上元。况银花弹鬓，看承春色，蜡珠照坐，暖热丰年。宝月分明无缺玷，须洗尽黄云别看天。无限意，且平开莲浦，小作桃源。　灯花夜来有喜，捷书便驰至军前。向乐棚高处[②]，何妨颂圣，体筵侧傍，仍与中贤。不会山人行乐意，道刚把风花作事权。言不尽，倩梅吹汉曲[③]，莺答虞弦[④]。

作品赏析

本词上片描写上元节（元宵节）时的塞外仍是金戈铁马、战事纷纷，以“看承春色”“暖热丰年”等句，简明扼要地记叙了大地回春之际，天上明月高悬，地上人们“银花弹鬓”“蜡珠照坐”的其乐融融的景象。下片描写夜来灯火通明，引出“捷书便驰至军前”的喜讯，接着通过歌舞赞颂圣恩，描绘出歌舞升平的欢愉景象。

乐舞阐释

① 洞庭春色：词牌名，即《沁园春》。为双调词，一百一十四字，上片十三句四平韵，下片十二句五或六平韵。另有一百一十二字体者。本词为双调，共一百一十三字，上片十二句，下片十一句。

② 向乐棚高处：向着表演歌舞的棚帐高处。

乐棚：古代艺人表演歌舞时所用的棚帐。是一种简易的歌舞演出场所。

③ 倩梅吹汉曲：吹奏汉曲《梅花落》。

倩梅：此处指《梅花落》曲（详见第一章唐代词第十一节刘禹锡《杨柳枝》）。

汉曲：我国南曲和北曲的合称。南曲，是我国最早的戏曲声腔之一，为南戏（戏曲剧种）唱腔。南戏又称南曲戏文、温州杂剧、永嘉杂剧等，明、清时又称“传奇”。南曲是南宋以来流传我国南方诸省的南戏所用的音乐，曲调用五声音阶。元代中期以后，南戏逐渐流传至北方。北曲，是我国最早的戏曲声腔之一，又称元曲，是宋、元以来北方诸宫调、散曲、戏曲所用的各种曲调的统称，同南曲相对。北曲源于唐、宋歌舞大曲，宋、金说唱诸宫调，宋代的词调、民歌等。可分为杂剧与散曲：杂剧是一种戏剧；散曲是清唱，盛行于元代。北曲是在流行的民间歌曲的基础上形成的，曲调采用七声音阶，以板、笛、鼓、筝、琵琶等乐器伴奏，音乐风格高亢激越；单阕体、两阕体、多阕体并存，同一曲牌的句数、字数可以不同；语言生动活泼，通俗易懂。北曲宫调严谨，每一宫调均有独特的调性，不同宫调的套曲，具有不同的情绪表现。多以独唱的形式进行表演。

④ 莺答虞弦：黄莺歌唱应答着虞弦琴。

虞弦：此处指琴。虞，即虞舜。取意《礼记·乐记》："昔者舜作五弦之琴以歌南风。"后世因此以"虞弦"指琴。唐代杨巨源《春日奉献圣寿无疆词》："人醉逢尧酒，莺歌答舜弦。"明代何景明《题严内翰赐扇》："象毂银镮倍光宠，好扬薰风助虞弦。"清代何世麟《感赋》："苗顽几费南熏格，一曲虞弦响至今。"

三十八、刘克庄（1187—1269）

初名灼，字潜夫，号后村。莆田（今属福建省）人。南宋诗人。出身世家。嘉定二年（1209）以荫入仕，得补官。曾知建阳县，通判吉州，任江西提举、将作监。官至工部尚书，以龙图阁学士致仕。谥“文定”。刘克庄词宗辛弃疾，是辛派词人。风格豪放，多感慨时事之作。冯煦《蒿庵论词》载：“后村词与放翁、稼轩，犹鼎三足。其生丁南渡，拳拳君国，似放翁。志在有为，不欲以词人自域，似稼轩。”清代陈廷焯称其：“张安国词，热肠郁思，可想见其为人。刘后村则感激豪宕，其词与安国相伯仲，去稼轩虽远，正不必让刘、蒋。”有《后村先生大全集》。有词集《后村长短句》，存词269首。有《宋六十名家词》本《后村别调》1卷。

浪淘沙[①]

叠嶂碧周遮。游子思家。掩藏白发赖乌纱。落日倚楼千万恨，社鼓城笳[②]。　　老去淡生涯。虚掷年华。腊茶盂子太清些。待得痴儿公事毕，谢了梅花。

作品赏析

本词直抒胸臆，描写了作者常年在外为官，如游子一般，表达了对官场生活的厌倦情绪和对年华虚度的感慨之情。上片以“游子思家”描写作者的思乡之情，以“白发赖乌纱”写作者的思隐之心。下片中“虚掷年华”和“待得痴儿公事毕，谢了梅花”几句，更直白地阐述了作者不喜趋慕功名利禄的生活，只愿早日返乡，归隐田园的个人志向。

乐舞阐释

① 浪淘沙：原为唐教坊曲名，后用作词牌，又名《过龙门》《卖花声》。《清真集》入“商调”。本调出于乐府，《乐府诗集》收入近代曲中，原为二十八字，七言绝句。至李煜，以旧调另制新声，变为双调，每段为七言二句。《词律》以二十八字为正体。本词为双调，共五十四字，上片、下片字数完全相同，各四平韵。

② 社鼓城笳：祭祀鼓乐与城上之笳。

社鼓：古代社日祭祀土地神时所鸣奏的鼓乐。“社”本意指“土神”，周代把祭祀活动称为“社”。汉代以前有“春社”，汉代后又设有“秋社”。宋代开始，以每年的立春和立秋后的第五个戊日为社日。《礼记·月令》载：“仲春之月……择元日，命民社。”宋代陆游《秋社》：“雨余残日照庭槐，社鼓冬冬赛庙回。”宋代辛弃疾《永遇乐》：“可堪回首，佛狸祠下，一片神鸦社鼓。”宋代刘辰翁《永遇乐》：“空相对，残釭无寐，满村社鼓。”明代杨循吉《醉蓬莱》：“正郊原霁雨，暖候嘘春，土膏肥沃。紫翠交陈，类西川锦濯。泼眼韶光，冰余雪后，记烧痕非昨。谁撒轻烟，依微半野，恼人凄漠。新涨溶溶，梅开野店，来寻疏萼。骀荡风和，看纸鸢辽廓。社鼓声中，承平气象，待相将东作。便有王维，沉吟举笔，定知难落。”

笳：古代乐器名，又称胡笳（详见第三章宋代词第十五节胡世将《酹江月》）。

最高楼[①]（再题周登乐府）

周郎后，直数到清真。君莫是前身。八音相应谐韶乐[②]，一声未了落梁尘[③]。笑而今，轻郢客，重巴人。　只少个、绿珠横玉笛[④]。更少个、雪儿弹锦瑟[⑤]。欺贺晏，压黄秦。可怜樵唱并菱曲[⑥]，不逢御手与龙巾。且醉眠，篷底月，瓮间春。

作品赏析

本词创作之时正直国运衰颓，时势艰危，词中巧用对音乐的描写，抒发了作者对社会现实和政治的讽刺。上片中“轻郢客，重巴人”两句，从侧面讽刺了朝廷对文人雅士的忽视；下片中“只少个、绿珠横玉笛”“更少个、雪儿弹锦瑟”“欺贺晏，压黄秦”几句，通过对格调高雅的乐曲和有才华的文人不被重视的描写，气劲辞婉、中刚外柔地表现出作者的义愤之情。

乐舞阐释

① 最高楼：词牌名，有七十八字至八十五字等多体，其中有全词仄韵或平仄间叶各体。本词为双调，共八十一字，全词同韵，平韵，韵字可阴平、可阳平，上片四平韵，下片三平韵。

② 八音相应谐韶乐：《韶乐》是多种乐声和谐呼应优美动听的音乐。

八音：指由金、石、丝、竹、匏、土、革、木八类乐器奏出的声音。八音是中国古代对乐器的统称，是古人根据乐器的制作材料所做的分类。钟、铃等属金类乐器；磬等属石类乐器；埙、瓦釜等属土类乐器；鼓等属革类乐器；琴、瑟等属丝类乐器；柷、敔等属木类乐器；笙、竽等属匏类乐器；管、钥等属竹类乐器。《周礼注疏》载："皆播之以八音，金、石、土、革、丝、木、匏、竹。"郑玄注："金，钟镈也。石，磬也。土，埙也。革，鼓鼗也。丝，琴瑟也。木，柷敔也。匏，笙也。竹，管箫也。"《尚书·虞书·舜典》载："诗言志，歌永言，声依永，律和声。八音克谐，无相夺伦，神人以和。"《宋书·谢灵运》载："夫五色相宣，八音协畅，由乎玄黄律吕，各适物宜。"另外，八音也泛指音乐，如宋代苏轼《贺韩丞相启》："付八音于师旷，孰敢争能。"明代宋应星《天工开物·冶铸》："虚其腹以振荡空灵，而八音起。"

韶乐：即《大韶》，中国古代乐舞，又名《九韶》《韶箫》《韶虞》等，简称《韶》。传说《韶乐》是舜帝命乐人夔所创作的歌颂舜帝继承并发扬光大尧帝之仁德的记功乐舞，是氏族社会中产生的原始乐舞。也指庙堂、宫廷之乐和雅正的古乐。李善注引郑玄曰："《韶》，舜乐；《濩》，汤乐也。"后来此乐舞在周代经过加工，成为后世文舞的代表作之一，又为《六大舞》之一。《六大舞》中，《大濩》《大武》为武舞，《云门》《大章》《大韶》《大夏》为文舞。

《史记》中有对《韶》的描写："鸟兽翔舞，箫韶九成，凤皇来仪，百兽率舞。"《尚书·益稷》载："夔曰：'戛击鸣球、搏拊、琴、瑟以咏。'祖考来格，虞宾在位，群后德让。下管鼗鼓，合止柷敔，笙镛以闲。鸟兽跄跄；《箫韶》九成，凤皇来仪。"据《左传》记载，公元前544年，吴国公子季札在鲁国观看了《韶》乐的演出后赞叹道："德至矣哉，大矣！如天之无不帱也，如地之无不载也。虽甚盛德，其蔑以加于此矣。观止矣！若有他乐，吾不敢请已！"认为它所包含的仁德已经达到极致。郑玄注："韶之言绍也，言舜能继绍尧之德。"

因为《韶》乐内容表现了舜帝施仁政，以德治天下，是为尽善；乐舞的形式优美，是为尽美。孔子也对《韶》乐推崇备至，据《论语·八佾》记载，孔子在齐国看了《韶》乐后，竟然“三月不知肉味”，并且评价《韶》乐：“尽美矣，又尽善也。”这是孔子对乐舞的美与善关系的审美标准，是其美与善对立统一思想的具体体现。他主张艺术作品既要“尽美”，也要“尽善”，认为《韶》乐的内容和形式达到了完美统一的境界。孔子这一乐舞观对后世的文化思想产生了深远的影响。

《韶乐》在当时主要用于歌颂舜帝功绩、祭祀、巫祝仪式，后经历夏、商、周，流传不绝，逐渐演变为各种形式，用于各种场合。秦、汉时期的宫廷中还保存着《韶》乐。汉高祖六年（前201）改名为《文始》。三国魏文帝黄初二年（221）又更名为《大韶》。隋、唐至明、清，宫廷典礼的雅乐中，一直有与《韶》乐有关的曲目。以下是几首与《韶》乐有关的词。宋代晏几道《虞美人》：“一弦弹尽仙韶乐，曾破千金学。玉楼银烛夜深深，愁见曲中双泪、落香襟。　从来不奈离声怨，几度朱弦断。未知谁解赏新音，长是好风明月、暗知心。”清代魏学渠《春从天上来》：“羁旅漂摇。叹楚水吴山，驿路迢迢。不闻地缩，惟见天高。争说节换来朝。记孟冬授朔，集鹓班、拜舞英韶。到今年，更梅疏沙市，雪满江皋。　幸是使君情深，缟纻看猎，当风对酒争豪。卷列支干，气分赤白，岁时荆楚眉标。道山中无历，忘庚甲、验取天乔。斗移杓，行逢新运，一任逍遥。”

③ 一声未了落梁尘：一声鸣唱还没有结束，高亢的歌声震落房梁上的灰尘。

落梁尘：形容歌曲高妙动人。晋代谢灵运《拟魏太子邺中集诗·魏太子》：“急弦动飞听，清歌拂梁尘。”

④ 只少个、绿珠横玉笛：只少个歌妓绿珠吹奏玉笛。

绿珠：指晋代石崇的宠妾。《晋书·石崇传》载："崇有妓曰绿珠，美而艳，善吹笛。"绿珠是西晋文学家，官员，富豪石崇的宠妾，美艳动人，有才华，善吹笛，又善舞《明君》，因而石崇对绿珠特别宠爱。石崇曾和当时的名士左思、潘岳等二十四人结成诗社，号称"金谷二十四友"，每次宴客，必命绿珠歌舞侑酒，见者都似失了魂魄，因此绿珠之美名闻天下。石崇在朝廷里依附贾谧，后来贾谧被诛，石崇被免官。当时赵王司马伦专权，依附赵王伦的孙秀暗慕绿珠，派人向石崇索取绿珠。石崇大怒曰："绿珠是我所爱，那是做不到的。"使者回报后孙秀大怒，劝赵王伦诛石崇。赵王伦于是派兵去杀石崇。石崇对绿珠叹息说："我现在因为你而获罪。"绿珠流着泪说："愿效死于君前。"绿珠坠楼而死。石崇被乱兵杀于东市。

横玉笛：笛子的美称。笛是吹孔气鸣乐器（详见第二章五代词第二节冯延巳《抛球乐》）。

⑤ 更少个、雪儿弹锦瑟：更是少了个歌妓雪儿弹奏瑟。

雪儿：指唐代李密的歌姬，善歌舞。后泛指歌妓。五代孙光宪《北梦琐言》："雪儿者，李密之爱姬，能歌舞，每见宾僚文章有奇丽入意者，即付雪儿叶音律以歌之。"

锦瑟：用油漆画在瑟体上的织锦纹图案，用作对瑟的美称。

⑥ 可怜樵唱并菱曲：打柴人和采菱人唱的歌曲凄凉。

樵唱：樵歌，即打柴人唱的歌。颜师古注："樵夫，采樵之人。"唐代祖咏《汝坟别业》："山中无外事，樵唱有时闻。"清代惠士奇《樵客行》："数声樵唱出林间，夜夜归来担头满。"樵歌又为古琴曲，为宋代毛敏仲所创作，据《神奇秘谱》解题："此曲因元兵入临安，敏仲以时不合，隐跻岩壑不仕，故作歌以招同志归隐，自以为遁世无闷。"流传下来的曲谱，有十段至十三段不等。

菱曲：即菱歌，人们在采菱时唱的乡土歌谣。菱是一种水生的草本植物。唐代李德裕《灵泉赋》:“乘鹢舳以晨泛，听菱歌而夜起。”唐代王勃《采莲赋》:“听菱歌兮几曲，视莲房兮几珠。”南朝宋鲍照《采菱歌》:“箫弄澄湘北，菱歌清汉南。”明代唐寅《题自画山水》:“烟山云树霭苍茫，渔唱菱歌互短长。”

三十九、周　密（1232—1298）

字公瑾，号草窗、苹洲，又号弁阳老人、四水潜夫。祖籍山东济南，曾祖父周秘（御史中丞）随宋高宗南渡，寓居吴兴（今浙江省湖州）。祖辈历代为官，诗礼传家，因此周密受到良好的家庭熏陶，得以博览群书。能诗词，擅书画。与吴文英（号梦窗）并称“二窗”。历任临安府幕僚，两浙转运司幕属，监和济药局，充奉礼郎，丰储仓检察，义乌令等职。南宋灭亡，义不仕元。早期诗词著作，多写风雅闲情、诗酒流连的生活。宋亡后，他抱家国之痛，将心血倾注故国文献的整理中。周济在《介存斋论词杂著》中论其词：“公谨敲金戛玉，嚼雪盥花，新妙无与为匹。”有《武林旧事》《齐东野语》《癸辛杂识》《浩然斋雅谈》《云烟过眼录》《澄怀录》《草窗韵语》《苹洲渔笛谱》等。

木兰花慢[①]（柳浪闻莺）

晴空摇翠浪，昼禽静、霁烟收。听暗柳啼莺，新簧弄巧[②]，如度秦讴[③]。谁绸。翠丝万缕，扬金梭、宛转织芳愁。风袅余音甚处[④]，絮花三月宫沟。　扁舟。缆系轻柔。沙路远、倦追游。望断桥斜日，蛮腰竞舞，苏小墙头。[⑤]偏忧。杜鹃唤去，镇绵蛮、竟日挽春留。啼觉琼疏午梦，翠丸惊度西楼。

作品赏析

本词描绘了早春三月的西湖边，如烟的柳树、似笙簧之鸣的莺啼，以及夕阳下的断桥与湖面上的扁舟等秀丽的景象。词人用深情的笔墨，勾勒出一幅蕴含着忧思的秀丽的西湖春日水墨风景图。意境深远，耐人寻味。

乐舞阐释

① 木兰花慢：词牌名，从《木兰花》演变而来。唐五代时期的《木兰花》是小令，宋代将其演变成慢调，称为《木兰花慢》。此调一名多体，句式、韵脚各不相同。常见的体式有三种：二十三句十二平韵体，二十句十平韵体，十九句八平韵体。另有五十五字体，上片、下片各三仄韵，不同部换叶。《金奁集》入“林钟商调”。本词为双调，共一百〇一字，全词同韵，平韵，韵字可阴平、可阳平，上下片第三句首字为领字。

② 新簧弄巧：黄莺啼鸣犹如笙簧鸣响。

③ 如度秦讴：犹如歌唱着秦声。秦讴，指“秦声”“秦腔”，秦地（今陕西省一带）的歌曲。《史记·李斯列传》载：“夫击瓮叩缶，弹筝搏髀，而歌呼呜呜快耳者，真秦之声也。”(《谏逐客书》)

④ 风袅余音甚处：犹如缭绕飘动的风一般的乐音久留耳边不散。

余音：感人至深的乐音不绝于耳。取意《列子·汤问》，战国时期韩国民间有一个善歌的女子韩娥，不仅容貌美丽，嗓音优美，而且感情浓郁、无限悲凉，人们听完她的歌声后整日沉浸在悲哀的情绪中不能自拔，最后只好把她请出来唱了一首欢乐的歌，人们才随着她欢快的歌声从忧伤中解脱出来。一次，韩娥东行，到了齐国的都城临淄。当时，临淄城经济繁荣，文化生活内容丰富，“其民无不吹竽、鼓瑟、击筑、弹琴”。当地懂音乐的人很多。韩娥带的干粮吃完了，就在都城的雍门卖唱求生。她的歌声圆润婉转，神态凄美动人，弥漫着深切的哀愁，深深打动了听众的心。人们将她围得水泄不通，听得非常出神。韩娥唱罢，人们纷纷解囊资助。三天之后，人们觉得韩娥那优美的歌声还在梁间萦绕不绝，就好像她没有离去一样。晋代潘岳《杨荆州诔》："举声增恸，哀有余音。"赵朴初《鹧鸪天》："水泻余音入梦流，词人心事付歌喉。"

⑤ 蛮腰竞舞，苏小墙头：细腰善舞的女子尽情舞动，善歌的女子相恋于此。

蛮腰：女子纤细的腰。原指唐代白居易善舞的家姬小蛮的腰，因白居易在其诗中说，小蛮的腰如杨柳一般，后世以蛮腰指女子纤细的腰。唐代孟棨《本事诗》载："白尚书（白居易）姬人樊素，善歌，妓人小蛮，善舞。尝为诗曰：'樱桃樊素口，杨柳小蛮腰。'"

苏小：即苏小小，南北朝南齐时期钱塘（今浙江省杭州市）的著名歌伎，是中国古代的才女。今西湖边上有苏小小墓，《乐府诗集》卷八十五有《苏小小歌》。唐代李贺《苏小小墓》："幽兰露，如啼眼。无物结同心，烟花不堪剪。草如茵，松如盖。风为裳，水为佩。油壁车，夕相待。冷翠烛，劳光彩。西陵下，风吹雨。"历代以苏小小为题材的诗词有很多，如唐代白居易《和春深》："杭州苏小小，人道最夭斜。"唐代李贺《七夕》："钱塘苏小小，更值一年秋。"元代张可久《百字令》："扣舷惊笑，想当年行乐，绿朝红暮。曲院题诗，人去远、别换一番歌舞。鸥占凉波，莺巢小树，船阁鸳鸯浦。画桥疏柳，风流不似张绪。闲问苏小楼前，夕阳花外，归燕曾来否。古井香泉秋菊冷，坡后神仙何许。醉眼观天，狂歌喝月，夜唤西林渡。穿云笛响，背人老鹤飞去。"沈原理《苏小小歌》："歌声引回波，舞衣散秋影。梦断别青楼，千秋香骨冷。青铜镜里双飞鸾，饥乌吊月啼勾栏。风吹野火火不灭，山妖笑入狐狸穴。西陵墓下钱塘潮，潮来潮去夕复朝。

墓前杨柳不堪折，春风自绾同心结。”

玉京秋①

长安独客，又见西风，素月丹枫，凄然其为秋也，因调夹钟羽一解②。

烟水阔，高林弄残照，晚蜩凄切。碧砧度韵，银床飘叶。衣湿桐阴露冷，采凉花、时赋秋雪。叹轻别。一襟幽事，砌蛩能说。　　客思吟商还怯③。怨歌长④、琼壶暗缺。翠扇恩疏⑤，红衣香褪，翻成消歇。玉骨西风，恨最恨、闲却新凉时节。楚箫咽⑥。谁倚西楼淡月。

作品赏析

本词是一首感秋、思乡、怀人之作。上片以描写秋景为主，以景抒情。首句“烟水阔”，从远处落笔，展现出辽阔苍茫的景色。以下四句，由远及近地描写了夕阳西下，高树茂密，寒蝉鸣叫，落叶飞舞：一片苍茫的秋日景象。“叹轻别”句，道出了“别时容易见时难”的离愁别绪。下片以描写悲秋为主。悲切凄楚的秋声商调唱不尽游子内心的孤独悲苦，也表露了作者怨恨自己虚度了这美好的时节的心境。最后写到，是谁在幽淡的月光下独倚西楼，吹奏那如泣如诉的楚箫呢？形象而委婉地道出了作者的客愁。

乐舞阐释

① 玉京秋：词牌名，为周密自度曲。本词为双调，共九十五字，十二仄韵，属夹钟羽调。全词同韵，仄韵，韵字可上声、可去声，古韵多入声。

② 因调夹钟羽一解：所以作夹钟羽一章。

夹钟羽：指十二律中的夹钟律以羽为调。夹钟，古代乐律名，十二律之一。古乐分十二律，阴阳各六律，夹钟是古代十二律中六阴律中的第四律。

十二律制，是一种按照“三分损益法”，根据乐音的高低，将一个八度分为十二个不完全相等的半音的律制。乐音分为六律和六吕，合称十二律。从低音算起，十二个音阶中，排列奇数（阳）的六个调称六律，排列偶数（阴）的六个调称六吕，合称“律吕”。十二律有固定的音高和名称。第一律：黄钟，相当于现代音名C；第二律：大吕，相当于现代音名$^{\#}$C或^{b}D；第三律：太簇，相当于现代音名D；第四律：夹钟，相当于现代音名$^{\#}$D或^{b}E；第五律：姑洗，相当于现代音名E；第六律：仲吕，相当于现代音名F；第七律：蕤宾，相当于现代音名$^{\#}$F或^{b}G；第八律：林钟，相当于现代音名G；第九律：夷则，相当于现代音名$^{\#}$G或^{b}A；第十律：南吕，相当于现代音名A；第十一律：无射，相当于现代音名$^{\#}$A或^{b}B；第十二律：应钟，相当于现代音名B。“三分损益法”在西洋音乐理论中称为“五度相生律”。古代最早记载生律方法的书是《管子·地员篇》。最早记载十二律生律法的是《吕氏春秋》。

一解：即一章。解，乐曲的章节或歌曲和乐曲的结尾部分。宋代郭茂倩《乐府诗集》卷二六《相和歌辞》曰：“凡诸调歌词，并以一章为一解。《古今乐录》：曰‘伧歌以一句为一解，中国以一章为一解。’”宋代陈旸《乐书》卷一六四：“凡乐，以声徐者为本声，疾者为解。自古奏乐，曲终更无他变。”

③ 客思吟商还怯：异乡客怯怯地吟诵着思乡的悲凉商调。

吟商：吟诵商歌，商歌即秋歌。此处指商调，因为商调音悲凉。

④ 怨歌长：哀怨的歌声悠长。

⑤ 翠扇恩疏：秋天将至，不再需要翠绿的纨扇。取意汉成帝妃班婕妤畏赵飞燕姐妹，作《怨诗》云：“新裂齐纨素，鲜洁如霜雪。裁为合欢扇，团团似明月。出入君怀袖，动摇微风发。常恐秋节至，凉飚夺炎热。弃捐箧笥中，恩情中道绝。”翠扇，是对扇的美称，即古代的团扇。

⑥ 楚箫咽：凄咽的楚箫之声。箫竹生长于楚地，所以称“楚箫”。汉代王褒《洞箫赋》：“原夫箫干之所生兮，于江南之丘墟。”

四十、蒋　捷（生卒年不详）

字胜欲，号竹山。阳羡（今江苏省宜兴市）人。先世为宜兴巨族，先辈多为北宋官员。抗金志士蒋兴祖后裔。受家庭熏陶，工诗词，善书法。咸淳十年（1274）进士。南宋灭亡后，隐居竹山而不仕，人称“竹山先生”。在国家危亡、民生凋敝的岁月里度过了颠沛流离的一生，虽有报国之志，却不得实现。其词多抒发故国之思、山河之恸；风格悲凉清俊，疏爽寂寥。与张炎、王沂孙、周密并称“宋末元初四大家”。有《竹山词》，存词 90 余首。

满江红

秋本无愁，奈客里、秋偏岑寂。身老大、佽敲秦缶[①]，懒移陶甓。万误曾因疏处起，一闲且向贫中觅。笑新来、多事是征鸿，声嘹呖。　　双户掩，孤灯剔。书束架，琴悬壁[②]。笑人间无此，小窗幽阒。浪远微听葭叶响，雨残细数梧梢滴。正依稀、梦到故人家，谁横笛[③]。

作品赏析

本词描写了作者的黍离之悲与因漂泊无依而产生的惆怅之情。开篇作者写到秋天作为一个季节，本无忧愁的感情色彩，然而在国破家亡、漂泊他乡的情境中，秋天显得异常孤寂凄凉。身处老境，壮志难酬，悲歌感慨。“忺敲秦缶，懒移陶甓”两句，用托物言志的手法，将作者对故国的情感寄托于“秦缶”，“懒移陶甓”含蓄地表达出对故国的忠贞。词中“征鸿”“孤灯”“小窗”“雨残”等词的意象都具有孤寂凄冷的色彩，反映出词人愁绪满怀的思乡之情。首句的“奈客里”与末句的“梦到故人家”遥相呼应，“客”“故”二字形成鲜明对比，描绘了词人对家国、故土的思念，表达了作者的怀旧与感伤之情。

乐舞阐释

① 忺敲秦缶：欢快的敲击着秦缶。

秦缶（见图 3–16）：是古代产于秦地的一种瓦质打击乐器，又称缻，属于八音金、石、土、革、丝、竹、匏、木中土类乐器的一种。缶，原是古代一种陶器，类似瓦罐，是盛水或酒的器皿。由于人们在宴会饮酒时，一边敲打着盛酒的酒器，一边歌舞，这种酒器逐渐成为乐器。东汉许慎《说文解字》载：“缶：瓦器。所以盛酒浆。秦人鼓之以节歌。”《史记·廉颇蔺相如列传》载：“‘寡人窃闻赵王好音，请奏瑟。’赵王鼓瑟。秦御史前书曰‘某年月日，秦王与赵王会饮，令赵王鼓瑟。’蔺相如前曰：‘赵王窃闻秦王善为秦声，请奉盆缶秦王，以相娱乐。’秦王怒，不许。于是相如前进缶，因跪请秦王……于是秦王不怿，为一击缶。相如顾召赵御史书曰‘某年月日，秦王为赵王击缶。’”从以上记载中可以看出，秦人善击缶。清代丁澎《水调歌头》：“吴市酒垆在，谁道邈山

图 3–16　蟠虺纹铜缶，湘乡大茅坪一号墓出土，藏于宜城市博物馆

河。马曹不问何事，安用惜颜酡。呼我髯奴击缶，更命红儿行酒，相和以为歌。一石亦不醉，十日讵云多。醉乡里，无人到，少风波。一杯身后何有，剧饮尚蹉跎。除是酒泉太守，再调宜城录事，卧治亦南柯。富贵浮云耳，酩酊奈君何。”

② 琴悬壁：将琴悬于墙壁之上。

琴：中国最古老的弹拨乐器，又称古琴（详见第三章宋代词第三十五节高观国《南乡子》）。

③ 谁横笛：何人吹奏笛子？

横笛：吹孔气鸣乐器。因为横持，所以称横笛。

蝶恋花[①]（风莲）

我爱荷花花最软。锦拶云挨，朵朵娇如颤。一阵微风来自远。红低欲蘸凉波浅。　莫是羊家张静婉[②]。抱月飘烟[③]，舞得腰肢倦[④]。偷把翠罗香被展。无眠却又频翻转。

作品赏析

本词为咏物之作。作者用细腻的笔触，将荷花娇柔的姿态描绘得惟妙惟肖。“软”字是全篇的主题，呈现了荷花在微风中如同锦云一般柔软娇颤，恰似舞者“抱月飘烟，舞得腰肢倦”摇曳多姿的优美形态。

乐舞阐释

① 蝶恋花：原为唐教坊曲名，后用作词牌，初名《鹊踏枝》，别

称《黄金缕》《江如练》《一箩金》《凤栖梧》《西笑吟》《望长安》《卷珠帘》《明月生南浦》《细雨吹池沼》《鱼水同欢》等。北宋晏殊改为《蝶恋花》，调名取意南北朝梁简文帝萧纲“翻阶蛱蝶恋花情”句。毛先舒云：“蝶恋花，商调曲也，采梁简文帝乐府‘翻阶蛱蝶恋花情’为名。其词始于宋。司马槱在洛下，昼梦美姝牵帷歌‘妾本钱塘江上住’五句，询其曲，名《黄金缕》。槱后赴钱塘幕官，为秦少章言之，少章续其后段。槱复梦美姝每夕同寝，同寀云：‘公廨后有苏小小墓，得毋妖乎？’不逾岁，槱病死。故调除《黄金缕》外，又有《一箩金》《鹊踏枝》《凤栖梧》《卷珠廉》《鱼水同欢》《明月生南浦》等名。”《乐章集》《张子野词》并入“小石调”，《清真集》入“商调”。本词为双调，共六十字。全词同韵，上片、下片各四仄韵，韵字可上声、可去声，古韵多入声。

② 莫是羊家张静婉：是羊侃家善歌舞的姬妾张静婉吗？

羊家张静婉：羊家，此处指南北朝时期的羊侃家。据《梁书》记载，羊侃早年在北魏为官，累封至征东大将军、泰山太守，赐爵钜平侯。后率部众归南朝梁，多次随军北伐，官至侍中、都官尚书，封高昌县侯。羊侃为人豪奢，善音律，姬妾众多。张静婉是羊侃众姬妾之一，善歌舞，容貌绝佳，腰围一尺六寸（约 53.3 厘米），身轻如燕，能在掌中起舞。羊侃曾为其作《采莲曲》与《棹歌曲》。《南史》卷六十三载：“（羊侃）性豪侈，善音律，自造《采莲》《棹歌》两曲，甚有新致。姬妾列侍，穷极奢靡。”

③ 抱月飘烟：舞姿轻盈，如浮云飘烟抱月一般。形容舞姿曼妙。唐代温庭筠《张静婉采莲歌》：“抱月飘烟一尺腰，麝脐龙髓怜娇娆。”

④ 舞得腰肢倦：舞得腰肢都已疲倦。表现出不仅舞蹈时间长，而且舞蹈动作力度强、幅度大。

步蟾宫[①]（春景）

玉窗掣锁香云涨。唤绿袖、低敲方响[②]。流苏拂处字微讹，但斜倚、红梅一饷。　　濛濛月在帘衣上。做池馆、春阴模样。春阴模样不如晴，这催雪、曲儿休唱[③]。

作品赏析

本词是一首伤春之作。整首词通过描写春日阴天的景象，抒发了作者的哀伤怅惘之情。上片描写春日窗外云层渐涨，召唤少女低声敲击着《方响》，表现出慵懒无聊的心绪。下片描写透过窗帘依稀看到朦胧的月光，池苑馆舍在阴天的夜晚显得格外沉郁阴冷，似乎要下起雪来，不禁感慨晴天的美好。此情此景，便再无唱曲的心情。整首词充满了难以排解的惆怅心绪，阴冷的天气反映出作者凄凉的心境，风格凝重，十分感伤。

乐舞阐释

① 步蟾宫：词牌名，又名《惜芳时》《柳摇金》《金莲绕凤楼》《钓台词》《折丹桂》等。“蟾宫”即月宫，传说因月中有蟾蜍而成为月亮的代称。本调有五十五字体、五十六字体、五十七字体、五十八字体、五十九字体。本词为双调，共五十六字，上片、下片各四句，全词同韵，仄韵，韵字可上声、可去声，古韵多入声。上片、下片末句可制为“三四”句式。

② 唤绿袖、低敲方响：召唤少女低声敲击着《方响》。

方响（见图 3–17）：古磬类打击乐器，又称铜磬。通常由十六块大小相同、厚薄不一的长方形铁片、铜片、玉片根据音高顺序排列而成，分上下两排以绳悬挂于架上，用小铁锤击奏，声音清浊不等。其音律编次为：下排自左至右为黄钟、太簇、姑洗、仲吕、蕤宾、林钟、南吕、无射；上排自右至左为应钟、黄钟之清、太簇之清、姑洗之清、仲吕之清、大吕、夷则、夹钟。十二律俱备，并附四清声（四个高八度音）。约始创南北朝的梁代（502—557）；为隋、唐常用乐器，用于宫廷宴乐；宋代后逐渐少使用；明、清时期仍用于宫廷雅乐中，在民间已失传；中华人民共和国成立后，乐器研制部门试制新型方响，有四十三块钢板作发音板，分为两排，在民族乐队中试用。

图 3-17　方响，藏于北京故宫博物院

《旧唐书·音乐志》载：“梁有铜磬，盖今方响之类。方响，以铁为之，修八寸，广二寸，圆上方下。架如磬而不设业（业指古代乐器架子横木上的大板），倚于架上以代钟磬。”唐代牛殳《方响歌》：“乐中何乐偏堪赏，无过夜深听方响。”“长短参差十六片，敲击宫商无不遍”。唐代雍陶《夜闻方响》：“方响闻时夜已深，声声敲著客愁心。不知正在谁家乐，月下犹疑是远砧。”

③这催雪、曲儿休唱：这急促的飞雪，便再无唱曲的心情。

燕归梁[1]（风莲[2]）

我梦唐宫春昼迟[3]。正舞到、曳裾时[4]。翠云队仗绛霞衣[5]。慢腾腾、手双垂[6]。　忽然急鼓催将起[7]，似彩凤、乱惊飞[8]。梦回不见万琼妃[9]，见荷花、被风吹[10]。

作品赏析

本词以拟人化的手法，描写了作者在赏莲时产生的幻觉。整首词通过对幻境中唐宫歌舞景象的描摹，抒发了作者对世事沧桑的感慨，寄托了对故国的怀念和追忆。上片描写唐宫中富丽繁华的景象，歌舞节奏“慢腾腾”，氛围平静安详。下片接着描写歌舞节奏突然变得急促，“乱惊飞”与“慢腾腾”产生强烈对比，以歌舞的节奏突变，隐喻唐朝的变故，再以唐朝的变故映射宋朝的祸乱。结尾句笔锋一转，描写梦醒时不见众美女，只看到被风吹动的荷花，作者的思绪被拉回现实，幻境与现实的对比冲突，寓意深刻，耐人寻味。

乐舞阐释

① 燕归梁：词牌名，本词因晏殊词有“双燕归飞绕画堂。似留恋虹梁”句而得名。本词为双调，共五十二字，上片、下片各四句。另有四十九字体、五十字体、五十一字体，全词同韵，平韵，韵字可阴平、可阳平，句式和韵脚略有不同。

② 风莲：风中的荷花。

③ 我梦唐宫春昼迟：梦中的唐宫殿春日迟来。

④ 正舞到、曳裾时：仿佛正舞到《霓裳羽衣舞》拖着衣襟缓和的舞态之时。将《霓裳羽衣舞》的舞容和舞姿生动形象地呈现出来。

⑤ 翠云队仗绛霞衣：美女穿着红霞般的舞衣，如在碧云仙境中排队起舞。本句以美女的舞衣比喻绿色莲叶与红色莲花。

⑥ 慢腾腾、手双垂：动作缓慢地跳着《大垂手》和《小垂手》舞蹈。

手双垂：此处指古代舞蹈《大垂手》和《小垂手》。宋代郭茂倩《乐府诗集》卷七十六《杂曲歌辞》十六“大垂手”条云：“《乐府解题》载：‘《大垂手》《小垂手》，皆言舞而垂其手也。’”宋代唐庚、强行父《唐子西文录记》载：“张文昌诗：‘六宫才人《大垂手》，愿君千年万年寿，朝出射麋暮饮酒。’古乐府《大垂手》《小垂手》《独摇手》，皆舞名也。”《乐府杂录·舞工》载：“舞者，乐之容也。有大垂手、小垂手，或如惊鸿，或如飞燕。婆娑，舞态也；蔓延，舞缀也。”另外，在我国的“梨园戏”中也有垂手舞。垂手舞自六朝至宋、元一脉相承。由于年代久远，今《大垂手》和《小垂手》舞蹈已经失传。

大垂手（见图 3–18）：古代舞蹈名，又为舞蹈动作名，也为乐府杂曲名。大垂手就是在跳舞时将手垂下。此动作为双臂弯曲，分别至于身体左右，向上抬起，手向下垂。古人多是根据舞姿为舞蹈命名，如大垂手、小垂手、独摇手等。南北朝江总《妇病行》载：“夫婿府中趋，谁能大垂手。”

图 3–18　大垂手俑，徐州驮篮山西汉楚王墓出土，藏于徐州博物馆

小垂手（见图 3–19）：古代舞蹈名，又为舞蹈动作名。此动作为双臂稍微弯曲，分别至于身体前后，手向下垂。《东周列国志》第九十九回：“赵姬敬酒已毕，舒开长袖，

即在氍毹上舞一个大垂手小垂手。体若游龙，袖如素霓，宛转似羽毛之从风，轻盈与尘雾相乱。”小垂手又为南朝俗乐舞之一。《乐府诗集》归入杂曲歌辞类。南朝梁吴均《小垂手》：“舞女出西秦，蹑影舞阳春。且复小垂手，广袖拂红尘。折腰应两袖，顿足转双巾。娥眉与曼脸，见此空愁人。”唐代白居易《霓裳羽衣歌》：“飘然转旋回雪轻，嫣然纵送游龙惊。小垂手后柳无力，斜曳裾时云欲生。”唐代鲍溶《范真传侍御累有寄因奉酬》：“红袂歌声起，因君始得闻。黄昏小垂手，与我驻浮云。”从历代有关垂手舞的诗词中，我们还能一睹和分析出一些这种舞蹈的表演形式和舞容。

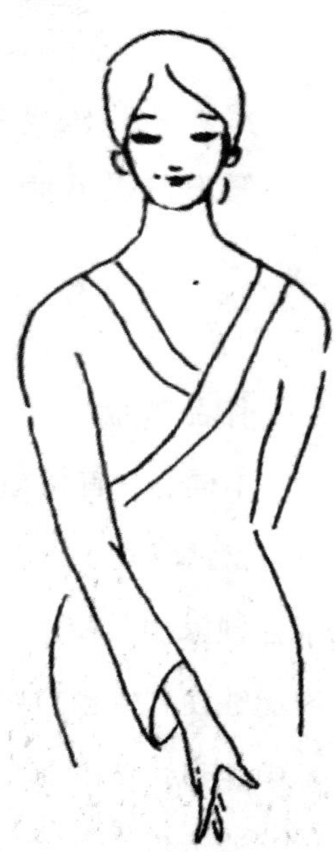
图 3-19　小垂手舞蹈动作

⑦ 忽然急鼓催将起：忽然鼓点进入快板，节拍转急。

⑧ 似彩凤、乱惊飞：犹如彩色的凤凰惊起乱飞。

⑨ 梦回不见万琼妃：梦醒时不见众多的舞女（美女）。

⑩ 见荷花、被风吹：只看到被风吹动的荷花。

贺新郎（弹琵琶者）

妾有琵琶谱①。抱金槽、慢捻轻抛②，柳梢莺妒③。羽调六么弹遍了④，花底灵犀暗度⑤。奈敲断、玉钗纤股⑥。低画屏深朱户掩⑦，卷西风、满地吹尘土⑧。芳事往⑨，蝶空诉⑩。

天天把妾芳心误[11]。小楼东、隐约谁家[12]，凤箫鼍鼓[13]。泪点染衫双袖翠[14]，修竹凄其又暮。背灯影、萧条情互。捐佩洲前裙步步[15]，渺无边、一片相思苦。春去也，乱红舞[16]。

作品赏析

本词是一首伤感怀旧之作。用隐喻的手法，通过描写琵琶女的相思含蓄地抒发了作者对故国的怀念与感伤之情。上片重叙事，描写女子独锁家中，只能靠弹奏琵琶聊以自娱。她身怀绝技，弹奏的琵琶声能够使“柳梢莺妒”，可惜世无知音，年华虚度，弹断琴弦，也等不来相思之人，却只见西风吹卷着满地尘土，往事萦绕心头又不知该对谁诉说。下片重抒情，“芳心误”“泪点染衫”“凄”“萧条”“渺无边”“相思苦”等词句，描写出女子忧愁凄凉的心绪，以及对心上人一往情深的相思之苦。在琵琶女的形象中寄托了作者对自己身世的感慨，烘托出作者的苦痛心境，流露出对故国的眷恋与感怀。

乐舞阐释

① 妾有琵琶谱：我有弹奏琵琶的乐谱。琵琶谱，琵琶演奏时所要参照的乐谱，谱子上用符号标明声音节拍的高低、长短等。

② 抱金槽、慢捻轻抛：怀抱琵琶，缓慢搓揉，轻柔弹掷。

金槽：饰金的琵琶槽。槽，琵琶一类乐器上架弦的格子。

捻：弹琵琶的一种指法，用手指揉弦。

抛：弹琵琶的一种指法，手指向外弹。

③ 柳梢莺妒：柳树上的莺都在嫉妒美妙的琵琶声。

④ 羽调六么弹遍了：羽调的《六么令》曲都已弹遍了。

羽调：调名，指羽的曲调，即黄钟羽。

六么：琵琶曲名，唐代著名教坊乐曲名，又名《六么令》《绿腰》《灵腰》《录要》。么是最小的意思，羽调弦最小，节奏繁急，因此又称羽调六么。唐代白居易《杨柳枝》："六么水调家家唱，白雪梅花处处吹。古歌旧曲君休听，听取新翻杨柳枝。"

⑤ 花底灵犀暗度：如花底心有灵犀般相通。

⑥ 奈敲断、玉钗纤股：无奈何地敲断了纤细的玉钗。

⑦ 低画屏深朱户掩：低深的画屏，掩闭的朱门。

⑧ 卷西风、满地吹尘土：声如西风漫卷，吹起满地尘土。

⑨ 芳事往：美好的往事。

⑩ 蝶空诉：如蝶儿一样白白诉说。

⑪ 天天把妾芳心误：每每将我美好的心意耽误。

⑫ 小楼东、隐约谁家：小楼的东面，隐约可见的是谁家。

⑬ 凤箫鼍鼓：有排箫与鼍鼓之声。

凤箫：即排箫，古代吹奏乐器，因多个箫管参差如凤翼一般而得名。《世本四种》载："箫，舜所造，其形参差象凤翼，十管，长二尺。"东汉许慎《说文解字》载："箫：参差管乐。象凤之翼。"箫分为单管箫和多管箫：单管箫呈圆柱形，有六个至八个侧指孔，吹奏时，用手指按孔，可控制不同音高；多管箫为每管一音，无侧孔。排箫的称呼最初见于唐代赵璘的《因话录》,《元史》中称多管箫为"排箫"。现今单管箫称"洞箫"。今之单管洞箫，在唐代以前称"笛"，宋代称"箫管"。目前所知最早的竹质排箫实物为曾侯乙墓出土的十三管排箫，距今已有两千多年的历史。

⑭ 泪点染衫双袖翠：泪花点点染湿了翠绿的长袖衣衫。

⑮ 捐佩洲前裙步步：在洲前解下玉佩，提着裙摆一步步地向前走。取意郑交甫于汉皋遇仙女解佩相赠的典故。

⑯ 乱红舞：落花随风凌乱地飞舞。

四十一、张 炎（1248—约1320）

字叔夏，号玉田，又号乐笑翁。临安（今浙江省杭州市）人，先世是西秦（今陕西凤翔）人。中兴名将张俊后裔，曾祖镃，祖濡，父枢，皆为精通音律之词家。张炎也精通音律，从小跟父亲张枢学词，后与周密、王沂孙结为词友。在宋灭亡前，过着贵族公子富裕、悠闲的生活。宋亡后，其家道中落，落魄纵游。元世祖至元二十七年（1290）北游元都，失意南归。晚年流落江浙一带，最终归隐杭州，落魄而终。其词前期多写山林江湖与雅士闲情，风格流丽清畅。后期多追怀往昔，抒写身世之感，风格凄婉悲凉。他与姜夔并称为“姜张”，与宋末著名词人蒋捷、王沂孙、周密并称为“宋末四大家”。张炎在《词源》中主张词要“清空”“骚雅”，即指词的意境应高远，境界应开阔，有寄托，出新意。刘熙载说：“张玉田词清远蕴藉，凄怆缠绵，大段瓣香白石，亦未尝不转益多师。”有《山中白云词》，又名《玉田词》。有《词源》传世。

国香[1]（赋兰）

空谷幽人。曳冰簪雾带，古色生春。结根未同萧艾，独抱孤贞。自分生涯淡薄，隐蓬蒿、甘老山林。风烟伴憔悴，冷落吴宫，草暗花深。　霁痕消蕙雪，向崖阴饮露，应是知心。所思何处，愁满楚水湘云。肯信遗芳千古，尚依依、泽畔行吟。香痕已成梦，短操谁弹[2]，月冷瑶琴[3]。

作品赏析

本词为咏物之作，以物寄情，表明了作者的志向和感慨。上片通过赞美兰花“独抱孤贞”的品格，诉说自己“隐蓬蒿、甘老山林”的志趣，叹惋“风烟伴憔悴”的命运。表现出作者追求高尚的品行和历经沧桑的命运。下片“愁满楚水湘云”句，描写悲愁的同时，作者仍然“肯信遗芳千古，尚依依、泽畔行吟”。最后三句“香痕已成梦，短操谁弹，月冷瑶琴”则表现出作者无限惆怅之情。

乐舞阐释

① 国香：词牌名，又名《国香慢》，出自《左传·宣公三年》：“郑文公有贱妾曰燕姞，梦天使与己兰，曰余为伯儵，余而祖也，以是为而子，以兰有国香，人服媚之如是。”《填词名解》云：“《左传》以兰有国香，人服媚之如是，词取以名。”后人因此称兰花为国香。国香又泛喻其他香花或佳人，宋代取之为词牌名。《御定词谱》卷二七以张炎所作《空谷幽人》为正体。本词为双调，共九十九字，全词同韵，平韵，韵字可阴平、可阳平，上片十句五平韵，下片十句四平韵，上片、下片第二句首字为领字。另有九十七字体。

② 短操谁弹：何人弹奏《猗兰操》曲。

短操：此处指《猗兰操》，琴曲名，又名《幽兰操》。相传为孔子所作。孔子周游列国，路上见兰花独芳谷中无人欣赏，感叹自己生不逢时而作此曲。蔡邕《琴操·猗兰操》载：“猗兰操者，孔子所作也。孔子历聘诸侯，诸侯莫能任。自卫反鲁，过隐谷之中，见芗兰独茂，喟然叹曰：‘夫兰当为王者香，今乃独茂，与众草为伍，譬犹贤者不逢时，与鄙夫为伦也。’乃止车援琴鼓之云：‘习习谷风，以阴以雨。之子于归，远送于野。何彼苍天，不得其所。逍遥九州，无所定处。世人暗蔽，不知贤者。年纪逝迈，一身将老。’自伤不逢时，托辞于芗兰云。”

③ 月冷瑶琴：瑶琴之音像月亮一样冰冷。

瑶琴：用玉装饰的琴，用作对琴的美称。清代毛奇龄《满庭芳》：“微雨凉收，风翻橡叶，女墙斜点三星。永恩楼上，蹑履暗中听。何处瑶琴初发，珠帘外、流水泠泠。停声久，千崖忽堕，玄鹤舞青冥。 汾亭。遥奏后，箫怜秦女，瑟怨湘灵。奈晚风吹角，秋雨淋铃。此际琴心到处，东家女、谁在银屏。屏中睡，今宵无梦，有梦也应醒。”

四十二、刘天迪（生卒年不详）

号云闲。西昌（今江西省泰和县西）人。存词6首。

一萼红[1]（夜闻南妇哭北夫）

拥孤衾，正朔风凄紧，毡帐夜生寒。春梦无凭，秋期又误，迢递烟水云山。断肠处、黄茅瘴雨，恨骢马、憔悴只空还。揉翠盟孤，啼红怨切，暗老朱颜。　　堪叹扬州十里，甚倡条冶叶，不省春残。蔡琰悲笳[2]，昭君怨曲[3]，何预当日悲欢。谩赢得、西邻倦客，空惆怅、今古上眉端。梦破梅花[4]，角声又报春阑[5]。

作品赏析

本词为作者在夜晚闻听一位妇女痛哭其丈夫有感而作。“夜闻南妇哭北夫”句，反映了当时苦难深重的时代，是一曲感人肺腑的乱世悲歌。上片通过“正朔风凄紧，毡帐夜生寒”两句，描写女子的孤寂与痛苦。“恨骢马、憔悴只空还”句，描写女子的丈夫战死北方沙场，为国捐躯，表现了对丈夫的思念之情。下片以景抒情，描写女子如春残，只有空惆怅，其悲如“蔡琰悲笳，昭君怨曲”。最后写《梅花落》曲的悲凉之声使梦破灭，交错杂乱的角声哀鸣又报春已去，其声悲切，动人心魄，加强了凄凉悲伤的气氛。

乐舞阐释

① 一萼红：词牌名。《钦定词谱》载："一萼红，此调有平韵、仄韵两体。平韵者，见《姜夔词》；仄韵者，见《乐府雅词》，因词有'未教一萼，红开鲜蕊'句，取以为名。"本词为双调，二十一句，共一百〇八字。全词同韵，上片第三、第六、第八、第十一句，下片第三、第六、第八、第十句押韵，均用平韵，韵字可阴平、可阳平。下片第二句首字为领字。另有仄韵体，用者甚少。

② 蔡琰悲笳：蔡文姬悲怨的《胡笳十八拍》曲。

蔡琰：字文姬、昭姬，汉代建安时期著名的女诗人、琴家。陈留圉（今河南开封）人，是著名文学家蔡邕的女儿。她博学多才，通音律。《后汉书·列女传》载："博学有才辩，又妙于音律。"代表作有《胡笳十八拍》《悲愤诗》等。蔡琰流落西域十二年，回汉后参考胡人音乐声调，结合自己的悲惨经历，创作了凄苦悲切、哀怨惆怅、令人断肠的琴曲《胡笳十八拍》。她创作的《悲愤诗》，"真情穷切，自然成文，感伤乱离，激昂酸楚"。在建安诗歌中别构一体，是中国诗史上第一首自传体的五言长篇叙事诗。

笳：古代乐器名，又称胡笳（详见第三章宋代词第十五节胡世将《酹江月》）。

③ 昭君怨曲：即《昭君怨》曲。

昭君怨：琴曲名（详见第三章宋代词第三十三节郭应祥《昭君怨》）。《乐府诗集》列为《琴曲歌辞》，唐代时为吴声歌曲，后唐玄宗将其列为《法曲》。

④ 梦破梅花：悲哀的《梅花落》曲使梦破灭。

梅花：此处指乐曲《梅花落》，简称《梅花》（详见第一章唐代词第十一节刘禹锡《杨柳枝》）。

⑤ 角声又报春阑：角鸣之声又报春天已去。

角：古代吹奏乐器。

第四章　元代词

一、张伯淳（1242—1302）

字师道，号养蒙。崇德（今浙江省桐乡市）人。元代诗人、书法家。少时举童子科。宋咸淳七年（1271）进士。授太学录。元世祖至元二十三年（1286）荐授杭州路儒学教授。后迁浙东道按察司知事、福建廉访司知事。成宗大德年间官至翰林侍讲学士。大德六年（1302）卒，谥“文穆”。词多为寿祝酬赠之作，但佳句颇多，寓意深长，耐人寻味。有《养蒙文集》10卷，其中文6卷，诗3卷，词1卷。《彊村丛书》辑《养蒙先生词》1卷。《元诗选》录其诗54首。《全金元词》收其词22首。事迹见元代程钜夫《雪楼集》卷一七《翰林侍讲学士张公墓志铭》，《元史》卷一七八，《新元史》卷一八八，《延祐四明志》卷二。

木兰花慢（赠弹琵琶者）

爱当垆年少，将雅调，寄幽情。侭百喙春和，群喧夜寂，老凤孤鸣。都来四条弦里[①]，有无穷、旧谱与新声。写出天然律吕[②]，扫空眼底秦筝[③]。　　落红。天气暖犹轻。洗耳为渠听。想关塞风寒[④]，浔阳月色，似醉还醒。轩窗静来偏好，到曲终、怀抱转分明[⑤]。相见今朝何处，语溪乍雨初晴。

作品赏析

本词为“赠弹琵琶者”之作。整首词主要从琵琶乐曲和曲调等方面进行描写，表明观点，抒发情感。上片从“将雅调，寄幽情”写起，通过“写出天然律吕，扫空眼底秦筝”等句，从不同的角度描绘琵琶所代表的大汉天声，其间大有深意，直抒胸臆地反映出一些汉族知识分子对固有文化的眷恋。下片先写在“天气暖犹轻”的暮春季节，孤冷的心绪被琵琶女的“旧谱与新声”弹拨得更加凄楚；接着借王昭君出塞以及浔阳江头孤独的商妇，抒发了作者因故国沦亡、无所依靠而产生的漂泊凄楚之感。

乐舞阐释

① 都来四条弦里：均参与到四条弦的琵琶声中。

四条弦：此处指琵琶，古代琵琶为四根弦。

② 写出天然律吕：写出南音自然天成的乐律。

③ 扫空眼底秦筝：看尽眼前西北地区的音乐。

秦筝：此处泛指西北地区的音乐。秦筝是中国最古老的弹拨乐器，又称古筝、十三弦（详见第一章唐代词第十七节姚月华《怨诗寄杨达》）。

④ 想关塞风寒：遥想边关塞外风雪严寒。此句取意汉代王昭君抱琵琶出塞之事。

⑤ 到曲终、怀抱转分明：弹到乐曲结束时，琵琶曲调变得更加分明了。

二、卢 挚（约1242—1314）

字处道，一字莘老，号疏斋，又号嵩翁。涿郡（今河北省涿州市）人，居颍川（今属河南省）。元代文学家。元世祖至元五年（1268）进士。历任江东道提刑按察副使，少中大夫，河南路总管，集贤学士。官至翰林承旨。晚居宣城。以词曲闻名于世，尤善散曲。多写闲适隐逸生活，表达对功名的厌倦及对时势兴衰的感慨。其诗与刘因齐名，世称“刘卢”；文与姚燧齐名，世称“姚卢”。清代李渔《乐府阳春白雪·序》评其词：“疏斋媚妩，如仙女寻春，自然笑傲。”《大明一统志·顺天府·人物》载：“元初能诗者，必以刘因、卢挚为首。”有《疏斋集》，今已佚。有散曲120首存世，辑录于《全元散曲》。有《文章宗旨》《文心选诀》。其作品散见于各种文献中，存词15首。今有李修生《卢疏斋集辑存》。《新元史》有传。

六州歌头（题《万里江山图》）

诗成雪岭，画里见岷峨。浮锦水，历滟滪，灭坡陀。汇江沱。唤醒高唐残梦，动奇思，闻巴唱①，观楚舞②，邀宋玉，访巫娥。③拟赋招魂九辩，空目断云树烟萝。渺湘灵不见④，木落洞庭波。抚卷长哦。重摩挲。　　问南楼月，痴老子，兴不浅，意如何。千载后，多少恨，付渔蓑，醉时歌。日暮天门远，愁欲滴，两青蛾。曾一舸，奇绝处，半经过。万古金焦伟观，鲸鳌背，尽意婆娑。更乘槎欲就，织女看飞梭。直到银河。

作品赏析

本词是《万里江山图》的题画之作。整首词通过广阔的视角，运用虚实结合的写作手法，多处借用典故，勾勒出一幅雄浑磅礴、旖旎幽深的万里江山画卷，使读者如身临其境。上片从雪岭、岷山等长江上游景色入手，描写江水汹涌澎湃，声势浩大，汇聚在一起，勾勒出这幅画卷的基本轮廓。此画面给词人带来了想象的空间，浪漫地想象着“呼神女、闻巴唱、赏楚舞、邀宋玉、访巫娥、念湘灵、骑鲸背、观织女”等历史典故中的情景。下片描写长江中下游直至长江入海处的金山、焦山等景象，将长江壮观宏大的实景展现在读者眼前。作者也由此联想到庾亮子“南楼赏月”的故事，赞叹江中似鲸鳌般的金山的壮观景象，并在“更乘槎欲就，织女看飞梭。直到银河”的梦幻景象中结尾，使整首词内涵丰富，外延无边，给人一种宕逸瑰丽之感。

乐舞阐释

① 闻巴唱：听巴郡地域的民歌。《水经注·江水》载：“渔者歌曰：巴东三峡巫峡长，猿鸣三声泪沾裳。”

② 观楚舞：观看楚地的民间舞蹈。

楚舞：楚地一带的舞蹈（详见第三章宋代词第二十一节朱淑真《念奴娇》）。

③ 邀宋玉，访巫娥：邀约宋玉，访见巫山神女。该句取意战国

后期楚国著名的辞赋家宋玉所著《高唐赋》中的故事。该赋分序和正文两部分，序主要描述了楚襄王游高唐，与巫山神女共进枕席之欢，后因怀念神女而建朝云庙的故事。这一浪漫的传说，不仅使巫山神女成为历代文学艺术创作的灵感之源，而且夸张的手法和丰富的想象力也大大提高了赋的感染力。序文描绘高唐的景物，引出“巫山神女”这个美丽动人的形象，为正文的叙述作铺垫。正文假借与楚襄王对答，展示了高唐的磅礴景观，体现了当时“以大为美”的艺术审美特征。《高唐赋》：“昔者楚襄王与宋玉游于云梦之台，望高唐之观，其上独有云气，崒兮直上，忽兮改容，须臾之间，变化无穷。王问玉曰：‘此何气也？’玉对曰：‘所谓朝云者也。’王曰：‘何谓朝云？’玉曰：‘昔者先王尝游高唐，怠而昼寝，梦见一妇人曰：妾，巫山之女也。为高唐之客。闻君游高唐，愿荐枕席。王因幸之。去而辞曰：妾在巫山之阳，高丘之阻，旦为朝云，暮为行雨。朝朝暮暮，阳台之下。’旦朝视之，如言。故为立庙，号曰‘朝云’。”

巫娥：此处指巫山神女，也泛指美女。因后世的“巫舞”逐渐发展成为民间舞蹈，所以“巫娥”成为民间舞蹈中的神女形象。

④ 渺湘灵不见：见不到渺远的湘妃。

湘灵：即湘妃，是古代传说中的湘水之神（详见第三章宋代词第二十七节张孝祥《水调歌头》）。

三、仇　远（1247—1326）

字仁近，一字仁父，自号近村，又号山村民，人称“山村先生”。钱塘（今浙江省杭州市）人。元代文学家、书法家。南宋咸淳年间即以诗著名。元成宗大德九年（1305）为溧阳州学教授，不久罢归。好古博雅，工诗文，善书画。与白珽并称“仇白”，常与赵孟頫、周密等唱和赠答。喜好宴饮游乐，晚年终老湖山，葬于杭州北山栖霞岭下。方凤在《仇仁近诗序》中说：“仇远作诗，近体学唐人，古体效法《文选》。”其诗词作品甚多。有《金渊集》六卷，《山村遗集》一卷，词集《无弦琴谱》二卷，笔记小说《稗史》一卷。有《七言诗卷》传世。《新元史》有传。

八犯玉交枝[①]（招宝山观月上）

沧岛云连，绿瀛秋入，暮景却沉洲屿。无浪无风天地白，听得潮生人语。擎空孤柱，翠倚高阁凭虚，中流苍碧迷烟雾。唯见广寒门外，青无重数。　　不知是水是山，不知是树，漫漫知是何处？倩谁问、凌波轻步？谩凝睇、乘鸾秦女[②]。想庭曲、霓裳正舞[③]。莫须长笛吹愁去[④]。怕唤起鱼龙[⑤]，三更喷作前山雨。

作品赏析

本词为在“招宝山观月”的写景之作。整首词以“观月出”为主题，营造了一个空灵奇幻的月夜景象。上片描写暮色沉沉、烟雾弥漫的月夜情景。视线由近处伸向远方，通过空间上的近处的海岛与远方的苍茫天地，海面的岛屿、云雾的视觉角度与人语、潮声的听觉角度等多维度的对比，给读者描绘了一幅秋夜观海、观山、观月时所见的壮观极境。结尾句“唯见广寒门外，青无重数”更是为下片留下浮想之伏笔。下片虚实结合，描写观月与月夜所思。前三句连续使月问句，进一步展现了作者如痴如醉于夜景的状态。通过“凌波轻步”“乘鸾秦女”“霓裳正舞”等神话传说和典故的叠用，对幻想中的美好的神仙世界进行描绘，更增添了神幻的色彩和无穷的意境。

乐舞阐释

① 八犯玉交枝：词牌名，又名《八宝妆》。“犯”即犯调，指宫调相犯，相当于西洋音乐中的转调。“八犯”即一曲中有八次转凋。《玉交枝》本名《忆秦娥》，又称《秦楼月》《碧云深》《双荷叶》《蓬莱阁》《花深深》等，相传为李白所作。正格为双调，仄韵，四十六字。《八犯玉交枝》即《玉交枝》转调八次，属双调，仄韵，一百一十字。上片十句五十四字，第三、第五、第六、第八、第十句用韵；下片九句五十六字，第三、第四、第五、第六、第七、第九句用韵。

② 乘鸾秦女：乘凤凰飞去成仙的秦女。鸾，凤凰的一种。

秦女：此处借指天上的仙女。秦女指秦穆公的女儿弄玉，此典故出自汉代刘向《列仙传》卷上《萧史》(详见第三章宋代词第二十节曹勋《西江月》)。历代有许多描写秦女的诗词，如南北朝江淹《班婕好咏扇》：“纨扇如团月，出自机中素。画作秦王女，乘鸾向烟雾。”宋代贺铸《行路难》：“缚虎手。悬河口。车如鸡栖马如狗。白纶巾。扑黄尘。不知我辈，可是蓬蒿人。衰兰送客咸阳道。天若有情天亦老。作雷颠。不论钱。谁问旗亭，美酒斗十千。酌大斗。更为寿。青鬓常青古无有。笑嫣然。舞翩然。当垆秦女，十五语如弦。遗音能记秋风曲。事去千年犹恨促。揽流光。系扶桑。争奈愁来，一日却为长。”

③ 想庭曲、霓裳正舞：猜想月宫仙女正在翩翩起舞，表演《霓裳羽衣舞》。

霓裳：指《霓裳羽衣舞》，又称《霓裳羽衣曲》。

④ 莫须长笛吹愁去：无须悠长的笛声将忧愁吹去。长笛，吹奏乐器（详见第二章五代词第二节冯延巳《抛球乐》）。

⑤ 怕唤起鱼龙：只怕笛声唤起水中鱼龙。取意唐代段安节《乐府杂录·笛》：李谟善吹笛，独步于当时。“越州刺史皇甫政月夜泛镜湖，命谟吹笛，谟为之尽妙。倏有一老父泛小舟来听，风骨冷秀，政异之，进而问焉。老父曰：‘某少善此，今闻至音，辄来听耳。’政即以谟笛授之，老父始奏一声，镜湖波浪动摇；数叠之后，笛遂中裂。即探怀中一笛，以毕其曲。政视舟下，见二龙翼舟而听。”以上记载了老父吹奏笛子，吹奏一声就使“镜湖波浪动摇”，吹奏数次之后，李谟给他使用的笛子从中间断裂。老父从怀中取出一笛，刚吹奏完笛曲，向船下看去，只见两条龙在船侧翼聆听。表现了老父吹奏笛子的技艺高妙、精湛，同时，显现出音乐造化万物之妙用。

四、王结（1275—1336）

字仪伯。祖籍易州定兴（今属河北省），迁居中山（今河北省定州市）。自幼颖慧，过目成诵，曾随太史董朴学习经典。二十多岁时，游历到元大都（今北京市），上书朝廷建言献策，陈述了八条政治措施，不被采用。仁宗即位，迁集贤直学士，出为顺德路总管。至治二年（1322）参议中书省事。历任行省参知政事、中书参知政事。后因受近侍谗言而被罢免。顺帝元统元年（1333）授翰林学士，知制诰同修国史。同张起岩、欧阳玄修泰定、天历两朝实录。不久官至中书左丞。卒赠资政大夫，追封太原郡公，谥“文忠”。有《易说》一卷，《王文忠集》六卷。《元史》有传。

摸鱼儿①（秋日旅怀）

快秋风飒然来此，可能消尽残暑。辞巢燕子呢喃语，唤起满怀离苦。来又去。定笑我、两年京洛长羁旅。此时愁绪。更门掩苍苔，黄昏人静，闲听打窗雨。　　英雄事，谩说闻鸡起舞②。幽怀感念今古。金张七叶貂蝉贵，寂寞子云谁数。痴绝处。又划地、欲操朱墨趋官府。瑶琴独抚③，惟流水高山④，遗音三叹⑤，犹冀伤心遇。

作品赏析

本词表面在写景，实质却是以凄冷孤寂之景来表露作者心灵深处的寂寥之感。上片以夏末秋风骤起和燕子欲离巢远行的场景为开篇，又化用李清照《声声慢》中“雁过也，正伤心，却是旧时相识”和晏殊《浣溪沙》中“无可奈何花落去，似曾相识燕归来”之意，假借燕子之口，描写四处奔波的羁旅之人的离别之苦。接着又细腻地描写了“苍苔”“黄昏”“打窗雨”等悲凉的景象，更进一步加深了悲苦之情。下片借用“闻鸡起舞”“金张七叶”“寂寞子云”等历史故事，思古叹今，充分展现了元代文人壮志豪情不得施展的愤慨情绪和对名利世俗的洒脱心理。最后则以俞伯牙和钟子期的典故，表达了“知音难觅”的苦闷与惆怅，以及对“高山流水遇知音”的极度渴望。

乐舞阐释

① 摸鱼儿：原为唐教坊曲名，后用作词牌名，此调本名《摸鱼子》，又名《陂塘柳》《迈陂塘》《山鬼谣》《双蕖怨》《买陂塘》等。唐教坊曲中有歌诵捕鱼的歌曲《摸鱼儿》，宋代以后改作此词。本词一名多体，字数、句读略不同。该词调以《晁氏琴趣外篇》所收为最早，即以此为准。任半塘《教坊记笺订》：“《摸鱼子》应为民间捕鱼时所歌。”北宋之《摸鱼儿》始见于欧阳修《六一词》。本词为双调，共一百一十六字，上片十句六仄韵，下片十二句七仄韵。全词同韵，仄韵，韵字可上声、可去声。

② 谩说闻鸡起舞：半夜听到鸡叫声就起来舞剑，后比喻有志报国之人奋发图强（详见第三章宋代词第三十六节刘学箕《贺新郎》）。

③ 瑶琴独抚：独自弹拨华美的琴。

④ 惟流水高山：即《高山流水》，中国古代琴曲，相传为俞伯牙所作。《高山流水》琴曲中先表现高山，又表现流水，他的知音

好友钟子期均能深刻领会。现存《高山流水》的曲谱初见于《神奇秘谱》，该书在解题中说："《高山》《流水》二曲本只一曲。初志在乎高山，言'仁者乐山'之意。后志在乎流水，言'智者乐水'之意。至唐分为两曲，不分段数；至宋分《高山》为四段，《流水》为八段。"另外，琴曲《水仙操》也是伯牙所作。另有筝曲《高山流水》与琴曲《高山流水》不同，为另一乐曲。宋代曹冠《惜芳菲》："寓意登临诗与酒。豪气直冲牛斗。挥翰风雷吼。我生嗟在东坡后。流水高山琴静奏。莫笑知音未偶。天意君知否。穷通在道吾何有。"清代沈谦《探春慢·孙无言徵刻予词于扬州，遥有此寄》："一树琼花，二分明月，扬州自古佳丽。杜牧曾游，何郎不再，试问风流谁继。才子飘零尽，还喜得、词编玳瑁，知音千古寥寥，能识高山流水。念我朱颜易老，奈江梦少花，洒笔成泪。浪许金茎，羞称玉树，何处更将愁讳。从此然脂夜，免冻了、春纤十指。虞生不恨，相逢竟须沉醉。"

⑤ 遗音三叹：吟唱的余音久而不绝。出自《礼记正义·乐记》："《清庙》之瑟，朱弦而疏越，一倡（唱）而三叹，有遗音者矣。""一倡而三叹"原指一人歌唱，三人应和。郑玄注："遗，犹余也。"以后因为乐声中蕴含着令人难忘的韵味，所以称为"弦外遗音"。宋代陆游《雨后殊有秋意》："只叹鼻端无妙斲，岂知弦外有遗音。"宋代苏轼《雷州》："终日数椽间，但闻鸟遗音。"

第五章　明代词

一、谢应芳（1295—1392）

字子兰，号龟巢。常州府武进（今属江苏省）人。元末明初著名学者。自幼笃志好学。隐居白鹤溪上，名其室为“龟巢”。他授徒讲学，导人为善。元末明初社会动荡，他携家人逃往吴中避战乱，十八年后返回故乡，隐居于家乡的芳茂山，直至去世。其词风格平实，不加雕饰，不求新奇，少有华丽、惊天之语。著述颇丰。《龟巢先生行迹》记载其著有：“《辨惑编》五卷、《思贤录》五卷、《怀古录》三卷、《毘陵续志》十卷、《龟巢稿》二十卷，又《汲古录》《东里志》《延陵小记》若干卷。”只有《龟巢稿》《辨惑编》《思贤录》《怀古录》传世。唐圭璋《全金元词》记载，其词共66首。

八声甘州[①]（寄无锡钱梦弼）

记年时东走避风尘，随处觅桃源。偶相逢一笑，堠山西畔，乔木参天。百尺元龙楼上，下榻许高眠。鼓我瓠巴瑟[②]，鱼鸟欣然。　　每日春风池馆，有竹林诸阮[③]，醉袖联翩。要簪花捧砚，常挟两飞仙。又安知、桑田变海，竟飘零、老去雪盈颠。绨袍外、故人余意，肝胆雕镌。

作品赏析

本词上片追忆作者避难吴地时漂泊的生活情景，描述了与朋友相逢的欢畅。“鼓我瓠巴瑟，鱼鸟欣然”两句，表现出作者苦中作乐和对安定的美好生活的向往。下片描写作者游历山水、赋诗作乐的悠闲的生活境况。而“又安知、桑田变海，竟飘零、老去雪盈颠”几句，表现了作者复杂的心境。从词中可知，作者已是满头华发，还要飘零异乡，其沧海桑田之感，是由战乱和飘零而引发的。整首词表现出作者对悠然的“桃源”生活的向往和对战乱的痛恨之情。

乐舞阐释

① 八声甘州：原为唐教坊大曲，后用作词牌，又名《甘州》《潇潇雨》《宴瑶池》等。属边塞曲，源自西域，因上片、下片共八个韵而得名。此调宜用于抒发悲凉之情。又王灼《碧鸡漫志》卷三：“甘州，世不见，今仙吕调有曲破，有八声慢，有令，而中吕调有象八声甘州，他宫调不见也。凡大曲就本宫调制引、序、慢、近、令盖度曲者常态。若象八声甘州，即是用其法于中吕调。”《钦定词谱》“八声甘州”载：“此调前后段八韵，故名《八声》，乃慢词也。”唐五代及两宋作家摘《甘州》大曲，填上歌词而流为词牌，有《甘州曲》《甘州遍》《倒排甘州》《八声甘州》等。双调，有九十五字体、九十六字体、九十七字体。单调有两体，即二十九字体、三十三字体，均为五平韵。本词为双调，共九十七字，全词十八句。上片第二、第五、第七、第九句，下片第三、第五、第七、第九句押韵。全词同韵，平韵，韵字可阴平、可阳平。上片第三句、下片第二句首字为领字。韵段内可撤句、可造句，但须保持字数不变。

② 鼓我瓠巴瑟：敲击我的瓠巴瑟。

瓠巴瑟：指“瓠巴鼓瑟”，即瓠巴弹奏瑟，后引申为演奏高妙的音乐。瓠巴是春秋时期楚国著名的琴师。高诱注："瓠巴，楚人也。善鼓琴。"《荀子·劝学》载："昔者瓠巴鼓瑟，而流鱼出听。"描写了楚国人瓠巴擅长鼓瑟，他弹奏瑟时乐声美妙，游鱼都浮出水面欣赏。

③ 有竹林诸阮：有"竹林七贤"之阮籍、阮咸等。"竹林七贤"有嵇康、阮籍、山涛、向秀、刘伶、王戎、阮咸。魏正始年间（240—249）七人经常聚于山阳县（今河南省辉县、修武一带）的竹林里，吟诗、鼓琴、饮酒、作画，酣畅淋漓，潇洒脱俗，世称"竹林七贤"。

蝶恋花（赠万彦述鸾胶重谱）

一曲求凰弹越调[①]。红叶殷勤，凤已成双了。织翠轻裾云缥缈。多情佩有宜男草。　十月小春天气好。春到南枝，梅蕊含微笑。珍重画眉人起早。风流不让张京兆。

作品赏析

本词是对友人"鸳鸯成双"的祝福之作。上片通过弹一曲《凤求凰》的越调曲，祝福友人"红叶殷勤，凤已成双了"。下片描写十月的天气犹如春天一般美好。"春到南枝，梅蕊含微笑"两句，喻女子之美好。最后以"风流不让张京兆"句，比喻友人的风流倜傥。整首词诙谐机趣，表达了作者闲适的情绪。

乐舞阐释

① 一曲求凰弹越调：弹一首《凤求凰》的越调曲。

求凰：即《凤求凰》，古琴曲名。《西麓堂琴统》记载该琴谱为十段，内容主要表现汉代司马相如与卓文君的爱情故事。司马相如弹琴歌唱的《凤求凰》歌辞："相遇是缘，相思渐缠，相见却难。山高路远，惟有千里共婵娟。因不满，鸳梦成空泛，故摄形相，托鸿雁，快捎传。喜开封，捧玉照，细端详，但见樱唇红，柳眉黛，星眸水汪汪，情深意更长。无限爱慕怎生诉？款款东南望，一曲凤求凰。"据《史记·司马相如列传》记载，司马相如善鼓琴，所用"绿绮"琴为旷世名琴。他入京师、梁国宦游归蜀，应好友临邛（今四川邛崃）令王吉之邀，前往做客。卓王孙是当地头号富翁，其女卓文君才貌双全，精通音乐，青年寡居。一次，卓王孙举行盛大宴会，王吉与司马相如应邀参加。席间，王吉介绍司马相如精通琴艺。应众人之请，司马相如以"绿绮"弹奏琴曲，意欲以曲挑动文君。《史记·司马相如列传》载："文君窃从户窥之，心悦而好之，恐不得当也。既罢，相如乃使人重赐文君侍者通殷勤。文君夜亡奔相如，相如乃与驰归成都。"卓文君到司马相如家才知道他家一贫如洗。因生活拮据，所以司马相如只好卖了房子与卓文君一起回到了临邛，开起了酒肆。最后由卓王孙救济，生活才慢慢好起来。《凤求凰》歌辞到清朝徐陵编《玉台新咏》始见收录。唐代《艺文类聚》、宋代《乐府诗集》等书均有收录。

越调：戏曲剧种，又称"四股弦"。主要流行于河南省、湖北省西北部和河北省南部等地。主要以河南省南阳和湖北省襄樊地区的民间戏曲与弋阳腔、昆山腔相结合，后借鉴秦腔、二黄等剧种的演唱方法而形成。越调剧目十分丰富，大约有五百部。因为流行地域和表演风格不同，越调分为"上路""下路"和"南边"等几种："上路"主要流行于河南省中部，“下路”主要流行于河南省南阳一带，“南边”主要流行于湖北省襄樊一带。

越调唱腔优雅纯朴，具有浓郁的乡土气息；演唱主要以真嗓为主，传统戏结构严密，假嗓为辅；唱词文雅、深奥，唱词少，道白多。现代剧基本是根据说唱的故事新编的剧目，唱词多，道白少，通俗易懂。

二、邵亨贞（1309—1401）

字复孺，号贞溪，又号清溪。华亭（今属上海市）人。生活在元末明初，自其出生至1350年，江南战事未起，是他诗词中念念不忘的承平时期。1351年至1368年，江南不再是乐土，他在战火之中颠沛流离，流落他乡。明洪武中，曾受任松江府学训导，关注风化教养。词学大家吴梅赞之："合白石、玉田之长……殿步一朝，良无愧作。"博学多才，博通经史，雅好山水，喜好交游，工篆隶。作品数量多，艺术成就高，风格清隽雅致、情韵浑融。有《野处集》，《蚁术（或作蛾术）诗选》传世。存词143首。

贺新郎

沙德润、任以南相与追和贯酸斋琵琶词韵，拉予同赋。第元韵出入，读之不纯也。

马上貂裘裂。料明妃、几番回首，旧家陵阙。留得胡沙千年恨，写入冰弦四列①。想历遍、关河风雪。弹动伊凉哀怨曲②，把梨园风韵都消歇③。南部乐④，向谁说。　多情只记潇湘瑟⑤。纵而今、宫移羽换⑥，此怀难竭。便有传来中原谱，终带穹庐烟月。甚长是、未歌先咽。顾曲周郎今已矣[7]，满江南谁是知音客[8]。人世事，几圆缺。

作品赏析

本词巧妙地运用历史上有关音乐的典故、术语和乐器的称谓等，字里行间将作者的国仇家恨和壮志难酬的心绪融于词中。上片首句“马上貂裘裂”，呈现出征程中的艰难和磨难，奠定了该词凄婉悲愤的基调。接着回望历史，描写王昭君出塞远嫁匈奴的遗恨，并将此恨都付诸琵琶声中；弹奏哀怨的《伊州》《凉州》二曲，表现出作者凄凉悲愤的心境。下片述说年代更替、朝代更迭，使人不堪而无奈。最后以“顾曲周郎今已矣，满江南谁是知音客”两句，比喻时过境迁，再无知己同谋国事的悲伤之情。表现了作者“人有悲欢离合，月有阴晴圆缺”之遗恨。

乐舞阐释

① 写入冰弦四列：都抒发于四根琵琶弦之声中。

② 弹动伊凉哀怨曲：弹奏《伊州》《凉州》两曲哀怨的曲调。

伊凉：即《伊凉曲》，指《伊州》《凉州》两曲。宋代苏轼《子玉家宴，用前韵见寄，复答之》：“自酌金樽劝孟光，更教长笛奏伊凉。”宋代刘子寰《花发沁园春》：“换谱伊凉，选歌燕赵，一番乐事重起。”伊，即《伊州》曲（详见第三章宋代词第三节张先《减字木兰花》）。凉，即《凉州曲》，又称《梁州曲》（详见第二章五代词第二节冯延巳《抛球乐》）。

③ 把梨园风韵都消歇：使梨园中的风韵乐曲都停息。

梨园：唐代设置的教习宫廷歌舞艺人的乐舞机构。

④ 南部乐：是明代隶属明朝的南部藩属国的乐舞，后世也指中国

南方的音乐，如今福建南曲又称南乐。

⑤ 多情只记潇湘瑟：情感中只记得潇湘之瑟。

⑥ 纵而今、宫移羽换：纵观历史至今，朝代更迭，犹如宫移羽换一般。作者用音乐中的“宫移羽换”含蓄而巧妙地比喻古往今来，朝代更迭。

宫移羽换：宫调和羽调改变为其他的调。

宫移：由宫调改变为其他的调。宫为调名，即黄钟宫。词调被偷声减字后，乐曲所属宫调往往也会改变。宋代杨无咎《雨中花令》：“换羽移宫，偷声减字，不愿人肠断。”

羽换：由羽调改变为其他的调。羽为调名，即羽调。

⑦ 顾曲周郎今已矣：精通音律的周郎如今已经逝去。

顾曲周郎：顾曲，意指周瑜精通音律，听到演奏音乐的音律有误，必回头观望之。周郎，指三国时吴国的都督周瑜，字公瑾，当时吴中人都习惯地称他为周郎。他不但足智多谋，善于作战，而且精通音律。历代有许多咏“周郎顾”的诗词，如唐代李端《听筝》：“欲得周郎顾，时时误拂弦。”宋代辛弃疾《惜分飞》：“翡翠楼前芳草路。宝马坠鞭曾驻。最是周郎顾。尊前几度歌声误。望断碧云空日暮。流水桃源何处。闻道春归去。更无人管飘红雨。”

⑧ 满江南谁是知音客：整个江南地域还有谁精通音律。

知音：取意《吕氏春秋·本味》对钟子期和俞伯牙的记载。指对自己十分了解的人。

三、陶 安（1315—1371）

字主敬。太平（今安徽省当涂县）人。六岁丧父，矢志读书，敏悟，日记千言，博涉经史，尤长于《易》。元至正四年（1344）举人，八年，授明道书院山长，十四年归省，避乱居家。明太祖朱元璋渡江攻克太平，陶安率父老出迎，留参幕府，授左司员外郎。明吴元年（1367）召任翰林院学士。时征诸儒议礼，被命为总裁官。又参与删定律令。明洪武元年（1368）命知制诰兼修国史，官至江西行省参知政事。对明朝建国之初的典章制度建设有重要贡献。卒谥“文宪”。有《陶学士集》二十卷。《明史》有传。

水调歌头（偶述）

皇天万物祖，生气本冲和。忍令古今天下，治少乱常多。血溅中原戎马，烟起长江樯橹，沧海沸鲸波。割据十三载，无处不干戈。　　问皇天，天不语，意如何。几多佳丽都邑，烟草莽平坡。苔锁河边白骨，月照闺中嫠妇，赤子困沉疴。天运必有在，早听大风歌[①]。

作品赏析

本词抒发了作者对古今天下战乱不断、生灵涂炭的感慨之情。上片由皇天本是万物之祖，世间万物生长本为冲虚和平开句，点明本为和平美好的世间，观古往今来，却总是战乱频繁。接下来描写了“血溅中原戎马，烟起长江樯橹，沧海沸鲸波”的激烈残酷、惊心动魄的战争景象。下片起句“问皇天，天不语”，表现了作者的感慨和无奈的心声。接着通过对寒烟笼罩的长满野草的废墟、苔锁河边的白骨、闺中孤寂的寡妇、疾病缠身的孤儿的凄惨情景的描写，将战争的残酷景象呈现出来，是对战乱的斥责和控诉。结尾句“天运必有在，早听大风歌”，表达了作者“天道犹在”“正义犹存”的信念和对天下和平统一的期盼。

乐舞阐释

①大风歌：即汉代歌舞《大风》，由汉高祖刘邦创作。是刘邦称帝后，根据楚地民间音调自创的歌曲。公元前196年，刘邦平定淮南王黥布叛乱，回师途中，在故乡沛（今江苏省徐州市沛县）停留，邀集家乡父老饮宴，酒酣之时，情涌于怀，便乘兴击筑作《大风歌》，歌曰：“大风起兮云飞扬。威加海内兮归故乡。安得猛士兮守四方！”令120个儿童跟着合唱，刘邦随歌起舞，气氛极为热烈。《大风歌》是一首风格豪放雄壮，又充满着质朴之情的名作。《汉书·礼乐志》载：“初，高祖既定天下，过沛，与故人父老相乐，醉酒欢哀，作‘风起’之诗，令沛中僮儿百二十人习而歌之。至孝惠时，以沛宫为原庙，皆令歌儿习吹以相和，常以百二十人为员。”《大风歌》也因此以楚声而成为祭祀时用的庙乐。

四、程本立（？—1402）

字原道，号巽隐，浙江崇德（一作桐乡）人。明洪武九年（1376）以明经荐为秦王府引礼舍人，谪云南马龙他郎甸长官司吏目。洪武十一年（1378）征入翰林，迁右佥都御史。建文三年（1401），出为江西副使。因燕王朱棣兵入京师，自缢而亡。有《巽隐集》四卷，惜阴堂裁为《巽隐诗余》。《明史》有传。

清平乐

山翁归去。记得来时路。雨涨溪边人不渡。花外鸟嗁何处。　　人间不是山中，高怀都付丝桐[①]。一曲瑶池宴罢[②]，春风吹尽残红。

作品赏析

整首词以清爽俊逸的笔调，平铺直叙却意境深邃地描写了人间沧桑事。上片写山翁归去的情景。开篇“山翁归去。记得来时路”两句，抒发了山翁的“悟心”和对清静生活的追求。下片写山翁归去的缘由。他体悟到终将是曲终人散，春花凋谢残红落，于是，蘧然梦觉。

乐舞阐释

① 高怀都付丝桐：将高洁的情怀都寄托在琴弦之上。

丝桐：此处指琴——古代的琴多用桐木制成，其中丝指琴弦。宋代程公许《祖饯三山赵茂实》："我自商声歌，群亦手丝桐。"

② 一曲瑶池宴罢：一曲《瑶池宴》琴曲演奏完。

瑶池宴：此处为琴曲名，又为唐教坊曲名。清代万树《词律》卷六载："东坡云：琴曲有《瑶池燕（宴）》，其词不协，而声亦怨咽。"瑶池宴原指西王母在瑶池所举行的宴会。瑶池是传说中西王母所居住的地方，在昆仑山上。西王母是中国最古老的女性神祇。

五、王　达（1343—1407）

字达善，号耐轩居士，常州府无锡（今江苏省无锡市）人。明洪武中举明经。初任训导，后为大同府学教授。明建文元年（1399）除国子助教。明永乐初为翰林编修，预修《太祖实录》，迁侍读学士，预修《永乐大典》。能诗善词，与解缙、王偁、王璲、王洪号称“东南五才子”。博通经史，张寓初曰：“理造而道著者也，凡长篇巨帙，岳峙川流，雄赡渊雅之音见之辞表，而视诸名家者相与齐驱并驾，未知孰先后焉！”对其甚是推崇。《四库全书总目提要》著录《王天游集》十卷，云：“达所著有《天游小稿》《梅花百咏》《古今孝子赞》，俱已梓行。又有《耐轩杂录》五卷、《问津集》一卷、《南归集》一卷、《通书发明》一卷、《天游诗集》十卷、《文集》三十卷，今皆未见。惟《景仰撮书》一卷、《笔畴》二卷，附于此集之末者，今尚有别本行世，盖即从此集抄出云。”事迹见黄佐《翰林侍读学士王达传》，廖道南《殿阁词林记》，叶夔《毘陵人品记》。

沁园春[1]（和戴石屏韵）

天际青山，海上群鸥，颇识王生。本无心事，金堂玉室，丹崖翠巘，占取高名。年少文章，于今可笑，濯足西江秋水清。真惭愧，儿童剧戏[2]，蝇语蛩声。　　龙峰九点峥嵘。卖剑买牛思学耕。昔贤已矣，人皆有志，此身何幸，政遇升平。竹叶琴边，梅花鹤外，布袜青鞋尽自行。更堪爱，绿萝深处，一个流莺。

作品赏析

本词开篇“天际青山，海上群鸥”两句，表达出作者的心况和情怀。想当年“居玉室、名位高”，可是岁月如梭，转瞬即逝，如今想来那时真是少年轻狂，让人感到可笑。下片通过描写贤士卖剑买牛耕田，又正遇社会和平安宁，表达出作者“人皆有志，此身何幸”的心声。最后描写在美景之中琴声相伴的惬意美好的生活景象，表达出作者悠然自得的心境。

乐舞阐释

① 沁园春：词牌名，又名《寿星明》《洞庭春色》《念离群》《东仙》等。“沁园”是东汉明帝（刘庄）之女沁水公主的园林。当时窦宪仗势夺取了公主的沁园，后人作诗词咏其事，此词牌因而得名。《后汉书·窦融列传》载：“宪恃宫掖声埶，遂以贱直请夺沁水公主园田。”《万氏词律》载：“沁园春是古调，作者极盛，其名最显。”本调始创于初唐，北宋张先最早用此词牌，首见于苏轼的词作。本词一名多体，以苏轼的词为正体，为双调词，一百一十四字。全词同韵，平

韵，韵字可阴平、可阳平。上片第四句、第十二句，以及下片第三句、第十一句首字为领字。下片前两句可制为“二四三五”句式，或将八字句制为“三五”句式。本词为双调，共一百〇九字，上片十三句，下片十二句。

② 儿童剧戏：能歌善舞的少年儿童表演的戏曲节目。古代戏曲一般在宫廷、官绅之家、勾栏、妓院进行表演，或节日在民间社戏中演出。表演者一般以成年人为主。因为戏曲班社收艺徒，这些艺徒一般是儿童演员。明代很多士大夫有家班，家班里不乏名角。他们经常物色能歌善舞的儿童收为艺徒，作为名角的接班人。明代黄省曾《江南曲》：“黄金买吴儿，明珠换楚女。七岁作鸾歌，八岁能凤舞。”可见当时被卖到大户人家的儿童艺徒，七八岁时就练有扎实的基本功，并且能够在台上“鸾歌凤舞”。明代张宁《庆春宫·送佟太守北行述赠行十题入事·好事近》：“豆熟蚕粳香，菱老芋肥莲实。原野桑麻相映，总阳春余泽。休言政拙与心劳，赋足民安逸。欲问使君心事，听儿童歌拍。”

六、顾 恂（1418—1505）

字桂轩。昆山（江苏省昆山市）人。成化、弘治年间文坛大家。博学多识，著述甚多。有《桂轩先生全集》。有《顾桂轩啖蔗余甘词》，存词百余首。

踏莎行①（赏荷花偶成）

翠盖娉婷，红妆婀娜。锦云一片檐前堕。草堂深处斗繁华，怡然相对花和我。 体态芳妍，香风远播。几回携酒花边坐。兴来重和采莲歌②，濂溪风月平分破。

作品赏析

本词为作者观赏荷花后有感之作。描写独自观赏繁华的草堂及荷花，将荷花的形象勾勒为“红妆婀娜，体态芳妍，香风远播”的美人。最后通过描写兴致来时唱和着采莲歌，饮酒赏花，表现了作者对清净安逸的生活的向往。

乐舞阐释

①踏莎行：词牌名，又名《柳长春》《喜朝天》《题醉袖》《阳羡歌》《芳心苦》《平阳兴》《思牛女》《晕眉山》《芳洲泊》《江南曲》等。本调为莱公自创，《湘山野录》曰：“公因早春宴客，自撰乐府词，俾

工歌之。"《词律》中《江南春》词注："或曰：此莱公自度曲，他无作者。"此调名从唐代陈羽诗句"踏莎行草过春溪"而来，《艺林伐山》："'踏莎行草过春溪'，词名《踏莎行》，本此。"此调始见北宋寇准、晏殊词。《张子野词》入"中吕宫"。本词为双调，共五十八字。全词同韵，仄韵，上片、下片各三仄韵，韵字可上声、可去声。另有《转调踏莎行》，双片，六十四字或六十六字，仄韵；《踏莎行慢》，双片，六十四字或六十六字，仄韵等。

② 兴来重和采莲歌：兴致来时再唱《采莲歌》。

采莲歌：指《采莲曲》，古曲名。内容主要描写江南的自然景色和采莲女的劳动生活。《采莲歌》根据唐代王勃《采莲曲》诗词创作而成。《采莲歌》主要流行于我国福州、闽侯、长乐、平潭、福清等沿海市县，是与龙舟竞渡有关的风俗歌，每年四月底，凡有龙舟的村镇都有《采莲歌》表演。

行香子①（黄千金席上柬太卿倥侗）

曲调清平②。舞态娉婷③。绮筵开、人在蓬瀛。忙呼小玉，还倩飞琼。且品鸾箫④，敲象板⑤，拂银筝⑥。　沈约才能。张敞诗名。擅风流、输与仙卿。千金买笑，几许留情。尽写新词，斟寿酒，庆长生。

作品赏析

本词上片主要描写筵席乐舞的情景，勾勒出在平缓的曲调中美人婀娜的动人舞姿，描绘出一幅犹如人们在仙境的筵席上品美酒、赏乐舞的画面。下片通过描写风流倜傥的“沈约才能，张敞诗名”，以赞美即席友人的才华和旷达。最后描写斟满美酒表示对好友的祝福，表达了作者和友人的情谊以及愉悦的心情。

乐舞阐释

① 行香子：词牌名。此调有六十四字、六十六字、六十八字、六十九字体等，句式、韵脚略有不同。有上片八句四平韵，下片八句三平韵；上片八句五平韵，下片八句三平韵；上片八句五平韵，下片八句四平韵等三种。此调音节优美流畅，适宜写景抒情。本词为双调，共六十六字，上片、下片各八句，全词同韵，平韵，上片五平韵，下片四平韵。韵字可阴平、可阳平，可加衬字。

② 曲调清平：乐曲是清平的调子。清平，指清调和平调，是一种歌的曲调。清代朱中楣《行香子》：“应惜芳辰。宫院沉沉。牡丹亭畔韵幽清。清平调小，万古犹新。羡当时遇，花时景，醉时吟。　海棠无力，欹玉阑凭。笑看飞燕舞身轻。明眸似启，雅意思深。记霓裳曲，淋铃雨，荔红尘。”清代徐悼《洞庭春色》：“乳燕衔泥，流莺认树，唤起催归。笑谁腰金紫，摊书万卷，何如一醉，彩凤双飞。朵朵祥云，飞欲下，想羽扇霓裳弄舞衣。愁如诉，似伤春又去，消减腰围。歌出李郎谪后，莫梦着又赐牙绯。向沉香亭里，仙春馆畔，远山如画，风入罗帏。嗅罢宿酲人醒未，看夜静、花深漏箭微。清平调，宛太真相对，且慰调饥。”

③ 舞态娉婷：跳舞的姿态美妙。

④ 且品鸾箫：又品闻美妙的箫声。

鸾箫：箫的美称。有关鸾箫的典故出自汉代刘向《列仙传》卷上《箫史》：“箫史者，秦穆公时人也。善吹箫，能致孔雀白鹤于庭。穆公有女，字弄玉，好之，公遂以女妻焉。日教弄玉作凤鸣。居数年，吹（箫）似凤声，凤凰来止其屋。公为作凤台，夫妇止其上，不下数年。一旦，皆随凤凰飞去。”元代刘埙《西湖明月引》：“目断京尘，何日听鸾箫？”明代无名氏《霞笺记》：“听秦楼一派鸾箫，闻巷陌几声筝调。”

⑤ 敲象板：敲击象牙拍板。

象板：用象牙制作的拍板，古代碰奏体鸣乐器，歌舞时用其打节拍，又名拍板、歌板。宋代柳永《瑞鹧鸪》：“凝态掩霞襟。动象板声声，怨思难任。”清代朱锡《幽梦续影》：“有名花美酒，象板凤笙，始蓄歌伎。”

⑥ 拂银筝：弹奏银筝。拂，是弹筝的一种指法，大拇指自左向右，自子弦至缠弦快速弹四根弦。

苏武慢[①]（观戏）

艺苑才华，翰林风月，编集才成传记。换羽移宫[②]，循腔按拍[③]，一派歌声鼎沸[④]。古怪新奇，淡妆浓抹，仿佛富家妍丽。占排场、俐齿伶牙，不让梨园子弟[⑤]。　更堪夸、孝子忠臣，义夫节妇，个个出人头地。为国忘家，攻城破敌，多少文勋武艺。顷刻翻腾，一时搬演，毕竟虚名微利。到头来、离合悲欢，总是一场儿戏。

作品赏析

本词为作者观戏之作。整首词描写了演戏的过程和作者以戏品人生的思绪。上片从乐器演奏的音调节拍到“歌声鼎沸”，再到“淡妆浓抹”，从不同的方面描写了表演的情景，赞许表演绝不逊色于梨园子弟。下片描写戏中角色扮演的“孝子忠臣，义夫节妇，个个出人头地”，为了国家，驰骋征战，英勇杀敌，功勋显著。可是这一切如白驹过隙，到头来还是一场悲欢离合的儿戏。表达了作者心怀天下的情怀以及对人生如戏的感伤。

乐舞阐释

① 苏武慢：词牌名，又名《过秦楼》《惜余春慢》《选官子》《转调选冠子》等。西汉时，中郎将苏武奉命出使匈奴，遭匈奴多次威胁与诱降，又被放逐北海（今贝加尔湖）边牧羊。苏武十九年守志不屈，最终回朝。后人对他十分崇敬，词人以其姓名制词。该词据《御定词谱》记载共有十六体。而《过秦楼》多为一百一十一字体、一百一十二字体，另有一百〇九字体，平韵。此词有《苏武令》，双片，八十六字体，仄韵。本词为双调，共一百一十三字。全词同韵，仄韵，韵字可上声、可去声。上片、下片第十句首字为领字。上片、下片第七句、第八句、第九句韵段内可撤句、可造句，但须保持字数不变。

② 换羽移宫：羽调和宫调改变为其他的调。在音乐中属于移调，即将乐曲从原调移高或移低到另一个位置上进行演奏。

③ 循腔按拍：遵循腔调，按照节拍。

腔调：指在戏曲、曲艺音乐中，由一个地区广泛传唱而逐渐形成的一种特定的音调体系。拍：指音乐的节拍（拍子）。

④ 一派歌声鼎沸：歌声鼎沸的气象。

⑤ 不让梨园子弟：不逊色于梨园子弟。

梨园子弟：梨园是唐代设置的教习宫廷歌舞艺人的乐舞机构。排演的多是唐玄宗自己创作的法曲。根据《资治通鉴·卷二百二十五》记载："梨园在光化门北，光化门者，禁苑南面西头第一门。"梨园中还设有"小部音声"，由三十余名十五岁以下的少年组成。除宫中梨园外，还在长安设"梨园别教院"，演奏新创作的法曲，艺人多达一千人。太常梨园别教院属长安太常寺管理。在梨园中，由具有音乐才能的低级乐官从事具体的音乐工作，由不具备音乐才能的宦官担任高级管理者。"梨园教坊使"是当时梨园的最高管理者，"梨园使"是梨园的直接管理者。根据《资治通鉴》卷二百一十一记载："乃更置左右教坊以教俗乐，命右骁卫将军范及为之使。又选乐工数百人，自教法曲于梨园，谓之'皇帝梨园弟子'。中使习之。又选伎女，置宜春院，给赐其家。"这记载的是唐玄宗开元二年（714）的事，我们可以得知这时梨园已从太常寺中分离出来，成为独立的音乐机构。唐玄宗设立梨园，是因为太常寺是管理礼乐的机构，不应包括倡优杂伎，是要把雅乐和俗乐分开，这样就能突出雅乐的地位。唐玄宗犹喜法曲，以下文献记载了太常寺梨园别教院教法曲乐章之繁多。宋代王溥《唐会要》卷三十三《诸乐》："太常梨园别教院法歌乐章曲等。王昭君乐章。思归乐一章。倾杯乐一章。破阵乐一章。圣明乐一章。五更转乐章。玉树后庭花乐章。泛龙舟乐章。万岁长生乐乐章。饮酒乐一章。斗百草乐章。云韶乐章。二十章。……贞观四年，景云见，河水清，协律郎张文收，采古《朱雁》《天马》之义，制《景云河清歌》，曰《宴乐》。奏之管弦，为诸乐之首。"另外，唐玄宗建立梨园，也是为了更好地满足自己歌舞娱乐的需要。

因为唐玄宗在梨园教演艺人，后来梨园就与戏曲艺术联系在一起，成为戏曲班社的别称，将戏曲艺人称为"梨园子弟"，将几代人都从事戏曲艺术的家庭称为"梨园世家"，将戏剧界称为"梨园界"或"梨园行"等。

七、桑 悦（1447—1513）

字民怿，号思玄居士。明苏州府常熟（今江苏省常熟市）人。明代著名学者、狂士，好出狂言。其为人恃才傲物，有“怪妄”之名，在其诗和词中均有体现。成化元年（1465）举人，会试得副榜。曾三次应进士试，以语多不伦被黜。历除泰和训导，迁柳州通判。丁忧，遂不再出。工于辞赋，其词多抒发个人性情。其《南都赋》《北都赋》颇为有名。有《思玄集》十六卷，《桑子庸言》等。《明史》有传。

苏武慢（寓京师）

至贵难消，凡缘不断，一夕忽遭恩遣。琼阙长辞，银河直下，不记云涛深浅。白日匆匆，红尘滚滚，回首清都路远。叹零金、混入泥沙，直待自家披选。　　常记得、金母朝参，玉皇锡宴，年少亲随步辇。子晋吹笙①，湘灵鼓瑟②，弄玉歌喉一转③。万象围身，三光绕笔，特进词头十卷。问谁能、炼取金丹，我欲重归蓬苑。

作品赏析

本词描写了作者从在朝廷为官到被贬谪后的心情。上片通过“琼阙长辞，银河直下”两句，描写自己远离权势，境遇直下的情景。

"叹零金、混入泥沙"句，表现了作者怨如今鱼龙混杂，恨当朝者贤逆不分、弃贤良而不用的心情。下片回忆年少时曾经陪伴皇帝左右以及在京城的美好生活。结尾句"我欲重归蓬苑"，表达了作者重返来时路的淡然心境。

乐舞阐释

① 子晋吹笙：王子晋吹笙。

子晋：指王子晋，又称王子乔，简称王乔，神话传说中的仙人，善吹笙。汉代刘向《列仙传·王子乔》载："王子乔者，周灵王太子晋也。好吹笙，作凤凰鸣。游伊洛之间，道士浮丘公接以上嵩高山三十余年。后求之于山上，见恒良曰：'告我家，七月七日待我于缑氏山巅。'至时，果乘白鹤驻山头，望之不得到。举手谢时人，数日而去。"西晋潘岳《笙赋》："子乔轻举，明君怀归，荆王喟其长吟，楚妃叹而增悲。"

笙：中国历史悠久的吹管乐器。

② 湘灵鼓瑟：湘妃弹奏琴瑟。

③ 弄玉歌喉一转：弄玉歌声一转。

弄玉：此处指秦穆公女儿弄玉，其善歌唱。此典故出自汉代刘向《列仙传》卷上《萧史》(详见第三章宋代词第二十节曹勋《西江月》)。

八、杨循吉（1458—1546）

字君谦、君卿，号南峰。江苏吴县（今江苏省苏州市）人。成化二十七年（1484）进士。授礼部主事，年仅30岁，就因病辞官而归。后以读书著述为事。正德皇帝南巡，其以善为乐府小令被伶人所荐，皇帝以优俳待之，没有为他授官，循吉以为耻而辞归。晚年落寞，寄食以卒。有小令24首，均为北曲。有《南峰乐府》1卷。有《松筹堂集》12卷，惜阴堂裁为《松筹堂词》。

烛影摇红[①]（元夕）

三五鳌山，莲开陆海良宵永。乾坤烂熳锦舒光，人踏蓬莱境。处处彩楼高并。早十日、前头打整。郇田社火[②]，舞鬼跳狮[③]，粉圆油饼。　　巧炬新奇，连门看去多难省。排歌几队少年来[④]，喧笑贪豪逞。那更风暄月炯。看簇拥、眠街酩酊[⑤]。夜深艳质，慢蹑飞虹，还乘漏静。

作品赏析

本词描写正月十五元宵节的热闹景象。上片描写在元宵节前十日人们就忙活起来，在这欢快的节日里，有舞鬼、舞狮等社火表演，还有小吃粉圆和油饼，展现出一幅喜庆的闹元宵画面。下片着重描写观赏彩灯、排歌和群舞表演，众人有说有笑，在美好的夜晚谈笑风生，饮酒观赏，不醉不归，感叹生活的美好。

乐舞阐释

①烛影摇红：词牌名，又名《忆故人》《秋色横空》《玉珥坠金环》《归去曲》等。北宋王诜作《忆故人》词，得徽宗赏识，令大晟府谱新曲演奏，乐官周邦彦便将王诜词略改，并取其词中“烛影摇红”句为词名。宋代吴曾《能改斋漫录》卷十六：“王都尉（诜）有《忆故人》词，徽宗喜其词意，犹以不丰容宛转为恨，遂令大府（徽宗所置音乐研究创作机关）别撰腔，周美成（邦彦）增损其词，而以首句为名，谓之《烛影摇红》云：王词原为小令，或名《忆故人》。五十字，前片二仄韵，后片三仄韵。周作演为慢曲，《梦窗词集》入‘大石调’。”此调有多种体格，如王诜词为五十字体，周邦彦词为九十六字体，贺铸四十八字体。本词为双调，共九十六字。全词同韵，仄韵。上片、下片各九句五仄韵，韵字可上声、可去声。另有令词，双片，四十八字体，取慢词的一片构成，即上片为一片的前半部分，下片为后半部分。

②郙田社火：表演村田社火。

社火（见图5-1）：一种民间艺术形式，又称闹社火、耍社火、扮社火。社火活动内容多、规模大，富有浓厚的民族色彩，至今仍盛行于民间。早在2500年前就有了社火，源于

图5-1　清代社火浮雕

古代消灾、驱疫、祈福、盼丰收、庆太平的民间宗教礼仪。所谓“社火”，旧时泛指民间在节日或酬神祭祀活动中的艺术表演，有民间鼓乐、社戏、舞龙舞狮等形式，演变至今，成为民间自娱的艺术活动，内容多取材于神话传说和历史演义等。“社火”一词始见宋代，《东京梦华录》卷八记载：“六月二十四日，西灌口二郎生日，二郎庙殿前露台上设乐棚，有‘社火呈于露台之上’。”在宋代，人们已经把元宵节和迎神赛会中表演的歌舞、古乐和杂耍艺术等称为“社火”。宋代范成大《上元纪吴中节物俳谐体三十二韵》：“民间鼓乐谓之社火，不可悉记，大抵以滑稽取笑。”又“轻薄行歌过，癫狂社舞呈”。可见宋代的民间社火已是包罗万象，气象万千。当时的社火由祭祀、巫术、傩仪、百戏、乐舞、参军戏、民间杂耍等组成，每逢农历正月初一至十五，村社便组织举办迎神赛会，有上竿、跃弄、跳索、相扑、鼓板、小唱、斗鸡、说诨话、杂耍、商谜、合笙、乔筋骨、浪子、杂剧、学像生、倬刀、装鬼、讶鼓、牌棒、道术之类的杂戏表演。

后来社火以歌舞为主，成为与武术、杂耍、杂技、杂戏、焰火等融合在一起的广场表演艺术。社火根据其表演形式可分为造型社火和表演社火两种，造型社火主要展示人物造型和工艺；表演社火主要在场院进行表演。社火又分为很多种，舞者步行表演的称“地社火”；带有武术动作表演的称“武社火”；表演细腻的称“文社火”；带唱表演的称“唱社火”；带灯表演的称“灯社火”；天黑后表演的称“黑社火”；骑在马背上表演的称“马社火”；一人将一人至数人背在身上表演的称“背社火”；在马车、牛车等车上表演的称“车社火”；把道具抬在空中或用方桌、木板等物搭成高台表演的称“抬社火”；站在高跷上表演的称“高台社火”；站在钢筋架子上隐藏于服饰中表演的称“高芯社火”；将角色装扮成被刀劈斧砍、开膛破肚状况的称“血社火”；戴着脸谱、面具表演的称“面具社火”等。社火的表演内容主要有：春官、跑场子、纸马舞、高跷舞、秧歌舞、蜡花舞、旱船舞、狮子舞、龙舞等。社火产生的年代久远，随着古老的祭祀活动逐渐形成，远古时当社会生产由渔猎转入农耕，土地成为人类赖以生存的基础，于是，就产生了渴望风调雨顺、农作丰收的祈雨和驱鬼逐疫的祭祀活动。社火与远古时的图腾崇拜、原始歌舞也有着渊源。原始社会的人们，把本氏族的图腾标志雕刻在石壁、木柱上，或刺在身上、画在脸上，有的还制成面具，祭祀时人们击打着劳动工具，跳着模拟图腾物的舞蹈，祈望所崇拜的图腾给予护佑和力量。随着岁月的流逝，经朝历代，这种驱傩活动由宫廷传入民间，逐渐形成巨大的民俗礼仪活动，演变为乡村祭神、娱神、迎神赛会，并加进杂戏表演。这种古老的习俗一直沿袭下来，至今在华北、西北等地仍将节日时表演的狮子舞、旱船舞、竹马舞、龙舞、秧歌、高跷等统称为社火，将表演社火的民间舞队称为社火队。

③ 舞鬼跳狮：舞鬼戏，跳狮傩。

舞鬼：古代舞蹈，又称舞鬼戏、鬼舞，傩舞的形式之一。傩是古代以乐舞驱鬼逐疫的一种祭祀仪式，称为“傩祭”，又称“逐除”。舞者头戴假面具，手执干戚等兵器，装扮成凶猛狰狞的傩神，随着鼓点狂舞以驱邪。周代将逐鬼的祭祀仪式称为“大傩”，属巫舞。据《礼记·月令》记载，周代每年要举行三次傩祭。

跳狮（见图 5–2）：古代舞蹈名，又称狮傩，源自古代巫舞中的傩舞，是一种将傩舞与狮子舞融为一体的祭祀舞蹈。由两人饰演狮子，其中一人戴木制兽头直立，饰兽上半身，另一人弯腰，饰兽下半身。两人合披一块青布，后者抱着前者的腰部，或两人之间隔开一段距离，以显得兽身很长。还有的狮舞由一人饰逗引狮子。

④ 排歌几队少年来：几队少年唱着排歌而来。

排歌：壮族民歌，称欢排、欢岸。“排”指按照一定次序、格式

图 5-2　傩头狮舞

排列的相对完整的能够独立存在的段落或一首歌。“欢”是壮族山歌的一种，流行于广西壮族地区，歌词多为四句，每句五字，歌词押腰脚韵，曲调由上下两句构成，多用五声宫调式或徵调式，擅长铺排，多用排比句式。排歌属壮族自由体诗，每诗只咏一事，有的一二十行，有的长达数百行。特点是句不定字，段不定行，首不定段，押韵宽松，中间也可变韵，一排接一排连唱。以男女对唱的情歌为主，分为初会、试探、交心、定情、结义、离别、相思、诉苦、出走、安家十章，内容主要表现壮族青年男女热爱生活，追求个性解放的美好愿望。

⑤ 看簇拥、眠街酩酊：观看聚成一团的群舞表演，酩酊大醉而睡于街上。

簇拥：舞蹈表演的一种状态。以“花心”“花瓣”队形进行表演的群舞，一群人围绕着一个人或几个人聚成一团进行表演：“花心”是担任领舞的演员，“花瓣”是担任群舞的演员。

哨遍[1]（观社）

岁序乍新[2]，闲出近郊[3]，要览遗风古[4]。蓦见队、妆束赛神巫[5]。看村家、争敲迓鼓[6]。迎且舞[7]。前驺手持榔栗[8]，戴花假面先开路[9]。更伞扇参差[10]，旛幢络绎[11]，香烟散满通衢[12]。喜今春、瑞雪早纷如[13]。谁不待、酬盟趁年初[14]。按节婆娑[15]，尽保田蚕[16]，一风五雨[17]。　　吁[18]。傩礼有之[19]，依稀老辈旧规模[20]。知是唐与宋[21]，传来此个乡土[22]。更犒酒、随村鸣钲[23]，吹笛贯鱼[24]。走字穿场圃[25]。有年少儿郎[26]，咿嗄唱和[27]，扮成彼孟姜女[28]。争似今、婚嫁只陈朱[29]，无离别、终身永欢娱[30]。向逡巡、转过庙宇[31]。斐兮绣袄锦裤[32]，掩映川原去[33]。看教一日[34]，不曾驻眼[35]，还忆向来俦侣[36]。人生老至定斯须[37]。愧清时、樗散无补[38]。

作品赏析

本词为新春来临之际，作者观赏“社火”表演之作。整首词描写了乡村表演社火的祭祀活动，词中将乡村大地歌舞乐表演以及“巫”“傩”仪式表演等壮观热闹的景象呈现纸上，真可谓一幅乡村社火活动的全景图。上片描写作者来到郊外游赏，看到一队队装束为女巫形象的人，家家户户争相敲击着迓鼓，村中到处都是边歌边舞的人群，还有头戴花脸面具的人在前面带路，更有阳伞、扇子参差错落，队形多变，前后旌旗相连，喜迎新春，祈福新的一年风调雨顺，五谷丰登，描述出乡村赛神会的壮观景象。下片描写老辈们表演傩舞、演奏笛子和击钲有序进行，还有少儿郎歌唱，此唱彼和，以及装扮成孟姜女的表演等。最后祝福人欢娱、福长至，表达了作者豁达的情怀和愉悦的心情。

乐舞阐释

① 哨遍：词牌名。一作《稍遍》，始见《东坡词》。汲古阁本《东坡词》于《稍遍》后附小注："其词盖世所谓'般瞻'之《稍遍》也。'般瞻'，龟兹语也，华言为五声，盖羽声也，于五音之次为第五。今世作'般涉'，误矣。《稍遍》三叠，每叠加促字，当为'稍'，读去声。世作'哨，或作'涉'，皆非是。"明代曼山馆本《东坡先生诗余》注同，元代《东坡乐府》《稼轩长短句》皆作《哨遍》。《康熙词谱》："其体颇近散文。"此调一名多体，平仄、韵脚不同，句式不同，以苏轼词为准。本词为双调，共二百〇三字。全词同韵，平仄互叶。平韵可阴平、可阳平，仄韵可上声、可去声。上片第十句、下片第六句首字为领字。上片四平韵，五仄韵；下片五平韵，八仄韵。

② 岁序乍新：年月更替，刚到新春。

③ 闲出近郊：闲来到郊外游赏。

④ 要览遗风古：观看古代遗存的风俗。

⑤ 蓦见队、妆束赛神巫：忽然看到一队人，化装为迎神赛会上的女巫形象。

赛神：古代一种祭祀礼俗，又称迎神赛会。用仪仗、鼓乐、杂戏表演形式，迎神出庙，周游街巷（详见第三章宋代词第九节苏轼《浣溪沙》）。

⑥ 看村家、争敲迓鼓：看村里各家各户，争相敲击迓鼓。

迓鼓：古代汉族传统民间舞蹈，又称讶鼓、砑鼓，分为文迓鼓、武迓鼓、丑迓鼓等。舞者扮成各种人物形象，在锣鼓伴奏下舞蹈。迓鼓原为北宋的军中歌舞。宋代彭乘《续墨客挥犀》卷七载："王子醇初平熙河，边陲宁静，讲武之暇，因教军为讶鼓戏，数年间遂盛行于世。”后来这种军中歌舞在民间流传，逐渐成为一种民间舞蹈。《宣和遗事》记载了元宵节时“讶鼓通宵”的情景。元代张可久《折桂令·幽居次韵》：“撺断着小丫环舞元宵讶鼓。”说明当时迓鼓一般在元宵节表演。以说唱表演为主的文迓鼓，由8人或12人表演，早期的表演中有花旦、丑角，吸收了花鼓戏及秧歌中的说白与歌唱，一目一曲，以舞、说、唱为序反复使用，流行于山西省阳泉市和平定县城关、盂县南乡一带。以摆阵表演为主的武迓鼓，由21人表演，舞者持鼓、钹、云锣、小镲，边舞边奏，鼓点雄浑，舞姿古朴，主要流行于山西省阳泉市一带和平定县东南部。由武迓鼓派生出的丑迓鼓，曾流行于平定县城关一带，民国年间尚有演出，今已失传。

⑦ 迎且舞：迎来边歌边舞的人群。且舞，意指边歌边舞，载歌载舞。《乐府诗集·北齐南郊乐歌·昭夏乐》：“饰牲举兽，载歌且舞。既舍伊腯，致精灵府。”

⑧ 前驺手持榔栗：前面驾马车的人手里拿着榔栗木杖。

⑨ 戴花假面先开路：头戴花脸假面具的人在前面带路。

⑩ 更伞扇参差：还有阳伞、扇子参差不齐。

⑪ 旛幢络绎：前后旌旗相连。

旛幢：舞者持旛而舞。又为《旛舞》《幡舞》，晋代舞蹈名。《汉语大词典》中“旛”意为“长幅下垂的旗，亦泛指旌旗。后作‘幡’”。“旛”字在《康熙字典》中的解释是，《玉篇》：“旌旗总名也。”《释名》：“旛，幡也。其貌幡幡然也。”《说文》：“幅胡也。”《注》徐铉曰：“胡，幅之下垂者也。”《宋书·乐志》：“晋《鞞舞哥（歌）》亦五篇，又《铎舞哥（歌）》一篇，《幡舞哥（歌）》一篇，《鼓舞伎》六曲，并陈于元会。今《幡》《鼓》哥（歌）词犹存，舞并阙。”唐代刘禹锡《西塞山怀古》：“千寻铁锁沉江底，一片降旛出石头。”《说郛》卷一二引宋乐史《柘枝谱》：“汉则《巴渝舞》《女舞》，晋则《白纻舞》

《幡舞》《扇舞》，唐则《霓裳舞》，视《柘枝》舞态、曲调各有攸胜。”

⑫ 香烟散满通衢：香火烟弥漫于道路。

⑬ 喜今春、瑞雪早纷如：喜看今年春天，瑞雪如是早早纷飞。

⑭ 谁不待、酬盟趁年初：何人不期待着，趁年初报答对神立誓缔约的恩德。

⑮ 按节婆娑：按照奏乐的节拍婆娑起舞。

⑯ 尽保田蚕：尽心保障农桑之事。

⑰ 一风五雨：形容风调雨顺。

⑱ 吁：感叹。

⑲ 傩礼有之：傩礼这种祭祀仪式古已有之。

傩：又称傩舞、傩祭、逐除，是古代以乐舞驱鬼逐疫的一种祭祀仪式（详见第三章宋代词第二十四节陆游《朝中措》）。

图 5-3　铜钲，藏于湖北省博物馆

⑳ 依稀老辈旧规模：仿佛是老一辈办傩礼时的场面、气势。

㉑ 知是唐与宋：确知这是唐与宋时的规模。

㉒ 传来此个乡土：传到这里的乡土之声。

㉓ 更犒酒、随村鸣钲：再犒赏酒，任凭村中鸣钲。

钲（见图 5-3）：中国古代铜制打击乐器，又称钲鼓。古代的钲有两种形制。一是殷周时代的“铙”，形似钟而狭长，有长柄，上下各有口，以物击之而鸣，用于军事，后用钲鼓为军事的代称。《说文解字》载："钲：铙也。似铃，柄中，上下通。"《广雅·释器》载："钲，铃也。"《诗·小雅·彤弓之什·采芑》载："方叔率止，钲人伐鼓。"二是古代源自南方的锣形乐器，其形如铜锣，悬挂在架子上，以木槌敲击发音，用于仪仗乐队。唐代杜佑《通典》载："有如大铜叠，悬而击之以节鼓，呼曰钲。"《明会典·大驾卤簿》载："金钲四面，铜质、竹匡，用红梗系钲于匡。钲径九寸五分。"

㉔ 吹笛贯鱼：用吹笛之声引来水里成群的鱼儿（详见第四章元代词第三节仇远《八犯玉交枝》）。

㉕ 走字穿场圃：往来于收打作物的场院。

㉖ 有年少儿郎：有少年儿童。

㉗ 咿嗄唱和：咿嗄歌唱，此唱彼和。

唱和：此处指歌唱时此唱彼和地唱着《孟姜女调》。《孟姜女调》又称《唱春调》《四季调》，是根据历史上孟姜女的故事逐渐发展而来的江苏省常州市的汉族民间曲调。至今至少已经形成了十六个剧种、二十个曲种、十四个歌舞乐种的基本唱腔与主要曲牌。唐代张籍《哭元九少府》："平生志业独相知，早结云山老去期。初作学官常共宿，晚登朝列暂同时。闲来各数经过地，醉后齐吟唱和诗。今日春风花满宅，入门行哭见灵帷。"唱和，又指文人互相以诗词酬答。

㉘ 扮成彼孟姜女：装扮成孟姜女的模样。春秋时期齐国人杞梁，名植，字梁，为庄公做事，为大夫，在伐莒的战事中被俘而死，后人把杞梁与杞梁妻的故事改写为《孟姜女》。战国时期，《孟子》记载了《孟姜女》故事中的"哭夫"的情节，后世逐渐形成民间曲调《孟姜女调》。记载孟姜女哭倒长城的是《烈女传》。西汉刘向在《烈女传》中先叙述了《左传》中杞梁妻的故事，然后写杞梁妻"就其夫之尸于城下而哭之"，十天以后，"城为之崩"。唐代又将该故事进一步发展，说杞梁为秦朝的燕人，其死因是避役被捉后被筑于城墙之内，所以其

妻要向城而哭。杞梁妻的故事经过六朝、隋、唐时代的加工，把崩城和秦始皇联系在了一起。

《孟姜女》的故事在民间不断地发展演变，受其影响的地域十分广泛。不同朝代、不同地方根据当地的民俗和民众的兴趣，将孟姜女的故事做了各种改造，如加入音乐表演、转变为戏曲等多种表演形式，使孟姜女的传说呈现出极其强烈的地域色彩。

㉙ 争似今、婚嫁只陈朱：如今力争只在陈、朱两姓之间互结姻缘。唐代白居易有《朱陈村》诗，描写徐州古丰县有一个朱陈村，村中只有朱、陈二姓，世世互为婚姻，嫁娶不出远门。后以此典故指结为秦晋之好。宋代苏轼《陈季常所蓄朱陈村嫁娶图》："何年顾、陆丹青手，画作朱陈嫁娶图。"

㉚ 无离别、终身永欢娱：没有离别，一生永远欢乐。

㉛ 向逡巡、转过庙宇：徘徊不前，从庙宇转过去。

㉜ 斐兮绣袄锦袴：穿着华丽的丝绸制作的衣服。

㉝ 掩映川原去：时隐时现地向原野中走去。

㉞ 看教一日：一日的观察训诲。

㉟ 不曾驻眼：从来没有注视过一眼。唐代高适《渔父歌》："曲岸深潭一山叟，驻眼看钩不移手。"

㊱ 还忆向来俦侣：还是追忆从前的朋友。

㊲ 人生老至定斯须：人到了老年需有片刻的安宁。

㊳ 愧清时、樗散无补：愧对清平之时，不为世用也于事无补。

九、陈 铎（1488—1507）

字大声，号秋碧，又号七一居士、座隐先生。原籍邳州（今属江苏省）人，后迁居金陵（今南京市）。明代散曲家。明正德年间，世袭济州卫指挥使。工诗善画，精通音律，善弹琵琶，尤善散曲。常常牙板随身，高歌一曲，被教坊子弟称为“乐王”。散曲集有《秋碧乐府》《梨云寄傲》《月香亭稿》《可雪斋稿》《滑稽余韵》；词集有《草堂余意》，存词147首；杂剧有《花月妓双偷纳锦郎》《郑耆老义配好姻缘》；传奇有《纳锦郎》。明汪廷讷辑有《陈大声乐府全集》，有万历三十九年（1611）新安环翠堂刻本。

阮郎归①（和苏子瞻）

夕阳满树乱鸣蝉。飞尘满舜弦②。重门静掩断茶烟。偏愜清昼眠。　　新竹乱，碧蕉翻。南山青兀然。酒醒汲井漱清泉。槐阴午正圆。

作品赏析

本词描写夕阳下乡村的景象和作者陶醉其中的心境。上片通过对夕阳西下之时，蝉鸣于树上，久无弹奏的五弦琴，家家户户熄灭烟火，将门掩上，以及作者在清晨时依然卧眠的描写，使人在闻听蝉鸣的同时，又看到寂静的村落人家，将一幅动静结合、恬静惬意的画面呈现在读者眼前。下片接着写景，新竹和碧绿的蕉叶生机盎然，南山树木葱郁，这美好的景色怎能不使人陶醉其中？最后描写酒醒之后已是中午。

乐舞阐释

① 阮郎归：词牌名，又为曲牌名，最早是唐代教坊使用的《阮郎迷》曲牌，又名《醉桃源》《醉桃园》《宴桃源》《碧桃春》《濯缨曲》等。词牌《阮郎归》取自东汉刘晨、阮肇的故事。《神仙记》载，刘晨、阮肇入天台山采药，遇二仙女，留住半年，思归甚苦。归来时则乡邑零落，已历时十世。毛先舒《词学全书》之《填词名解》载："阮郎归用《续齐谐记》阮肇事。"按《续齐谐记》云："永平中刘晨、阮肇入天台山采药，见二女，颜容绝妙，便唤刘、阮姓名，因邀至家，设胡麻饭与食之。"本词为双调，共四十七字，全词同韵，上片、下片各四平韵，韵字可阴平、可阳平。下片前两句宜用对仗句。

② 飞尘满舜弦：飞扬的尘埃落满琴弦。

舜弦：即五弦琴，乐器名，相传为舜帝所作。相传舜帝自幼跟父亲瞽叟学琴，又和许多著名琴师学习弹琴和制琴，还从琴师那里得知古之伏羲经常一边弹琴一边歌唱，并让身边的人以乐器伴奏，每次音乐起处，百鸟和鸣；轩辕黄帝令乐师伶伦创制"六律""六吕"；神农氏炎帝将梧桐树制作成琴筒，将蚕丝制成琴弦，操琴演奏，以与天地神明沟通。伏羲、神农、黄帝等先贤都擅长用音乐实现人与自然的和谐，达到"天人合一"的境界。舜帝懂得了音乐对人的教化作用，后来用所学制作了五弦琴。《礼记·乐记》载："昔者，舜作五弦之琴以歌南风。"记载了虞舜制作五弦琴为《南风》伴奏之事。

十、王九思（1468—1551）

字敬夫，号渼陂。陕西鄠县（今陕西省西安市鄠邑区）人。明代文学家。自幼读书，学识渊博，尤长文学。弘治九年（1496）进士。选为庶吉士，后授检讨。依附权官刘瑾官至吏部郎中，武宗时刘瑾败，贬为寿州同知，后又以瑾党根除未尽之由，被迫归乡。回乡后，他除曾带领乡亲们修涝河桥，施舍医药、教育生徒外，把主要精力集中在文学创作和倡导戏曲方面，历经40年。其以诗文为“弘治七子”之一。王世贞《艺苑卮言》评其散文：“秀丽雄爽，康大不如也。评者以敬夫声价，不在关汉卿、马东篱下。”有诗文集《渼陂集》、散曲集《碧山乐府》、杂剧《沽酒游春》等。《明史》卷二百八十六有传。

风入松[①]（戏对山子）

粉墙青竹雨潇潇。华馆夜相邀。冰丝雾縠金樽外[②]，歌喉啭风暖莺娇[③]。碧簟乍横湘玉，朱楼低弄秦箫[④]。　垂柳侵晓拂长条。金勒马嘶骄。邻鸡唤醒裴航梦，都分付、半幅鲛绡。离思赠将芍药，愁心暗卷芭蕉。

作品赏析

本词以景抒情，表达了作者的离愁别绪及孤独忧愁的心情。上片以“粉墙青竹雨潇潇”句开篇，奠定了整首词阴郁孤寂的基调。通过描写夜来与好友相约，金樽配以冰丝，聆听婉转的歌喉，以及在楼阁低头抚弄秦箫等，渲染出清寂旷然的意境。下片继续借景抒情，通过对景物和主人公心理的描写，表达了“离思”之愁。最后只有将离别之情寄予芍药、芭蕉的诉说，更加深入地表现出作者思乡念人的离情别绪和孤寂的内心。

乐舞阐释

① 风入松：原为古琴曲名，后用作词牌，又名《风入松慢》《远山横》。《钦定词谱》卷一七“风入松”：“古曲琴有《风入松》，唐僧皎然有《风入松》歌，见《乐府诗集》，调名本此。”宋郭茂倩《乐府诗集》：“《风入松》，晋嵇康所作也。”《宋史·乐志》入“林钟商”。七十三字体，上片、下片各六句、四平韵；七十四字体，与七十三字体基本相同，只是上片第四句多衬字；七十六字体，与七十三字体相近，只是上片、下片内的第二句各增加一字，上片第四句增加一字。本词为双调，共七十六字，十二句，全词同韵，上片、下片各四平韵，韵字可阴平、可阳平。

② 冰丝雾縠金樽外：精美的酒器以外，还有美女们身着如薄雾般轻柔的冰蚕丝制作的华丽服装。

冰丝：指冰蚕所吐的丝，蚕丝的美称，此处借指乐器。

③ 歌喉啭风暖莺娇：美女的歌喉婉转像黄莺娇美的声音。

④ 朱楼低弄秦箫：在富丽华美的楼阁低头抚弄秦箫。

秦箫：箫的别称，即排箫，古乐器名。在春秋战国和秦、汉时期，“箫”多指多管的排箫（详见第三章宋代词第四十节蒋捷《贺新郎》)。历代有许多咏秦箫的诗词。唐代杜甫《郑驸马池台喜遇郑广文同饮》:“重对秦箫发，俱过阮宅来。”唐代李商隐《银河吹笙》:“不须浪作缑山意，湘瑟秦箫自有情。”宋代王禹偁《慰公主薨表》:“云愁鲁馆，风咽秦箫，骖鸾辔以飚驰，惨龙头而雪泣。”明代陈汝元《金莲记·弹丝》:“倩龙池和凤沼，寡鹄望秦箫，孤鸾怯楚腰。”清代吴伟业《思陵长公主挽诗》:“秦箫吹断续，楚挽哭沧浪。”

喜迁莺[①](贺边副使亿)

江梅初熟。乍雨过园林，一川新绿。白叟扶藜，黄童击壤[②]，两两江干歌曲[③]。歌道保儿都尽，任我种田住屋。原亏了，那边家老子，经营钱谷。　　多福。活救出，三万生灵，如放庖中鹿。早晚报功，拜官受赏，要去朝中腰玉。只恐留他不住，何处君平堪卜。愿老子，冈陵齐寿，云仍世禄。

作品赏析

本词为作者贺边副使亿之作。上片通过对雨后新绿的园林景色，白发老人扶着藜杖、幼童玩着击壤的游戏、成双结对的人们唱着歌曲等情景的描写，从景物到人物，都给人以清新美好之感，为下片对主人公的赞美做了情绪和意境上的铺垫。下片主要描写主人公的功绩及其准备前往朝中“拜官受赏”一事，所以只怕是“留”不住这位好友了。最后作者祝福他与山冈丘陵齐寿，世世代代享有爵禄。

乐舞阐释

① 喜迁莺：词牌名，又名《鹤冲天》《万年枝》《喜迁莺令》《燕归来》《早梅芳》《喜迁莺令》《烘春桃李》《春光好》。《金奁集》入“黄钟宫”。此慢词一名多体，句式韵脚各异。此调有小令、长调之分，有四十七字与一百〇三字两体。小令起于唐代，四十七字，上片四平韵，下片两平韵、两仄韵。长调起于宋代，长调《词谱》以康与之词为正体。长调为双片，一百〇三字。全词同韵，仄韵。上片、下片各十一句五仄韵，韵字可上声、可去声。上片第二句、第十句，下片第十一句首字为领字。本词为双调，共一百〇二字，上片十一句，下片十二句。

② 黄童击壤：幼童玩乐着投掷的游戏。

壤：指被击的木制固定目标，击壤是古代的一种投掷游戏。三国魏邯郸淳《艺经》载：“壤以木为之，前广后锐，长尺四，阔三寸，其形如履。将戏，先侧一壤于地，遥于三四十步，以手中壤击之，中者为上部。”唐代李峤《喜雨歌》：“野恰如坻泳，途喧击壤区。”唐代张说《季春下旬诏宴薛王山池序》：“河清难得，人代几何？击壤之欢，良有以也。”明代晏璧《无忧泉》：“槛泉西畔漱清流，酌水能消万斛愁。白叟黄童争击壤，春来有事向东畴。”

③ 两两江干歌曲：江畔传来稀稀落落的歌曲。

歌曲：此处为演唱着歌曲。歌曲又称古曲，包括琴歌、词曲、散曲、套曲、牌子曲以及少数民族的歌曲等多种体裁和形式的作品。其中绝大部分是文人创作、加工整理或利用既有曲调填词而成的，也有文人的诗词被配以民间曲调者。

十一、孙　绪（1474—1547）

字诚甫，号沙溪。河间府故城（今河北省故城县）人。明弘治十二年（1499）进士。授户部主事。十七年（1504）官至吏部郎中。正德五年（1510）擢升太仆寺少卿，不久升为正卿。嘉靖初起太仆卿，不久致仕。他才华横溢，文学造诣颇深，有“瀛洲才子”之誉。《四库全书总目提要》称其《无用闲谈》：“多深切著明之语。《论文》《论诗》，亦各有确见。”有《沙溪集》二十三卷，包括文八卷、赋一卷、杂著一卷，《无用闲谈》六卷，诗七卷。有《易经奇语》《大学中庸放言》《蒙求续编》等。

满江红（送赵十松赴杭州府学教授）

雨楫风帆，强载我、美人南去。重把手、盈盈清泪，漳河东注。孤剑自怜乡国远，振衣不踏尘埃路。就宓琴、点瑟较亏盈[①]，竟谁误。　西湖水，清无际。浙江潮，来无计。问青衫曾会，道如斯逝。万里浮云双眼白，一天化雨千山丽。漫回头、一笑古瀛洲，心谁俪。

作品赏析

本词为送别之作。描写作者送别友人赵十松赴杭州的心境以及对他的祝福。上片描写乘船送友人南去，双手紧握，不舍得离去，泪流满面的情景，抒发离别之情。怜悯孤寂的友人远离家国，犹如漳河东流不复还，表现了作者和友人的感情之深和恋恋不舍的心情。下片以景抒情，通过描写西湖水清澈无边，潮水汹涌澎湃，表达了善良的“你我”，在世事难料的世间，人生必将沧桑坎坷。时光荏苒，“逝者如斯夫”，再相见时已不知是何年何月。接着描写放眼望去，万里浮云，眼前一片白茫茫，而雨后的青山必将更加秀丽。表现出作者豁达的情怀，寄寓了无限的挂念和依依不舍之情。

乐舞阐释

① 就宓琴、点瑟较亏盈：就将伏羲氏制作的琴，曾点弹奏的瑟比较消长与盛衰。

宓琴：古琴，相传为伏羲所创制。伏羲又称宓羲、包牺、牺皇、皇羲等。伏羲是中华民族的人文始祖，居于三皇（伏羲、神农、黄帝）之首。相传当年伏羲在西山见一凤一凰栖于梧桐树。凤凰非竹不食，非醴泉不饮，非梧桐不栖，伏羲因此认为梧桐树是神灵之木，便用梧桐木来制作琴。唐代赵惟暕《琴书》载：“昔者至人伏羲氏王天下也，仰观象于天，俯察法于地，远取诸物，近取诸身，始画八卦，削桐为琴。”明代无名氏《运甓记·嗔鲊封还》：“政简刑清，尽日公堂抚宓琴。”

点瑟：指曾点弹奏的瑟。此处“点”指曾点，字皙，又称曾皙，被尊称为“先贤曾子”。春秋时期鲁国南武城（今山东省嘉祥县）人，儒家传人“宗圣”曾参之父。曾点是孔子第一批弟子之一，与其子曾参同师于孔子。曾点喜欢弹琴唱歌，信奉儒学，痛恨当世礼教不行，立志改变现状，孔子认为他是有进取心的狂放之士。清代徐嘉《书归玄恭万古愁后》：“盆花浮红篆烟清，点瑟不鼓牙琴停。”

十二、钱 榖（1508—1572）

字叔宝，一字子璧，号馨室。江苏吴县（今江苏省苏州市）人。明代画家、书法家。少孤贫，失学。好读书，家无典籍，游文徵明之门，日取架上书读之，手录古文金石书几万卷。存词约30首，多为小令或中调，长调极少。有《唱和香词》。《明史》卷二百八十七有传。

宴桃源①

子夜玉壶声动②。舞尽白鸠火凤③。银烛透帘栊，着意双眸相送。如梦。如梦。铜雀五更霜重④。

作品赏析

本词前一部分追忆当初《子夜歌》声振动玉壶，尽情跳起《白鸠舞》和《火凤舞》，好似透过窗纱观赏银烛，双眸情意绵绵、依依不舍地送别心爱的人，可是如今犹如梦境一般。最后通过对五更时霜雾重重的铜雀台的描写，衬托出此时作者凄凉的心境。

乐舞阐释

① 宴桃源：词牌名，为五代后唐庄宗李存勖自度曲，又名《忆仙姿》《不见》《如意令》《如梦令》《比梅》等。本词为单调，共三十三

字，全词七句，五仄韵，一叠韵。

② 子夜玉壶声动：《子夜歌》声振动玉壶。取意汉代刘向《别录》："鲁人虞公善雅乐，发声尽动梁上尘。"

子夜：即《子夜歌》，乐府吴声歌曲名。因为起于吴地，又称《子夜吴歌》。《乐府诗集》收存了42首。

相传《子夜歌》的曲调是晋代一个叫子夜的女子所创。《旧唐书·音乐志》载："《子夜》，晋曲也。晋有女子夜造此声，声过哀苦，晋日常有鬼歌之。"《乐府解题》载："后人更为四时行乐之词，谓之《子夜四时歌》。又有《大子夜歌》《子夜警歌》《子夜变歌》，皆曲之变也。"《宋书·乐志》载："晋孝武太元中，琅邪王轲之家有鬼歌《子夜》。殷允为豫章时，豫章侨人庾僧虔家亦有鬼歌《子夜》。"《子夜歌》的内容多是女子吟唱爱情及生活的悲欢，特别是妇女的苦难生活和对自由的爱情的向往。清代徐旭旦《小秦王》："酒杯初入舞衣多。记得当年子夜歌。香气只今犹在臂，可怜无奈渡天河。"

③ 舞尽白鸠火凤：跳完《白鸠舞》和《火凤舞》。

白鸠：即《白鸠舞》，又名《白符舞》《白凫鸠舞》《白符鸠舞》，魏、晋时代的舞蹈。乐府《清商乐》西曲名。表演时，舞者执拂而舞。白鸠，即白色鸤鸠，白色布谷鸟，古人认为是瑞祥之鸟。《白鸠舞》原流传于江南民间，后采入宫廷用于宴享，唐代将其列入《清商乐》中。《白鸠舞》源于《拂舞》。《拂舞》是汉、魏杂舞名。杂舞是汉代在宫廷表演的民间俗舞，与雅舞相对。《南齐书·乐志》载："《白符》或云《白符鸠舞》，出江南，吴人所造。其辞意言患孙皓（吴国末代国君）虐政，慕政化也。"《旧唐书·音乐志》载："唐代'清乐'类列有《白鸠》，即《拂舞》。"唐代李白《白鸠辞》："铿鸣钟，考朗鼓。歌白鸠，引拂舞。白鸠之白谁与邻，霜衣雪襟诚可珍。"

火凤：即《火凤舞》，北魏舞蹈名，为模拟飞鸟情态的舞蹈。此舞本为北魏高阳王元雍家姬艳姿擅长之舞。北魏杨炫之《洛阳伽蓝记·高阳王寺》载："王有二姬，一名修容，二名艳姿，并蛾眉皓齿，洁貌倾城。修容亦能为《绿水歌》，艳姿尤善作《么凤舞》，并爱倾后室，宠冠诸姬。"此舞在唐代仍流行。唐代元稹《和李校书新题乐府十二首·法曲》："女为胡妇学胡妆，伎进胡音务胡乐。火凤声沉多咽绝，《春莺》啭罢长萧索。"唐太宗非常喜爱《火凤》音乐，赞其"声度清美"。天宝十三年（754）太乐署改诸乐名，将《急火凤》改为《舞鹤盐》。

④ 铜雀五更霜重：铜雀台五更时分降霜更厚。

铜雀：指铜雀台（详见第三章宋代词第二十二节王千秋《贺新郎》）。

十三、周思兼（生卒年不详）

字叔夜，号莱峰。松江华亭（今上海市松江区）人。嘉靖二十六年（1547）进士。授平度知州，擢工部员外郎，累官湖广按察佥事，官至广西提学副使。后以母忧去职，遂不复出。少有文名，工书画。有《周叔夜集》十一卷，惜阴堂裁为《胶东词》。有《明史本传》《明史艺文志》《松江志》《容台集》。

满庭芳（赠马后斋北川兄弟二进士）

花萼楼前，阑干十二，双桂同日新裁。秋风八月，金粟满枝开。天上清香奇绝，层云外、几阵飘来。珠帘卷，月光如练，素影叠瑶台。　　皇都春又早，杏花丛里，携手徘徊。喜金镳玉勒，游遍城隈。且是埙篪并奏[①]，曲江宴、对引新醅。相逢处，吾生何幸，亦与赏花杯。

作品赏析

本词为作者赠好友马后斋和北川二兄弟高中进士之作。上片通过对景物“金粟满枝开，天上清香奇绝，层云外、几阵飘来”的描写，以景喻人，赞誉兄弟二人的才华和声誉。下片更是通过“皇都春又早”“且是埙篪并奏”等句，赞赏兄弟二人若“埙篪并奏”，双双高中，只觉得好似皇城之春早早到来。最后描写好友们欢聚曲江，一边作诗，一边饮酒，感叹相逢之时，共同赏花举杯是何等幸事。表达了作者此时欢乐的心情和对友情的珍惜。

乐舞阐释

① 且是埙篪并奏：正是乐器埙与篪一起演奏。

埙篪：古代两种乐器名。古代埙常与篪配合演奏，因为埙篪合奏声音和谐。李善《文选注》引毛苌："土曰埙，竹曰篪。"《文选注·赠士孙文始》："和通篪埙，比德车辅。"宋代范仲淹《送河东提刑张太傅》："气同若兰芝，声应如篪埙。"明代杨慎《祭毛以正文》："分虽丽泽，情犹篪埙，平生交谊，惟君也敦。"以上诗词也以埙篪比喻两人感情之深。

埙（见图 5–4）：乐器名，又称陶埙。中国古代用陶土烧制的吹奏乐器，属于古代八音（金、石、丝、竹、匏、土、革、木）中的土类乐器，有球形、梨形、管形、橄榄形、鱼形、平底卵形等。历史上有无孔埙、一孔埙、二孔埙、三孔埙、五孔埙、六孔埙、八孔埙等多种，现代的埙增至十孔，扩展了音域，能吹出两个八度内的半音和一个泛音，并可以转调。材质主要有陶土，以陶土烧制的梨形埙最为普遍，也有用石、骨、玉、象牙等制成的埙。历代的埙大小不一，《尔雅》载："烧土为之，大者如鹅子，锐上平底，形如秤锤，六孔。小者如鸡子。"《说文解字》载："埙：乐器也。以土为之，六孔。"古代主要用于宫廷雅乐，民间也有流传。在西安半坡仰韶文化遗址出土的无音孔埙和一音孔埙，浙江河

图 5–4　红漆描金云龙纹埙，藏于北京故宫博物院

姆渡文化遗址出土的一音孔埙，山西万荣县、甘肃玉门火烧沟等地新石器时代遗址出土的二音孔埙和三音孔埙，均距今有6700年至7000年的历史。河南辉县琉璃阁殷墟出土的埙，有五个音孔，能吹奏出完整的七声音阶和部分半音。汉代出现六音孔埙，宋代有七音孔的木埙，清代用的是五音孔埙。《通典·乐四》：“埙，世本云：‘暴辛公所造。’”《拾遗记》载：“庖牺灼土为埙。”以上记载，说明埙的历史十分悠久。

篪（见图5-5）：中国古代竹制横吹吹管乐器。篪属于古代八音（金、石、丝、竹、匏、土、革、木）中的竹类乐器。

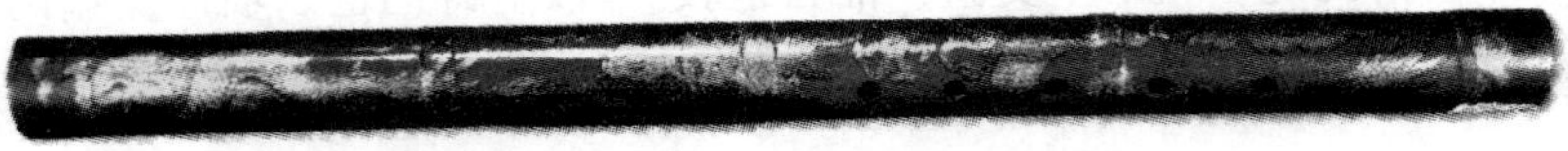

图5-5　朱漆描金篪，藏于北京故宫博物院

篪包括上出孔共有六孔，底端封闭。晋代郭璞《尔雅注疏》载：“篪，以竹为之，长尺四寸，围三寸，一孔上出，一寸三分，名翘，横吹之。小者尺二寸。”宋代陈旸《乐书》载：篪，“有底之笛也……横吹之”。篪原是一种民间乐器，春秋战国时期在我国广泛使用；在周代常与埙一起演奏；战国时与编钟、编磬、建鼓、排箫、笙、瑟等，在祭祀或宴飨时演奏；汉、魏时期在演奏《相和歌》的乐队中使用；六朝时期为《清商乐》的主要伴奏乐器；隋、唐时期是《清乐》的伴奏乐器；宋以后，因只用于宫廷雅乐，在民间逐渐失传。宋代和明代时期的篪，使用半孔指法，可以吹奏十二律。

十四、沈朝焕（1558—1616）

字伯含，号太玄，自称黄鹤山农。钱塘（今浙江省杭州市）人。明万历二十年（1592）进士。授工部主事，后奉命赴荆南掌关税，升四川按察佥事，官至福建布政参议。他“少而称诗，垂老不倦”(董其昌《墓表》)。所著诗文甚富，颇受时人瞩目。李维桢称：“武林沈水部伯含，用文学著声郎署间籍甚。”沈朝焕的诗文集在其生前已集结，陆续刊刻。在明末徐𤊹所编的书目《徐氏家藏书目》中，著录了其《劳人草》一卷，《雁字诗》一卷。在清初黄虞稷《千顷堂书目》卷二十五中，著录有《沈伯含集》二十七卷，包括《亦适编》七卷、《泊如斋集》六卷、《马曹稿》五卷、《劳人草》一卷、《渠阳小草》二卷、《田家杂咏》一卷、《和陶诗》一卷、《北台赋》一卷、《抱膝长吟赋》一卷、《入蜀诗》一卷、《钟陵草》一卷。

阙调名（泪）

咄咄嗟嗟，一段猿啼，一番鹤叫，莽莽谁张主。恨杨朱何意，雪涕临岐，丝丝缕缕，天河东注。人间多少不平事，洒不尽、血痕英雄千古。　　也不管、肠寸断，眉双蹙，杜鹃沾塞土。但见悲来集，暗不知其数。调雍门琴[①]，弄山阳笛[②]，百年生死都如许。况蜗蝇得丧，又何须、愁阿堵。

作品赏析

本词主要描写世事不平，人生多曲折，表达出作者对世道不公、人生坎坷的感叹，同时，表现了作者心胸开阔和不图名利的高尚情操。上片开篇就写到凄凉的猿啼和鹤鸣，感叹有谁能平天下不平之事。世道崎岖，人间多少不平事，古往今来，有多少英雄抛头颅，洒热血，显露出作者慷慨激昂的不平之感和忧国忧民的家国情怀，表达了对世间不平事的感慨和无奈。下片写不平之事让人“肠寸断，眉双蹙”，有很多忧思萦绕心头。接着笔锋一转，以弹奏“雍门琴”，摆弄“山阳笛”来宽慰自己，表现出“百年生死都如许”的无奈。最后表明作者的态度，认为为了微不足道的虚名小利而丧失名节，又何必要为自己增愁添堵。

乐舞阐释

① 调雍门琴：调试弹奏雍门琴。

雍门琴：又称雍门鼓琴。雍门，指雍门周，又称雍门子、雍门子周，战国时期著名的琴师，名周，号雍门。他居住在齐国的雍门。雍门琴因雍门周而得名。相传雍门周还是琴谱的发明者。此典故出自汉代刘向《说苑·善说篇》，雍门子周以善琴见孟尝君，孟尝君曰：“先生鼓琴亦能令文悲乎？”雍门子周曰：“臣何独能令足下悲哉……天下未尝无事，不从则横，从成则楚王，横成则秦帝。楚王秦帝，必报雠于薛矣。……天下有识之士无不为足下寒心酸鼻者。千秋万岁后，庙堂必不血食矣。”孟尝君闻之悲泪盈眶。雍门周于是引琴而鼓之，孟尝君增悲流涕曰：“先生之鼓琴令文立若破国亡邑之人也。”故事是说，雍门子周的琴艺高超绝妙，特别是演奏悲哀的曲子时，凄楚伤感，听他弹琴的人，无不落泪。“战国四公子”之一的孟尝君特别喜好音乐，他不相信雍门周的演奏技术如此高超，于是，就派人请雍门周来给他弹琴。孟尝君对雍门周说：“听说先生擅长弹悲哀的曲子，而听者都会伤心落泪。不知能不能也让我感动？”雍门周回答说：“听曲的人必须有过不幸的经历，听到琴声后才会和悲哀的琴曲产生共鸣；你虽然向来锦衣玉食，但是也有悲哀的事情。”孟尝君问：“是什么事呢？”雍门周说：“你得罪过秦国和楚国，将来不管是秦国还是楚国称霸，他们都会来向你报仇的。你只拥有这么一小块地方，别人要来复仇，是很容易的事情。”雍门周又说：“你死后，你的祖宗庙堂没人祭祀，高台楼阁被毁掉，坟头长满荆棘杂草，动物穿梭其中，牧童在上面嬉戏玩耍，而没有人来修理。凡看到的人，无不叹息：‘啊！孟尝君那么尊贵的人，到头来也是这样的下场。’”孟尝君听后，仿佛真的破国亡邑一样，眼睛里含着泪花。这时雍门周的琴声响起，深沉地弹完一曲后，孟尝君泪如雨下，湿透衣襟。

② 弄山阳笛：摆弄着山阳笛。

山阳笛：山阳笛与笛本无联系，此典故出自魏、晋时期向秀的《思旧赋》。嵇康被司马昭杀害后，好友向秀路过其旧居山阳，听到邻人的笛声，于是，写了《思旧赋》，悼念亡友。

十五、焦源溥（？—1643）

字涵一。陕西三原（今陕西省三原县）人。万历四十一年（1613）进士。历知沙河县、浚县。天启二年（1622）丁忧归里，孝满回朝，出按真定诸府，例转凤阳兵备副使。后归里，崇祯二年（1629）以原官起，分巡河东道，后因战功升任山西按察使。七年（1634）升右佥都御史，巡抚大同府。后罢免归里。十六年（1643）李自成农民军攻占关中，焦源溥被从三原“请”至西安。李自成农民军勒令其献金助饷，他不肯归顺，当众大骂不止，被拔去舌头，肢解而死。有《逆旅集》二十卷传世。《明史》卷二百六十四有传。

醉花阴[①]

红缀繁枝莺语巧。弱柳和烟袅。玉勒慢寻芳，踏遍东皋，满眼青青草。　　烟岫重重霞气表。无数山花绕。古寺梵音沉[②]，曲径疏篱，才信郊居好。

作品赏析

本词描绘了初春大自然美好的景色。上片通过对枝头黄莺美妙的啼鸣、柔软的杨柳枝飞舞、袅袅炊烟缭绕和无边无际的青草的描写，展现出一幅春意盎然的美好画面。下片写山峦云雾缭绕，花儿开满山，古寺佛音以及曲径通幽的小路等，表达出作者悠然自得的生活和豁达开朗的情怀。

乐舞阐释

① 醉花阴：词牌名，又名《九月》。此调为北宋毛滂自度曲。始见于毛滂《东堂词》。因词中有“人在翠阴中”“劝君对客杯须覆”句，取其意而得名。兹以《漱玉词》为准。属于小令。本词为双调，共五十二字，全词同韵，上、下片各三仄韵，韵字可上声、可去声。上、下片第二句可作领字。

② 古寺梵音沉：古老的寺院中沉沉地飘荡着佛菩萨之音。

梵音：梵语的发音名称，佛菩萨之音声，又称梵声，是佛教在各种法事活动、节日庆典中使用的音乐。梵音以吟诵为主，其中带有佛教音乐色彩。佛三十二相中即有梵音相。据《大智度论》卷四，佛之梵音如梵天王所出之声，有五种清净之音：甚深如雷；清澈远闻，闻者悦乐；入心敬爱；谛了易解；听者无厌。梵音又是梵呗（或称赞呗）的一种。梵呗是印度一种带有吟诵性质的佛教音乐，包含咏经和歌赞（颂赞）两方面，歌有独唱、齐唱和合唱，也可以有器乐伴奏。传入中国后，逐渐产生了中国化的佛教音乐，将咏读佛经称为“转读”，将歌赞称为“梵呗”。

十六、李东旵（生卒年不详）

竹枝

三山门外即通江。画阁临流径木椿。晓起鬟鬟鉴淮水，夜深箫管度昆腔①。

作品赏析

本词以景抒情，主要描写秦淮景物，记述河房画阁，直达西水关内。开篇便开门见山地对三山门外的江水、画阁进行描述，接着描写晓起观赏秦淮之水。结尾句“夜深箫管度昆腔”，营造出悲凉的情调。

乐舞阐释

① 夜深箫管度昆腔：夜深箫管吹奏着昆腔。

箫管：中国古代竹制吹奏乐器，又称洞箫。

昆腔：中国戏曲剧种，原称昆山腔，又名昆曲、昆剧。是元末明初江苏省昆山一带民间流行的南戏清唱腔调，由南曲与当地民间音乐结合演变而成。昆腔是曲牌体音乐，每一套曲由若干支曲牌连缀而成，结构包括引子、正曲和尾声三部分。昆腔分为南曲和北曲，南昆以苏州白话为主，北昆以大都韵白和京白为主。昆腔的特点是抒情性强，表演细腻，歌唱与舞蹈相结合。明代嘉靖、隆庆年间，经戏曲音乐家魏良辅等人对昆山腔进行改革，集南北曲之所长，逐渐形成新的昆腔歌唱体系，唱腔婉转细腻，善于抒情，一唱三叹，有“水磨调”之称。伴奏乐器主要以笛子、鼓板为主，辅之以笙、箫、琵琶、三弦等。明代隆庆年间，文人梁辰鱼编写了昆腔传奇《浣纱记》，推动了昆腔的传播。昆腔在明代得到迅速发展，对地方剧种的形成和发展有广泛的影响。清代后期，昆腔逐渐衰落，但是昆腔对后世戏曲音乐有着深远的影响。中华人民共和国成立后，先后恢复了许多昆腔的专业表演单位。至今仍然有南昆、北昆、湘昆、永昆等风格流派，并且在京剧、川剧、湘剧、赣剧、桂剧等剧种中均保留着其部分唱腔和器乐曲牌。

十七、薛　素（1573—1620）

一名薛五，字素素，小字润娘，号素卿。吴郡（今江苏省苏州市）人。寓居南京，江南名妓，举人沈德符妾。善挟弹走马，以女侠自命。其姿度艳雅，精通诗文书画，绘画以兰竹为长。《【崇祯】嘉兴县志》卷十四《词翰·附闺秀》载：“金阊名妓，久寓嘉兴。有侠气。能诗。尤精于画，喜写兰竹杂卉。尝作《洛神图》。晚年好画观音大士。片墨落楮。人争购之。更巧于弹，百发百中，令人以一弹掷于空中，而已迎弹之，两弹齐碎。”有《南游草》。传世绘画作品有《兰石图》《溪桥独行图》《吹箫仕女图》等。

临江仙①

唤起提壶池上饮，春归满地红英。忽闻墙外子规声。不如归去也，细听不分明。　　自抱云和弹一曲②，曲终还拟湘灵③。风前泪眼几时晴。月高星数点，香冷漏三更。

作品赏析

本词以春归之时“提壶池上饮”的所见所闻为起点，既描绘了当时的景物，又抒发了作者内心的感慨惆怅之情。上片通过描写满地红花和杜鹃哀鸣的悲凉之状，为下片凄凉孤寂的心绪做铺垫。下片直接描写弹奏一首琴曲，其忧犹如《湘妃怨》曲，最后“泪眼、月高、三更”等凄苦之词，表达了作者内心的苦闷和寂寥之情。

乐舞阐释

① 临江仙：原为唐教坊曲名，后用作词牌，又名《谢新恩》《庭院深深》《鸳鸯梦》《瑞鹤仙令》《雁后归》等，敦煌词又作《临江山》。原曲因用于咏游仙故事而得名。据《万氏词律》所收，有五十四字、五十六字、五十八字、六十字、六十二字、七十四字、九十三字体等。至六十字体者，除本词外，有秦观一首，尾三字作“仄平仄”；顾敻一首，尾作三字两句，俱非正格。《乐章集》入“仙吕调”，《张子野词》入“高平调”。本词为双调，共六十字。全词同韵，平韵，韵字可阴平、可阳平。上、下片相同：起为仄起仄收之七言句，不用韵；次为六字句，用韵；第三句为平起平叶之七字句，所以一、三两字平仄可不拘；四、五两句，恰与仄起五言绝句末二句法相同，每句第一字，亦不必拘平仄。柳永将此调演变为慢词，双调，九十三字体，平韵。

② 自抱云和弹一曲：独自怀抱云和琴弹奏一曲。

云和：此处为乐器名。李周翰注：“云和，瑟也。”云和本为山名，古代取云和山所产之材制作琴瑟，后泛指琴、瑟、琵琶等弦乐器。郑玄注：“云和、空桑、龙门，皆山名。”《周礼·春官宗伯》载：“孤竹之管，云和之琴瑟。”唐代杨师道《咏笙》：“切切孤竹管，来应云和琴。”唐代李白《寄远》：“遥知玉窗里，纤手弄云和。”元代倪瓒《昼寄王云浦》：“邀我江亭醉三日，凤笙鸾吹拂云和。”清代董元恺《塞垣春》：“听一声、千帐琵琶调。绝胜云和斜抱。”

③ 曲终还拟湘灵：曲子弹奏完仍然仿照《湘妃怨》曲。

湘灵：即湘妃，此处指《湘妃怨》琴曲（详见第三章宋代词第二十七节张孝祥《水调歌头》）。

十八、王　屋（1595—1664）

初名畹，字孝峙，又字蕙蘖、鲜民、无名等。嘉善（今浙江省嘉兴市嘉善县）人。明末文学家。少尝佣书，博闻强识，过目成诵，善诗文。因诗而受魏大中赞赏。其书室名曰“草贤堂”“蘖弦斋”。著作甚多，惜少有流传。有《草贤堂词笺》《蘖弦斋词笺》《蘖弦斋杂笺》。《全明词》辑录其词547首。《全明散曲》辑录其小令85首。

满庭芳（答时人问）

挟伎歼胡，都非我事，歌成聊借为题。粉光珠艳，子宋与姜齐。总属空中影语，何从问、洛浦耶溪。飞扬趣，当年或有，久已絮沾泥。　　莺啼。惊妾梦，三春河北，五夜辽西。叹高楼思妇，远戍孀妻。便欲提戈独往，诛狂虏、夺取燕支。归来向，柳坊花曲①，拍板唱铜鞮②。

作品赏析

本词以刚毅伉直的词风，表达了作者刚烈、昂扬、雄健的壮士情怀。上片“挟伎歼胡，都非我事”两句，表现了作者不能报国的无奈。“飞扬趣，当年或有，久已絮沾泥”几句，抒写当年也曾有辉煌之时，但随着时间的流逝，就像飞絮落入泥土之中一样永远被埋没。

下片以描写“莺啼”为转折点——就像是黄莺啼鸣，将怀有报国之情的人从梦中惊醒。在为高楼上思念丈夫的妻子以及丈夫战死疆场的寡妇叹惜的同时，便想拿起兵器独自前往战场，诛杀狂妄的异族，夺回国家的疆土。最后描写凯旋之时，在柳坊听《花曲》曲调，打着拍板唱《白铜鞮》歌曲，展现了“大丈夫”报国的豪情和归来后的豪迈和欢喜之情。

乐舞阐释

① 柳坊花曲：唐代教坊的《花曲》曲调。唐尹鹗《菩萨蛮》：“少年狂荡惯，花曲长牵绊。”

柳坊：旧时歌舞女聚集的里巷。柳，多用以形容女子的腰肢。坊，在古代意为里巷。

花曲：即《杨花曲》，属乐府杂曲歌辞。“杂曲歌辞”指非雅正之乐。

② 拍板唱铜鞮：打着拍板唱《白铜鞮》。

拍板：古代碰奏体鸣乐器，又称檀板、绰板、歌板，简称板（详见第三章宋代词第十一节晁端礼《绿头鸭》）。

铜鞮：即《白铜鞮》，歌曲名，又名《铜鞮谣》《铜鞮歌》《白铜鞮歌》《襄阳白铜鞮》等。相传为梁武帝所制，是梁武帝萧衍在襄阳民歌的基础上加工创作并形成的一种歌舞形式。《隋书·音乐志》载：“初武帝之在雍镇，有童谣云：‘襄阳白铜蹄，反缚扬州儿。’识者言，白铜蹄谓马也；白，金色也。及义师之兴，实以铁骑，扬州之士，皆面缚，果如谣言。故即位之后，更造新声，帝自为之词三曲，又令沈约为三曲，以被弦管。”《古今乐录》载：“襄阳蹋铜蹄者，梁武西下所制也。沈约又作，其和云：‘襄阳白铜蹄，圣德应干来。’天监初，舞十六人，后八人。”唐代李白《襄阳歌》：“襄阳小儿齐拍手，拦街争唱白铜鞮。”宋代梅尧臣《送周谏议知襄阳》：“里儿尚唱铜鞮曲，耆旧争随画鹿车。”明代徐复祚《投梭记·叙饮》：“唱罢《铜鞮》日欲脯，花前醉樽前起舞。”

千秋岁引（壬申六月贺支澹衷生子）

照乘珠新，充闾瑞叆。朱芾圭璋颂如海。名驹自将凡种别，奇姿要使庸眸改。奏斯干[1]，陈韶舞[2]，聚元凯。　　蜀锦当门高结彩。贺客云来酒须买。玉斝浮浆豆盛醢。霏霏翠烟银烛吐，融融紫焰金炉蔼。记生申，时维夏，醉逾亥。

作品赏析

本词为作者贺友人喜得贵子之作，整首词都是祝福赞美之词，洋溢着喜悦的气氛。上片在美誉之词中将新生儿比作“名驹”，并赞美其为“奇姿”，（“奇姿”为福）称赞新生儿为名门之后。沉浸在奏《斯干》之曲、演《大韶》之舞的欢乐气氛中。下片通过对友人家锦缎高挂、宾客满堂、酒宴丰盛、银烛光辉、金炉紫焰等的描写，烘托出一派张灯结彩、喜气洋洋的热闹场面。

乐舞阐释

① 奏斯干：演奏《斯干》曲。用歌唱的形式来颂咏《诗经》中的《小雅·斯干》。

斯干：指中国古代第一部诗歌总集《诗经》中的一首题为《斯

干》的诗，是一首贺周朝王室宫殿落成的歌辞。《毛诗序》载：“《斯干》，宣王考室也。”郑笺：“考，成也。……宣王于是筑宫室群寝，既成而衅之，歌《斯干》之诗以落之，此之谓之成室。”《斯干》全诗共分九章，内容分为两部分。前五章记述了宫室建筑所处的环境，描绘了营筑过程以及宫室的外观和厅堂；后四章祝祷宫室主人居住新宫的美好前景。

② 陈韶舞：表演乐舞《大韶》。

韶舞：即《大韶》，舜时的乐舞名（详见第三章宋代词第三十八节刘克庄《最高楼》）。

十九、吴　熙（生卒年不详）

字止仲。浙江省嘉兴人。与王屋、钱继章、曹堪交往甚密。工于词。有《非水居词笺》三卷。

水调歌头

余每遇不快意事，彻觅酒尽醉，醉或忘之，故可终月不饮，亦可一饮数斗。性非嗜酒，与酒独亲，图所不及，词以补之。

作字既盈幅，饮亦须百杯。陶然一醉，忘却我意竟何为。但见梅花点点，兼有苍苍孤壁，此地可徘徊。为我呼童子，潦倒待扶归。　笔裁管，并石砚，削为圭。击圭如磬①，吹管激烈泪无挥。试看从来豪杰，但识浊醪妙理，此外百无亏。饮我未千石，终使耻君罍。

作品赏析

本词是一首饮酒时抒发情感之作。上片运用极富生活气息的语句，描写了畅饮的豪情和酒酣之后的茫然之情。下片“击圭如磬，吹管激烈泪无挥”两句，描写将笔和石砚裁削为吹管和打击乐器；“试看从来豪杰，但识浊醪妙理”两句，展现了作者的豪情和报效国家的热情，反映出作者洁身自好、不落世俗的品格，同时，也表现了作者内心的极度苦闷与孤独。

乐舞阐释

① 击圭如磬：敲击圭之声如磬鸣一般。

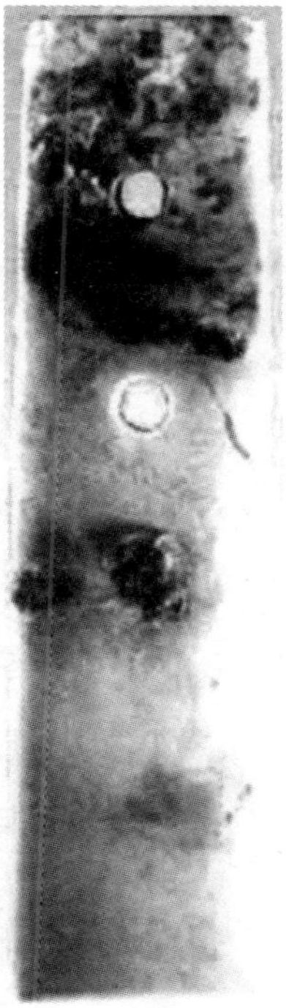

图 5–6　玉圭

圭（见图 5–6）：古代最古老的玉制打击乐器，又作珪。中国古代六礼器（即玉璧、玉琮、玉圭、玉琥、玉璋、玉璜）之一。玉圭原为上古时期重要的礼器，是广泛用于祭祀、丧葬、征伐、宴飨等的祭器，如周天子为便于统治，命令诸侯定期朝觐，并赐给每人一件玉器，在朝觐时持于手中，作为他们身份等级的象征。圭因击打时可以发音，逐渐演化为乐器，也是最早的“巫舞”伴奏乐器。因时代不同，圭的形制、种类存在较大的差别,《周礼》也记载了圭有多种形制和用途。周代的玉圭形状多是长方形，上部尖锐、下端平直，长约 15 厘米至 20 厘米，以素面为多，少数在下端饰有阴线弦纹，精美者刻有兽面纹。这种尖首形圭始见于商代，盛行于春秋战国，其中有不少是石制的。战国以后圭不再流行。后世帝王在遵循古制彰显朝廷的威仪时曾制造过圭，但绝大多数没有流传下来。今日所见的玉圭基本上是商周至战国的作品。

磬：是中国古代打击乐器和礼器，泛指石类打击乐器（详见第一章唐代词第三节张说《舞马词》)。

二十、毛　晋（1598—1659）

原名凤苞，字子九，后改字子晋，号潜在，晚号隐湖。江苏省常熟市人。明末著名文学家、藏书家、校勘家、刻书家、出版家。明诸生，以布衣自处，少师钱谦益，博学多识。家藏书84000余册，专收世间善本、秘籍，建汲古阁、目耕楼储之，多为宋、元善本，居历代私家刻书者之首。曾刊刻《十三经》《十七史》《六十种曲》《津逮秘书》等书，所刻书世称“汲古阁本”。又好抄录罕见秘籍，缮写精良，人称“毛抄”。编著甚多，有《和古今人诗》《野外诗题跋》《虞乡杂记》《隐湖小志》《海虞古今文苑》《毛诗名物考》《明诗纪事》《宋名家词》《词苑英华》《僧宏秀集》《隐秀集》《汲古阁书目》《汲古阁题跋》《毛诗陆疏广要》等，共数百卷。

法曲献仙音①

巾拂舞②，荡日碧虚中。宝鼎氤氲通帝座，雨花漂渺舞天风。咫尺九霄宫。

作品赏析

本词描述“法曲”中的《巾拂舞》表现的情状和意境。通过“碧虚”“氤氲”“漂渺”等词语，将“法曲”中的《巾拂舞》表演的韵律和虚无空灵的意境淋漓尽致地展现出来。结尾句“咫尺九霄宫”，更是将音乐、舞蹈的缥缈意境呈现于读者眼前，绘制了一幅乐舞表演的美妙画面。

乐舞阐释

① 法曲献仙音：原为唐代法曲，后用作词牌，又名《献仙音》《越女镜心》。来源于东晋及梁代的“法乐”。“法曲”即法乐，用于佛教法会。我国中原法曲自南北朝时起，由西域法乐与汉族《清商乐》结合而成，梁以后形成以《清商乐》为主的法乐，至隋代称为法曲。唐代玄宗皇帝酷爱法曲，他所创作的音乐主要是法曲，并以梨园法部作为其创作和排演的场所。当时著名的法曲有《赤白桃李花》《霓裳羽衣》等。“梨园法部小部”专门培养法曲的演奏人才，据《太宗外传》载：“小部者，梨园法部所置，凡三十人，皆十五以上。”当时，法曲还掺杂道教乐曲，使之更加浑厚。宋代陈旸《乐书》载：“法曲兴自于唐，其声始出清商部，比正律差四，郑卫之间有铙、钹、钟、磬之音。《献仙音》其一也。”中唐以后法曲渐衰。宋代教坊四部中设有“法曲部”。《乐章集》《清真集》并入“小石调”。《白石道人歌曲》入“大石调”，九十二字体为双调，全词同韵，仄韵，上片三仄韵，下片五仄韵，韵字可上声、可去声。上片结尾是以一去声字领下五言两句，下片结尾是以一去声字领下四言一句、六言一句。韵段内可撤句、造句，但须保持字数不变。另有九十一字体、九十三字体，句式略有不同。本词为单调，五句，共二十七字。

仙音：仙界的音乐。宋代洪迈《夷坚志·夷坚乙志》：“恒娥奏乐箫韶，有仙音异品，自然清脆。”

② 巾拂舞：表演《巾舞》和《拂舞》。

巾（见图 5-7）：即《巾舞》，汉代著名舞蹈之一，属杂舞类。舞蹈时舞者手持巾（长绸）而舞，当时的“巾”很像现在《长绸舞》中

图 5-7　汉代 · 巾舞画像石，河南南阳出土

所用的长绸。晋以后，又称《公莫舞》。《晋书 · 乐志下》载：“《公莫舞》，今之《巾舞》也。”隋代将《巾舞》和《鞞舞》《拂舞》《铎舞》并称为“四舞”，用于宫廷宴飨，舞者已不执巾。《隋书 · 音乐志》载：“牛弘请存《鞞》《铎》《巾》《拂》等四舞，与新伎并陈。因称：‘四舞’，按汉、魏以来，并施于宴飨。”唐代将《巾舞》列入《清商乐》之中。执巾而舞，在现今的中国古典舞和民间舞中多有表现。巾有短巾和长巾之分：短巾一般是舞者将其握于手中，舞蹈时手臂和手腕发力，将其抛出；长巾一般是舞者将其绑在短木棍的一端，手握木棍的另一端，舞蹈时手臂和手腕发力，以木棍带动长巾将其抛出。在汉代乐舞画像和敦煌壁画中的“飞天”画像中，都能够看到舞女及“仙女”执长巾而舞的形象，这和“巾舞”飘逸的舞姿以及我国传统的审美意识不无关系。“巾舞”可以营造出虚实相间的形态之美，行云流水的动态之美，“人静巾动”或“人动巾静”的静中有动或动中有静的对比之美，飘逸如仙的意境之美。几千年以来，《巾舞》不断发展，在现今的社会生活中，无论是在舞台上，还是在场地舞蹈中，常常能够看到《巾舞》的现代形式——《长绸舞》的表演。

拂舞（见图 5-8）：汉、魏杂舞名，又名《白符舞》《白凫鸠舞》，是江南吴地的汉族民间舞蹈。拂，即拂子、拂尘。舞者手执舞具“拂子”而舞。拂子最早是将兽毛、棉、麻等物扎在柄上用以拂除蚊虫的用具，后来作为舞具使用，也发展为古代谈论家和道士手中所持之物。《晋书·乐志》载：“拂舞，出自江左。旧云吴舞……亦陈于殿庭。”《南齐书·乐志》载：“《白符鸠舞》，出江南，吴人所造。……其诗本云：‘平平白符，思我君惠，集我金堂。’”《晋书·乐志》载《拂舞曲》五篇：一曰《白鸠》，二曰《济济》，三曰《独禄》，四曰《碣石》，五曰《淮南王》。《拂舞》在魏、晋时进入宫廷，用于宴飨，盛行于梁代，隋、唐时还有表演，代表作有《白鸠》（或作《白符鸠》）。唐代刘禹锡《经檀道济故垒》：“秣陵多士女，犹唱白符鸠。”唐代李商隐《杨柳枝》：“曾逐东风拂舞筵，乐游春苑断肠天。如何肯到清秋日，已带斜阳又带蝉。”唐代李白《白鸠辞》：“铿鸣钟，考朗鼓。歌白鸠，引拂舞。白鸠之白谁与邻，霜衣雪襟诚可珍。含哺七子能平均，食不噎，性安驯，首农政，鸣阳春。天子刻玉杖，镂形赐耆人。白鹭之白非纯真，外洁其色心匪仁。阙五德，无司晨，胡为啄我葭下之紫鳞。鹰鹯雕鹗，贪而好杀。凤凰虽大圣，不愿以为臣。”当代民间还有执拂而舞的舞蹈形式，应该是从古代《拂舞》发展而来。

图 5-8　山东滕县大郭村汉画像石拂舞图像

二十一、易震吉（生卒年不详）

字起也，号月槎。明金陵（今江苏省南京市）人。明代词人。崇祯七年（1634）进士。授刑部主事，后升郎中，出为大名知府，历嘉湖道江西参政副使。入清后事迹不详。赵尊岳《明词汇刊·秋佳轩诗余跋》赞其："明人作词，此其篇帙最富者也。词笔取径稼轩（辛弃疾）一流，力求以疏秀取胜。"有《秋佳轩诗余》12卷，收有1180首词。

念奴娇（读稼轩集，用大江东去韵）

期思渡口，来青兕、共诧天生神物。迭嶂西驰旋万马，压倒东坡赤壁。婢子琵琶[①]，儿童觱篥[②]，那解阳春雪[③]。绍兴相望，如公应号词杰。　　公岂仅仅词人，八陵二圣，忠愤漫胸发。陡把大声呼海内，虏焰一飙吹灭。著作其余，风流婉约，写出心如发。伊人安在，瓢泉犹照秋月。

作品赏析

本词以豪放之情，赞誉了辛弃疾诗词的才情和爱国主义情怀。上片开篇提及辛弃疾曾经居住过的期思村，以期思村天生的神物来比喻辛弃疾的才情能压倒苏东坡，接着以"婢子琵琶，儿童觱篥，那解阳春雪"几句，来比喻一般的儿戏小诗哪堪与辛弃疾阳春白雪般的诗词相媲美，赞誉其为词人之豪杰。下片接着赞誉辛弃疾岂能仅仅被称为词人：北宋的国土沦陷，王业覆灭，他胸膛中充满忠义愤激之情，恨不能“陡把大声呼海内”，将“虏焰一飙吹灭”。

乐舞阐释

① 婢子琵琶：婢女弹奏的琵琶。

② 儿童觱篥：儿童吹奏的觱篥。

觱篥（见图 5-9）：古代吹奏管乐器，又名觱栗、笳篥、悲篥等。觱篥由圆柱形管身、侵子和管哨三部分组成，开八孔（前七后一），形似喇叭，以竹或木制管，以芦苇制嘴，可用来独奏、合奏。觱篥本出自西域龟兹，在西汉时期流行于新疆一带，后传入中原。为隋、唐燕乐及唐、宋教坊使用的乐器，宋代教坊十三部中有觱篥部，在民间也很流行。南北朝时，有大觱篥、小觱篥、竖小觱篥、桃皮觱篥、双觱篥等。清代乐舞觱篥为芦管、三孔。今民间流传的觱篥以木为管、八孔，称为管子。笳篥的音量较大，音色清脆、高亢明亮、粗犷质朴，富有强烈的乡土气息。《乐府杂录》载：“觱篥，葭管也，卷芦为头，截竹为管，出于胡地。制法角音，九孔漏声，五音。”《资治通鉴》卷二百三十七载：“师道时知密州事，好画及觱篥。”《旧唐书·音乐志》杜佑曰：“觱篥，一名悲篥，出于胡中，其声悲。东夷有以卷桃皮为之者。亦出南蛮。”唐代刘商《胡笳十八拍第七拍》：“龟兹觱篥愁中听，碎叶琵琶夜深怨。”清代董元恺《沁园春》：“跨马西征，极望长城，无限苍凉。正金风万里，

图 5-9　五代王建墓棺座乐舞石雕，吹觱篥，藏于成都永陵博物馆

蒙蒙草白，穹庐千帐，历历榆黄。狮子屯空，九龙沟冷，落日孤鸿俯大荒。英雄恨，洒无边血泪，老尽沙场。当年顺义降王。指晾马、台倾古道旁。任臂鹰牵犬，紫髯碧眼，鸣鞭挟弹，绿鹿红羊。觱篥横吹，琵琶倒载，重酪旃裘锦绣香。真无外，只八埏一统，安用边墙。”

③ 那解阳春雪：怎能理解《阳春白雪》曲。

阳春雪：此处指《阳春白雪》，古乐曲名，中国十大著名古曲之一。相传是春秋时期晋国乐师师旷或齐国刘涓子所作（详见第一章唐代词第十二节白居易《杨柳枝》）。

二十二、顾炎武（1613—1682）

初名绛，字宁人，号亭林，曾化名蒋山佣，因为仰慕文天祥学生王炎午的为人，改名炎武。昆山（今江苏省昆山市）人。明末清初思想家、学者。年十四为诸生，耿介绝俗，居亭林镇，人称亭林先生。少年时参加“复社”反宦斗争。明亡，在家乡参加抗清斗争。兵败，流亡各地，聚集同道之人，不忘筹谋复兴，倡“天下兴亡，匹夫有责”之说。致力于学术研究，提倡引古筹今，重当世之务。康熙十年（1671）拒不应史职荐，十七年（1678）诏举博学鸿词科，次年修《明史》，大臣争荐之，其却力辞不赴。晚年定居华阴，卒于山西曲沃。学问渊博，笃志六经，善书法，对哲学、历史、经济、金石、音韵等皆有研究。与黄宗羲、王夫之并称“明末清初三大儒”。著述丰富，主要有《肇域志》《天下郡国利病书》《日知录》《亭林诗文集》《音学五书》《韵补正》等。

忆江南①（庐山五忆词）

庐山忆，却忆石门中。狮子月明挝象鼓②，铁船风细送铜钟③。四壁尽芙蓉。

作品赏析

本词为忆庐山之作。描写了庐山中的石狮子仿佛在明月下敲击着象鼓；铁船峰微风徐徐，仿佛送迎着铜钟；山的四壁开遍芙蓉花。

乐舞阐释

① 忆江南：词牌名，原名《望江南》，又名《梦江南》《春去也》《望蓬莱》《江南好》《归塞北》《步虚声》《谢秋娘》《望江梅》《安阳好》《梦仙游》《壶山好》等。《钦定词谱》卷一“忆江南”载：“按唐段安节《乐府杂录》，此词乃李德裕为谢秋娘作，故名《谢秋娘》。因白居易词更今名，又名《江南好》……此皆唐词单调。至宋词始为双调。”白乐天作《忆江南》三首，第一《江南好》，第二、第三《江南忆》，自注云：“此曲亦名《谢秋娘》，每首五句。”（见《碧鸡漫志》）。所以又名《江南好》《江南忆》。此外，刘禹锡词首句有“春去也”，皇甫松词有“闲梦江南梅熟日”之句，所以又名《春去也》《梦江南》。《全唐诗》于李后主《忆江南》注：“一名《归塞北》。”万氏《词律》又有《梦江口》之名。《金奁集》入“南吕宫”。宋代多用双调体，五十四字体，实为合两首单调而成。本词为单调，共二十七字，五句三平韵。首句为三字句。第二句为仄起平韵之五字句，句法上二下三。第三句为仄起仄收之七字句，第一、三字平仄不拘。第四句为平起平韵之七字句。第五句句法与第二句同，故第一字可平可仄。第三、第四两句，多用对偶。另有五十九字体，但调不同，上、下片各五句，两仄韵，两平韵。

② 狮子月明挝象鼓：庐山中的石狮仿佛在明月之下敲击象鼓。

象鼓（见图 5-10）：打击乐器，又称象脚鼓，古称三五（尺）长波鼓、羊皮长鼓。鼓身以木料制作，通体中空，上端较粗，下端略细，呈喇叭状。鼓面蒙羊皮，鼓皮四周用细牛皮条勒紧。鼓的外表涂漆，鼓腰和鼓的下半部雕有装饰图案。因鼓身形似象脚而得名，是傣族的重要民间乐器，广泛用于歌舞和傣戏伴奏中，还有景颇、佤、拉祜、布朗等民族也使用。《象脚鼓舞》是傣族民间舞蹈，流行于云南德宏和西双版纳地区，由男子表演，表演时将象脚鼓斜挂于肩上，双手击打鼓面。象脚鼓有大、中、小三种：大鼓傣语称“光亚”，长度约为160 厘米，鼓面直径约为 30 厘米，表演时舞蹈动作不多，以打法变化、鼓点丰富见长，有一指打、二指打、三指打、掌打、拳打、肘打、脚打、头打等打法，多为一人表演或为舞蹈伴奏；中鼓傣语称“光吞”，是象脚鼓中用途最广的，长度约为 120 厘米，鼓面直径为 23 厘米至 28 厘米，表演时没有更多鼓点，一般一节拍击打一下，多用拳击打，个别地区用槌击打，同时左手指击打弱拍；小鼓长度约为 80 厘米，一般为两人比赛，以斗鼓、赛鼓为特点。

图 5-10　象鼓

③ 铁船风细送铜钟：庐山铁船峰微风徐徐，仿佛送迎着铜钟。

铜钟：古代铜制打击乐器。中间空，顶部穹形，悬挂于架子上，用槌敲击发声。常用于祭祀、礼仪、宴饮等场合，也广泛用作发声器。东汉许慎《说文解字》载：“杨树达曰：钟者，可捶之物。”

二十三、金　堡（1614—1680）

字道隐，号性因。仁和（今浙江省杭州市）人。明末清初戏曲家。明崇祯十三年（1640）进士。官临清州知州。明永历二年（1648）授礼科给事中。在朝堂上直言正论，有“直臣”之称，与袁彭年、丁时魁、刘湘客、蒙正发称为“五虎”。因党争下狱拷讯致残，谪戍清浪卫，中途得瞿式耜之助，留居桂林。明亡，清顺治七年（1650）桂林陷，遂绝世事，削发为僧，法名澹归，住广东韶州丹霞寺。其词多抒发亡国之恨，语多沉郁悲壮，自成风格。擅长诗文，著作甚丰。有《遍行堂集》《丹霞集》《岭海焚余》《临清来去集》《梧州诗》《粤中疏草》等。乾隆时全遭禁毁。王国维《曲录》著录金氏所作《偏行堂杂剧》。事迹见《南疆绎史》卷二八，《小腆纪传》卷三二，徐乾学《丹霞澹归释禅师塔铭》。

清平乐（方大林选入辟雍）

微言未堕。石鼓天荒破[①]。夺席横经看独坐。试问中原几个。　　乘风直上丹霄。浮青几点俱超。拈取西山片雪，荡开南海全潮。

作品赏析

本词运用明快的笔调，赞许友人方大林被选入国子监学府后如鱼得水、官场得志的场景。上片通过给友人安排专席的场面和“试问中原几个”反问句的运用，加重词句的语气，增强了尊贵地位无人能及的语意。下片则通过“直上丹霄”“俱超”，以及“拈取”“荡开”等小动作与“西山片雪”“南海全潮”大景物之间的对比，衬托出方大林在官运亨通、扶摇而上时，呼风唤雨、意气风发的气势。

乐舞阐释

① 石鼓天荒破：石鼓之声响破天际。

图 5–11　秦石鼓文

石鼓（见图 5–11）：古代鼓名，用石头打造的鼓。圆形，底部较大，似墩，鼓体上刻有文字和图形。石鼓古已有之，公元 627 年发现于陈仓境内的陈仓山（今陕西省宝鸡市石鼓山）的石鼓，共十只，高二尺（约为 67 厘米），直径 30 多厘米，石鼓上端细，下端粗，顶部微圆，为花岗岩材质，每个重约一吨。每个石鼓上面都用大篆字体凿刻有“石鼓文”，因铭文中主要记载了渔猎之事，所以又称“猎碣”。宋代董逌《石鼓文辩》载：“世传岐山周篆，昔谓猎碣，以形制考之，鼓也。”元代马臻《金台文庙石鼓》：“猎碣镌功事惘然，摩挲坏石卧寒烟。”清代朱彝尊《赠许容》：“相邀硬笔写猎碣，夫岂不如薛尚功？”

洛阳春（寿宋桃石守府）

照雪寒光如练。崆峒长剑。英雄恰称宋青春，看突骑、神龙现。　　他日抡功玉殿。麒麟独擅。百年鼓腹太平人[①]，偏又许、将军见。

作品赏析

本词是一首情感饱满的祝寿之作。上片描写宋先生青春年少时雪中舞剑，武艺高超。赞誉他当年如蛟龙出海般单人独骑冲锋陷阵的气势和豪情。下片赞誉如若他日在大殿上论功行赏，先生当位列第一。接着描写如今为君贺寿，感到自己年岁已老，本应鼓腹而欢，做一个太平之世的安乐公，怎奈何，今日却又见，将军跃马扛刀，表现了作者对太平盛世的渴望以及对建功立业的强烈期许。

乐舞阐释

① 百年鼓腹太平人：拍击着腹部应和着节拍的太平盛世中的人。

鼓腹：拍击腹部，以应和歌乐的节奏。古人在家宴或欢愉之时，一边拍打腹部，一边歌唱。《庄子·外篇·马蹄》："夫赫胥氏之时，民居不知所为，行不知所之，含哺而熙，鼓腹而游，民能以此矣。"唐代成玄英疏："赫胥，上古帝王也；亦言有赫然之德，使民胥附，故曰赫胥，盖炎帝也。夫行道之时，无为之世，心绝缘虑，安居而无所为；率性而动，游行而无所往。既而含哺而熙戏，与婴儿而不殊；鼓腹而遨游，将童子而无别。此至淳之世，民能如此也。"元代无名氏《醉写赤壁赋》："高歌鼓腹，长笑掀髯。"

临江仙（彭钟鹤过访）

谁作巧缘今一见，来迟路隔三千。旧游记得鳄湖边。斜阳深映塔，疏雨浅遮船。　　落叶西风无处讨，赤城有话须传。人间琐屑到何年。尽敲三棒鼓①，莫起五条弦②。

作品赏析

本词上片描写作者有缘与好友彭钟鹤相见，回忆起当年同游湖畔，蒙蒙细雨中，斜阳将塔倒映在湖面中的场景，表达了作者对往事的怀念和对友情的珍惜。下片通过“落叶西风无处讨”“人间琐屑到何年”“尽敲三棒鼓，莫起五条弦”等句，表达了作者对世事的无奈和辛酸。

乐舞阐释

① 尽敲三棒鼓：尽情敲击三棒鼓。

三棒鼓：一种技艺性的民间歌舞，以抛舞三根鼓棒，击鼓伴唱而得名。盛行于湖北、湖南等地。旧时三棒鼓随艺人流传于全国各地。由三人表演，也有五人表演的，一般为一人击鼓唱词，一人锣鼓配乐，另一人耍花棒。表演时用三根长约30厘米的花棒，舞者左右手各执一根，将另一根抛在空中，左右开弓，击打空中花棒使之不落地。击鼓的技巧有单跨花、双跨花、砍四门、绞花、织布、单鼓花、双鼓花、麻雀钻竹木、白蛇吐飞剑、乌龙搅水、金钱吊葫芦、姑娘纺棉纱等。三棒鼓有闹春耕、收割打场、庆丰收、拜年节四套。三棒鼓历史悠久，源于唐代的“三杖鼓”。宋代陈旸《乐书》载：“唐咸通中有王文举尤妙弄三杖打撩，万不失一。”元代称为“花鼓棒”，元代李有《古杭杂记》载："花鼓棒者，谓每举法乐，则一僧三四鼓棒在手，轮转抛弄。"明代以后称"三棒鼓"，明代沈德符《顾曲杂言》载："吴下向来有妇人打三棒鼓乞钱者，余幼时尚见之，亦起唐咸通中。"清代，三棒鼓与凤阳花鼓相结合，表演更加丰富。近代三棒鼓分为单人表演和双人表演：单人表演者抛耍三根棒击鼓伴唱，同时敲击马锣；双人表演时，一人抛棒击鼓，另一人奏马锣。

② 莫起五条弦：不要弹起五弦琴。

五条弦：乐器名，即五弦琴，琴有五条弦。中国许多历史悠久的弦乐器，都曾经历过五弦的形制，如琴、筝、筑等。《尚书》载："舜弹五弦之琴。"东汉应邵《风俗通义》"筝"载："五弦，筑身也。"1978年，在湖北省随县曾侯乙墓出土了战国初期的五弦琴。五弦琴是汉族乐器，属于古琴的一种，琴分上下两部分，由音板、弦钉、弦柱、琴弦和共鸣箱构成。上部的音板，多使用木料制作，板长约40厘米、宽12厘米、厚2厘米，弦钉与弦柱之间张以五条琴弦。古时的琴弦，多采用麻丝捻合而成，后来才发展为丝弦或钢丝弦。下部的共鸣箱，呈长方匣形，用质地较硬的木板制成，长约32厘米、宽16厘米、高12厘米。五弦琴的音板与共鸣箱既分离、又合用的乐器形制，与我国湖北省随县曾侯乙墓出土的两千多年前的琴、瑟、筑的结构相似。

凤凰台上忆吹箫[①]（寿肇庆史庸庵太守）

散锦成山，掷杯浮水，眼前无限春光。有大夫风教，短日俱长。笑抚民间鸡犬，生脱化、帝所麟凰。谁兼取，政存两汉，诗过三唐。　　思量。为云出岳，人世上藩篱，岂免回翔。念古今绵邈，洲岛苍茫。欲奏咸英微唱[②]，也合得、风月平章。休轻负，万年枝畔，酒熟花香。

作品赏析

本词开篇描写了无限美好的山水春光，为接下来对友人庸庵太守的美好赞誉做了铺陈。上片通过“有大夫风教，笑抚民间鸡犬，生脱化、帝所麟凰”几句，赞誉太守品行高尚；而“谁兼取，政存两汉，诗过三唐”几句，赞誉和感叹谁能够像太守这样才智出众呢？下片描写只有像太守“为云出岳”一般的境界，才能够不只是徘徊流连于此。接着抒写古今之事悠远而苍茫，只欲奏《咸池》《六英》之乐而微微吟唱，不能辜负了这美好的时光，表现出作者心系天下，豁达乐观的心态。

乐舞阐释

① 凤凰台上忆吹箫：词牌名，又名《忆吹箫》。《钦定词谱》卷二十五引《列仙传拾遗》载：“萧史善吹箫，作鸾凤之声，秦穆公有女弄玉，善吹箫，公以妻之，遂教弄玉作凤鸣，居十数年，凤凰来止，公为作凤台，夫妇止其上，数年，弄玉乘凤，萧史乘龙去。”本格为双调，有九十五、九十六、九十七字体。本词为双调，共九十五字，二十一句，上片十句四平韵，下片十一句五平韵。

② 欲奏咸英微唱：想要演奏着《咸池》与《六英》之乐而微微吟唱。“咸英”指古代乐舞《咸池》与《六英》，也泛指古乐。南朝梁刘勰《文心雕龙·乐府》载：“自《咸》《英》以降，亦无得而论矣。”清

代唐孙华《进呈御览诗一百韵》："八荒韬剑甲，万舞听《咸》《韺》。"

咸：指《咸池》，古代乐舞名，又名《大咸》《承云》《云门大卷》，简称《云门》，为黄帝时的纪功乐舞，尧帝增修而用之。黄帝即轩辕，姓姬，因居于轩辕之丘，所以名为轩辕。轩辕出生、创业和建都于有熊（今河南省新郑市），所以又称为有熊氏；因有土德之瑞，所以称黄帝。黄帝曾战胜炎帝于阪泉，战胜蚩尤于涿鹿，被诸侯尊为天子，后人尊之为中华民族的人文始祖。《咸池》的主要内容是歌颂黄帝的功绩，赞美黄帝团结万民，圣德如云。据《史记》《左传》等记载，黄帝即位时，天上出现祥云，所以将云视为氏族的图腾。《吕氏春秋·仲夏纪·古乐》载："黄帝又命伶伦与荣将铸十二钟，以和五音，以施英韶，以仲春之月，乙卯之日，日在奎，始奏之，命之曰《咸池》。"尧帝是远古部落陶唐氏的领袖，他仁德如天，智慧如神。尧的乐舞名为《大章》，意为尧之仁德章明于天下。据《周礼》和《礼记》记载，《咸池》本为黄帝乐名，因尧对《大章》进行了增修，吸收了黄帝的乐舞《咸池》，所以将《咸池》归于尧乐。使用乐舞时如不用增修部分，仍叫《大章》。《咸池》又称《大咸》。《周礼注疏》卷二十二郑玄注："《大咸》，《咸池》，尧乐也。尧能殚均刑法以仪民，言其德无所不施。"《礼记·乐记》载："《大章》，章之也。《咸池》，备矣。《韶》，继也。《夏》，大也。"郑玄注："黄帝所作乐名也，尧增修而用之。"按史料记载，《咸池》居舜乐《大韶》之前，则应为尧或尧之前代乐舞。"咸池"二字，咸作皆，池作施，极言布德之广。唐代元稹《和李校书新题乐府·法曲》载："舜持干羽苗革心，尧用咸池凤巢阁。"金堡本首词中的"奏咸英微唱"，指前代流传下来的乐舞。戴明扬注引梁章钜曰："黄帝使伶伦截竹，乐律起于黄帝，故云'接轩辕之遗音。'"《咸池》后世也泛指优美的音乐。

英：指《六英》，又名《五英》。"英"又作"茔"或"韺"，相传为帝喾时的乐舞。《吕氏春秋·仲夏纪·古乐》载："帝喾命咸黑作为声歌——九招、六列、六英。"《淮南子·齐俗训》载："咸池、承云、九韶、六英，人之所乐也。"《汉书·礼乐志》载："帝喾作五英。"晋代张华《晋正德大豫舞歌·正德舞歌》："象容表庆，协律被声。轶武超沪，取节六英。"唐代刘禹锡《历阳书事七十韵》："早忝登三署，曾闻奏六英。"后世也泛指优美的音乐。清代魏学渠《春从天上来》："羁旅漂摇。叹楚水吴山，驿路迢迢。不闻地缩，惟见天高。争说节换来朝。记孟冬授朔，集鹓班、拜舞英韶。到今年，更梅疏沙市，雪满江皋。　　幸是使君情深，缟纻看猎，当风对酒争豪。卷列支干，气分赤白，岁时荆楚眉标。道山中无历，忘庚甲、验取天乔。斗移杓，行逢新运，一任逍遥。"

水调歌头（送仁化令张吉甫还平原并寿）

唱得归田乐，达者有余欢。枯杨落尽黄叶，折赠也无端。曾向锦溪十载，手植名花千种，不用合还丹。早被罡风使，隔下使君滩。　　人矍铄，地宽阔，没遮拦。南山谁射猛虎，相趁跨雕鞍。笑顾千宵玉树，拂落横天珠斗，牵率舞杯盘①。好个含元殿，切忌问长安。

作品赏析

本词为作者送好友张吉甫回平原县之作。上片以景抒情，表达了友人乐观的情怀和超然的感悟。下片祝福友人精神健硕，赞誉友人直率豁达的秉性，称道友人报效国家、建功立业的情怀。以“笑顾千宵玉树，拂落横天珠斗”两句，表现出作者和友人共勉的超脱、豁达的胸怀。最后两句表达了作者对友人张吉甫功成名就的赞誉。

乐舞阐释

① 牵率舞杯盘：引导着跳《杯盘舞》。

舞杯盘：即《杯盘舞》，又名《晋世宁舞》。“盘”又作槃、柈。晋代杂舞名，手执杯盘而舞。《晋书·乐志下》载：“《杯柈舞》，案太康中天下为《晋世宁舞》，务手以接杯柈反覆之。此则汉世惟有柈舞，而晋加之以杯，反覆之也。”《宋书·乐志》载：“《盘舞》，汉曲也。张衡《舞赋》云：‘历七盘而纵蹑。’王粲《七释》云：‘七盘陈于广庭。’迈世文士颜延之云：‘递间关于盘扇。’鲍照云：‘七盘起长袖。’皆以七盘为舞也。《搜神记》云：‘晋太康中，天下为《晋世宁舞》，矜手以接杯盘反覆之。’此则汉世唯有盘舞，而晋加之以杯，反覆之也。”《五行志》载：“其歌云：‘晋世宁，舞杯盘。’言接杯盘于手上而反覆之，至危也。杯盘者，酒食之器也，而名曰晋世宁者，言晋世之士，偷苟于酒食之间，而其知不及远。晋世之宁，犹杯盘之在手也。”《旧唐书·音乐志》载：汉有《盘舞》，“晋世加之以柸，谓之《杯盘舞》。乐府诗云，‘妍袖陵七盘’，言舞用盘七枚也”。因歌词首句有“晋世宁”而得名，是赞颂晋世繁荣太平，祝愿宾客欢乐长寿。《乐府诗集》卷五十六中的歌词：“晋世宁，四海平，普天安乐永大宁。四海安，天下欢，乐治兴隆舞杯盘。舞杯盘，何翩翩，举座翻覆寿万年。天与日，终与一，左回右转不相失。筝笛悲，酒舞疲，心中慷慨可健儿。樽酒甘，丝竹清，原令诸君醉复醒。醉复醒，时合同，四坐欢乐皆言工。丝竹音，可不听，亦舞此盘左右轻。自相当，合坐欢乐人命长。人命长，当结友，千秋万岁皆老寿。”宋改歌词首句为“宋世宁”，齐改歌词首句为“齐世昌”。《南齐书·乐志》载：“晋《杯盘歌》。十解，第三解云：‘舞杯盘，何翩翩，举坐翻覆寿万年。’……其第一解首句云‘晋世宁’，宋改为‘宋世宁’。恶其杯盘翻覆，辞不复取。齐改为‘齐世昌’。余辞同后一。”《杯盘舞》在南朝宋、齐仍然流行。

声声慢①（赋得壮心不已，仍用易安韵）

譬如利剑，斩却形天，至今犹舞干戚②。童见长新，谁管甚时休息。流光未觉电驶，渐老来、渐看渐急。如意舞③，唾壶歌④、此意少年怎识。　　白发无根自出。公道煞、忙里偷闲勤摘。变白难成，且喜此心成黑。乳瓯双擎海水，紫澜回、不消一滴。这骨石，便没个、收拾也得。

作品赏析

本词是作者按照李清照《声声慢》的韵所作的追和之作，词调一改李清照婉丽的风格，借易安南渡飘零之痛抒发作者的黍离之悲。

上片描写作者回顾少年时的心境，在今昔对比中感慨时光如梭，瞬间即逝。开篇“譬如利剑，斩却形天，至今犹舞干戚”几句，取意于陶渊明《读山海经》中的诗句：“刑天舞干戚，猛志故常在。”以这一典故说明自己当年的报国情怀就像是刑天，历经苦难，雄心不已。为整首词铺垫了壮怀激烈的感情基调。接着描写而今时光在不知不觉中像闪电一样稍纵即逝，“渐老来、渐看渐急”一句，连续三个“渐”

字将时光流逝、壮志未酬的焦急感层层渲染，刻画出作者想要施展抱负的急切心理。“唾壶歌、此意少年怎识”一句，取意于《世说新语》王敦击壶的典故，来抒发自己渴望施展抱负的心情，这其中的辛酸年少时怎能知晓呢？下片继续描写光阴流逝、白发渐长的心慌、无奈。“变白难成，且喜此心成黑”两句，表现出作者内心的失落变成了一种喜悦。结尾句“这骨石，便没个、收拾也得”表达了作者看破世事以及豁达的情怀。

乐舞阐释

① 声声慢：词牌名，又名《人在楼上》《寒松叹》《凤求凰》《神光灿》。本词原名《胜胜慢》，因蒋捷用此调咏秋声，全词皆以“声”字押韵，故改名为《声声慢》。《胜胜慢》始见于北宋晁补之《琴趣外篇》词。清代毛先舒《填词名解》卷三：“词以慢名者，慢曲也。拖音袅娜，不欲辄尽。”《声声慢》有九十六字体至九十九字体，上片九句五仄韵，下片八句五仄韵。本词为双调，共九十七字，全词同韵，上片九句四平韵，下片八句四平韵。韵字可阴平、可阳平。凡五字句首字为领字。韵段内可撤句、造句，但须保持字数不变。

② 至今犹舞干戚：至今依然挥舞着盾牌和大斧。

干戚：干，即盾牌；戚，即大斧。均为古代兵器。《毛诗故训传》载：“戚，斧也。”《山海经·海外西经》载：“刑天与帝至此争神，帝断其首，葬之常羊之山，乃以乳为目，以脐为口，操干戚以舞。”《后汉书·崔骃列传》载：“干戚之舞，足以解平城之围。”另外，《干戚舞》为中国古代武舞。《礼记·乐记》载：“比音而乐之，及干戚羽旄，谓之乐。”另外，“干戚”也借指征战，如《魏书·邢峦李平》载：“未有舍干戚而康时，不征伐而混一。”唐代李昂《从军行》：“欲令塞上无干戚，会待单于系颈时。”

③ 如意舞：舞蹈名，手持“如意”而舞。古代的“如意”是用来搔痒的生活用具。宋代吴曾《能改斋漫录》引《音义指归》载：“如意者，古人爪杖也。或骨角竹木削作人手指爪，柄可长三尺许。或脊有痒，手所不到，用以搔抓，如人之意。”随着发展，如意成为随身佩戴以供玩赏的器物。如意用金、玉、铜、骨、竹、石、水晶、象牙、珊瑚、玛瑙、兽角等材质制成，长约30厘米，柄端多为手指形，用以表示吉祥如意。文人雅士吟诗咏歌时，和着《如意舞》，用如意打着节拍。作为工艺品的如意，在晋代、唐代已有，以清代为多。唐代李贺《始为奉礼忆昌谷山居》：“向壁悬如意，当帘阅角巾。”

《如意舞》古已有之。宋代陆游《遣兴》：“懑拈如意舞，狂叩唾壶歌。”后来清代宫廷又有新创作的《如意舞》，由清代宫廷御前女官裕容龄根据中国戏曲舞蹈和古代侍女舞姿图创作，并于1905年农历五月初四端阳节前夕，在颐和园乐寿堂表演，慈禧太后和光绪皇帝以及皇后等人观看了表演。裕容龄表演时手里拿着象征吉祥如意的道具“如意”起舞，表演结束时将“如意”献给慈禧太后。裕容龄（1882—1973）是清代末年的御前女官，满族人，舞蹈家。其父裕庚是清代一品官。裕容龄从小热爱舞蹈，曾在日本和法国学习舞蹈，受过良好的舞蹈教育，是清代学习东、西方舞蹈的第一人。

④ 唾壶歌：击打唾壶以咏歌。取意于《世说新语》：“王处仲每酒后辄咏‘老骥伏枥，志在千里。烈士暮年，壮心不已’。以如意打唾壶，壶口尽缺。”意思是说，王处仲（王敦）每次饮酒后，就朗诵曹操诗句，一边诵读一边用如意击打痰盂为节拍，甚至使唾壶口的边沿缺损。后用“缺唾壶”表示渴望施展才能，壮怀激烈。宋代苏轼《次韵刘景文见寄》：“莫因老骥思千里，醉后哀歌缺唾壶。”

二十四、徐之瑞（生卒年不详）

字兰生。仁和（今浙江省杭州市）人。明崇祯九年（1636）举人。入清，隐居不仕。有《横秋词》。

琵琶仙[①]

壬子孟冬，过访秋岳述旧，明日嘱予同适吴门，余舟先发，因和来韵答之。

铁拍铜挝[②]，任高唱、昨夜琵琶仙句[③]。孤櫂吹送西风，离亭动津鼓[④]。闲矫首、纵横星斗，听嘹呖、断鸿何处。破笠冲风，关河萧瑟，是旧游路。　　忆长傍、锦瑟佳人，早白头、伤心为谁赋。梦绕薜萝三径，恨流年虚误。留不住、诗人老去，记别时、小玉低诉。莫负京兆归迟，绿窗眉妩。

作品赏析

本词为冬季话旧时的感伤之作，是写和友人重走旧时路所见的情景，勾起对往日时光的回忆，以及对时光荏苒的慨叹。上片以写景为主，以昔日景色为感情寄托，通过“孤櫂”“嘹呖”“断鸿”“萧瑟”等词的运用，给读者展现出一幅孤独、凄凉的画面，更加深了“旧游路”上“离亭”送别的伤感。下片描写作者回想当年身傍“锦瑟佳人”，可是流年已去，如今早已白头，只记得离别之时美人低声诉说期盼早日归来，表达了作者对时光流逝的无奈和物是人非的感伤之情。

乐舞阐释

① 琵琶仙：词牌名，此调为姜夔自度曲。本词为双调，共一百字。全词同韵，仄韵，上片九句四仄韵，下片八句四仄韵，韵字可上声、可去声，古韵多入声。

② 铁拍铜揓：拍打着铁铜乐器。

③ 任高唱、昨夜琵琶仙句：任凭高声吟唱昨夜的《琵琶仙》句。

④ 离亭动津鼓：送别的驿亭敲起信号鼓。

津鼓：古代河流的渡口设置的信号鼓。也有在客船上置鼓者，以鼓声为号令，指挥客船的行止和进退。后有客船归来时击鼓庆贺之意。唐代李端《古别离》：“天晴见海樯，月落闻津鼓。”唐代杜甫《十二月一日》：“负盐出井此溪女，打鼓发船何郡郎。”宋代晁实之《迷神引》：“烛暗不成眠，听津鼓。”元代陈孚《潇湘八景·远浦归帆》：“日落牛羊归，渡头动津鼓。”

二十五、毛 莹（1594—？）

初名培徵，字湛光，一字休文，晚号大休老人、净因居士。吴江（今江苏省吴江市）人。明诸生。入清不应试，隐居不出，晚年结庐松陵禊湖之滨，日事吟咏，悠闲终老。有《晚宜楼诗余》，一名《竹香斋词》。有《晚宜楼集》。有散曲《晚宜楼杂曲》一卷，存小令31首。

临江仙

鹿鹿半生弹指过，闲中日月偏长。晚来掩卷立斜阳。居然耕牧地，况是水云乡。

漫道桔槔声不断，儿童早舞商羊[①]。避秦且喜托山庄。草玄倘有暇，相与探奚囊。

作品赏析

本词借景抒情，抒发了作者“时间荏苒，逝者如斯夫”的感慨。上片既感慨时间如梭、弹指过，又埋怨闲来日月长，表现出作者矛盾的心理。“晚来掩卷立斜阳。居然耕牧地，况是水云乡”三句，描摹出作者耕读之状和闲适的生活情状。下片接着以景抒情，描写了作者“避以闹俗，托以山庄”，在乡间悠闲惬意地生活。

乐舞阐释

① 儿童早舞商羊：能歌善舞的少年儿童早晨跳起《商羊舞》。

商羊：指《商羊舞》，古代舞蹈名，又作鷸鴹。商羊是传说中的一种鸟，据说它能预知天将下雨，在下雨之前屈一足飞舞。春秋时期有“天将大雨，商羊起舞”的童谣。《商羊舞》属于祭祀祈雨舞蹈，发源于山东省鄄城县境内北部地区，以杏花岗村最为著名。这种活动除了在天旱求雨时举行外，还在每年农历三月初三进行表演。此舞为集体舞，一般由 12 人至 18 人表演（现在是男女各半，在古代妇女不准参加），在乐队的伴奏下，舞者双手各执一长一短的响板撞击，模仿商羊鸟的动作进行表演，边舞边唱。《集韵·临海志》载：商羊原是一种奇异的神鸟，一足，红嘴，花纹身子，白天睡觉，夜间觅食，吃虫豸（音雉，无足虫），不吃庄稼，鸣声像人呼啸。商羊鸟在历史文献中多有记载。汉代刘向《说苑·辨物》载：“齐有飞鸟一足来下，止于殿前，舒翅而跳，齐侯大怪之，又使聘问孔子。孔子曰：‘此名商羊，急告民趣治沟渠，天将大雨。’于是如之，天果大雨，诸国皆水，齐独以安。”东汉王充《论衡·变动》载：“商羊者，知雨之物也，天且雨，屈其一足起舞矣。”汉王肃《孔子家语·辩政》中也有同样内容的记载：“齐有一足之鸟，飞习于公朝，下止于殿前，舒翅而跳。齐侯大怪之，使使聘鲁问孔子。孔子曰：‘此鸟名曰商羊，水祥也。昔童儿有屈其一脚，振讯两眉而跳且谣曰：天将大雨，商羊鼓舞。’”此段记载说明在春秋时就有儿童模仿商羊鸟屈一足跳舞求雨。蒲松龄《聊斋志异·跳神》对《商羊舞》有记载：“妇束短幅裙，屈一足，作‘商羊舞’。”商羊鸟是水祥吉兆，每逢阴天下雨之前，就有成群的商羊鸟从树林里飞出来。人们见商羊鸟出现，就知道雨要降临，家家户户挖沟开渠、疏通水路，为灌溉良田做准备。随着历史的变迁，商羊鸟逐渐绝迹，于是，每当天大旱、久不下雨时，人们就盼望商羊鸟的出现。求雨心切，人们自扮商羊鸟，戴面具，拿响板，结彩铃，并模仿商羊鸟摇头晃脑，蹦蹦跳跳的动作。这种模仿商羊鸟求雨的动作与传统的祈雨祭祀仪式结合，经过鄄城先民的不断完善、升华，逐渐成为一种民间舞蹈。

《商羊舞》历史悠久，传说夏、商时期就用此舞求雨，成熟于春秋战国时期，宋代、明代最为流行。《商羊舞》和《禹步舞》有很深的渊源。夏、商时期，远古先民进入了农耕时代，春播秋收，靠天吃饭，民间的很多仪式都和祈雨祛灾以求丰收有关。"大禹治水"的故事就发生在此时期，典籍中记载的《禹步舞》也在大禹治水的故事中出现。传说商汤时期就以"禹步"祷雨。先秦《尸子》载："古者，龙门未辟，吕梁未凿……禹于是疏河决江，十年不窥其家……生偏枯之病，步不相过，人曰禹步。"此记载中的"偏枯"中医指半身不遂，西医指偏瘫，即一侧肢体瘫痪。有文献认为，大禹治水因劳累过度染"偏枯"病，两腿不能正常行走，只能一腿前迈，而另一腿拖地前行，所以人们称这种步行方式为"禹步"。大禹"偏枯"是先秦流传很广的一种说法，如《庄子·盗跖篇》载："禹偏枯。"成玄英疏："治水勤劳，风栉雨沐，致偏枯之疾，半身不遂也。"《荀子·非相》载："禹跳汤偏。"高亨注："跳、偏，皆足跛也。"《洞神八帝元变经·禹步致灵第四》："昔大禹治水……然禹届南海之滨，见鸟禁咒，能令大石翻动。此鸟禁时，常作是步，禹遂摸写其行，令之入术。"宋代赵汝谈《大涤山洞霄宫》："汤年间亦旱祷雨，禹步乃能冬起雷。"根据以上文献记载，不论是大禹因治水劳累过度造成的跛足，还是模仿异鸟的行走而创造的"禹步"，都充分说明了禹步和《商羊舞》之间是有渊源的。"禹步"的具体做法，史料中也有记载。晋代葛洪《抱朴子》中有两处记载，一是《仙药》曰："禹步法：前举左，右过左，左就右。次举右，左过右，右就左。次举右，右过左，左就右。如此三步，当满二丈一尺，后有九迹。”二是葛洪《抱朴子·内篇·登涉》引《遁甲中经》曰：“往山林中，当以左手取青龙上草，折半置逢星下，历明堂入太阴中，禹步而行……又禹步法：正立，右足在前，左足在后，次复前右足，以左足从右足并，是一步也。次复前右足，次前左足，以右足从左足并，是二步也。次复前右足，以左足从右足并，是三步也。如此，禹步之道毕矣。凡作天下百术，皆宜知禹步，不独此事也。”

《商羊舞》是模仿古时的商羊鸟的一种古老的舞蹈，舞蹈动作有时是蹦蹦跳跳，有时是嬉戏玩闹，把商羊鸟的神态表现得活灵活现，因而具有原始的模拟性特征。至今，在戏曲舞蹈和中国古典舞中仍有“商羊腿”的动作名称，其动作是一腿直立，另一腿半弯曲向前抬起至空中。

二十六、严　焞（生卒年不详）

有《南虞词》。

瑞鹤仙[①]（北堂寿诞）

堂上萱花茂。正芰影明波，桐阴清昼。康宁赖神佑。况儿孙围膝，重增孩幼。亲年八九。献春酒、冈陵比寿。舞班衣[②]、菽水为欢，幸托旧家堂构。　　罕有。烂星南极，兼灿长庚，更明张宿。天伦聚顺。甘旨奉、有余有。望孙枝、取次金章紫诰，簇着黄麻叠厚。到其时、再祝无疆，笙簧迭奏[③]。

作品赏析

本词为祝寿之作。上片开篇描写厅堂上的“黄花”正在盛开，庭院的“荷花”明波倒影，“桐树”之阴纯净透明，呈现出寿诞处一派清新舒雅的景象；又以“康宁赖神佑。况儿孙围膝，重增孩幼”几句，祝愿寿星康宁、儿孙满堂；接着描写寿宴上“献春酒”“舞班衣”祥和而热闹的场面。下片以美好的词语祝福寿星如“南极寿星，太白金星”一样万寿无疆，祝愿儿孙取得高官显爵。结尾句以笙簧齐奏，表现了寿筵上欢愉热闹的场面。

乐舞阐释

① 瑞鹤仙：词牌名，又名《一捻红》，始见于宋代周邦彦《片玉词》。《清真集》《梦窗词集》入“高平调”。本词为双调，共一百〇二字，二十句。全词同韵，仄韵，韵字可上声、可去声，古韵多入声。上片第一、第三、第四、第六、第七、第八、第十句，下片第一、第四、第五、第六、第八、第十句押韵，均用仄韵。上片第二句、第五句、第九句，下片第八句首字为领字。另有一百〇一字体，韵段内可撤句、造句，但须保持字数不变。

② 舞班衣：穿彩衣而舞。

班衣：即彩衣，又作斑衣。班通“斑”，斑为杂色的花纹，此处指身穿彩衣。取意于春秋时期，楚国隐士老莱子非常孝顺父母，为愉悦父母，他在七十岁时穿彩衣作儿戏的故事。后以“班衣戏彩”为老养父母的孝亲典故。宋代刘克庄《贺新郎》：“老去聊攀莱子例，倒着斑衣戏舞。”宋代张元干《满庭芳·寿》：“满泛椒觞献寿，斑衣侍、云母分屏。”明代陈汝元《金莲记》：“锦衣舞处更筹晚，更舞斑衣欢笑好，靖忠猷，佐圣朝。”清代顾炎武《与李湘北书》：“俾得归供菽水，入侍刀圭。则此一日之斑衣，即终身之结草矣。”

③ 笙簧迭奏：笙簧交替演奏。

笙：中国历史悠久的吹管乐器。

簧：指簧片，是乐器里用金属或其他材料制作的发音薄片。《说文解字》载：“簧，笙中簧也。”

第六章　清代词

一、王 庭（1607—1693）

字监卿，号言远，又号迈人。浙江秀水（今浙江省嘉兴市）人。少与从兄王翃诗词唱和。清顺治六年（1649）进士。历任广州知府、广西左江道按察副使、川北道布政使、四川按察使、江西右布政使、山西右布政使。吏议裁缺，罢官后归讲于希圣堂二十余年。有《秋闻》《三仕》《二西》，刻于康熙二十七年（1688），为晚年所自定义。有《秋闲词》一卷，聂先、曾王孙辑入《百名家词钞》。存词近300首。

瑶台聚八仙[①]（寿台海道卢瞻斗公祖）

棠荫何遥。鸳水去、南接过赤城桥。使君文教，还靖大海烟涛。鸿雁近无鸣下泽，看砂碛里再栽苗。事堪骄。旱方喜雨，凉且凌歊。　　秋风几日桂子，与竹同纪瑞，草并名瑶。聚庆长生，筵畔献曲吹璈[②]。公堂称祝万舞[③]，绝胜似瑶池宴碧桃[④]。黄衣报，有人臣极位，仙侣休招。

作品赏析

本词为描写祝寿宴席之作。上片以写景为主，通过描写“棠荫、鸳水、城桥、大海、鸿雁”等词句，将广阔优美的景象呈现于读者眼前，表现了作者恬静悠然的心境，同时也为祝寿宴席美好的周边环境做了交待，以引出下文。下片更是通过秋风里的“桂子”“竹”“草”等植物呈现祥瑞之境，烘托出众人相聚祝寿的美好意境。接着描写了祝寿宴席上“筵畔献曲吹璈”“公堂称祝万舞”的乐舞场景，可谓胜似西王母瑶池宴的热闹景象，表达了作者的祝愿和喜悦之情。

部分乐舞分析

① 瑶台聚八仙：词牌名，又名《新雁过妆楼》《八宝妆》等。传说瑶台为神仙居住的地方，始见于唐诗，如李白“会向瑶台月下逢”，李商隐“更在瑶台十二层”。“八仙”，有“蜀之八仙”“饮中八仙”和“天上八仙”等说法。八仙故事多见于历代文人作品，如《饮中八仙歌》《瑶台聚八仙》。本词为双调，共九十九字，全词同韵，平韵，韵字可阴平、可阳平。凡五字句首字为领字。下片第七句可制为“三五”句式。

② 筵畔献曲吹璈：宴席旁吹奏璈管进献乐曲。

璈：即璈管，古代吹管乐器，能吹奏出优美的音乐。《汉武帝内传》载：“王母乃命侍女王子登弹八琅之璈，又命侍女董双成吹云和之笙。”唐代顾云《华清词》：“隔烟遥望见云水，弹璈吹凤清珑珑。”清代赵翼《散花曲》：“一场璈管灵山会，辜负天仙为散花。”

③ 公堂称祝万舞：厅堂上举杯祝寿，观赏《万舞》。

万舞：古代乐舞名。是商、周时期的一种大型乐舞，也泛指舞蹈。《诗经·国风·邶风·简兮》载：“以干、羽为万舞。”是说万舞是兼有《干舞》(文舞)、《羽舞》(武舞)的大舞。《干舞》为舞者执干戚而舞；《羽舞》为舞者执白色羽毛而舞。周代将两者均列为《六小舞》之中。

④ 绝胜似瑶池宴碧桃：胜似《瑶池宴》上的千叶桃。

瑶池宴：唐教坊曲名和琴曲名，此处指西王母在瑶池所举行的宴会。《山海经·大荒西经》载："西海之南，流沙之滨……有人戴胜，虎齿，有豹尾，穴处，名曰西王母……司天厉及五残。"《史记·大宛列传》载："河出昆仑。昆仑其高二千五百余里，日月所相避隐为光明也。其上有醴泉、瑶池。"宋代辛弃疾《庆婶母王恭人七十》："满床靴笏，罗列儿孙新妇，精神浑似个，西王母。遥想画堂，两行红袖。妙舞清歌拥前后。"

琐窗寒①（同人鸳湖舟集，用前韵）

渺水依然，危楼去矣，愧存荒院。寻游到客，半渡住船非懒。爱中流、披襟举觞，菱歌听入渔灯畔②。有回波席启，冯夷击鼓③，湘灵吹管④。　　终谶。欢心满。更慢指调凰⑤，繁弦促雁⑥。鱼龙杂沓⑦，不似羽霓凄断⑧。望登高、凉月挂钩，余霞忽散惊绮剪。暗香闻、仄径争攀，桂影宵凌乱。

作品赏析

本词是写作者与友人在鸳湖泛舟之作。上片将空旷的环境和游人泛舟湖上以及菱歌回荡的意境描述得自然唯美。下片描写在小舟上宴饮歌舞的欢乐景象。最后描写了"望登高，凉月如钩"，有梅花之香飘散、桂花之影在夜空中竞相绽放的美好景色。

部分乐舞分析

① 琐窗寒：词牌名，一作《锁寒窗》。窗棂上有镂空花纹，称琐

窗。鲍照《玩月城西门廨中诗》："玉钩隔琐窗。"孤独及《和赠远》："中庭桃李映琐窗。"杜牧《村舍燕》："汉宫一百四十五，多下珠帘闭琐窗。"本调因之取名《锁窗寒》。本词为双调，共九十九字。全词同韵，仄韵，韵字可上声、可去声。上片第八句首字为领字。韵段内可撤句、造句，但须保持字数不变。另有九十八字体，句式略有不同。

② 菱歌听入渔灯畔：采菱之歌回荡在渔舟灯火畔。

菱歌：即采菱之歌，人们在采菱时唱的乡土歌谣（详见第三章宋代词第三十八节刘克庄《最高楼》）。

③ 冯夷击鼓：黄河水神河伯敲击着鼓。

冯夷：即河伯，古代神话传说中的黄河水神。《淮南子·齐俗训》载："昔者冯夷得道，以潜大川。"唐代陆德明《经典释文》引晋代司马彪《清冷传》曰："冯夷，华阴潼乡堤首人也。服八石，得水仙，是为河伯。"

击鼓：敲击鼓。明代罗贯中《三国演义》："张辽可使击鼓鸣金，许褚可使牧羊放马。"

④ 湘灵吹管：湘水之神吹奏箫管。

湘灵：指湘妃。古代传说中的湘水之神，即舜帝的妃子娥皇和女英姐妹俩（详见第三章宋代词第二十七节张孝祥《水调歌头》）。

吹管：吹奏箫笛之类的管乐器。《后汉书·梁翼传》载："（冀寿）游观第内，多从倡伎，鸣钟吹管。"唐代李商隐《相思树上》："肠断秦台吹管客，日西春尽到来迟。"

⑤ 更慢指调凰：手指越加缓慢地调拨着喜爱的曲子。

⑥ 繁弦促雁：急促的琴弦声。雁，此处意为琴筝上的弦柱犹如一排排飞翔的大雁。汉代蔡邕《琴赋》载："于是繁弦既抑，雅韵复扬。"宋代晏殊《蝶恋花》："绣幕卷波香引穗。急管繁弦，共庆人间瑞。"

⑦ 鱼龙杂沓:《鱼龙漫衍》之戏，纷杂多彩。

鱼龙：即《鱼龙漫衍》，是古代百戏中杂技的一种节目（详见第三章宋代词第二节柳永《破阵乐》)。

⑧ 不似羽霓凄断：不像《霓裳羽衣曲》那样凄凉悲痛到极点。

二、李 渔（1611—1680）

原名仙侣，字笠鸿、谪凡，号笠翁。浙江兰溪（今浙江省兰溪市）人。明末清初文学家、戏剧理论家。自幼聪颖，素有才子之誉，世称“李十郎”。少遍游四方。明崇祯八年（1635）应童子试。十年考入府庠。曾两次应乡试，均不第，后绝意仕进。入清，流寓南京、杭州。曾家设戏班，周游演出，悉心从事戏曲创作及理论研究。又设芥子园书铺。有《耐歌词》《窥词管见》《李氏词韵》等。

菩萨蛮（才姬怨）

生人不合生彤管。无才何处分长短。彩笔较金针。为功孰浅深。　　可怜十八拍[①]。徒受琵琶厄[②]。妬杀似鸠儿。鸳鸯睡起迟。

作品赏析

本词为作者描述古代“才姬怨”之作。上片通过描写古代女史对用以记事的红笔的生疏感，以及将彩笔与绣针相比较，为下片才女遭受的不公平待遇以及她们的悲惨命运做了铺垫。下片以“可怜十八拍，徒受琵琶厄”等句，分别比喻才女蔡文姬流落匈奴和王昭君出塞所遭遇的厄运，表现了作者对女子满腹才华却无处施展的怨恨之情。

乐舞阐释

① 可怜十八拍：值得怜悯的《胡笳十八拍》曲。此句取意于蔡文姬的故事。

十八拍：即《胡笳十八拍》，古琴曲名，中国古代十大名曲之一，蔡文姬所作。表现的是蔡文姬思念故土，惜别稚子的悲痛心情。全曲共十八章（段），一章为一拍。郭沫若《释拍》载："如琴曲《胡笳十八拍》，指《胡笳》一曲共有十八段。"现存琴谱一个是明代的《琴适》，另一个是清代的《澄鉴堂琴谱》。

② 徒受琵琶厄：徒然领受琵琶声中所倾诉的困苦。

临江仙

身逐扁舟泛泛，眼随逝水茫茫。愿从鸥鸟卜行藏。得埋江上骨，胜似葬沙场。　　老向红裙队里，声销白苎歌旁①。去从柳七较宫商②。但留词曲在③，夜夜口脂香。

作品赏析

本词上片以泛舟江上开篇，从乘舟游览，眼随逝水观写起，将江上广阔美好的意境呈现出来。在这种意境下，抒发了作者的"出世入世"观。"愿从鸥鸟卜行藏"一句，表达了作者随遇而安的心态。"得埋江上骨，胜似葬沙场"两句，阐明了作者宁愿终老于乡里，也胜过葬身于疆场的观点。下片主要描写对乐舞艳色、歌舞升平生活的向往，表达了作者追求恬静、安逸的生活和崇尚自由的人生观。

乐舞阐释

①声销白苎歌旁：声音消散在《白苎歌》里。

白苎歌：古代民间歌舞，乐府《舞曲歌辞·杂舞》篇名，又作《白纻歌》，苎与纻为同字异体。《白苎歌》原是三国时期吴地的民间歌舞，后被采入宫廷，舞者所穿的长袖舞衣，是质如轻纱的白纻所制。《宋书·乐志》载："白纻舞，按舞词有巾袍之言。纻本吴地所出，宜是吴舞也。"《白纻舞》属于杂舞类。郭茂倩《乐府诗集》载："杂舞者，《公莫》《巴渝》《盘舞》《鞞舞》《铎舞》《拂舞》《白纻》之类是也。始皆出自方俗，后浸陈于殿庭。"郑玄《周礼注疏》卷八载："白而细疏曰纻。"古代吴地盛产白纻，《乐府解题》载："《白纻歌》有白纻舞，吴人之歌舞也。吴地出纻，故因所见以寓意。"

从古代著名的《白纻》歌舞演变为散曲《白苎歌》，经历了乐府《白纻歌》、宋词《白苎》和元代散曲《白苎歌》三个阶段。《白纻歌》是配合《白纻舞》表演的歌曲，在唐代广泛传唱，于宋代演化成词调《白苎》。《白苎》词调在被用作杂剧、诸宫调等唱调过程中，逐渐由词转化成了散曲《白苎歌》。《钦定词谱》载："按，《古乐府》有《白苎》曲，宋人盖借旧曲名，别倚新声也。王灼《颐年堂集》云：'白苎词，传者至少，其正宫一阕，世以为紫姑神作，今从《花草粹编》为柳永词。'"《填词名解》载："白苎晋宋以来，舞曲俱有白苎辞。"宋代蒋捷《白苎》："料想裁缝，白苎春衫薄。"清代支机生《珠江名花小传》："愁频不解解风波，禁得消魂白苎歌。"

《白纻舞》最早出现在三国末期的吴国一带；盛行于六朝时期；广泛流行于隋、唐时期，并于隋、唐时列入《清商乐》之中。《新唐书·礼乐志》载："清乐三十二曲中有《白纻》，吴舞也。"晋代《白纻舞》主要流传于民间，保留着民间舞蹈清新活泼的风格；齐梁以后，逐渐进入宫廷，在宫廷贵族奢华生活的影响下，《白纻舞》逐渐染上了妖艳之风。唐朝杨衡《白纻辞》："芳姿艳态妖且妍。回眸转袖暗催弦。"描写其表演的动作妖艳多彩，表情、眼神妩媚动人。《白纻舞》的特点是注重手和袖的动作，舞姿柔美轻盈，动作舒展流畅，节奏快慢分明，舞蹈动作由慢转快，由缓至急。有独舞、双人舞和群舞等表演形式。从诗词中我们可以看出古人对《白纻舞》的生动描写，如晋代无名氏《白纻舞歌诗》："轻躯徐起何洋洋，高举两手白鹄翔。宛若龙转乍低昂，凝停善睐容仪光。如推若引留且行，随世而变诚无方。"南朝宋刘铄《白纻曲》："仙仙徐动何盈盈，玉腕俱凝若云行。佳人举袖耀青蛾，掺掺擢手映鲜罗。状似明月泛云河，体如轻风动流波。"唐代张籍《白纻歌》："皎皎白纻白且鲜，将作春衣称少年。裁缝长短不能定，自持刀尺向姑前。复恐兰膏污纤指，常遣傍人收堕珥。衣裳著时寒食下，还把玉鞭鞭白马。"

② 去从柳七较宫商：去和柳永比较诗律。

柳七：指宋代词人柳永，因他排行第七，人以此称之。例如，刘克庄《哭孙季蕃》："相君未识陈三面，儿女多知柳七名。"

宫商：此处借指诗律中的平仄和声韵中的四声。宫商原指古代音律中的宫音与商音，也泛指音乐。

③ 但留词曲在：仅有词曲留存。

词曲：此处为词和曲的总称。宋代王应麟《困学纪闻·评诗》载："致堂云：'古乐府者，诗之旁行也。词曲者，古乐府之末造也。'"

三、黄周星（1611—1680）

字九烟，又字景虞。湖南湘潭（今湖南省湘潭市）人。崇祯十三年（1640）进士。十六年除户部主事，因天下乱，未就职，随父归湘潭。入清后，迁居江南，隐居不仕，往来吴越间，以授徒为生。改姓名为黄人，字略似，号半非，又号圃庵、汰沃主人、笑苍道人。有《夏为堂集》《制曲枝语》等。

满江红

十亩之间，千嶂翠、一溪萦绿。结茅舍、后依嘉树，前环修竹。池上草堂杨柳暗，亭前药圃兰芸馥。更安藏、鹦鹉小妆楼，红阑曲。　　南面乐[1]，书千轴。醉乡乐[2]，醪千斛。有黄鸡紫鲙，故人情熟。春雨一簑耕与钓，秋云万树樵兼牧。命儿曹、检点旧诗瓢，生涯足。

作品赏析

本词上片主要描写自然景物，开篇就描写出一眼望去，十亩之间，一片绿洲的景象；通过“嘉树，修竹，杨柳，兰芸”等词句，以由远及近的写法，将“茅舍”周边植物繁茂、春意盎然的自然环境描写得惟妙惟肖，美妙的词句使读者仿佛融入其中。下片主要描写作者闲适洒脱的生活。通过对吟诗作乐，美食佳酿，雨中耕、水中钓，秋日里打柴与放牧等情景的描写，表达了作者对恬淡、宁静的田园生活的向往。

乐舞阐释

① 南面乐：即南乐，指中国南方的音乐。南乐所用的乐器，主要有洞箫、琵琶、二弦、三弦、拍板等。明代范明太《〈读书镜〉跋》载："仲贞以高格文人家武水上，日拥百城为南面乐。"

② 醉乡乐：乡乐使人陶醉。

乡乐：指乡土音乐。朱自清《中国歌谣·歌谣的历史》载："乡乐一名，应该作乡土之乐解。"《仪礼注疏》卷四载："遂歌乡乐：周南《关雎》《葛覃》《卷耳》，召南《鹊巢》《采蘩》《采苹》。"郑玄注："乡乐者，《风》也。"宋代欧阳修《吉州学记》："听乡乐之歌，饮献酬之酒。"清代丘逢甲《游东津》："箫鼓春迎神，乡乐何喧喧！"

四、宫伟镠（1611—1673）

字紫阳，一字紫悬，号组弦，别号桃都漫士。泰州（今江苏省泰州市）人。明崇祯十六年（1643）进士。授检讨。入清，以荐举起用，援独子终养例乞休，归筑春雨草堂，悠游林下。有《宝吕一家词》《采山外纪》《春雨草堂诗余》。

拂霓裳①（宿迁陆年伯翀霄招饮，赋谢，兼柬焦令君）

别桃源。短檠心事谩俄延。风雨过，邑侯新刺上渔船。轩车还拥彗，金鼓待开筵②。最缠绵。为班荆、犹问夜行年。

相逢旧德，奏清角③，讽佳篇。银灯灿，更呼红袖佐金莲④。吴歌初按部⑤，楚舞更回旋⑥。渡轻涟。到京华、频寄雁行笺。

作品赏析

本词描写作者和友人相聚共欢的情景。上片开篇诉说上次和友人别离后的状态和心境，接着描写如今又得重逢，恭敬迎请，鼓乐宴席，缠绵于相互问候之中。下片主要描写和友人相聚之时，轻歌曼舞、乐曲齐鸣的歌舞助兴的欢快景象，表达了作者愉悦的心情。

乐舞阐释

① 拂霓裳：原为唐教坊曲名，后用作词牌，是宋代后期流传的词牌名。《碧鸡漫志》载："拂霓裳则般涉调。"《宋史·乐志》载：女弟子舞队第五有拂霓裳队。本词为双调，共八十二字，上片八句，下片九句。另有八十三字体，上片八句五平韵，下片八句六平韵。

② 金鼓待开筵：金鼓声中等候筵席开始。

金鼓：指四金、六鼓。四金指錞、镯、铙、铎。六鼓指雷鼓、灵鼓、路鼓、鼖鼓、鼛鼓、晋鼓。金，泛指金属类乐器，中国古代"八音"之一（详见第一章唐代词第三节张说《舞马词》）。鼓，古老的膜鸣打击乐器，圆柱形，中空。

③ 奏清角：演奏《清角》之曲。

清角：古代雅乐名。相传是黄帝在泰山封禅会合天下"鬼神"（各部落酋长）时，创作并表演的一部大型乐舞。舞蹈场面浩大，仪容威严。舞者扮演成鸟兽，代表各个民族或部落的图腾标记。表演时，来自各部落的舞者会聚在一起，尽情起舞，以表示对黄帝的敬意。因古人将黄帝视为神灵，所以《清角》又被称为《天乐》。《韩非子·十过》载："昔者黄帝合鬼神于泰山之上，驾象车而六蛟龙，毕方并辖，蚩尤居前，风伯进扫，雨师洒道，虎狼在前，鬼神在后，腾蛇伏地，凤皇覆上，大合鬼神，作为清角。"汉代傅毅《舞赋》载："扬激徵，骋清角，赞舞操，奏均曲。"李善注："《激徵》《清角》，皆雅曲名。"相传其乐悲哀，可感动上苍。晋成公绥《啸赋》载："协黄宫于清角，杂商羽于流徵。"据《韩非子·十过》记载，晋平公曾组织众人为自己演出过一次《清角》，这一年恰巧遇到特大暴雨灾害，此后又接连三年大旱，晋平公也害了一场大病，被后人视为滥用天乐而招来的灾祸，所以后世很少有人再表演《清角》，这一乐舞也就渐渐失传。唐代元稹《松鹤》："清角已沉绝，虞韶亦冥寞。"

④ 更呼红袖佐金莲：再唤出歌舞伎来跳舞助兴。

红袖：女子的红色衣袖，此处指歌舞女，也泛指美女。

⑤ 吴歌初按部：按照一定的声部演唱吴地的民歌。

吴歌：是《清商乐》中出自江南吴地的民间歌曲，又称吴声、江南吴歌（详见第三章宋代词第十四节朱敦儒《鹧鸪天》）。

⑥ 楚舞更回旋：楚地之舞越加盘旋往复。

楚舞：我国楚地一带的舞蹈（详见第三章宋代词第二十一节朱淑真《念奴娇》）。

回旋：指舞蹈时舞者绕圈的姿态。

五、张　芳（1612—1695）

字菊人，号鹿床。句容（今江苏省句容市）人。清顺治九年（1652）进士。官知县。有《安晚堂集》等。

贺新凉[①]（绛岩郡居读雪客年兄秋水轩倡和，次元韵志赠，兼怀顾庵曹子）

绝妙花庵卷。是苏黄、秦陈唱和[②]，闲情都遣。当昔人豪词苑帅，玉白酥红欲泫。抽逸绪、冰蚕雪茧。南北才人倚节拍[③]，似间云、千片流波浅。山水缩，笔床展。　蒙庄秋水宗风显。相和乐、得之濠上[④]，斲轮推扁。病起花前看游蚁，一笑竹堪鞭犬。知出世、东山难免。捉鼻行吟能顾曲[⑤]，听曹□、□□□□典。□□□，□□剪。

作品赏析

本词为作者读友人词《秋水轩》后的唱和之作。整首词给予《秋水轩》很高的赞誉。上片描写友人之作"是苏黄、秦陈唱和"，犹如"冰蚕雪茧"一般清新透彻，好似行云流水一样顺达而韵味十足，真可谓让天南地北的才子们都遵循其诗的节拍。下片通过描述《相和乐》是得之于濠水之滨，并经过反复推敲整理而成的精湛之曲，称誉

《秋水轩》之经典。最后描写了作者对闲适生活的向往和豁达的胸襟。

乐舞阐释

① 贺新凉：词牌名，即《贺新郎》(详见第三章宋代词第二十二节王千秋《贺新郎》)。

② 是苏黄、秦陈唱和：这是北宋诗人苏轼和黄庭坚、秦观和陈师道相互唱和的词曲。

唱和：此处指文人互赠诗词唱和。历代文人诗词相互唱和的方式，是一方根据原作的韵恢复诗词，或一方只根据诗词的意思另用别韵恢复诗词。例如，本书第一章唐代词第十一节，刘禹锡的《杨柳枝》就是与白居易共唱新词《杨柳枝》的唱和之作。《诗经·国风·郑风·萚兮》载："叔兮伯兮，倡（唱）予和女。"《荀子·乐论》载："唱和有应，善恶相象。"唱和，又指歌唱时此唱彼和。

③ 南北才人倚节拍：天南地北的才子们都遵循其诗的节拍。

节拍：此处指遵循其诗的节拍。

④ 相和乐、得之濠上：《相和乐》得之于濠水之滨。

相和乐：又称《相和歌》《相和大曲》，简称《相和》，是汉、魏时期继承先秦楚声传统，对民间歌曲进行艺术加工所形成的歌、舞、大曲等音乐的总称，其中包含汉代北方流行的各种汉族民歌——有原始的民歌，也有根据民歌改编的艺术歌曲。其特点是一唱众和，并加入器乐伴奏。

初期的《相和歌》来自民间，是最简单的徒歌形式，这种形式犹如现在不用乐器伴奏的清唱。《乐府古题要解》载："相和而歌，并汉世街陌讴谣之词。""街陌讴谣之词"指民间歌曲。《相和歌》正式乐曲可分为引、曲、大曲三类。引，即引子。用笛与弦乐器演奏，没有歌唱。曲，即中小型乐曲，多为声乐曲，分为有吟叹曲与诸调曲，由若干“解”组成。解相当于段，每一曲的解，可多可少。大曲，即大型乐曲，多为歌舞曲，也有声乐曲与器乐合奏曲。器乐合奏专称为“但曲”。《相和乐》主要用于宫廷朝会与官宦巨贾宴饮娱乐等场合，也用于祀神、民间风俗活动等场合。最初的表演不用伴唱和伴奏，称为“徒歌”。《晋书·乐志》载：“相和，汉旧歌也，丝竹更相和，执节者歌。”表演时，歌者自击节鼓与伴奏的管弦乐器应和，主要以笙、笛、琴、瑟、筝、筑、琵琶等乐器伴奏。《相和歌》所用的宫调，主要有瑟调、清调、平调三种，又称相和三调，简称“三调”。《相和大曲》是在《相和歌》的基础上，经过音乐家与文学家进行改编、加工后形成的，是《相和歌》的最高发展阶段，成为一种器乐、歌唱与舞蹈相结合的歌舞大曲形式。《相和大曲》这种大型的歌舞套曲，具备了三段式歌舞曲的基本结构，其曲式结构由“艳”“解”“趋”“乱”四部分组成。“艳”为曲前的一段引子（有的在歌曲中间部分），是大曲中比较艳丽和抒情的部分。“解”是大曲主体部分，是组成大曲的小曲（段），节奏一般较快，为歌唱的段与段之间的部分。“趋”与“乱”是大曲结尾部分。“趋”是指急速奔放的歌舞乐。“乱”的音乐大多为快板，热烈而充满激情，没有舞蹈表演。宋代郭茂倩《乐府诗集》载：“又诸曲调皆有辞、有声……艳在曲之前，趋与乱在曲之后，亦犹吴声西曲前有和，后有送也。”《宋书·乐志》载：“大曲十五曲：一曰《东门》，二曰《西山》，三曰《罗敷》，四曰《西门》，五曰《默默》，六曰《园桃》，七曰《白鹄》，八曰《碣石》，九曰《何尝》，十曰《置酒》，十一曰《为乐》，十二曰《夏门》，十三曰《王者布大化》，十四曰《洛阳令》，十五曰《白头吟》。”清代丁澎《水调歌头·与吴瑶如郡守金昌亭对酌》：“吴市酒垆在，谁道邈山河。马曹不问何事，安用惜颜酡。呼我髯奴击缶，更命红儿行酒，相和以为歌。一石亦不醉，十日讵云多。醉乡里，无人到，少风波。一杯身后何有，剧饮尚蹉跎。除是酒泉太守，再调宜城录事，卧治亦南柯。富贵浮云耳，酩酊奈君何。”

濠上：濠水之滨。取意于《庄子·秋水》中“鱼游濠上”的典故。后用以比喻别有会心，自得其乐。

⑤ 捉鼻行吟能顾曲：用雅音曼声吟咏，还能够考虑到曲调。

顾曲：此处指能够听懂，明晰音律。取意于三国时吴国的都督周瑜精通音律，听到演奏的音乐音律有误，必回头观望之。

拜星月慢[①]（过旧院）

菜种瓢儿，蕉摧扇子，此地秋娘庭院[②]。玉几银床，犹有苔花罥。记相遇，月底仙姝□□，闪闪明眸，□□星现。画桨红檀，欻被哀笳变[③]。　　少年时，爱听春莺啭[④]。长桥上，昔昔婵娟见。梦冷祇园钟呗[⑤]，但灵云半面。倚新声[⑥]，再过茱萸馆。湘兰曲[⑦]，并寄明妃怨[⑧]。争能得、回驭崦嵫，补闲情一片。

作品赏析

本词描写作者经过“秋娘”的庭院时的所见所思。上片通过描写昔日秋娘的庭院的景象，引发出当年和秋娘相遇的情景。从“月底仙姝”“闪闪明眸”等句中能够看到秋娘妩媚动人的姿色。下片追忆少年时和秋娘“长桥上，昔昔婵娟见”的场景，而如今“再过茱萸馆”时，已经是时过境迁，哀愁一片，抒发了作者惆怅凄婉的心境。

乐舞阐释

① 拜星月慢：词牌名，原为唐教坊曲名，又名《拜星月》。古代有女子在七夕节（农历七月初七）的晚上拜星月以乞巧的风俗，此调得名于此。敦煌曲子词中有《拜新月》词牌，宋代更名为《拜星月慢》。《宋史·乐志》入“般涉调”，《清真集》入“高平调”。本词为双调，共一百〇四字，上片四仄韵，下片六仄韵。另有一百〇二字体，全词同韵，仄韵，韵字可上声、可去声。上片第五句、末句，下片第四句、末句首字为领字。

② 此地秋娘庭院：此处是女伶歌伎居住的庭院。

秋娘：唐代女伶歌伎的通称。唐代元稹《赠吕三校书》：“共占花园争赵辟，竞添钱贯定秋娘。”清代陆求可《送入我门来》：“林吐韵颜，山开绣颊，朱朱白白争香。紫萼黄须，窈窕作新妆。万花千蕊诗催发，更几日、春情上海棠。向栏槛，彷佛朝霞暮绮，点缀河阳。　　翠帐罗帏空设，难禁冷风细雨，蜂蝶轻狂。我欲移春，仔细赏春光。小蛮舞袖秋娘曲，伴李白、狂吟北海觞。仗括香御史，殷勤调护，取醉南塘。”

③ 欻被哀笳变：忽然让悲凉的胡笳声改变。

哀笳：悲凉的胡笳声。

④ 爱听春莺啭：喜欢听《春莺啭》曲。

春莺啭：唐代著名乐舞，教坊曲名，属于软舞类（详见第一章唐代词第十四节张祜《春莺啭》）。

⑤ 梦冷祇园钟呗：心凉梦冷，如祇园寺的钟声和唱诵经文之声。

钟呗：撞钟声和唱诵经文声。钟，古代铜制打击乐器。呗，指和尚诵经。宋代曾巩《甘露寺多景楼》：“一川钟呗淮南月，万里帆樯海外风。”

⑥ 倚新声：和着新颖而美妙的乐曲。

⑦ 湘兰曲：高洁的曲子。

⑧ 并寄明妃怨：一起寄情于《明妃怨》曲。

明妃怨：乐府《琴曲》歌曲，又称《昭君怨》等（详见第三章宋代词第四十二节刘天迪《一萼红》）。

六、王舟瑶（生卒年不详）

字白虹，号水云。余杭（今浙江省杭州市余杭区）人。明崇祯十五年（1642）举人。入清后，授江西兴安知县，调补江浦县令。卒于任上。有《水云集》。

尉迟杯[①]（闻笛）

吴皋路。正昼永、绿荫生深树。莺莺燕燕都无，空说水乡佳处。谁家铁笛[②]，偏巧作、关山一声度[③]。渐伊州、改入霓裳[④]，送将离恨无数。　还忆小苑朱唇，常时节、含宫嚼徵如诉[⑤]。裂石穿云梅花落[⑥]，仍爱倩、曲终起舞[⑦]。何能听、江城折柳，又添得、斜风纤细雨。念生平、南北东西，几时真个归去。

作品赏析

本词描写作者客居他乡的愁闷心情。上片以景抒情，描写在春意盎然的大好时节，“水乡佳处”却无一点生机，用以衬托作者凄凉的心境。忽闻笛声，又恰巧在吹奏伤离别的《关山月》曲，更加深了离别之恨。下片以追忆当年“小苑朱唇，常时节、含宫嚼徵如诉”等情节，来表述对恋人的思念之情。可是现今各奔东西，何时才能真正归去？表达了作者企盼早日归故里的心愿。

乐舞阐释

① 尉迟杯：词牌名，又名《东吴乐》。本词为双调，共一百〇五字。全词同韵，仄韵，韵字可上声、可去声。下片第二句首字为领字。韵段内可撤句、造句，但须保持字数不变。另有一百〇六字体，平韵。

② 谁家铁笛：何人家的铁笛。

铁笛：铁制的笛管。起于何时已无考证，宋、元时期已经在民间流行。相传隐者、高士善吹此笛，笛音响亮非凡。宋代田锡《李谟吹笛歌》："惊神动鬼吹一曲，指法尤高气海圆……水族精灵潜鼓舞，老龙变见来相顾。因将铁笛相对吹，李谟未识无惊怖。乃知艺但出众奇，不独人知鬼亦知。"

③ 偏巧作、关山一声度：恰巧再吹奏《关山月》曲。

关山：即《关山月》，汉乐府《横吹曲》名，又为古琴曲名。《乐府诗集》所收歌辞多为南北朝以来的作品，内容主要写将士因去戍边和家人离别的情景。《乐府解题》载："《关月山》，伤离别也。"

古琴曲《关山月》，由王宾鲁改编自山东民歌，因为用唐代诗人李白的《关山月》填词成为琴歌而得名。该《关山月》琴谱最早见于《琴学管见》(1903)，1931年刊于《梅庵琴谱》。唐代李白《关山月》："明月出天山，苍茫云海间。长风几万里，吹度玉门关。汉下白登道，胡窥青海湾。由来征战地，不见有人还。戍客望边色，思归多苦颜。高楼当此夜，叹息未应闲。"

④ 渐伊州、改入霓裳：渐次由《伊州大曲》变为《霓裳羽衣曲》。

《伊州》：即《伊州大曲》，唐代舞曲名（详见第三章宋代词第三节张先《减字木兰花》）。

⑤ 常时节、含宫嚼徵如诉：很长一段时间，吹奏的宫调和徵调犹如倾诉一般。

含宫嚼徵：吹奏的音包含着宫调和徵调。

嚼徵：指调弄音律。徵，为古代五声音阶宫、商、角、徵、羽之一，相当于简谱中的 5（Sol）音。三国魏嵇康《琴赋》载："羽角俱起，宫徵相证。"唐代杜牧《感怀诗一首》："急热同手足，唱和如宫徵。"

⑥ 裂石穿云梅花落：气势犹如震裂山石、穿透云霄一般的《梅花落》曲。

梅花落：此处指乐曲《梅花落》(详见第一章唐代词第十一节刘禹锡《杨柳枝》)。

⑦ 仍爱倩、曲终起舞：依旧喜爱这样美好的乐声，乐曲结束起身舞蹈。

七、钱 棻（生卒年不详）

字仲芳，号涤山，别号八还道人。嘉善（今浙江省嘉兴市嘉善县）人，一作山阴（今浙江省绍兴市）人。博通经史。明崇祯十五年（1642）举人。史可法招致幕中不就。明亡，肆力经史，著书大涤山中。

踏莎行（园居）

万卷徒空，一丘尽足。寒园但种千竿竹。苍阴深处掩高斋，黄鹂叫遍山头屋。　壁挂稽琴①，村疑阮曲②。白云邀我同歌宿③。幽花绕砌不知名，盈门秋水添新绿。

作品赏析

本词以景寄情，描写作者饱读诗书无所用、怀才不遇的悲凉心情。“白云邀我同歌宿”句，表现出作者旷达的情怀和无奈的人生境遇。“幽花绕砌不知名，盈门秋水添新绿”两句，表现出作者闲适惬意、自在清闲、自得其乐的山居生活状态。

乐舞阐释

① 壁挂稽琴：墙壁上悬挂着稽琴。

稽琴：古代弦乐器，又名奚琴，稽和嵇都是姓，稽姓的一支在历史发展中改为嵇。嵇琴相传为嵇康所制。嵇康是三国时期曹魏著名思想家、诗人、音乐家，“竹林七贤”之一。嵇康在文学上取得了很高成就，在音乐方面也为后人留下了宝贵财富。他从小研习音乐，有极高的音乐天赋。《晋书·列传第十九》载：“学不师受，博览无不该通。”嵇康以善弹《广陵散》著称，宋代高承《事物纪原》卷二载：“或曰嵇琴，嵇康所制，故名嵇琴，虽出于传诵，而理或然也。”《永乐琴书集成》卷五《历代琴式·嵇康琴》载：“李勉《琴记》云：嵇康琴长三尺三寸三分，用魏中尺。一云，三尺七寸。”《晋书·列传第十九》载：“临锻灶而不回，登广武而长叹，则嵇琴绝响，阮气徒存。”明代顾起纶《国雅品·序》载：“彼荆筑悲歌，而燕丹变色；嵇琴雅春天，惟向秀擅聆。岂同声起予，合志发愤邪？”“奚琴”是隋、唐时期居住在我国北部的少数民族部落“奚”所使用的琴，后传至中原地区。据《乐书》所附图样，其形制与胡琴相似，唯不用弓，而于两弦间用竹片拉奏，被认为是胡琴的前身。宋代陈旸《乐书》载：“奚琴本胡乐也，出于弦鼗而形亦类焉。奚部所好之乐也。盖其制，两弦间以竹片轧之，至今民间用焉。”宋代将奚琴称为稽琴，在演奏技巧上有了很大发展。据《梦溪笔谈·补笔谈》载：“熙宁中，宫宴。教坊伶人徐衍奏稽琴，方进酒而一弦绝，衍更不易琴，只用一弦终其曲。”北宋时期从宫廷到民间都盛行稽琴的演奏。《都城记胜》载：细乐，常用“箫管、笙、稽琴、方响之类合动”。

② 村疑阮曲：在村中可能有人会弹奏阮曲。

阮曲：指乐器阮所弹之曲。阮是弹拨乐器。据东汉傅玄《琵琶赋·序》记载，阮是当时人们参考琴、筝、筑、箜篌等创制而成的乐器，其结构是直柄木制圆形共鸣箱，四弦十二柱，竖抱用手弹奏。阮也指直柄圆形琵琶，晋代“竹林七贤”之一的阮咸擅长弹奏此琵琶，所以称“阮咸琵琶”，简称阮。现在的阮为二十四个品位，有大、中、小三种形制。

③ 白云邀我同歌宿：白云邀我一同整夜歌唱。

八、曹尔堪（1617—1679）

字子顾，号顾庵。嘉善（今浙江省嘉兴市嘉善县）人。十岁能文，十二岁善诗词，时人称之为“圣童”。清顺治九年（1652）进士。授翰林院编修，官侍讲学士。因事罢官，归乡于田园间，与友诗酒唱和，时而外出远游。与王屋、钱继章、吴熙过往甚密。他博学多闻，才思敏捷，诗文顷刻便成，工诗善词。诗与宋琬、施闰章、沈荃、王士禛、王士禄、汪琬、程可则并称“海内八家”，词与山东曹贞吉并称“南北二曹”。为清初“柳洲词派”领袖。尤侗在《曹顾庵六十寿序》赞其：文“鼓吹六经，酒浆诸子，沐浴润泽于八家之中”，诗“登开元之堂，入大历之室”，词“品格在眉山、渭南之间”。有《南溪词》《南溪文略》《杜鹃亭稿》。有明刊《未有居词笺》五卷。编选有《秋水轩唱和词》。事迹见《清史列传》卷七〇，《晚晴簃诗汇》卷二六，《国朝耆献类征》卷一一五。

水调歌头（赠歌者）

五月黄梅雨[①]，莺啭苎衫天[②]。西园恰有新曲[③]，雁柱泻珠圆[④]。初似奔泉决溜[⑤]，又似小窗儿女[⑥]，银甲蹙鹍弦[⑦]。红粉围香阵[⑧]，花颤舞筵前[⑨]。　凉州调[⑩]，渭城唱[⑪]，剧堪怜[⑫]。怜伊入破余响[⑬]，铁马斗风烟[⑭]。星散何戡歌板[⑮]，灰冷宁王玉笛[16]，肠断旧姻缘[17]。流落贺怀智[18]，老大李延年[19]。

作品赏析

本词是作者描写歌者、舞者的表演以及乐曲演奏的状况之作。前几句通过写景状物，以“黄梅雨”的季节和闻听“莺啼天”的啼鸣，引入“新曲”之声的“初似奔泉决溜”之状，描写银甲急速地弹奏动人的旋律，舞女如花一般舞于筵席之前。接下来以抒情为主，抒发了闻听《凉州调》《渭城唱》这些曲子时感受到的悲伤之情，并描写了演奏《伊州大曲》至入破之时，感受到的铁骑犹如踏风烟之势。最后忆想穷困潦倒的琴师贺怀智和年老的音乐家李延年，表达了作者的哀伤之情。

乐舞阐释

① 五月黄梅雨：农历五月下着黄梅雨。

② 莺啭苎衫天：黄莺婉转而鸣，正是人们穿着细白布衫的时节。唐代卢照邻《入秦川界》：“花开绿野雾，莺啭紫岩风。”

③ 西园恰有新曲：园林中正好传来古筝新曲。

新曲：新创作的新颖而美妙的乐曲。

④ 雁柱泻珠圆：筝上的弦柱如奔泻的珠圆一般。

雁柱：指筝上的弦柱。

⑤ 初似奔泉决溜：乐曲开始时犹如泉水急速奔流而过，描写出音乐急促而壮观的气势。

⑥ 又似小窗儿女：又像是窗前忧思的女子，比喻曲调情感忧伤。

⑦ 银甲蹙鹍弦：银制的指甲急迫快速地弹奏着琵琶。

鹍弦：用鹍鸡筋制作的琵琶弦，又泛指弦乐器。鹍弦光润坚韧，音色清脆。唐代段安节《乐府杂录·琵琶》载：“开元中有贺怀智，其乐器以石为槽，鹍鸡筋作弦，用铁拨弹之。”

⑧ 红粉围香阵：美女围在一起，香气扑鼻。

⑨ 花颤舞筵前：头上的花儿颤动着在筵席间舞蹈。

⑩ 凉州调：《凉州曲》调。

凉州：即《凉州曲》，唐、宋大曲名，又作《梁州曲》。

⑪ 渭城唱：唱《渭城曲》。

渭城：此处指《渭城曲》曲名，又名《阳关曲》(详见第三章宋代词第二十八节吕胜己《满江红》)。

⑫ 剧堪怜：更加怜惜。

⑬ 怜伊入破余响：怜惜《伊州大曲》最后一部分之余音。

伊：此处指《伊州大曲》，唐代舞曲名（详见第三章宋代词第三节张先《减字木兰花》)。

入破：指唐宋大曲的第三部分，也是整套大曲的最后一部分。“破”为古代乐舞术语。唐、宋大曲有散序、中序、破三部分，前两部分音乐舒缓，只歌不舞。“破”的第一遍称为“入破”。入破后，丝鼓合鸣，节奏急促，舞者开始入场。唐代白居易《卧听法曲霓裳》：“朦胧闲梦初成后，宛转柔声入破时。”入破也借指乐声转为繁碎之音。《新唐书·五行志》载：“至其曲遍繁声，皆谓之‘入破’……破者，盖破碎云。”吴熊和《唐宋词通论·词调》载：“中序多慢拍，入破以后则节奏加快，转为快拍。”

⑭ 铁马斗风烟：犹如铁骑驰骋在风烟之中，与风尘、烟雾互争高下。音乐入破后，将急促的节奏形象地比喻为铁马与风烟相斗，互争高下，将听觉上的音乐艺术惟妙惟肖地转换为“铁马斗风烟”的视觉形象，将激烈的场面展现于读者眼前。

⑮ 星散何戡歌板：仿佛是何戡的拍板之声，像星星散布于天空。

歌板：即拍板，古代碰奏体鸣乐器，又名檀板、绰板，简称板

（详见第三章宋代词第十一节晁端礼《绿头鸭》）。

何戡：唐穆宗长庆（821—824）时期著名的歌者。唐代刘禹锡《与歌者何戡》："旧人唯有何戡在，更与慇勤唱《渭城》。"

⑯ 灰冷宁王玉笛：宁献王朱权吹奏玉笛的声音凄凉。

宁王：指朱权，朱元璋第十七子，又称宁献王。宁王善鼓琴，著有古琴曲集《神奇秘谱》《太和正音谱》。

玉笛：对笛子的美称。

⑰ 肠断旧姻缘：之前的姻缘令人伤心欲绝。

⑱ 流落贺怀智：流落他乡穷困潦倒的琴师贺怀智。

贺怀智：唐玄宗时代宫廷乐队技艺高超的琴师，善弹琵琶。

⑲ 老大李延年：年老的音乐家李延年。

李延年：汉武帝（前141—前87）时造诣很高的宫廷音乐家，中山（今河北省定县一带）人。出身倡家，是以乐舞为职业的艺人。汉武帝时入宫为太监，受汉武帝器重，任其为乐府的协律都尉，掌管乐府。其佳作《北方有佳人》："北方有佳人。绝世而独立。一顾倾人城。再顾倾人国。宁不知倾城与倾国，佳人难再得。"诗中描写的这位佳人就是李延年的妹妹，武帝听此曲大悦，其妹因此歌得幸受宠。

李延年曾为文人所写的诗词配曲，又善于将旧曲翻新。例如，他根据张骞从西域带回的《摩柯兜勒》，改编为二十八首"鼓吹新声"，用来作为乐府仪仗使用的音乐；为司马相如等文人所写的十九首郊祀歌词作曲，用于皇家祭祀乐舞。李延年把乐府所搜集的大量民间乐歌进行加工整理，并编配新曲，使之广为流传，对当时民间乐舞的发展起了很大的推动作用，为汉代音乐风格的形成及我国后来音乐的发展，做出了卓越贡献。清代魏学渠《鹧鸪天》："协律延年技自工。啼莺语燕共春风。当筵绛树情偏解，学得吹箫忆个侬。　云淡淡，月溶溶。青衫泪渍曲难终。一声小妹销魂处，暗度华年锦瑟中。"

九、陆求可（1617—1679）

字咸一，又字月湄，号密庵。江苏省山阳（今江苏省淮安市）人。十岁丧父，祖母与母亲督课甚严，于六经子史多有贯通。清顺治五年（1648）乡士中举。十二年（1655）进士。授裕州知州，入为刑部员外郎，升福建提学佥事，转布政司参议，未上任而卒。有《陆密庵文集》三十二卷，其中文集二十卷，诗集八卷，其他四卷。有《陆密庵文诗》一卷。有《月湄词》。

南乡子（妓舞）

长袖舞山香①。花带春风上砑光②。体又轻盈腰又软③，颠狂④。恼乱苏州刺史肠⑤。　　天地久低昂⑥。叶叶春衫起凤凰⑦。转面回身轻似燕⑧，飘扬⑨。掌上高擎也不妨⑩。

作品赏析

本词为作者描写女子舞蹈之作。上片描绘舞女伴随着乐曲《舞山香》表演长袖舞，其神色和悦，身体轻盈，动作轻巧优美，腰肢柔软，扰乱了苏州刺史的心绪。下片赞赏舞女犹如凤凰起舞，旋转如风，身轻似燕，好像飘在空中。末句惊叹能为“掌上舞”的赵飞燕也不过如此，赞许舞女优美的体态、曼妙的舞姿、高超的技艺。

乐舞阐释

① 长袖舞山香：用长袖舞表演《舞山香》曲。整首词将舞女“长袖舞山香”时的体轻似燕、腰软如柳以及表演时“颠狂、飘扬”的状态表现得淋漓尽致，不仅使人们在几百年后的今天，如身临其境般观赏到其美妙的舞姿，而且作者真实而生动的描述，也具有艺术价值和史料价值。

唐代南卓《羯鼓录》记载了唐玄宗与汝阳王李琎用羯鼓演奏《舞山香》曲的过程，说明《舞山香》曲和羯鼓演奏在唐代已广泛流传。

长袖：此处指女子跳舞时舞动的长袖。舞者身穿长于自己手臂的长袖服装而舞（详见第一章唐代词第一节谢偃《踏歌词》）。

舞山香：古代乐舞名，又为羯鼓曲名（详见第三章宋代词第二十六节尤袤《瑞鹧鸪》）。

② 花带春风上砑光：似春风中的花儿一样光彩照人，是将美丽动人的舞女比作花儿。

③ 体又轻盈腰又软：身体轻盈，腰肢柔软。其舞蹈动作流畅，跳跃动作轻盈如飞，并且舞蹈中有下前、旁、后腰的动作，展示了腰肢的柔韧之美，对现今中国戏曲和中国古典舞中《长袖舞》的研究和发展会起到积极的作用。

④ 颠狂：舞姿优美而放荡不羁。“颠狂”两字将《长袖舞》表演进入高潮时的舞态描写出来。此二字展现在读者眼前的必将是，表演上的激情四射，动作上的辗转腾挪，技巧上的炉火纯青，调度上的台前台后，节奏上的一波三折。

⑤ 恼乱苏州刺史肠：扰乱了苏州刺史的心绪。

⑥ 天地久低昂：好似久久地飘在天地之间。

⑦ 叶叶春衫起凤凰：片片叶子犹如穿着春衫，凤凰起舞一般。

⑧ 转面回身轻似燕：回身旋转，身轻如燕。

⑨ 飘扬：好像飘在空中。“飘扬”两字将《长袖舞》表演进入舒缓时的舞态描写出来，表现了表演、动作、节奏和调度上的平缓轻盈的状态。

⑩ 掌上高擎也不妨：善于掌上舞的赵飞燕也不过如此。

掌上：即掌上舞，此处指赵飞燕（详见第三章宋代词第二节柳永《木兰花》）。

十、尤 侗（1618—1704）

字同人，更字展成，别字晦庵，号艮斋，晚号西堂老人。江苏长洲（今江苏省苏州市）人。明末清初著名诗人、戏剧家。聪慧博学，曾被顺治誉为“真才子”，被康熙誉为“老名士”。清顺治五年（1648）选拔为贡生。康熙十八年（1679）应诏入选博学鸿儒科试。官至翰林院检讨，参修《明史》。二十一年告归家居。四十二年康熙南巡，赐御书一幅，即家晋侍讲。词多以鲜花、嫩草、美酒为基点，风格婉约柔媚。王士禛称誉：“如万斛泉，随地涌出，时出世间，辩才无碍，要为称其心之所欲言。”徐珂《清代词学概论》称其词：“直兼苏辛秦柳诸长。”有《西堂全集》和《余集》一百三十五卷。有传奇、杂剧《清平调》《吊琵琶》《钧天乐》《读离骚》等。有《百末词》六卷，《艺文志》五卷。有文集《西堂杂俎》《鹤西堂文集》等传世。

摸鱼儿（春怨）

问东君、赚春何意，春来还见春去。满园花事刚三五，都付断肠风雨。花尚尔。又况是、红颜薄命愁眉妩。美人日暮。便红豆歌成①，翠盘舞罢②，难买君王顾。　　看千古，总是风流易误。姊归空筑青墓。梅妃休怨楼东赋③。吊取马鬼黄土。君莫诉。君不见、英雄失路还悲苦。楚歌楚舞④。试去听琵琶⑤，青衫红袖⑥，双泪几行数。

作品赏析

本词为伤春之作，以抒发伤感之情。上片借景抒情，以伤“春之不长久”，美人相思的歌声也“难买君王顾”等，委婉地表达了作者怀才不遇的心境。词的开篇“春来还见春去”，就有“无计留春住”的怅惘之情。春光既去，春花焉附？在“都付断肠风雨”中，春花不能做主，美人如花，红颜难驻，岁月其徂，风流不再。下片写到美人芳容憔悴，难得君王回顾，还比不上英雄失路的悲苦。虽有楚歌楚舞，但难免怅惘之情，情至于此，能不心枯？结尾句“双泪几行数”，表达了作者的失意之情。

乐舞阐释

① 便红豆歌成：于是成就了相思之歌。

红豆歌：即《相思曲》，古乐府曲名。多写男女相思之情。相传古代一女子，丈夫死于边疆，所以痛哭死于树下，后化为红豆，以寄托她对丈夫的思念之情，后人称之为相思子。南朝梁任昉《述异记》：“昔战国时，魏国苦秦之难。有以民从征戍秦，久不返，妻思而卒。既葬，冢上生木，枝叶皆向夫所在而倾，因谓之相思木。”南朝梁武帝《欢闻歌》：“南有相思木，合影复同心。”

② 翠盘舞罢：跳完《盘鼓舞》。

翠盘：跳舞时所用的盘形（圆形）道具，舞者站其上而舞。后发展为站在鼓上踏鼓而舞，称为《盘鼓舞》，因为所用之盘鼓多为七个，又称《七盘舞》，是汉代具有代表性和需要较高技艺的舞蹈形式。表演时，当盘和鼓的数量不同时，其舞名和表演形式也有所不同，七盘一鼓（或二鼓）的，称为《七盘舞》；只有鼓而无盘的，称为《鼓舞》。《盘鼓舞》吸收了杂技的技巧，加强了舞蹈动作的难度，表演时，舞者上身舞动长袖，足在盘鼓上腾挪，有“长袖飘逸，细腰婀娜”的宫廷舞特色，也能即兴起舞，有“舞无常态，鼓无定结”之势。舞者在盘鼓上以不同的节奏，时而单脚踏鼓，时而双脚踏鼓；时而站立，时而蹲下；时而向前后曲腰，时而向旁折腰；时而腾空跃起，时而跪于地面；时而立于盘鼓，时而摩击鼓面。敏捷的踏鼓动作，如飞的轻盈舞步，时来时往的调度，与音乐融为一体，呈现出婀娜的舞姿和美妙的意境。表演时，还有盛大的乐队伴奏和歌女伴唱，歌、舞、乐互相配合，使表演达到瑰姿迭起、逸态横生的深邃境界。汉代傅毅的《舞赋》，对《盘鼓舞》做了全面而生动的描述。元代曾瑞《哨遍》：“翠盘中妃后逞妖娆，舞春风杨柳依依。”

③ 梅妃休怨楼东赋：梅妃江采萍以《楼东赋》抒发哀怨。

梅妃：唐玄宗宠妃江采萍，舞艺高超，善跳《惊鸿舞》，深得玄宗宠爱。由于江采萍非常喜爱梅花，气节若梅，唐玄宗赐名为“梅妃”。据《梅妃传》载，江采萍（710—756），号梅妃，福建莆田人，其父为医生。江采萍自幼聪慧，父亲自小就教她读书识字、吟诵诗文。她精通乐器，善歌舞，长诗赋，琴、棋、书、画无所不通。开元中唐玄宗遣高力士出使闽越，江采萍被选入宫，颇得唐玄宗宠爱，赞她舞艺：“吹白玉笛，作《惊鸿舞》，一座光辉。”赐东宫正一品皇妃。杨贵妃入宫后，梅妃逐渐失宠，后被贬入上阳东宫。天宝十五年（756）“安史之乱”，唐玄宗落逃时没有带走冷宫中的梅妃，梅妃白绫裹身，投井自尽。唐代李群玉《长沙九日登东楼观舞》：“南国有佳人，轻盈绿腰舞。华筵九秋暮，飞袂拂云雨。翩如兰苕翠，婉如游龙举。越艳罢前溪，吴姬停白纻。慢态不能穷，繁姿曲向终。低回莲破浪，凌乱雪萦风。坠珥时流眄，修裾欲溯空。唯愁捉不住，飞去逐惊鸿。”

楼东赋：是梅妃在上阳东宫中写的诗，描写了她凄惨的生活和悲凉的心情。抒发了她对唐玄宗和杨贵妃的不满和对新生活的向往。

④ 楚歌楚舞：楚歌与楚舞。

楚歌：楚人之歌，指古代楚地的汉族民歌。楚歌在汉代十分流行，项羽的《垓下歌》和刘邦的《大风歌》均为楚歌的代表作。楚歌又为琴曲名，根据历史上楚汉相争的故事创作，表现项羽及其军队在“四面楚歌”时失败的情景。曲名初见于北宋《琴曲谱录》，曲谱见于《神奇秘谱》，全曲共八段，各段标题按照故事情节的顺序排列。

楚舞：楚地一带的舞蹈（详见第三章宋代词第二十一节朱淑真《念奴娇》）。

⑤ 试去听琵琶：试着去听琵琶曲。

⑥ 青衫红袖：舞女的青衫红袖。

青衫：此处指黑衣，借指京剧中的正旦（青衣）。

兰陵王①（伤春）

江南陌。袅袅东风弄色。垂杨畔、宝马香车，芳草王孙自相索。美人云鬓侧。梦破，残红半碧。寻春去、莺送燕迎，十二栏杆夜犹立。　　繁华等陈迹。但雨涩莓苔，风动葵麦。游丝漠漠和愁织。试目极千里，断烟寒食，邻鸡野哭如昨日。落花泪盈尺。　　追忆。恨何及。问老去东君，争似书客。

天荒地远无人识。算往事祇付，数声渔笛[②]。今宵沈醉舞短剑[③]，歌昔昔[④]。

作品赏析

本词借景抒情，情景交融，基调悲伤忧愁。上片写江南小路，春风袭人，宝马香车，王孙同游；美人容貌老去，夜晚倚栏独立。中片描写繁华已过，惆怅满腹，远眺过去，几缕炊烟，几声离人恸，不由落泪。下片表达往事已过，追忆也只是遗恨，今晚有酒可醉，夜夜歌而舞短剑。表达了对美人迟暮的哀伤、故国衰败的感伤，抒发了作者的无奈之情和对往事的怀念。

乐舞阐释

① 兰陵王：原为唐教坊曲名，后用作词牌。《碧鸡漫志》卷四："兰陵王，北齐史及隋唐嘉话，称齐文襄之子长恭，封兰陵王。与周师战，尝着假面对敌，击周师金墉城下，勇冠三军。武士共歌谣之，曰兰陵王入阵曲。今越调兰陵王，凡三段二十四拍，或曰遗声也。此曲声犯正宫，管色用大凡字，大一字，勾字，故亦名大犯。"此舞曲又称《代面》《大面》，后为唐代盛行舞曲。至宋，将旧曲制新声，取名《兰陵王》。此调仄韵多用入声，在音律上显得顿挫高亢、雄壮激越，尤适于表现豪迈雄壮的情感。本词为三片，一百三十字。全词同韵，仄韵，韵字可上声、可去声，古韵多入声。上片十一句七仄韵，中片八句、五仄韵，下片十句六仄韵。中片第二句、第五句、末句，下片第三句、第六句首字为领字。另有一百三十一字体。

② 数声渔笛：数声渔人之笛。唐代杜牧《登九峰楼》："牛歌鱼笛山月上，鹭渚鹜梁溪日斜。"清代江昱《旧县》："瑟瑟微风发，沙

头渔笛声。”

③ 今宵沈醉舞短剑：今夜醉酒舞短剑。

舞短剑：执剑器而舞。剑舞是古代手持短剑（一般剑的短刃版）表演的舞蹈。春秋战国时已有剑舞，宫廷娱乐常有此类活动，秦、汉以后更为盛行。剑舞所用的剑有长剑、短剑、单剑、双剑之分。舞剑形式可以分为“站剑”和“行剑”：站剑是静止站立时舞动剑；行剑是在运动中舞动剑。《史记》记载“鸿门宴”故事：“君王与沛公饮，军中无以为乐，请以剑舞。”唐代杜甫《观公孙大娘弟子舞剑器行》：“来如雷霆收震怒，罢如江海凝清光。”从以上诗句，我们可以看到当时剑舞的神韵和气势。

④ 歌昔昔：夜夜歌唱。杨伯峻《集释》载：“昔昔，夜夜也。”

十一、沈　谦（1620—1670）

宇去矜，号东江，别号研雪子。仁和（今浙江省杭州市）人。崇祯十五年（1642）补县学。明亡，以医为业，绝口不谈时事。好诗赋古文，尤精于音韵之学和戏曲理论。与毛稚黄、陆丽京等合称“西泠十子”。康熙九年（1670）卒。有《东江集钞》《词韵略》《南曲谱》。有杂剧《庄生鼓盆》。有传奇《兴福宫》《胭脂婿》《对玉环》《美唐风》（又名《翻西湘》）等。有散曲《东江别集》二卷，收小令74首。

苏幕遮①（题竹青女郎祠）

殿云鲜，庭树绿。旛袅溪风、溪水明如玉。游女穿花高髻矗。踏破红裙、争唱迎神曲②。　　梦来迟，春去速。月照苍梧、夜夜啼湘竹。何似小姑居处独。紫燕双飞、时把晴丝触。

作品赏析

本词融情于景，在表达“伤春”“哀春”之情的同时，抒发了作者对恋人的思念之情。上片描写了大殿外的云，庭院绿树成荫，微风缭绕，溪水明丽。在这美好的时光里，出游的女子身穿彩衣，发髻高高盘起，踏破红裙竞相歌唱迎神祈福之曲。下片写到梦总是迟来，春天转瞬即逝。明月映照着梧桐，夜夜听到斑竹上夜莺啼叫。就像少女独居一室，看到紫燕双飞，常常触动情思。

乐舞阐释

① 苏幕遮：原为唐教坊大曲名，后用作词牌（详见第一章唐代词第三节张说《苏摩遮》）。

② 踏破红裙、争唱迎神曲：将穿着的红裙踏破，争相唱着迎神曲。

迎神曲：古代迎接神灵来降，以祈多福免灾的歌曲。迎神是一种民间祭祀活动，迎神祈福时，多配有鼓乐歌辞，所用的歌曲被称为迎神曲。《汉书·礼乐志》载："大祝迎神于庙门，奏嘉至，犹古降神之乐也。"例如，古濊貊族的祭天舞蹈称为《舞天》。迎神活动包括祈福仪式、巡福游行、社戏表演等内容，包括民间信仰、民间工艺美术、民间音乐、民间舞蹈等文化形态，表达人们对神灵博爱精神的尊崇，并借此祈求风调雨顺、五谷丰登、国泰民安。

厌金杯[①]（吴山雪望）

山接荒城，沙昏断浦。倚危栏、江天欲暮。六花纷绕，扑面更沾衣，难挥去。似我离情最苦。　兽烟不断，貂锦添寒。恰又是、潮生风怒。素车白马，人道子胥魂，公莫舞[②]。一醉愁销万古。

作品赏析

本词上片描写荒城依山，黄沙断河；人倚栏杆，天色将晚；落花飞舞，扑面而来，沾满衣襟，感叹离别的哀伤。下片描写狼烟四起，又遇狂风，如潮水汹涌。最后感慨不如一醉解万古之忧。整首词风格悲壮，表达了作者报国无门的悲伤、英雄气短的无奈，以及爱国情怀和离别之苦。

乐舞阐释

① 厌金杯：词牌名。本词为双调，共六十六字，全词同韵，上、下片各七句四仄韵，韵字可上声、可去声。此调句式稳健，宜写闲逸之情。

② 公莫舞：古代歌舞名，属于杂舞类，又称《巾舞》。舞者手持长巾而舞。《巾舞》是我国汉代具有代表性的舞蹈形式之一，不仅文献上多有记载，如傅毅的《舞赋》对“巾袖舞”就有精彩的描述：“体如游龙，袖如素霓。”而且汉画像石上也有很多《巾舞》的形象，有手持长巾而舞的，也有将长巾绑在木棍上舞人执棍而舞的。

关于《公莫舞》的来历，有三种说法：出自鸿门宴史实，《公莫舞》即琴曲《公莫渡河》，来自传统舞蹈《巾舞》。相传《公莫舞》与“鸿门宴”的故事有关。据《史记·项羽本纪》记载，项羽在鸿门宴请刘邦时，项庄想趁舞剑之机杀死刘邦，项伯也拔剑起舞，以身体和衣袖遮护刘邦，并阻止道：“公莫害汉王也！”因而又将此舞叫作《公莫舞》。唐代李贺《公莫舞歌》：“腰下三看宝玦光，项庄掉箾栏前起。材官小臣公莫舞，座上真人赤龙子。”并在序中说：“公莫舞歌者，咏项伯翼蔽刘沛公也。”但是《宋书·乐志》载：“《公莫舞》，今之巾舞也。相传云项庄剑舞，项伯以袖隔之，使不得害汉高祖，且语庄云：公莫！古人呼曰‘公’，云莫害汉王也。今之用巾，盖像项伯衣袖之遗式。按琴操有《公莫渡河曲》，然则其声所从来已久，俗云项伯非也。”从以上记载来看，《公莫舞》与“鸿门宴”的故事有关的传说有误。王克芬等主编《中国舞蹈大辞典》时认为：《巾舞》属传统歌舞，非项伯衣袖遗事，亦非琴曲。《乐府诗集》引《古今乐录》曰：“《巾舞》，古有歌辞，讹异不可解。江左以来，有歌舞辞。沈约疑是《公无渡河曲》，今三调中自有《公无渡河》，其声哀切，故入琴调，不容以琴调离于舞曲。惟《公无渡河》，古有歌有弦，无舞也。”认为《公莫舞》与《公莫渡河曲》无关。《公莫舞》之名来自《巾舞》古歌辞的首句“吾不见公莫时吾来婴”。《巾舞歌》古歌辞载于《宋书·乐志》，由于声、辞杂写，难以断句，对其内容也难以理解。萧齐公的《公莫舞》辞，沿用晋辞，《南齐书·乐志》载：“晋《公莫舞歌》，二十章，无定句。前是第一解，后是第十九、二十解。杂有三句，并不可晓解。”

十二、梁清标（1620—1691）

字玉立，号蕉林，一号苍岩。直隶真定（今河北省石家庄市正定县）人。崇祯七年（1634）补博士弟子，十五年（1642）举人，十六年（1643）进士。授翰林院庶吉士。入清历官礼部侍郎、兵部尚书、保和殿大学士。有《蕉林文集》《棠村奏草》《棠村词》《棠村随笔》等。

念奴娇（舟发章门，杨陶云载梨园置酒叙别）

江城如画，雪初晴、渺渺长天空碧。好友轻帆携酒到，载得满船春色。吴下秦青[①]，新翻乐府[②]，横吹宁王笛。旅怀无奈，茫茫对此交集。　　怜我海角浮踪，逢君迁客，相对头堪白。舞罢柘枝歌子夜[③]，搅起鱼龙窟宅。杜牧情多，司空见惯，懊恼红灯夕。地邻湓浦，青衫今日重湿。

作品赏析

本词上片描写江城如画，大雪初晴，天空浩渺无云。好友划着轻舟带着美酒，满脸喜气地来相聚。听到吴地的善歌者，重新翻唱乐府民歌，表达了作者旅怀哀伤之情。下片描写作者漂泊他乡，遇到故友，都已年迈白头。作者与故友分处两地，今日相聚，思念的泪水打湿衣裳。表达了作者的离别之伤，旅居天涯之苦，对故人故乡的思念以及知己难觅的哀伤之情。

乐舞阐释

① 吴下秦青：吴地的善歌者。

秦青：战国时秦国歌手，以教人唱歌为业。《列子·汤问》记载了秦青和徒弟的一段故事："薛谭学讴于秦青，未穷青之技，自谓尽之，遂辞归。秦青弗止。饯于郊衢，抚节悲歌，声振林木，响遏行云。"以上描述秦青曾收薛谭为徒，薛谭学艺尚不精欲辞归，秦青没有多说什么，送薛谭行至郊外。临别时秦青引吭高歌，其声悲伤而震动林木，穿透云霄，技艺高超。薛谭闻之十分佩服，放弃回归之念，留下继续学习。后来两人齐名。后世也以秦青泛指善歌者。

② 新翻乐府：重新改编翻唱乐府所保存的民间乐曲。

乐府：秦、汉、隋代的宫廷乐舞机构。

③ 舞罢柘枝歌子夜：舞完了《柘枝舞》又唱《子夜歌》。

柘枝：此处指《柘枝舞》，唐代大曲之一（详见第一章唐代词第十二节白居易《柘枝词》）。

歌子夜：即《子夜歌》，乐府吴声歌曲名（详见第五章明代词第十二节钱榖《宴桃源》）。

五彩结同心[①]（元夕婚期　用赵彦端韵）

云开瑶阙，月满星桥，人如碧汉浮槎。燕市东风软，香尘里、调笑夜气偏佳。喜看春色来乡国，朝来报、鹊噪檐牙。灯光映、亭亭绿萼，养成画阁仙葩。　遥知绣帘深处，正流苏婉转，低傍窗纱。六代歌弦[②]，五陵游骑、妆点一片妍华。九枝青玉欢相照，辚辚听、车碾平砂。好趁此、团圞时节，领取上苑莺花。

作品赏析

本词上片通过对夜晚的云、闹市街区灯火辉煌等景色进行描写，勾勒出元宵佳节亮丽的夜景。下片则通过对“六代歌弦，五陵游骑”等的描写，表达了作者在这团圆时节的愉悦心境。

乐舞阐释

① 五彩结同心：词牌名，此调有平韵、仄韵两体。本词为双调，共一百一十一字，上片、下片各九句四平韵。另有一体，双调，一百一十一字，上片九句五仄韵，下片九句六仄韵。

② 六代歌弦：歌唱、演奏《六代乐》。

六代：指黄帝、唐尧、虞舜、夏禹、商汤、周武王等六代，此处指《六代乐》，又称《六大舞》《六乐》等。黄帝的乐舞称《云门大卷》，简称《云门》，内容主要是歌颂黄帝的功绩，赞美他团聚万民，圣德如云。唐尧的乐舞称《大章》，内容主要是歌颂尧帝的“仁德如天”(《路史》记载，他仁德如天，智慧如神)。虞舜的乐舞称《大韶》，又名《九韶》《箫韶》，简称《韶》，内容主要是歌颂舜帝能继承尧帝之仁德。夏禹的乐舞称《大夏》，内容主要是歌颂禹帝治水的功绩。商汤的乐舞称《大濩》，内容主要是歌颂商汤讨伐夏桀的功绩。周武王的乐舞称《大武》，内容主要是歌颂周武王伐纣的功绩。《晋书·乐志》载：“周始二《南》，《风》兼六代。昔黄帝作《云门》，尧作《咸池》，舜作《大韶》，禹作《大夏》，殷作《大濩》，周作《大武》，所谓因前王之礼，设俯仰之容，和顺积中，英华发外。”南朝梁任昉《天监三年策秀才文》：“因六代之乐，宫判始辨。”

歌弦：歌唱、演奏。

一寸金[1]（夏日傅去异邀饮观剧）

茉莉飞香，风满帘栊入轻縠。正琅玕昼展，纹生碧簟，冰盘高列，光摇寒玉。白堕樽凝绿。行厨进、露葵芳蔌。乐工是、内部梨园[2]，锦屃蛮靴竞丝竹[3]。　　日永如年，门闲似水，何心问除目。喜主人情重，深杯避暑，词场对遣，清筵顾曲[4]。演到关情处[5]，凭烧烬，两条银烛。歌声里，有客沾裳，疑听燕市筑。[6]

作品赏析

本词为写和好友饮酒观剧之作。上片开篇描写了茉莉花的芳香，又对乐工、梨园以及丝竹的演奏等进行了描述。下片描写了演奏的场面、情状和听者的情感等，表达了作者悠然自得、沉醉其中的状态。末句“有客沾裳，疑听燕市筑”两句，表现出客居者对故国深切的思念之情。

乐舞阐释

① 一寸金：词牌名，《乐章集》入“小石调”，即“中吕商”。全词同韵，仄韵，韵字可上声、可去声，古韵多入声。上片第三句、下片第四句首字为领字。另有双调，一百〇五字体、一百〇八字体，仄韵，句式、韵脚略有不同。本词为双调，共一百〇七字，上片十句，下片十三句。

② 乐工是、内部梨园：宫廷中梨园内部演奏音乐的艺人。

乐工：此处指宫廷中的歌舞演奏艺人，又指掌管音乐的官吏。《晋书·乐志》载：“太元中，破苻坚，又获其乐工杨蜀等，闲习旧乐，于是四厢金石始备焉。”《东周列国志》载：“幽王欲取其欢，召乐工鸣钟击鼓，品竹弹丝，宫人歌舞进觞，褒妃全无悦色。”

梨园：是唐代设置的教习宫廷歌舞艺人的乐舞机构。

③ 锦罽蛮靴竞丝竹：穿着丝织的服装和用麂皮制作的舞鞋，在乐曲的伴奏下一较高下。

蛮靴：古代一种用麂皮制作的舞蹈鞋。唐代舒元舆《献李观察》：“湘江舞罢忽成悲，便脱蛮靴出绛帷。”

丝竹：此处泛指弦乐器和竹制管乐器，是汉族传统民族管弦乐器的统称，也泛指音乐。唐代韦应物《金谷园歌》：“洛阳陌上人回首，丝竹飘飖入青天。”

④ 清簟顾曲：取来清凉的簟席（席子）供人欣赏乐曲时使用。

顾曲：本指周瑜精通音律，听到演奏音乐的音律有误，必回头观望。

⑤ 演到关情处：演到动情之处。

⑥ 有客沾裳，疑听燕市筑：客人像听到燕国的筑弦乐曲一样，泪水沾湿了衣裳。

筑（见图 6–1）：中国古代击奏弦鸣乐器。在战国时期已经流行，魏、晋、南北朝为《相和歌》伴奏乐器，唐代用于雅乐。筑的形状与筝、琴相似，以持竹尺击之而得名。

图 6-1　筑，马王堆三号墓出土

演奏时，左手执器或以手指按弦，右手持竹尺击弦发音，其声悲亢而激越。筑最初为五弦，后又有十二弦、十三弦，弦下有柱。唐代筑长约 150 厘米，宋代筑长约 140 厘米，1973 年在长沙马王堆三号汉墓出土的筑的明器模型长约 33 厘米。《战国策 · 齐策》载："临淄甚富而实，其民无不吹竽、鼓瑟、击筑、弹琴。"东汉许慎《说文解字》载："筑，以竹曲五弦之乐也。从竹从巩。巩，持之也。竹亦声。"汉代刘熙《释名》载："筑，以竹鼓之，筑柲之也。"《旧唐书 · 音乐志》载："筑，如筝，细颈，以竹击之，如击琴。"《随书 · 音乐志》载："筑，十二弦。"

烛影摇红（友人出家伎佐酒）

绛烛秋宵，朱阑曲曲开芳酝。曼声檀口啭雏莺[①]，腻脸薇香嫩。乐府新翻偏韵[②]。乍回眸、红潮微晕。元人宫调[③]，吴下排场，风流重认。　　舞罢前溪[④]，蜡煤落翠欢无尽。宁王玉笛莫愁歌[⑤]，更有蛮靴衬[⑥]。销却柔肠一寸。怕催人、漏铜滴紧。愁多子野，狂发分司，笑回红粉。

作品赏析

本词描写友人离家时召舞女陪同饮宴的情景。上片通过对秋夜红烛、开坛饮酒、如雏莺般舒缓的鸣唱、乐府新翻韵等的描写，表现出秋日傍晚歌舞升平的景象。下片在表现“舞罢前溪”“蜡煤落翠欢无尽”欢愉场面的同时，“宁王玉笛莫愁歌”“销却柔肠一寸”等句，又表现出作者与友人分离的沉郁心情以及“笑回红粉”的豁达情怀。

乐舞阐释

① 曼声檀口啭雏莺：女子的红色小嘴发出像雏莺一般舒缓的声音。

② 乐府新翻偏韵：重新改编了乐府曲调的韵味。

③ 元人宫调：元代人的曲调。

宫调：调高和调式的综合关系，是中国传统乐学对音、律、声、调之间逻辑关系的概括。此处“元人宫调”指元曲中音乐的曲调模式。元曲中有“五宫四调”，合称“九宫”或“南北九宫”。五宫有正宫、中吕宫、南吕宫、仙吕宫、黄钟宫，四调有大石调、双调、商调、越调。元曲的宫调各具声情，音乐韵律可从其宫调中显现。元代燕南芝庵《唱论》载：“大凡声音，各应于律吕，分于六宫十一调，共计十七宫调。”《唱论》中的十七宫调包括，仙吕调唱：清新绵邈；南吕宫唱：感叹伤悲；中吕宫唱：高下闪赚；黄钟宫唱：富贵缠绵；正宫唱：惆怅雄壮；道宫唱：飘逸清幽；大石唱：风流蕴藉；小石唱：旖旎妩媚；高平唱：条物滉漾；般涉唱：拾缀坑堑；歇指唱：急并虚歇；商角唱：悲伤婉转；双调唱：健捷激袅；商调唱：凄怆怨慕；角调唱：呜咽悠扬；宫调唱：典雅沉重；越调唱：陶写冷笑。

戏曲音乐繁盛后，以“宫”称宫声为主的宫调式，以“调”称宫声以外的其他调式，“宫”与“调”的内涵已经失去调式的统属关系，成为同一层次的并列术语。

④ 舞罢前溪：跳完《前溪舞》。

前溪：即《前溪舞》，南朝舞蹈名，属《清商乐》之《吴歌》类。《前溪曲》为古乐府吴声舞曲，后由西晋前溪村人车骑将军沈充创编为舞蹈。《宋书·乐志》载："《前溪哥》者，晋车骑将军沈充所制。"南朝陈智匠《古今乐录》载："吴声十曲……七曰前溪。"《乐府诗集》卷四十五载："郗昂《乐府解题》曰：'前溪，舞曲也。'"

前溪本为村庄名，因为多出歌舞人，逐渐成为舞名。两晋、南北朝时期湖州德清县南前溪村，全村男女精习乐舞技艺。宋代胡仔《苕溪渔隐丛话》引于竞《大唐传》载："湖州德清县南前溪村，则南朝习乐之处。今尚有数百家习音乐。江南声伎，多自此出，所谓舞出前溪者也。"《前溪舞》自西晋流传至唐代，唐代《清商乐》中仍存此舞。唐代崔颢《王家少妇》："舞爱前溪绿，歌怜子夜长。"北周庾信《乌夜啼》："促柱繁弦非子夜，歌声舞态异前溪。"《前溪舞》具有浓郁的江南民间歌舞风格，特征是委婉缠绵。

⑤ 宁王玉笛莫愁歌：宁献王朱权用玉笛吹奏《莫愁歌》。

莫愁歌：乐府歌曲名，属《清商乐·西曲》类，又称《蛮乐》。莫愁为古代女子名，善歌谣，石城（今湖北省钟祥市）人。古代典籍中对莫愁多有记载。《旧唐书·音乐志》载："《莫愁乐》，出于《石城乐》。石城有女子名莫愁，善歌谣。《石城乐》和中复有'莫愁'声。"莫愁的知名度之所以高，与诗歌的流传有关。古歌曰："莫愁在何处，莫愁石城西，艇子打两桨，催送莫愁来。"《莫愁乐》出于《石城乐》。《石城乐》出于刘宋时代的臧质之手，他有感于"城上眺瞩，见群少年歌谣通畅"，于是起意制《石城乐》。《莫愁乐》又为南朝歌舞名。《乐府诗集》引《古今乐录》载："《莫愁乐》亦云蛮乐，旧舞十六人，梁八人。"《旧唐书·音乐志》载，唐代《清商乐》中仍然存有《莫愁》

之名目。清代姚世曙《惜分钗》："莺成隧。花成佩。斜阳犹在归鸿背。听箜篌。起莫愁。树影窥窗，烟锁层楼。休。休。　　思何益、忘何得。春衫已褪梨花色。想当年。尚依然。何自鸾钗，变做啼鹃。天。天。"

⑥ 更有蛮靴衬：更有蛮靴做映衬。

蛮靴：古代一种用麂皮制作的舞蹈鞋。

十三、魏学渠（生卒年不详）

字子存，号青城。嘉善（今浙江省嘉兴市嘉善县）人。少负诗才，擅书法、骈文，知名于时。清顺治五年（1648）举人，授成都推官，升刑部主事，历湖广学道，补江西少参。康熙十八年（1679）举博学鸿词科，与试未用。与王阮亭、田紫来相倡和，与桐城钱澄之知交尤深。王士禛、彭孙遹各赋无题诗，合二刊之，称《彭王唱和集》，学渠为之序。为“柳洲八子”之一。其词风不受婉约、豪放之限，风格多样，在柳州词人中独树一帜。王士禛《倚声初集》称：“柳洲风雅极东南之美，实子顾、子存、子更数公倡导之。”有《青城山人集》《青城词》等。

鹧鸪天（赠歌妓倩倩）

十五良家籍主讴①。娇移筝雁半含羞②。西园北里何曾见③，尽说卢家有莫愁④。　歌扇底⑤，舞伊州⑥。果然端正又风流⑦。身轻愿向雕梁语⑧，莫锁春深燕子楼⑨。

作品赏析

本词是一首赠妓之作。整首词主要描写年轻美貌的歌妓倩倩，从歌唱、舞蹈、乐器等方面落笔，通过“半含羞”描写出倩倩的妩媚动人；“歌扇底，舞伊州”以及“端正又风流”“身轻如燕”等句，运用恰切的比喻和夸张的手法，描写出倩倩全面而精湛的歌舞技艺，赞美其高妙的艺术技巧与所呈现的艺术效果。

乐舞阐释

① 十五良家籍主讴：十五岁的良家女子有唱歌的技艺。

② 娇移筝雁半含羞：娇柔含羞地挪动琴筝。

筝雁：指筝上的弦柱。筝上的弦柱犹如一排飞翔的大雁。

③ 西园北里何曾见：西园（园林名，汉代上林苑的别称）与北里之处都不曾见过。

北里：唐代安平康里位于长安城北，称为北里，此地为妓院所在地，后来《北里》乐曲被称为“淫声”“艳曲”，此类乐曲流入郑、卫等地，又称为“郑卫之音”。当时孔子认为“北里”以及“郑卫之音”是低俗之乐。孔子对低俗之乐可谓深恶痛绝，《论语·阳货篇》载：“恶紫之夺朱也，恶郑声之乱雅乐也。”认为其会破坏儒家所倡导的平和中正的心态，搅动和鼓荡起人的性情，所以称之为“亡国之音”。又为古代舞曲名，指萎靡、低俗的乐曲。《初学记》卷十五引梁元帝《纂要》载：“古艳曲有《北里》《靡靡》《激楚》《结风》《阳阿》之曲，又有百戏起于秦汉，有鱼龙曼衍。”这可以说明《北里》是当时楚地流行的民间乐曲。北里之舞，为商殷时期的宫廷乐舞，相传是殷纣王令乐师涓所作。司马迁《史记·殷本纪》载：“（帝纣）好酒淫乐，嬖于妇人。爱妲己，妲己之言是从。于是使师涓作新淫声，北里之舞，靡靡之乐。”可见，《北里》原是商纣时期乐舞的名称。《后汉书·文苑传下》载：“繁手超于北里，妙舞丽于《阳阿》。”三国魏曹植《七启》：“亦将有才人妙妓，遗世越俗，扬北里之流声，绍阳阿之妙曲。”晋代葛洪《抱朴子·崇教》：“濮上北里，迭奏迭起。”

④ 尽说卢家有莫愁：说尽嫁于豪富卢家的莫愁女。

莫愁：古代女子名。相传莫愁善唱歌，《莫愁乐》因其而传（详见第六章清代词第十二节梁清标《烛影摇红》）。

⑤ 歌扇底：指歌女清歌婉转，直唱到“扇底风消歇”（累了，停下来），表现歌舞时间之久。扇，歌舞时用作道具的扇子。

⑥ 舞伊州：跳《伊州》舞。

伊州：唐代舞曲名（详见第三章宋代词第三节张先《减字木兰花》）。

⑦ 果然端正又风流：确实名不虚传，端正又潇洒。

⑧ 身轻愿向雕梁语：身体轻盈地起舞，像要与房梁说话。

⑨ 莫锁春深燕子楼：春意浓郁之时不要一直关闭在“燕子楼”里。燕子楼，取意于唐代贞元时期尚书张建封的爱妾关盼盼的居所。张建封死后，盼盼念旧不嫁，独居此楼十余年。

虞美人（燕集赠歌姬西音[①]）

舞茵歌扇花光里[②]。似剪横秋水[③]。新声宛转绕梁尘[④]。却怪回头窥宋、是东邻[⑤]。　　相思盼断长安月[⑥]。乍见盈还缺[⑦]。潇湘风雨夜来深[⑧]。肯放西归锦瑟、续清音[⑨]。

作品赏析

本词为聚会宴饮时赠予歌姬之作。上片以写实为主，描写歌姬在花团锦簇、阳光明媚之时舞蹈的曼妙和刚劲，歌声的婉转和余音飘荡之美妙。下片以景寄情，主要描写作者在他乡“相思盼断长安月”之情，即使在繁华胜地聚会宴饮之时，也难以平复离乡的伤感之情，唯有“续清音”，将情思寄托于琴瑟之中。

乐舞阐释

① 燕集赠歌姬西音：在聚会宴饮时，赠予歌姬西部地区的音乐。

歌姬：古代艺妓中的一种，指专门从事歌舞表演的女子，最初歌姬卖艺不卖身，后因卖艺卖身，称“歌妓”。

西音：中国西部地区的音乐，多指秦晋之声。秦腔是中国戏曲剧种之一，又称梆子腔，最早称为秦音。秦音由西音发展而来，追根溯源，秦腔最初来自甘肃陇西等西地，明代开始称为“西秦腔”。《吕氏春秋·音初》：“殷整甲徙宅西河，犹思故处，实始作为西音。”唐代李白《古风》：“齐瑟弹东吟，秦弦弄西音。慷慨动颜魄，使人成荒淫。”清代吴长元《燕兰小谱》：“蜀伶新出琴腔，即甘肃调，名西秦腔。”

② 舞茵歌扇花光里：在花团锦簇、阳光明媚之时歌舞。

舞茵歌扇：指能歌善舞之人。

③ 似剪横秋水：歌舞之势犹如横剪秋水。“剪”字描述出了大幅度的舞蹈动作的力度。

④ 新声宛转绕梁尘：新颖的乐曲婉转而美妙，声音仿佛在房梁上环绕。

绕梁尘：取意于“余音绕梁”的典故。指听完音乐演奏，声音仿佛久久留在耳边（详见第三章宋代词第三十九节周密《木兰花慢》）。

⑤ 却怪回头窥宋、是东邻：取自东墙窥宋的典故。

⑥ 相思盼断长安月：相思之情令人寸肠欲断，寄情于长安之月。

⑦ 乍见盈还缺：忽然看到满月之中还有欠缺。

⑧ 潇湘风雨夜来深：湘江与潇水夜来风雨大作。

⑨ 肯放西归锦瑟、续清音：自在地弹着西部地区的音乐，再续清

越之音。

锦瑟：对瑟的美称。

清音：此处指清越的声音。晋代左思《招隐诗》："非必丝与竹，山水有清音。"唐代张文姬《沙上鹭》："沙头一水禽，鼓翼扬清音。"

南乡子（春愁）

初旭映珠帘。梁燕衔花坠杏衫。轻软东风人乍起，纤纤。百裥湘裙露半尖。　愁绝掩香奁。扑蕊呵胶黄未添。红豆闲抛莺且去①，厌厌。莫唱新词阿鹊盐②。

作品赏析

本词以平缓的语气，通过对景物和女子的描写，将作者独在异乡的寂寥情怀展现得既充沛又含蓄，形象地表现出睹物感怀的惆怅思绪和孤寂的心境。

乐舞阐释

① 红豆闲抛莺且去：抛掉相思之情，黄莺也将要离去。

红豆：此处指红豆歌，即《相思曲》，古乐府曲名（详见第六章清代词第十节尤侗《摸鱼儿》）。

② 莫唱新词阿鹊盐：不要再唱新作词的《阿鹊盐》这首曲子了。

阿鹊盐：古乐曲名。宋代沈括《梦溪笔谈·乐律一》载："唐曲有《突厥盐》《阿鹊盐》。"此曲名最早见于唐代牛僧孺的《玄怪录》。

《玄怪录·辑佚》"郑望"条云:"乾元中,有郑望者自都入京。夜投野狐泉店宿,未至五六里而昏黑。忽于道侧见人家。……中夜酒酣,令呼蘧蒢三娘唱歌送酒。少间,三娘至,容色甚丽,尤工唱《阿鹊盐》。及晓别去,将军夫人传语,令买锦裤及头髻花红朱粉等。"《绀珠集》卷九《古今诗话·笑是盐》载:"交趾有《黄帝盐》曲,乃杖鼓曲。按唐谱有《突厥盐》《阿鹊盐》等曲。故施肩吾诗云:'颠狂楚女歌成雪,媚懒吴娘笑是盐。'故名此也。"元代张可久《金字经》:"春怀瘦影孤鸾鉴,怨声阿鹊盐。"另外,历史上还有乐曲《突厥盐》《黄帝盐》《白鸽盐》《神雀盐》《疏勒盐》《满座盐》《归国盐》等,有些成为北魏宫廷音乐的组成部分,至隋和唐初,诸"盐曲"已在民间流传,主要用作解曲。此曲调不仅用于器乐,也用于歌唱。

夜游宫[①](题仇十洲韩熙载夜宴图[②])

仆射风流天与。看坠珥、遗簪无数。度曲调丝能按谱[③]。拥名姝,向华筵,花似雾。　　珠玉行间吐。曾谢却、双鬟不顾。醇酒妇人聊自许。夜何其,楚姬歌[④],越女舞[⑤]。

作品赏析

本词为作者观赏仇十洲(明代画家仇英)临摹顾闳中(南唐画家)的《韩熙载夜宴图》有感而发。整首词描写了《韩熙载夜宴图》中奢华、欢愉的享乐场景。上片首句从主人公韩熙载是风流倜傥之人写起,主要描写了歌舞升平、乐曲声声、美女似花、宴席丰盛的热闹景象。下片接着描写饮酒、与美人畅谈、观"楚姬歌""越女舞"的奢华生活，勾勒出一幅豪华夜宴的全景图。

乐舞阐释

① 夜游宫：词牌名，又名《念彩云》。《清真集》入“般涉调”。本词为双调，共五十七字。全词同韵，上片、下片各四仄韵，韵字可上声、可去声。

② 韩熙载夜宴图（见图 6–2）：是五代十国时南唐画家顾闳中的作品，中国十大传世名画之一。现存宋代摹本，宽 28.7 厘米，长 335.5 厘米，现藏于北京故宫博物院。《韩熙载夜宴图》描绘了南唐官员韩熙载的家宴和夜宴上载歌载舞的欢乐场景，主要有琵琶演奏、观看乐舞、宴间休息、清吹合奏和送宾客五段场景。作者顾闳中，南唐画院待诏，人物画家，尤擅仕女，多画宫廷贵族生活，擅描摹人物神情意态。《韩熙载夜宴图》为其唯一传世作品。

图 6–2　五代《韩熙载夜宴图》琵琶独奏《六幺》，藏于北京故宫博物院

③ 度曲调丝能按谱：能够按照曲谱歌唱和弹奏琴弦。

度曲：按曲谱歌唱。汉代张衡《西京赋》：“度曲未终，云起雪飞。”唐代杜甫《数陪李梓州泛江，有女乐在诸舫，戏为艳曲二首赠李》：“翠眉萦度曲，云鬓俨分行。”《汉书・元帝纪》：“鼓琴瑟，吹洞箫，自度曲，被歌声，分刌节度，穷极幼眇。”

调丝：指弹奏弦乐器。《乐府诗集》卷三十四：“小妇无所为，挟瑟上高堂。丈人且安坐，调丝方未央。”明代洪楩《清平山堂话本·柳耆卿诗酒玩江楼记》：“吟诗作赋，琴棋书画，品竹调丝，无所不通。”

④ 楚姬歌：欣赏楚国的歌女歌唱。楚歌即楚人之歌，指古代楚地的汉族民歌。

⑤ 越女舞：越国的舞女舞蹈。古代越国多出美女，后泛指越地美女。刘良注：“齐越二国，美人所出。”金代元好问《后平湖曲》：“越女颜如花，吴儿洁于玉。”

宣清 ①

天琴亭。亭在彰德使院后，抚掌则铿然琴声。

绿绮来何自②，过华林③，驿路清音疏越④。立孤亭、抚掌寻声⑤，谱猗兰、急弹轻拨⑥。玉柱未安⑦，金徽谁注⑧，雨超风忽⑨。弦解语情如发⑩，瑟瑟夜阑明月⑪。　　铜雀生哀⑫，离鸾别调⑬，流到漳河咽⑭。记穗帐西陵，一时人杰。便歌吹当时歇⑮。片石韩陵⑯，并琴轩、独留冰雪⑰。

作品赏析

本词是作者听闻琴声后有感而发之作，从“绿绮来何自，过华林”写起，“立孤亭、抚掌寻声”句，将静静地立于孤亭之下、抚掌闻声而寻的状态表现出来。接着描写“一波三折”的美妙琴声——急促时如疾风骤雨，轻拨时似弦解人情，令人如临其境。接下来以音抒情，通过对“铜雀生哀，离鸾别调，流到漳河咽”的描写，表现了作者孤独和悲伤的心情。最后写到，将琴置于高处，表明即便是独自留下我一人，也要保持高贵的品质，将作者的心绪表现得淋漓尽致。

乐舞阐释

① 宣清：词牌名，有单调和双调两体。双调，一百一十五字，上片十一句四仄韵，下片十二句五仄韵。本词为单调，十八句，共九十一字。

② 绿绮来何自：古琴绿绮来自何处。

绿绮：古代一种名琴，后世泛指琴。相传为汉代司马相如所用之琴（详见第三章宋代词第三十二节张履信《谒金门》）。

③ 过华林：路过名为华林的戏班子。戏班子，旧称戏曲剧团，一般少者以几人、十几人组成，多者以几十人组成，戏班的演出主要依赖于地方的民俗活动，主要在古建戏台、临时搭建的乐棚、庙堂等处进行表演。不同的戏班有不同的表演形式，特点是将众多的艺术形式以一种标准聚合在一起进行表演。主要乐器有锣、鼓、拍板、二胡、三弦、扬琴、笛、唢呐等。

④ 驿路清音疏越：道路上传来疏散而清越的声音。

⑤ 立孤亭、抚掌寻声：站在孤立的亭子里，拍手寻找声音。

⑥ 谱猗兰、急弹轻拨：曲谱是《猗兰操》，时而急促、时而轻轻拨动琴弦。

猗兰：古琴名曲《猗兰操》的简称，又名《漪兰》《倚兰操》《幽兰操》。猗兰，意为犹如兰花般芳香、美妙华丽。操，意为幽兰高雅而有操守。相传为孔子所作。孔子叹“夫兰当为王者香，今乃独茂，与众草为伍，譬犹贤者不逢时，与鄙夫为伦也”，表现了孔子因生不逢时而感伤，但未改变其如兰草一般的高洁志趣。琴曲如泣如诉，如怨如愤，把孔子此时此刻的内心世界展现得淋漓尽致，在兰的身上寄托了他全部的思想感情。

⑦ 玉柱未安：弦柱还没有静下来。

⑧ 金徽谁注：琴上的金色琴徽是何人标注的？

金徽：金色的琴徽。琴徽是琴弦音位的标志，从琴头至琴尾，有十三徽，常以金、玉或贝等镶嵌在琴面上。

⑨ 雨超风忽：突然风急雨骤。将古琴声形象地比喻为风急雨骤的状态，使人们的精神为之一振。

⑩ 弦解语情如发：弦音如了解语意一般，弦丝传递内心的感情如洪流迸发而出。通过弦音触发人们的情思，使乐与情融为一体。

⑪ 瑟瑟夜阑明月：深夜明月当空，风声瑟瑟。

⑫ 铜雀生哀：铜雀台上传递出悲哀的情绪。

铜雀：指铜雀台（详见第三章宋代词第二十二节王千秋《贺新郎》）。

⑬ 离鸾别调：离别的配偶独自悲伤。

⑭ 流到漳河咽：就像一支曲调流到了漳河的深处而呜咽。将琴声形象地比作流动的河水，并以“呜咽”使其具有感情色彩。

⑮ 便歌吹当时歇：就歌唱从前很短的一段日子。

⑯ 片石韩陵：这是极其宝贵的好曲调。此句原指韩陵山上的石碑上有少见的好文章。

⑰ 并琴轩、独留冰雪：将琴合上放于高处，独自留下我一人。

抛球乐（荆州元夕）

古荆州称雄丽，三楚门户。锡亲藩、分去旅矢，剪来桐叶，兀然茅土。想往日、令节良辰，逞百戏、鱼龙飞舞①。说道彩岫鳌峰，桂炬星球，珠毂填香路。更不夜城中，金吾驰禁，脂天粉地，目招心与。奈世事沧桑，几岁白马、青巾啸聚。叹江山如此，霜露苍凉，只闻杜宇。　今夕韶艳东风②，儿童奔走，碎钲零鼓③。试罗衫，携翠袖，年少清扬姿度。依稀漏永，倩服玉人三五。雌雄扑朔，采茶歌去④，髣髴神女凌烟雾。潇湘孤客坐清宵，催起新愁似缕。算三国雄才，争地利、兴灭还无据。况出塞裙钗，琵琶怨语⑤。

作品赏析

本词运用托物起兴的手法，描写在元宵节夜观“今夕韶艳东风”，想起往日“令节良辰”。上片主要描写忆念过去荆州古地佳节良辰之时的“百戏舞、不夜城、人声鼎沸、珠玉满地”的欢愉景象，无奈世间沧桑，社会动荡，感叹江山如是。下片描写眼观元宵节夜“韶艳东风，儿童奔走，碎钲零鼓”的节日景象。结尾“况出塞裙钗，琵琶怨语”两句，引出作者远离家乡、怀念亲人的真挚、深沉的游子之情，更体现出作者的寂寞冷清。

乐舞阐释

① 逞百戏、鱼龙飞舞：施展百戏《鱼龙漫衍》。

百戏：古代对各种戏、乐的概称（详见第二章五代词第一节和凝《解红歌》）。

鱼龙：即《鱼龙漫衍》(详见第三章宋代词第二节柳永《破阵乐》)。

② 今夕韶艳东风：今晚美丽的《韶乐》如春风。

韶：即《大韶》(详见第三章宋代词第三十八节刘克庄《最高楼》)。

③ 碎钲零鼓：零散的钲鼓声。

钲：中国古代铜制打击乐器（详见第五章明代词第八节杨循吉《哨遍》)。

④ 采茶歌去：唱着《采茶歌》离开。

采茶歌：山歌的一种，又称茶歌、唱采茶、灯歌、采茶灯等。是茶农在采茶时所唱的歌。主要流行于湖北省、江西省赣南山区和福建省安溪、崇安、永春等地。主要内容是反映茶农的劳动和爱情生活。采茶歌的发展历史大致可分为三个阶段：第一阶段是茶农采茶时所唱的较为单纯的“茶歌”，有山歌、民间小调、劳动号子；第二阶段是边歌边舞的“茶灯”；第三阶段是有简单情节的小戏。歌词一般为七字一句，四句一段，以即兴创作为主。不同地域的“采茶歌”曲调有较大的差别。伴奏乐器主要有二胡、笛子、唢呐、大锣、大钹等。舞蹈动作主要是模拟采茶时的正采、倒采、盘茶、送茶等动作。关于采茶歌的记载，最早见于明代王骥德《曲律》云：“至北之滥，流而为《粉红莲》《银纽丝》《打枣竿》；南之滥，流而为吴之《山歌》，越之《采茶》诸小曲，不啻郑声，然各有其致。”

⑤ 琵琶怨语：《琵琶怨》曲。

琵琶怨：即古琴曲《昭君怨》，琵琶曲名。历代收录《昭君怨》琴谱的史籍有很多。例如，《西麓堂琴统》《存古堂琴谱》《文会堂琴谱》等谱中均有收录。

十四、卢 綋（生卒年不详）

字元度，号澹岩。湖北蕲州（今湖北省黄州市）人。学问渊博，素有文名。明崇祯九年（1636）举人。清顺治六年（1649）进士。七年（1650）任山东新泰知县。升广西桂林府同知。逾六载，始迁山东东昌知府，再调长芦盐运使。康熙初，擢江南布政司参政，苏松督储参议。有《四照堂诗余集》十卷传世。

钗头凤①（观舞②）（节选）

春堂暮③。灯围坐④。细腰慢舞金钗堕⑤。轻摇拽。裙百叠。倩眸如水，净肌疑雪。怯。怯。怯。

作品赏析

本词为描写舞蹈表演之作。描写众人围坐灯下于厅堂前观赏舞蹈表演的情景。将舞女纤细柔美的身段、舒缓轻盈的舞姿、摇摆而起褶皱的裙子、水一般清澈的眼睛和雪一般白皙的肌肤勾勒得细致入微，美不胜收，使读者如临其境。

乐舞阐释

① 钗头凤：词牌名，原名《撷芳词》，又名《摘红英》《惜分钗》

《折红英》《玉珑璁》等，后陆游据《撷芳词》中有“可怜孤似钗头凤”句改为此名。《钗头凤》有双调词，六十字体。全词平、仄韵互叶。上、下片前三句同韵，仄韵，韵字可上声，可去声。上、下片后五句同韵，平韵，韵字可阴平，可阳平。上、下片末句各为三叠字，可断句，可不断句。另有全词同为仄韵或同为平韵体。本词为单调，共三十字。

② 观舞：观看舞蹈。作者以整首词来描写舞蹈的状态，将舞蹈描写得淋漓尽致。本词可以说明歌舞在当时人们生活中的广泛普及，以及在社会中的作用和重要意义。

③ 春堂暮：傍晚风景秀美的厅堂。

④ 灯围坐：围坐在灯光下。

⑤ 细腰慢舞金钗堕：腰如细柳般的女子起舞，仿佛头上的金钗不小心就要落到地上。

细腰：指舞女纤细的腰部以及瘦削的身躯（详见第一章唐代词第九节李涉《竹枝词》）。

慢舞：舞姿优美的舞蹈。

拂霓裳（观舞）

烛花荧[1]。绕堂箫鼓夜齐鸣[2]。云锦里，一团光闪似霞明。金莲看步稳[3]，宫柳羡腰轻[4]。慢歌声[5]，袖翩翩、回处觉香生[6]。　　何须更让，飞燕舞[7]，掌中擎。今眼见，绣毹才展簇花英。何曾人着地，只似踏空行[8]。最堪怜，是停眸复转、似留情。

作品赏析

本词为描写舞蹈表演之作，通过观赏舞蹈表演，将舞者柔美的舞姿和轻盈的舞步表现得淋漓尽致。通过细致的描写，使“只似踏空行”的“飞燕舞，掌中擎”的舞姿呈现于读者眼前。整首词营造出一种优美的意境，结尾句“最堪怜，是停眸复转、似留情”，通过细腻的动作描写和情绪表达，将作者自己和读者均融入情景中，使古今时空交融，如身临其境。

乐舞阐释

① 烛花荧：蜡烛的火焰使眼光迷乱。

② 绕堂箫鼓夜齐鸣：夜晚箫鼓之声围绕厅堂一起奏鸣。

③ 金莲看步稳：三寸小脚行走时谨慎而平稳。当时将女子用布条缠的小脚称为“三寸金莲”。

④ 宫柳羡腰轻：宫中的杨柳都羡慕其腰肢纤细轻柔。

⑤ 慢歌声：柔缓的歌声。

⑥ 袖翩翩、回处觉香生：舞袖飘动，袖回之处有香气。从“袖翩翩”句，可以了解到当时跳的是《长袖舞》。

⑦ 飞燕舞：如赵飞燕之舞。赞许舞者犹如赵飞燕一样纤瘦而轻盈。

飞燕：指赵飞燕。汉代著名舞人，汉成帝皇后。相传能为掌上舞，所以人们称其为“飞燕”（详见第三章宋代词第二节柳永《木兰花》）。

⑧ 只似踏空行：好像是在空中行走。形象而夸张地描写舞者轻盈

若飘于空中，使读者想象舞者或是以各种跳跃动作腾空而起，或是以稳健飘逸的“台步”动作如云般飘在舞台之上。

声声慢（清歌[①]）

梨园雅奏[②]，凝碧池边[③]，盛世乐事希闻[④]。妙选歌儿[⑤]，上皇伶部亲分[⑥]。自然宫吕调叶[⑦]，高韵停云念奴媚[⑧]，得李謩笛和[⑨]，双绝超群[⑩]。　近日风流子弟[⑪]，借当年、乐府演畅遗文[⑫]。总是开元旧谱[⑬]，残馥余芬[⑭]。冶童婉入歌喉[⑮]，静听时、偏觉氤氲[⑯]。且落得[⑰]，暂留连、消却半醺[⑱]。

作品赏析

本词为描写听歌之作。上片开篇描写盛世梨园的景象，接着写到太上皇亲自分配乐部、乐调，将宫调、吕调相和，又将拥有美妙歌喉的歌童比作昔日善歌者“念奴”，赞誉若是歌童之歌与唐朝开元年间著名的神笛手李謩的笛音相唱和，必是双绝而超群。下片描写才华横溢的戏曲艺人，以乐府的遗文演奏开元盛世的旧曲，犹如妖艳的歌童婉转的歌喉一样美妙。结尾“暂留连、消却半醺”句，表露出作者流连忘返、恋恋不舍的心情。

乐舞阐释

①清歌：又称清唱，指不用乐器伴奏的歌唱。例如，《晋书·乐

志》载："宋识善击节唱和，陈左善清歌。"

② 梨园雅奏：梨园中演奏雅乐。

梨园：唐代设置的教习宫廷歌舞艺人的乐舞机构。

雅奏：演奏典雅的乐曲。

③ 凝碧池边：碧绿凝集在水池边的石头上。

④ 盛世乐事希闻：听闻盛世下罕见的趣事。

⑤ 妙选歌儿：选择美妙的歌曲。

⑥ 上皇伶部亲分：太上皇亲自分配乐部、乐调。

⑦ 自然宫吕调叶：将宫调、吕调相和得自然淳朴。

宫吕：此处指宫调和吕调，泛指音调声律。宫，古代五声音阶宫、商、角、徵、羽之一（详见第三章宋代词第九节苏轼《水龙吟》）。吕，古代音乐十二律中的阴律，有六种，总称"六吕"（详见第四章元代词第一节张伯淳《木兰花慢》）。

⑧ 高韵停云念奴媚：高亢优美的歌声使行云停止不动，似歌姬念奴之娇媚。

念奴：人名，唐代天宝年间京师长安名妓，以善歌著名，后世也泛指歌女（详见第三章宋代词第二节柳永《木兰花》）。

⑨ 得李謩笛和：可以与李謩的笛音唱和。

李謩：謩又写为谟、暮，唐代笛子演奏家，唐玄宗时宫廷梨园的乐工，长安（今陕西省西安市）人，其笛技在唐代开元年间称"天下第一"，深为玄宗赏识。唐代卢肇《逸史》载："谟开元中吹笛为第一部，近代无比。"唐代段安节《乐府杂录》载："（玄宗）尝独召李谟吹笛逐其（指许和子）歌，曲终管裂，其妙如此。"记载了唐玄宗曾召李謩吹笛为许和子的歌唱伴奏，曲终之时竟致笛管破裂，后传为美谈。"安史之乱"后，李謩流落江东，不知所终。宋代田锡《李谟吹笛歌》："洛阳少年称李谟，众推横笛多功夫。当时教坊第一部，算得比衣皆不如。天津杨柳笼桥绿，胧月澹烟何处宿。不怕金吾禁夜严，偷得新翻禁中曲。曲中次第能记持，尽向乔栏暗谱之。性聪心慧归来习，分明把向月中吹。五音嘈囋相搀出，呼宫吸徵尤奇崛。谁羡曹纲善琵琶，未说阳陶能觱栗。缠声不断如连环，重声忽转如回山。清新不比落梅曲，飘飖乍象霓裳翻。碎节繁音交砉騞，南箕鼓风箫籁窄。一斛明珠一索穿，撒落金盘催曲拍。铮摐大抵声雄豪，历历出群宫调高。丰隆惊得蛟螭起，雨趁云随初啸嗥。每到换头多顿挫，一声忽迸疑轰破。玲珑祇许牙枝催，清脆不容他乐和。宫城响应声更辉，夜静月明诸处闻。何人懒忆马南郡，知予已胜桓将军。明皇上楼初听得，听罢沈吟都不测。宣令遍询坊巷中，旋使王人捕入宫。李谟悉心以实封，皇慈由是宽其罪。后来落魄如散仙，扁舟玩月江湖天。绣囊探出金线管，扬眉舐唇徒自怜。惊神动鬼吹一曲，指法尤高气海圆。波浪无风帖然静，千里水面铺轻烟。水族精灵潜鼓舞，老龙变见来相顾。因将铁笛相对吹，李谟未识无惊怖。乃知艺但出众奇，不独人知鬼亦知。”以上诗文记述了李謩的身事和其高超的笛技。

⑩ 双绝超群：必是双绝而超群。

⑪ 近日风流子弟：近日才华横溢的戏曲艺人。

⑫ 借当年、乐府演畅遗文：借着当年乐府的遗文畅快地演唱。

⑬ 总是开元旧谱：总是演奏开元盛世的那些旧曲谱上的音乐。

开元旧谱：指唐代开元、天宝年间所传下来的记录了美妙动听的曲子的乐谱，后泛指太平盛世遗留下来的精美音乐。宋代周邦彦《月下笛·越调》："想开元旧谱，柯亭遗韵，尽传胸臆。"

⑭ 残馥余芬：前人留下的曲谱余香犹存。

⑮ 冶童婉入歌喉：就像妖艳的歌童婉转的歌喉一样美妙。

冶童：打扮妖艳的女子。明代袁中道《李温陵传》载："公不入季女之室，不登冶童之床，而吾辈不断情欲，未绝嬖宠，二不能学也。"

⑯ 静听时、偏觉氤氲：静静地听时，便觉得有丝丝意蕴。

⑰ 且落得：还落得。

⑱ 暂留连、消却半醺：暂时流连忘返，消去半醉之态。

十五、任绳隗（1621—？）

一度改名方斗，字青际，号植斋。江苏省宜兴市人。幼颖悟，十五岁游庠，师事复社领袖张溥，有文名。清顺治十四年（1657）举人。以“奏销案”罢职，仍复原名。罢职后肆力坟典，殚心著述，书法亦端深。在“阳羡”词人中，诗词与陈维崧齐名，称“阳羡双绝”。王士禛称之为：“风情大似杜紫薇，词品亦其年季孟，阳羡同时有此双绝。”有《直木斋词选》十三卷，其中文三卷，诗七卷，词三卷。

清平乐（索琴）

非桑非濮①。弦断须君续②。漫谱当年横吹曲③。恼听商陵黄鹄④。　旧名子夜乌啼⑤。新翻雄雉朝飞⑥。待倩蔡家焦尾⑦，纤纤弹上君衣⑧。

作品赏析

本词为一首描写“鼓琴”之作。通过“当年横吹曲，商陵黄鹄，乌啼引，新翻曲和焦尾琴”等句，描述了弹琴的情状，表达了作者对古曲和新曲的感受。

乐舞阐释

① 非桑非濮：这不是“桑间”之音，也不是“濮上”之音。

桑濮：指桑间在濮水之上，古代卫国地名。此处意为桑间濮上之音，是商代的一种音乐。《礼记·乐记》载：“桑间濮上之音，亡国之音也，其政散，其民流，诬上行私而不可止也。”郑玄注：“濮水之上，地有桑间者，亡国之音于此之水出也。昔殷纣使师延作靡靡之乐，已而自沈于濮水。后师涓过焉，夜闻而写之。”所谓“靡靡之乐”，是当时郑国和卫国的一种民间新乐，这种新乐音调激越奔放，不符合儒家思想关于雅乐的标准，也不符合当时“平和之德”的政治标准，所以《乐记》对它极力批判。后“桑间濮上”成为男女幽会之处的代称，《汉书·地理志下》载：“卫地有桑间濮上之阻，男女亦亟聚会，声色生焉。”历代典籍把“桑间濮上之音”与“郑卫之音”作为轻浮、误国之乐的同义语，这两个词也成为亡国之音或淫声的代称。

② 弦断须君续：琴弦断了应当由君子续上。

③ 漫谱当年横吹曲：辑录当年乐府歌曲《横吹曲》。

横吹曲：乐府歌曲名，古乐中由鼓、角合奏的乐曲。横吹是汉代鼓吹乐的一种形式，为军中乐，在马上演奏，又称“鼓角横吹”。《乐府诗集》横吹曲辞分为两个部分：前四卷为《汉横吹曲》，后一卷为《梁鼓角横吹曲》。《梁鼓角横吹曲》形成于南北朝时期，由北朝传入中原，其歌辞除少数沿用汉、魏旧作，多为北朝民间乐曲。汉代张骞出使西域后，西域横吹《摩诃》《兜勒》传于长安，唐代宫廷乐官李延年将其编为武乐，晋代崔豹《古今注》载：“《横吹》，胡乐也。张博望入西域，传其法于西京。唯得《摩诃》《兜勒》三曲。李延年因胡曲更造新声二十八解，乘舆以为武乐。后汉以给边将军。和帝时，万人将军得用之。魏晋以来，二十八解不复俱存，见世用《黄鹄》《陇头》

《出关》《入关》《出塞》《入塞》《折杨柳》《覃子》《赤之阳》《望行人》十曲。"《晋书·乐志》将其列为横吹之一，别名“胡角”，将其与“鼓角横吹”并列。

④ 恼听商陵黄鹄：恼怒的是听到商陵牧子的《别鹤操》和《黄鹄曲》。

商陵：指商陵牧子。商陵牧子作《别鹤操》，乐府琴曲。《琴谱》载：“琴曲有四大曲，《别鹤操》其一也。”《别鹤操》来自晋代崔豹《古今注》的记载：“《别鹤操》，商陵牧子所作也。娶妻五年而无子，父兄为之改娶。妻闻之，中夜起，倚户而悲啸。牧子闻之，怆然而悲歌曰：‘将乖比翼隔天端，山川悠远兮路漫漫，揽衾不寐食忘餐！’后人因为乐章焉。”后世用以指夫妻分离，抒发别情。

黄鹄：即《黄鹄曲》，乐府《吴声歌曲》名。用失群孤飞的黄鹄比喻生离死别之人，情意悲怆。《乐府诗集》引《列女传》载：“鲁陶婴者，鲁陶明之女也。少寡，养幼孤，无强昆弟，纺绩为产。鲁人或闻其义，将求焉。婴闻之恐不得免，乃作歌明己之不更二庭也。其歌曰：‘悲夫黄鹄之早寡兮，七年不双。宛颈独宿兮，不与众同。夜半悲鸣兮，想其故雄。天命早寡兮，独宿何伤。寡妇念此兮，泣下数行。呜呼哀哉兮，死者不可忘。飞鸟尚然兮，况于真良。虽有贤雄兮，终不重行。’鲁人闻之，不敢复求。”

⑤ 旧名子夜乌啼：原来的曲名是《子夜乌啼》。

子夜乌啼：琴曲名，又称《乌夜啼》《乌夜啼引》《乌啼引》。唐教坊曲，用作词调，属《清商乐·西曲》类，有燕乐杂曲和雅乐琴曲之分，杂曲称《乌夜啼》，琴曲称《乌夜啼引》。相传夜闻乌啼是罪人将得到赦免的预兆，《乐府诗集》卷六十《琴曲歌辞》列“乌夜啼引”，条引李勉《琴说》曰：“《乌夜啼》者，何晏之女所造也。初，晏系狱，有二乌止于舍上。女曰：‘乌有喜声，父必免。’遂撰此操。”《乌夜啼》的出处为《教坊记笺订》载："《乌夜啼》者：元嘉二十八年，彭城王义康有罪放逐，行次浔阳；江州刺史衡阳王义季，留连饮宴，历旬不去。帝闻而怒，皆囚之。会稽公主，姊也，尝与帝宴洽，中席起拜。帝未达其旨，躬止之。主流涕曰：'车子岁暮，恐不为陛下所容！'车子，义康小字也。帝指蒋山曰：'必无此不尔，便负。'初宁陵、武帝葬于蒋山，故指先帝陵为誓。因封馀酒寄义康，且曰：'昨与会稽姊饮，乐，忆弟，故附所饮酒往；'遂宥之。使未达浔阳，衡阳家人扣二王所囚院曰：'昨夜乌夜啼，官当有赦。'少顷，使至，二王得释，故有此曲。亦入琴操。"记述了此曲产生的缘由。唐代也有诗词记载了此故事。例如，唐代张籍《乌夜啼引》："秦乌啼哑哑，夜啼长安吏人家。吏人得罪囚在狱，倾家卖产将自赎。少妇起听夜啼乌，知是官家有赦书。下床心喜不重寐，未明上堂贺舅姑。少妇语啼乌，汝啼慎勿虚。借汝庭树作高巢，年年不令伤尔雏。"唐代元稹《听庾及之弹乌夜啼引》："君弹乌夜啼，我传乐府解古题。良人在狱妻在闺，官家欲赦乌报妻。乌前再拜泪如雨，乌作哀声妻暗语。后人写出乌啼引，吴调哀弦声楚楚。四五年前作拾遗，谏书不密丞相知。谪官诏下吏驱遣，身作囚拘妻在远。归来相见泪如珠，唯说闲宵长拜乌。君来到舍是乌力，妆点乌盘邀女巫。今君为我千万弹，乌啼啄啄泪澜澜。感君此曲有深意，昨日乌啼桐叶坠。当时为我赛乌人，死葬咸阳原上地。"另外，《乌夜啼》又为南朝歌舞名，唐代《清商乐》和软舞中均有《乌夜啼》名目。《乐府诗集》卷四七引《古今乐录》载："《乌夜啼》，旧舞十六人。"

⑥ 新翻雄雉朝飞：如今新改编的乐曲犹如雄鸡晨飞一般。

⑦ 待倩蔡家焦尾：好似等待美妙的蔡邕焦尾琴一样。

蔡家：蔡邕，字伯喈，陈留郡圉（今河南省开封市圉镇）人，东汉著名文学家、书法家，著名才女蔡文姬之父。因官至左中郎将，后人称他为“蔡中郎”。

焦尾：古琴名，是蔡邕制作的琴，中国古代“四大名琴”之一。蔡邕在吴地（今江浙省一带）时，曾听到一块桐木在火中爆裂的声音，认为是一块质量上好的木材，因此把它拣出来做成琴，音色非常美妙，因琴尾尚留有焦痕，就将琴取名为“焦尾”。“焦尾琴”以悦耳的音色和独特的制法闻名四海。相传蔡邕去世后，焦尾琴保存在皇家内库之中，据说齐明帝在位时，曾取出焦尾琴请古琴高手王仲雄弹奏，王仲雄连续弹奏了五天，并即兴创作了《懊恼曲》献给齐明帝。焦尾琴后传至南唐中主李璟之手，后又赠予大周后，后归宋室所有。明朝昆山人王逢年曾收藏过“焦尾琴”。

⑧ 纤纤弹上君衣：柔细的玉指弹奏着虹霓一样优美的乐曲。

十六、董元恺（？—1687）

字舜民，号子康。江苏武进（今江苏省武进市）人。清顺治十七年（1660）举人。第二年因“奏销案”被黜。所以游历于大江南北，千端心曲，悉寓于词。康熙二十六年（1687）卒。有《苍梧词》。

减字木兰花

夜深清影。芳草不生泉欲冷。绣岭花开。尽逐东流去不回。　梨园按曲[1]。羯鼓声中鼙鼓鼙[2]。红粉成灰。村笛还吹阿滥堆[3]。

作品赏析

本词上片寓情于景，描写寒冷的深夜，寸草不生的环境，当年的繁花簇拥，如时光流逝，一去不回。“芳草不生泉欲冷”句，表现出作者孤独、凄凉、愁肠欲绝的心情。下片借物喻情，触物兴感，通过“梨园按曲，羯鼓声中鼙鼓鼙，红粉成灰”几句，抒发作者对国事堪忧、报国无门的悲愤之情。整首词表达的情绪哀婉、真挚，作者的沉痛之情溢于言表。

乐舞阐释

① 梨园按曲：梨园之中击节唱曲。

梨园：唐代设置的教习宫廷歌舞艺人的乐舞机构。

② 羯鼓声中鼙鼓鼙：羯鼓声中鼙鼓之声急促紧迫。

羯鼓：古代打击乐器（详见第二章五代词第四节李煜《子夜歌》）。

鼙鼓：古代军中所用小鼓，汉代以后又称"骑鼓"，古代乐队也有使用。《说文解字》载："鼙：骑鼓也。"《周礼·春官宗伯》"钟师"载："掌鼙，鼓缦乐。"《吕氏春秋·仲夏纪·古乐》载："有倕作为鼙鼓钟磬。"唐代白居易《长恨歌》："渔阳鞞鼓动地来，惊破霓裳羽衣曲。"清代王韬《瀛壖杂志》："拔发骑龙望旆旌，经年鼙鼓未休兵。芙蓉毒雾海漫漫，我自闭关眠不动。一朝枪舶炮声来，惊破看花众人梦。"

③ 村笛还吹阿滥堆：乡间还在吹奏《阿滥堆》曲。

村笛：指乡间的笛声。唐代白居易《琵琶行》："岂无山歌与村笛，呕哑嘲哳难为听。"宋代陈造《繁昌早发》："无酒问山店，忆鲈听村笛。"

阿滥堆：古代乐曲名，又名《阿辫回》《鹖滥堆》《即鹨》，唐玄宗所作。"阿滥堆"本为鸟名，俗名"告天鸟"，《阿滥堆》意为以鸟鸣声所创作的曲子。南唐尉迟偓《中朝故事》："骊山多飞禽，名阿滥堆。明皇帝（唐玄宗）御玉笛，采其声，翻为曲子名焉。左右皆传唱之，播于远近。人竞以笛效吹，故词人张祜诗曰：'红树萧萧阁半开，玉皇曾幸此宫来。至今风俗骊山下，村笛犹吹阿滥堆。'"唐代李白《司马将军歌》："羌笛横吹阿辫回，向月楼中吹落梅。"明代杨慎《升庵诗话·阿辫回》载："太白诗'羌笛横吹《阿辫回》'，番曲名。张祜集有《阿滥堆》，盖飞禽名，明皇御玉笛采其声翻为曲子，即此也。番人无字，止以声传，故随中国所书，人各不同耳，难以意求也。"

隔帘听[1]（咏弹筝）

正是恹恹天气[2]，十五盈盈女[3]。十三弦上情千缕[4]。看玉比蝉钿[5]，银排雁柱[6]。弹再鼓[7]。动春纤、当窗手语[8]。音如诉[9]。　　含宫嚼羽[10]。婉转歌喉吐[11]。斜挡慢捻相思谱[12]。空闺似入，湘江凄楚。潇潇雨。偷将泪丝重数。

作品赏析

本词为咏颂弹筝之作，整首词描写女子弹筝的动作、韵味和细腻凄楚的情感。上片描写女子将情寄于十三弦筝之上，琴声犹如诉说着衷肠。下片描写“含宫嚼羽”的美妙筝音，仿佛似委婉动人的歌喉唱出动人的歌曲。最后描写弹奏《相思谱》曲，“湘江凄楚”“偷将泪丝重数”等句，蕴含着筝女内心无尽的惆怅，凄凉伤感之情无处倾诉，只能偷偷落泪，勾勒出一幅悲凉的画面。情景交融，形神合一，将筝曲中的相思意蕴和筝女的相思情感表现得淋漓尽致。

乐舞阐释

① 隔帘听：词牌名，又为唐教坊曲名，创于初唐。《隔帘听》以柳永词为正体，双调，七十五字体，上片七句五仄韵，下片八句七仄韵。本词为双调，七十三字体，上片八句，下片七句。

② 正是恹恹天气：恰是让人感觉困倦慵懒的天气。

③ 十五盈盈女：年轻美好的女子。

④ 十三弦上情千缕：将十三根琴弦化作千万缕情思。

十三弦：此处指乐器筝，是古筝的别名，又称十三柱，因古筝有十三根弦而得名。十三弦为大型筝，琴体平卧，演奏者跪坐，用右手的拇指、食指和中指演奏。

⑤ 看玉比蝉钿：仔细观察这玉石般的筝饰，比美女贴在面颊的蝉形金花还要精美。

⑥ 银排雁柱：筝上的银饰弦柱，形似一排飞翔的大雁。

⑦ 弹再鼓：再次弹拨琴弦。

⑧ 动春纤、当窗手语：女子的手指微动，对着窗子比画着手势。

⑨ 音如诉：琴弦发出的声音好像在倾诉衷肠。

⑩ 含宫嚼羽：音律包含着宫羽调。

⑪ 婉转歌喉吐：传出委婉含蓄的歌声。

⑫ 斜挡慢捻相思谱：倾斜地弹拨，慢慢地揉着弦，弹出满含相思的曲谱。

挡：弹拨。

捻：弹琵琶的一种指法，指用手指揉弦。

相思谱：即《相思曲》，古乐府曲名，多写男女相思之情。南朝陈智匠《古今乐录》载："宋少帝更制新歌三十六曲，齐太祖常谓之《中朝曲》。梁天监十一年，武帝敕法云改为《相思曲》。"南朝梁王僧孺《春思》："复闻黄鸟吟，今作《相思曲》。"

汉宫春[①]（寄恽元锦，用辛稼轩韵）

丰草长林，看鸟忘矰缴，鱼乐江湖。故乡烟景如许，子盍归乎。扬帆破浪，遍千岩、一叶须臾。还长啸，一声梁父[②]，浩然风月歌呼。　曾向伯通庑下，听清谈尘尾，不爨樵苏。董生雅知悭者，此外谁欤。无弦琴在[③]，真堪动、万籁笙竽[④]。从今后，酒酣耳热，共君击缶乌乌[⑤]。

作品赏析

本词借物抒情，上片通过描写故乡的“丰草长林”“鱼乐江湖”“扬帆破浪”，以表达作者旷达豪迈的情怀。下片追忆曾与好友纵论畅谈，酣畅淋漓，如今却犹如“无弦琴”一般，再无处倾诉心扉。从今后，如“击缶”声响彻耳边，与君共勉当初之志，表现了作者的豪情和远大的理想抱负。

乐舞阐释

① 汉宫春：词牌名，《高丽史·乐志》中名《汉宫春慢》。《梦窗词集》入“夹钟商”。各家句读多有出入，通常以《稼轩长短句》为准。本词为双调，共九十六字，上片、下片各四平韵。

② 一声梁父：唱一声《梁甫吟》曲。

梁父：即《梁甫吟》，古曲名，乐府楚调歌曲，“甫”亦作“父”。又名《梁父吟》《泰山梁甫吟》，是古代用以“葬歌”的民间曲调，音调悲切凄苦，今已失传。郭茂倩《乐府诗集》：“按梁甫，山名，在泰山下。《梁甫吟》，盖言人死葬此山，亦葬歌也。”

③ 无弦琴在：没有弦的琴。取意于南朝梁萧统《陶渊明传》载：“渊明不解音律，而蓄无弦琴一张，每酒适辄抚弄以寄其意。”因为陶渊明曾说：“但识琴中趣，何劳弦上声！”意为弹琴之趣，不在于弦上。

④ 真堪动、万籁笙竽：真足以震动，万籁笙竽之音。

万籁：泛指自然界中万物发出的各种声响。籁，古代竹制三孔箫管类乐器。《说文解字》载："籁，三孔龠也。"《吕氏春秋·孝行览·遇合》载："客有以吹籁见越王者，羽角宫徵商不谬，越王不善。"《史记·司马相如列传》载："摐金鼓，吹鸣籁。"籁本指古代管乐器。箫，古时称若干竹管排列编成的排箫为箫，后世则称竹制单管直吹者为箫。籁又指孔穴中发出的声音，或泛指自然界中一般的声响。例如，人口吹奏出的声音称为"人籁"，风吹孔穴发出的声音称为"地籁"，"天籁之音"泛指大自然中一切美妙的声音。晋代郭象《庄子集释·齐物论》："籁，箫也。夫箫管参差，宫商异律，故有短长高下万殊之声。"

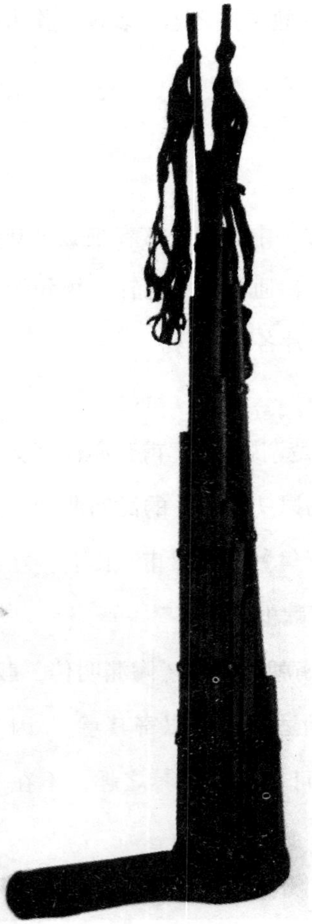

图 6–3 竽，马王堆一号汉墓出土

竽（见图 6–3）：古代吹奏乐器，形似笙而略大，管数也较多，春秋战国时期至汉代盛行于民间。东汉许慎《说文解字》载："竽，管三十六簧也。"竽斗和竽嘴为木制，最长的竽约 78 厘米，最短的约 14 厘米。22 根管，分前后两排插在竽斗上，每排 11 根。在汉代乐俑和石刻中多有吹竽的图像。1972 年长沙马王堆一号汉墓中出土的竽有 22 根管，分前后两排。

从春秋战国时期到汉代的文献中，记载了笙和竽这两种乐器。《韩非子·解老》载："竽也者，五声之长者也，故竽先则钟瑟皆随，竽唱则诸乐皆和。"《韩非子·内储说》载，齐宣王"使人吹竽，必三百人。"

竽和笙的区别是：竽的体积较大，簧较多，有三十六簧；笙的体积较小，簧较少，有十三簧至十九簧。两者早期都是用嵌簧的编管插入葫芦内，并以葫芦作为共鸣体，所以一些文献认为笙就是不同形制的竽。例如，《吕氏春秋·仲夏纪》高诱注："竽，笙之大。"春秋战国时期，笙、竽是重要的吹奏乐器，唐代竽仍然存在，宋代以后逐渐少用，笙至今仍然广泛流传于我国民间并且用于民族管弦乐队。

⑤ 共君击缶乌乌：与君共同击缶歌呼。

缶：古代乐器名，又称瓯，是古代产于秦地的一种瓦质陶器打击乐器（详见第三章宋代词第四十节蒋捷《满江红》）。

十七、钱灵修（生卒年不详）

字湘音。江苏吴县（今江苏省苏州市）人。有《秀采轩词》。

凤栖梧[1]（蕉影）

翠袖凝烟绕绣户[2]。逸韵翩翩，疑是惊鸿舞[3]。庭树凉阴看欲去。月痕又照青鸾羽。　能引清风祛迅署。不染纤尘，羞杀游蜂聚。露浥轻罗慵未举。片云斜映纱窗曙。

作品赏析

本词为描写“蕉影”如舞之作。上片描写袖舞似烟，在女子绣房中旋绕，赞其“逸韵翩翩，疑是惊鸿舞”。词中将其动律、动态和“鸾羽”美妙生动地勾勒出来，呈现于读者眼前。下片通过对“蕉影”的“舞姿”“能引清风，不染纤尘，羞杀游蜂”等句的描写，更加赞许了“蕉影”之美以及高洁的品格。

乐舞阐释

① 凤栖梧：词牌名，是词牌《蝶恋花》的别称（详见第三章宋代词第四十节蒋捷《蝶恋花》）。

② 翠袖凝烟绕绣户：舞袖似烟雾般在女子的绣房中旋绕。

翠袖：对舞袖的美称。

③ 疑是惊鸿舞：仿佛《惊鸿舞》一般。

惊鸿舞：唐代舞蹈名。舞蹈表现鸿雁在空中翱翔的优美形象。明代裘昌今《太真全史》中的插图有舞者身穿长袖舞衣，长裙曳地，模仿鸿雁展翅飞翔的动作。舞姿轻盈、飘逸、柔美，极富韵味。伴奏乐器主要有拍板、箫、云锣等。据《梅妃传》记载，唐玄宗宠妃“梅妃”善跳此舞。

十八、毛奇龄（1623—1716）

又名甡，字大可，号西河，又号秋晴、春庄、春迟、僧弥、僧开、河右、齐于等。浙江省杭州市萧山人。清初经学家、文学家。以郡望西河，人称“西河先生”。清康熙十八年（1679）荐举博学鸿儒科，列二等，授翰林院检讨，充《明史》纂修。二十四年（1685）充会试同考官。寻假归，以痹疾不复出。居杭州，讲学撰述。与弟毛万龄并称“江东二毛”。著《西河合集》，分经集、史集、文集、杂著，四百余卷。《四库全书》收其所著书目达四十余种。有《毛翰林词》六卷、《词话》一卷。

喜迁莺

榆叶里，楝花前。烧尽白矾烟。娇龙自走不须鞭。最喜是莺迁。　　歌羽歌[①]，舞羽舞[②]。人在掌中飞去[③]。雾丝裙子本蹁跹。何处更留仙。

作品赏析

本词主要描写“榆叶里，楝花前，烧尽白矾烟”的景象。上片用“白矾烟”比喻洁身自好的君子，并将白矾缥缈的烟雾形象地比喻为“娇龙”“莺迁”。下片将袅袅白矾烟形象地比作“歌羽歌，舞羽舞，人在掌中飞去”的歌舞之态，雾丝好似蹁跹舞动的裙子，意境灵动美妙。

乐舞阐释

① 歌羽歌：咏唱起来如同《羽歌》一样悦耳。

② 舞羽舞：舞蹈起来如同《羽舞》一样轻盈。此处比喻白矾的烟雾缥缈，犹如表演《羽舞》一般。

羽舞（见图 6–4）：舞者持鸟羽而舞，周代《六小舞》之一。

③ 人在掌中飞去：人在掌中舞，好似腾空飞去。

掌中：即掌中舞，指赵飞燕，汉代著名舞人，汉成帝皇后。相传能为掌上舞（详见第三章宋代词第二节柳永《木兰花》）。

图 6–4　明代朱载堉《乐律全书》，羽舞图

行香子（即事）

晚色烟和。鸟散庭柯。听街头、击鼓吹螺[①]。酒阑送客，夜火星罗。幡幢引处，看蝶演，似莺梭。　　法轮常转，五方何处，现维摩、试问禅那。作天魔舞[②]，于意云何。香坛行过，随啸咏，且婆娑。

作品赏析

本词主要描写夜晚的城镇集会以及祭祀活动。整首词通过对大街小巷“鼓螺齐鸣、人声鼎沸、夜火星罗、旌旗飘扬、歌舞婆娑”等景象的描写，将城镇夜晚的集会祭祀活动描写得热闹非凡。

乐舞阐释

① 听街头、击鼓吹螺：听到街上击鼓、吹螺之声。

螺（见图 6–5）：即螺角、法螺，是僧、道或军中所用的用螺贝制作的乐器。螺贝生长在大海中，俗称海螺。螺角，螺头穿孔吹鸣，声大而远。古时军中常常吹螺角以号令三军。《乐书》卷一三六《乐图论》载：“贝之为物，其大可容数升，蠡之大者也。南蛮之国，取而吹之，所以节乐也。”“法螺”是举办宗教仪式或召集僧众时吹奏的一种乐器。《法华经 · 序品》载：“吹大法螺，击大法鼓。”唐代韩愈《华山女》：“街东街西讲佛经，撞钟吹螺闹宫廷。”

② 作天魔舞：跳《十六天魔舞》。

天魔舞：又称《十六天魔舞》，为元代宫中礼佛，宴飨时表演的

图 6–5　清镶铜嵌料石白海螺，藏于清代宫廷乐器展

女子群舞。此舞创作于元顺帝至正十四年（1354），是元顺帝“怠于政事，荒于游宴”的产物。《元史·顺帝本纪》载：“时帝怠于政事，荒于游宴，以宫女三圣奴、妙乐奴、文殊奴等一十六人按舞，名为十六天魔。首垂发数辫，戴象牙佛冠，身被璎珞、大红销金长短裙、金杂袄、云肩、合袖天衣、绶带鞋袜，各执加巴剌般之器，内一人执铃杵奏乐。又宫女一十一人，练槌髻，勒帕，常服，或用唐帽、窄衫。所奏乐用龙笛、头管、小鼓、筝、篆、琵琶、笙、胡琴、响板、拍板。以宦者长安迭不花管领，遇宫中赞佛，则按舞奏乐。宫官受秘密戒者得入，余不得预。”这段文字描述了三圣奴、妙乐奴、文殊奴等十六名宫女，把头发梳成若干小辫儿，戴着象牙做的佛冠，身披璎珞，肩上有云霞般的披肩，上身穿金丝小袄，下身着大红色镶金边的长短裙。舞伎们一手执法器（也有手拿昙花的），另一手变换着繁美的手姿。其中一个人手执铃杵领舞。所谓“背翻莲掌”“玉手昙花”，即数十双手臂时开时合，上下翻舞，变化万千，创造出动人心魄的意象。以上文献不仅记载了此舞的服饰道具、队形队列，而且记载了领舞、群舞的表演形式和乐队伴奏的乐器等，对后世进一步研究古代乐舞的表演形式和风格特征具有十分重要的史料价值。《十六天魔舞》是一个妖娆、神秘的舞蹈，元代统治者信奉佛教，所以此舞富于神秘的宗教色彩，属于佛教密宗一派的乐舞。元末明初张昱《辇下曲》：“西天法曲曼声长，璎珞垂衣称绝妆。大宴殿中歌舞上，华严海会庆君王。西方舞女即天人，玉手昙花满把青。舞唱天魔供奉曲，君王常在月宫听。”明代朱有墩《元宫词》：“缠头例是宫中赏，妙乐文殊锦最新。队里惟夸三圣奴，清歌妙舞世间无。”词中描写了三名表演《十六天魔舞》的出色的歌舞伎。

十九、史唯圆（1619—1692）

原名策，又名若愚，字云臣，号蝶庵。江苏省宜兴市人。清初“阳羡”派词人。史孟麟孙，陈维崧姻表亲，与陈维崧论交三十载。才高博学，少时意气豪壮，颇有抱负，后历经沧桑，终生隐逸。蒋景祁辑《瑶华集》录其词45首。有《蝶庵词》，存词256首。

鹊踏花翻（春夜听客弹琵琶作隋唐平话，和其年）

残照如旗，远樯似槊，萧条故垒渔樵话。谁将旧曲新翻①，紧拨轻弹②，酸风初透春帘罅。低徊试唱小秦王③，烟尘扫尽征鞍卸。　休讶。当日锦帆东下。雷塘数亩荒台榭。惟有一片寒波，两行官柳，日暮乌啼罢。四条弦里古今愁④，霜钟敲破孤眠夜⑤。

作品赏析

本词以描写弹奏琵琶的声势来谈古论今，巧妙地运用比喻的手法，把抽象的琵琶声写得具体可感。词以形写声，以声传情，描写手法出神入化。上片以景抒情，通过对环境的描写，转而“谁将旧曲新翻”，感慨今非昔比；又追忆当年《小秦王破阵乐》之豪气。下片描写如今良田万亩皆荒芜，夕阳西下，夜幕降临，乌鸦啼泣。四条柔细的琴弦低声吟唱着古今的怨恨，霜雪伴随着钟声在空中回荡，这又是一个孤独、寒冷、寂寞难耐的夜晚，表现出作者凄凉的心境。

乐舞阐释

① 谁将旧曲新翻：谁将过去的曲子改编吟唱。

旧曲：指古曲，以前的乐曲。南朝陈徐陵《折杨柳》："江陵有旧曲，洛下作新声。"

② 紧拨轻弹：手指急切拨动或轻轻弹奏着琴弦。

③ 低徊试唱小秦王：试唱《小秦王破阵乐》的声音低徊。

小秦王：中国古代宫廷乐舞，即《小秦王破阵乐》或《小破阵乐》，为小型的《秦王破阵乐》，属武舞类。唐教坊曲名，后用作词调。唐开元、天宝时，《坐部伎》中包括有两组《破阵乐》，一为《燕乐》部中的《破阵乐》，一为《小破阵乐》。《秦王破阵乐》是唐初军中乐舞，后为唐代宫廷著名的歌舞大曲（详见第二章五代词第四节李煜《破阵子》）。

④ 四条弦里古今愁：四条柔细的琴弦低声吟唱古往今来的愁怨。

四条弦：此处指琵琶，古代琵琶为四根弦。

⑤ 霜钟敲破孤眠夜：霜雪伴随着敲击的钟声在空中回荡，这又是一个孤独、寒冷、难以入眠之夜。

霜钟：指寺院里的铜钟。古时每日四更寺钟即鸣，人们闻钟声起床上朝入市。一年中风、雨、霜、雪更迭，深秋霜落季节，钟楼上传出洪亮的钟声，声震全城，所以称为"霜钟"。《山海经·中山经》载："（丰山）有九钟焉，是知霜鸣。"郭璞注："霜降则钟鸣，故言知也。"南朝齐谢朓《黑帝》："霜钟鸣，冥陵起。星回天，月穷纪。"

二十、陈维崧（1625—1682）

字其年，号迦陵。江苏省宜兴市人。幼有神童之誉，十岁代祖父作《杨忠烈像赞》，后有名声。明朝颠覆，家道衰落，屡试不第，客游四方。清康熙十八年（1679）荐应博学鸿儒科，试列一等，授翰林院检讨，参与修《明史》。二十一年（1682）因病卒于任。吴伟业称其为："江左三凤凰之一"。词与朱彝齐名，并称"朱陈"。清初词坛领袖，开创"阳羡"词派。词作数量浩繁，今传世者达千七百首。刻有《乌丝词》。编纂有《今词苑》《妇人集》。有《迦陵文集》《湖海楼词》《湖海楼诗集》。与潘眉同辑《今词选》。与曹亮武等编《荆溪词初集》。《清史稿》《清史列传》有传。

菩萨蛮（燕市赠相者）

虎坊桥畔逢唐举。西风酌酒为君语。鬣鼻与魋肩。何尝直一钱。　　浮云卿眼见。富贵非吾愿。酒尽拨三弦[①]。狂歌菩萨蛮[②]。

作品赏析

本词为写作者在燕京遇相术者之作。将和相术者相遇以及和其交谈的内容进行描写，表达出作者不为功名富贵，寄心志于天地、寄情志于乐舞的旷达胸怀。

乐舞阐释

① 酒尽拨三弦：将酒饮尽，弹拨着三弦。

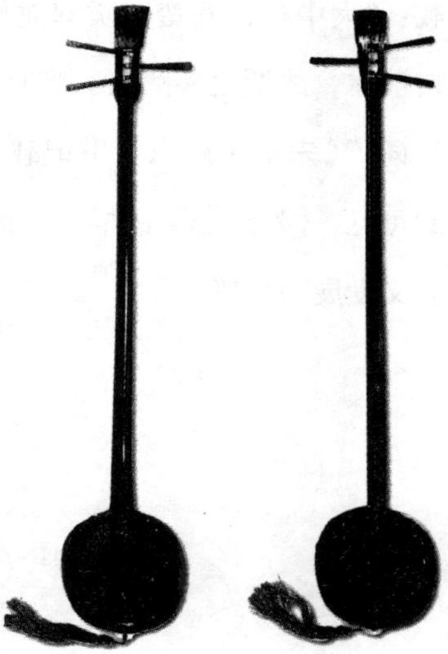

图 6–6　三弦

三弦（见图6–6）：中国传统弹拨乐器，又称弦子，源自秦代的弦鼗。秦始皇灭六国后，使百姓到边疆修筑长城。为驱孤寂，人们在一种有柄的小摇鼓上系了丝弦，制成了可以弹拨的圆形、皮面、长柄的乐器，当时称为弦鼗，最早在北方边疆的军队中使用。清代毛奇龄《西河词话》：“三弦起于秦，本三代鼗鼓之制，而改形易响，谓之弦鼗……唐时坐部多习之，故世遂以为胡乐，实非也。”元代开始有三弦之名。明代杨慎《升庵外集》：“今之三弦，始于元时。”

三弦分为琴头、琴杆和琴鼓三部分，音箱为木制，椭圆形，两面蒙鼓皮。琴杆为指板，有三根弦，分为大三弦和小三弦两种：大三弦又称书弦，长约122厘米，多用于北方大鼓书、单弦的伴奏乐队，也用于独奏和歌舞伴奏；小三弦又称曲弦，长约95厘米，盛行于江南，多用于昆曲、评弹的伴奏及器乐合奏。

② 狂歌菩萨蛮：大声歌唱《菩萨蛮》曲。

菩萨蛮：唐代乐舞名，又称“四方菩萨蛮队”。《菩萨蛮》原为缅甸古乐，为佛教礼乐，后传入中国。早在唐代开元年间就有此曲。唐代俗称美女为菩萨，“菩萨蛮”又称女蛮。

唐宣宗大中年间女蛮国派遣使者进贡，她们身上披挂着珠宝，头上戴着金冠，梳着高高的发髻，让人感觉宛如菩萨，教坊因此制成《菩萨蛮曲》，后来《菩萨蛮》成为词牌名。唐代苏鹗《杜阳杂编》载：“大中初，女蛮国贡双龙犀……明霞锦……其国人危髻金冠，璎珞被体，故谓之菩萨蛮。当时倡优遂制《菩萨蛮》曲，文士亦往往声其词。”《宋史·乐志》中记载了名叫“菩萨蛮队”的女弟子舞队。由此可见，《菩萨蛮》最早是一种模仿外来舞队中的曲调所制成的乐曲，后又发展为乐舞。

塞孤[①]（宣武城外书所见）

北风如箭吼、城门启。不断香车流水。侧卷绡帘拖燕尾。巫鼓唱[②]，蛮箫赛[③]。乌孙别、紫台人，黄鹄寡、青溪妹。粉襟儿畔，多少红泪。　　谁唱勅勒歌[④]，诉尽消魂事。绣镞残骸攒猬。树腹崖根潜老魅。招蜀魄，呼湘鬼。鹃已叫、洛阳城，鹤未返、辽西市。总春闺、梦中夫婿。

作品赏析

本词是作者描写宣武城外所见之作。通过对眼前事的描写，借物抒情，骋情古今，融感怀往昔与慨叹现实于一体，表现出作者内心激荡的悲苦与哀痛。

乐舞阐释

① 塞孤：词牌名，调见《乐章集》，原注“般涉调”。本词为双调，共九十五字，上片九句六仄韵，下片九句六仄韵。另有一体，双调，九十三字，上片九句六仄韵，下片八句六仄韵。

② 巫鼓唱：巫神敲鼓吟唱。女巫在以舞降神的祭祀中，边唱边用巫鼓来拜神。巫鼓文化历史悠久，古代巴人尚巫重鼓，形成了独具特色的巫鼓文化，使巫鼓成为巴渝舞的重要内容。巫，古代以歌舞降神为业者（详见第三章宋代词第二十二节王千秋《贺新郎》）。

③ 蛮箫赛：南方各民族在赛会上竞相吹着洞箫。“蛮”是中国古代对南方各民族的称谓。

④ 谁唱勅勒歌：谁在吟唱着民歌《敕勒歌》。

敕勒歌：歌曲名。最早见于宋代郭茂倩《乐府诗集》中的《杂歌谣辞》，是敕勒人创作的民歌，流传于南北朝时期黄河以北的北朝，是由鲜卑语译成汉语的。《乐府诗集》中《敕勒歌》：“敕勒川，阴山下。天似穹庐，笼盖四野。天苍苍，野茫茫，风吹草低见牛羊。”歌咏北国草原美丽的风光和敕勒人的豪情。

念奴娇（尤展成招饮草堂，同丁飞涛、彭云客、宋既庭、御之，即席分赋，同用飞涛韵）

别来何久，喜今朝坐上、五君二仲。齐作镇西鸲鹆舞[①]，舞罢持杯高讽[②]。蹴踏齐梁，凭陵晋魏，白眼看唐宋。髀虽生肉，公然意气毫纵。　　最是月落参横，主人留客，不放归鞭控。能得几场花下醉，况是吴宫如梦。锦瑟怜谁[③]，青萍负我，快作临风弄。唾壶阙尽④，狂歌乱击春瓮⑤。

作品赏析

本词是一首宴饮聚会之作。上片通过描写与兄弟、好友闲谈，又一起“齐作镇西鸲鹆舞，舞罢持杯高讽”，表现出作者欢愉的心情和豁达的胸怀。接着“蹴踏齐梁，凭陵晋魏，白眼看唐宋”几句，意气横生，表现出作者看尽历史更迭而又斗志昂扬，不气馁、不随命运摆布，积极向上的豪放胸襟。下片描写明月已出，主人留客，好友们将酒一饮而尽，拍打着酒瓮纵情高歌的情景。

乐舞阐释

① 齐作镇西鸲鹆舞：整齐地跳着谢镇西的《鸲鹆舞》。镇西，即谢镇西、谢尚，字仁祖。陈郡阳夏（今河南省周口市太康县）人，东晋名士，因任镇西大将军，故名谢镇西。

鸲鹆舞：古代民间舞蹈。舞者模拟鸲鹆鸟动作而舞，此舞姿态矫健，气势奔放，主要表现昂扬奋发的“鸿鹄之志”。东晋时期的谢尚（谢镇西）善于表演《鸲鹆舞》，《晋书·谢尚传》记载了谢尚表演《鸲鹆舞》的状况。他曾在司徒王导及宾客座前着衣帻而舞，舞蹈时身体俯仰而动，旁若无人，宾客为之抚掌击节。清代董诰等辑《全唐文》之《鸲鹆舞赋》描述他的舞姿：“公乃正色洋洋，若欲飞翔。避席俯伛，抠衣颉颃。宛修襟而乍疑雌伏，赴繁节而忽若鹰扬。”

② 舞罢持杯高讽：跳完舞后举杯高声讽诵。

③ 锦瑟怜谁：美好的琴瑟之声在怜悯何人？

锦瑟：对瑟的美称。

④ 唾壶阙尽：击打完一段唾壶。取意于《世说新语》中王处仲的

故事（详见第五章明代词第二十三节金堡《声声慢》）。

⑤ 狂歌乱击春瓮：一边纵情高歌，另一边拍打着酒瓮。

瓮：古代打击乐器。原为一种盛水或酒的陶器，后用作简单的乐器。中国古代乐器有金、石、丝、竹、土、革、匏、木八音之分，瓮为缶类陶制乐器，属于土类乐器。新石器时代就有原始的陶制乐器。《史记·李斯列传》载："夫击瓮叩缶，弹筝搏髀，而歌呼呜呜快耳者，真秦之声也。"（《谏逐客书》）

二十一、屈大均（1630—1696）

初名邵龙，又作绍隆，字翁山，一字介子，又字令君，别号八泉。广东省广州市番禺人。明崇祯三年（1630）诸生。明亡，清顺治七年（1650）乱世逃禅，削发为僧，法名今种，字一灵、骚余。又数年游吴与秦陇之地，交顾炎武、李因笃。旋还俗，改名大均。能诗，尤工五言体。诗文与陈恭尹、梁佩兰齐名，并称“岭南三家”。善画兰，有自题《画兰册》诗。有《广东新语》《道援堂词》(又名《骚屑词》)。

行香子（都门春游作）

花向东华。柳向西华。逐春嬉、蠕蠕香车。欲吹觱栗[①]，先鼓琵琶[②]。喜人如云，酥如乳，酒如霞。　西曲秦娃[③]。南曲吴娃[④]。与流莺、婉转平沙[⑤]。渐喧边马，将宿宫鸦。过兔儿沟，桃儿店，月儿家。

作品赏析

本词为作者在都门春游之作。整首词描绘了一幅初春万物勃发、欣欣向荣、生机勃勃、春色怡人的春游图。上片通过对花儿绽放、柳条生长、吹觱栗、鼓琵琶等句的描写，将大自然之美和作者愉悦的心绪融于一体。下片情景交融，通过描写“西曲秦娃，南曲吴娃”，以及马儿在路边喧闹等情景，将热闹非凡的街市景象呈现出来，表达出作者欣喜、欢愉的心情。

乐舞阐释

① 欲吹觱栗：想要吹奏觱栗。

觱栗：古代吹管乐器，又称觱篥、必栗（详见第五章明代词第二十一节易震吉《念奴娇》）。

② 先鼓琵琶：先弹奏琵琶。

③ 西曲秦娃：秦地的女子唱着西曲。

西曲：又称西曲歌、荆楚西声，是集歌、舞、曲于一体的民间歌舞形式，主要流行于江汉流域。《乐府诗集·西曲歌》题解："按西曲歌出于荆、郢、樊、邓之间，而其声节送和与吴歌亦异，故其方俗而谓之西曲云。"西曲的歌曲称"倚歌"，结构较为短小，歌词多为五言四句短诗，主要用吹管乐器以及铃、鼓等打击乐器伴奏。西曲多表现爱情，风格委婉、闲雅、舒缓。西曲歌词保存于宋代郭茂倩《乐府诗集》中。郭茂倩将这些民歌分为"吴声歌""神弦曲""西曲歌"三部分，四百余首。

④ 南曲吴娃：吴地的女子唱着南曲。

南曲：最早的戏曲声腔之一，是南宋以来流传我国南方诸省的南戏所用的音乐。南曲主要是音乐上用五声音阶，声调柔缓婉转，并且吸收了北曲的优点，引用了大量北曲的曲调，创作了南北合套形式。在流传过程中，南曲广泛汲取民间音乐的营养，发展出许多新的戏曲声腔，以表现戏曲情绪的多样性。

⑤ 与流莺、婉转平沙：莺鸣声婉转如《平沙落雁》曲。

平沙：即《平沙落雁》，又称《雁落平沙》，古琴名曲，又为琵琶曲。该曲最早见于明代《古音正宗》，内容描写群雁在空中盘旋顾盼、起降而鸣的情景。曲调悠扬流畅，旋律跌宕起伏，绵延不断，优美动听。音乐基调静中有动。《天闻阁琴谱》描写该曲："盖取其秋高气爽，风静沙平，云程万里，天际飞鸣。借鸿鹄之远志。写逸士之心胸者也。……通体节奏凡三起三落。初弹似鸿雁来宾，极云霄之缥缈，序雁行以和鸣，倏隐倏显，若往若来。其欲落也，回环顾盼，空际盘旋；其将落也。息声斜掠，绕洲三匝，其既落也，此呼彼应，三五成群，飞鸣宿食，得所适情：子母随而雌雄让，亦能品焉。"

二十二、徐　来（生卒年不详）

字子复。安徽历杨（今安徽省马鞍山市和县）人。词多沧海桑田、忧伤惆怅之感，境界清凄。有《一曲滩词》，聂先、曾王孙辑入《百名家词钞》中。

金缕曲[①]（听婉官弹筝）

锦帐近花卷。见侍女柔姿、淡淡蛾眉初敛[②]。红袖微收皓腕出[③]，银甲旋飞雪点[④]。乍入慢、清杨姑洗[⑤]。转触玲珑十三柱[⑥]，送新声、渐逼鸳鸯犯。似细语，怨婉娩。　作人从古原稀罕。况做出、娇歌呖呖，轻揉疾滚[⑦]。小曲凉州千拍碎[⑧]，暗把玉容愁损。片声歇、余情黯淡。我发狂言君莫笑，问名儿、似隔巫山远。再低看，倭丝毯。

作品赏析

整首词描写女子弹筝的过程和情景。上片从女子所处的锦帐开始写起，接着描写女子的姿容、服饰和弹琴的过程。通过“蛾眉”“红袖”“皓腕”等词，将女子的美好呈现于读者眼前；通过“转触”一词，将弹琴的动态跃然纸上；通过“渐逼”“细语”等词，将美妙的琴声通感化，使读者如身临其境。下片接着描写弹琴，“轻揉疾滚，小曲凉州千拍碎”等句，使读者仿佛在观赏弹琴的指法的同时又聆听到小曲《凉州曲》的急促之声，琴音弹出了别离怨，使人惆怅，表现出远不可及又似在眼前的愁绪。

乐舞阐释

① 金缕曲：词牌名，又名《贺新郎》《贺新凉》《金缕歌》《金缕词》《金缕衣》《乳燕飞》《风敲竹》《貂裘换酒》《雪月江山夜》。因叶梦得《贺新郎》词有“谁为我，唱金缕”句，而得名《金缕曲》。句读平仄，与诸家颇多不合，因以《稼轩长短句》为准。本词为双调，共一百一十六字，上、下片各六仄韵。此调声情沉郁苍凉，宜抒发激越情感。

② 见侍女柔姿、淡淡蛾眉初敛：看到侍女柔美的姿容，皱起的淡雅细眉才开始收敛。

③ 红袖微收皓腕出：收起红衣长袖，露出雪白的手腕。

④ 银甲旋飞雪点：银制的指甲如细雪飘落一样舞动。此句将在筝弦上弹拨的银甲比喻为“旋飞的雪点”，形象而生动地描绘出弹拨的动态和意境，使读者看到犹如“旋飞的雪点”一般密集的指法动作。

⑤ 乍入慢、清杨姑洗：节奏突然放慢，弹出清越悠扬的“姑洗”调。从此句可以看出作者对乐舞艺术的爱好，对乐律以及对筝弹奏技法的精通。

姑洗：古代乐律名，十二律之一。古乐分为十二律，阴阳各六律，第五律为姑洗，处于十二律的夹钟与仲吕之间，奇数，属阳律。

⑥ 转触玲珑十三柱：转动手指触摸着轻巧玲珑的十三柱筝。

十三柱：此处指筝，是古筝的别名，又称十三弦。因筝有十三根缠弦的支柱而得名。

⑦ 轻揉疾滚：轻轻地揉捻琴丝，快速地拨动琴弦。

⑧ 小曲凉州千拍碎：小曲《凉州》的节拍零星而急促。

小曲：民间曲调，是民歌的一种，又称小调、小唱、俚曲、时调、时曲、俗曲、里巷歌谣、村坊小曲、市俗小令、丝弦小唱等。流传于我国各地，是人们在日常生活中和劳动之余以及婚丧节庆中用以抒发情怀、娱乐消遣的歌曲，主要是在城镇集市和农村表演的简单、活泼的民间歌舞小曲，经过历代的流传，词、曲已定型，艺术上较为成熟和完善。具有曲调婉转流畅，结构与节奏规整，题材广泛，格式多样、富于变化等特点。主要伴奏乐器有琵琶、三弦、月琴、筝、四胡、八角鼓等。

小曲（小调）经历了漫长的发展过程，从《诗经》的一些叙事性的作品和《相和歌》中就能够窥见小曲的源头；魏、晋、南北朝时期，民间也出现了广泛传播的传统小曲；隋、唐时期有很多民歌成为说唱、歌舞的一部分，也是小曲体裁的早期形式；宋、元之后，小曲进入发展的成熟阶段；明、清时期，文人将民歌编纂为专辑，使民歌小曲得到进一步发展。小曲的内容丰富多彩，主要反映城镇社会生活，包括了农民、市民、商人、艺妓、和尚、尼姑、手工业者、乞讨者等各个阶层的生活故事。小曲大体可以分为三类：由明、清俗曲发展演变而成的小曲；由各地群众编唱而成的小曲；民间歌舞活动中传唱的小曲。按照内容的不同，可以将小曲分为抒情歌、诙谐歌、儿歌和风俗歌四类。歌唱形式以独唱为主，也有对唱和齐唱。另外，小曲中也有一些低俗的歌曲。

凉州：即《凉州曲》，唐、宋大曲名，又称《梁州曲》。

二十三、姜　垚（生卒年不详）

字汝皋，号苍崖。会稽（今浙江省绍兴市）人。廪贡生，教授新昌县学，后迁国子博士。有《柯亭词》。

诉衷情（琵琶）

鹍弦瑟瑟弄新声①。风雨忽相争②。分明铁骑旋绕③，又是诉离情④。　心欲语⑤，指频行⑥。漏三更⑦。浔阳江上，天然山下，解芳名。

作品赏析

本词是一首描写弹奏琵琶之作。上片通过描写琵琶声似“风雨忽相争，分明铁骑旋绕，又是诉离情”，用“风雨”“铁骑”等可视之物，将琵琶声的急速、铿锵激昂之势形象地表现出来；而“诉离情”，又营造出琴声委婉、含蓄、缠绵的意境。下片以琴抒情，将心中欲表之言都付诸拨弦的指尖上。最后“浔阳江上，天然山下，解芳名”三句，表现了作者不入俗套、宽阔豁达的胸襟。

乐舞阐释

① 鹍弦瑟瑟弄新声：鹍弦琵琶演奏出新颖动听的音乐。

鹍弦：用鹍鸡筋制作的琵琶弦，又泛指一般弦乐器。

② 风雨忽相争：琵琶声犹如疾风骤雨一般突然争相而至。此句将琵琶声形象地比喻为“风雨相争”，将听觉转化为视觉，在通感转换之中表现出更加丰富的想象力，进一步增强了琵琶声的震撼力和色彩。

③ 分明铁骑旋绕：似千万铁骑之声清晰可辨地在耳边环绕着。此句和上一句有着同样的艺术效果，琵琶声犹如万马奔腾、铁骑环绕一般，弦鸣似海啸，气势昂扬。

④ 又是诉离情：又好像是在诉说着离别之情。忽然间琵琶声由强及弱，好像在诉说着离愁。此句将音乐进行形象化的描写，使读者仿佛在音乐中看到了离人正在诉说离愁的情景。

⑤ 心欲语：心里想要说出来的话。

⑥ 指频行：指尖频繁地在弦上拨动。用指尖弹拨琴弦发出的声音，将内心的情感表现出来，以琴音表心声。将妙弹琵琶之人和琵琶之妙语描写得惟妙惟肖。

⑦ 漏三更：将近半夜。

二十四、陆次云（生卒年不详）

字云士，号北墅。约康熙初前后在世。钱塘（今浙江省杭州市）人。诸生。考授州判。清康熙十一年（1672）游洞庭，后至京师，与陈维崧、朱彝尊等唱和。十八年应博学鸿词试。十九年授河南郏县知县。以丁父忧去职，服满后，于康熙二十四年起复知江苏江阴县，至二十七年归。诗文并工。有《澄江集》《湖壖杂志》《北墅序言》。有《玉山词》三卷。与章炳、韩铨同辑《见山亭词选》。

满庭芳（倒喇①）

左抱琵琶②，右持琥珀③，胡琴中倚秦筝④。冰弦忽奏⑤，玉指一时鸣⑥。唱到繁音入破⑦，龟兹曲、尽作边声⑧。倾耳际、忽悲忽喜⑨，忽又恨难平⑩。　舞人矜舞态⑪，双瓯分顶⑫，顶上然灯⑬。更口噙湘竹⑭，击节堪听⑮。旋复回风滚雪⑯，摇绛蜡、故使人惊⑰。哀艳极⑱，色飞心骇⑲，四座不胜情⑳。

作品赏析

本词是描写戏剧“倒喇”表演之作。上片主要描写演奏琵琶以及演唱的过程和意境，前几句首先描写了演奏者怀抱琵琶，将胡琴和秦筝列于前的状况；接着又描写弹奏和演唱，“倾耳际、忽悲忽喜”句，表现出听乐曲时产生的悲喜交加之情。下片主要描写舞蹈中加以杂技精彩又惊险的表演，词中“双瓯分顶，顶上然灯”“摇绛蜡、故使人惊”四句，如现场表演一般，将杂技动作的惊险描摹出来，使人观之咂舌惊叹。整首词将“倒喇”表演的场景描写得细致入微、惊艳至极，使人震撼。

乐舞阐释

① 倒喇：我国金、元时期戏剧名。在蒙古语中“倒喇”意为歌唱，是元代传入中原的蒙古族传统歌舞。《倒喇舞》，是一种带有伴唱的独舞形式，与现在蒙古族民间舞蹈《灯舞》《盅碗舞》一脉相承。清代陆次云《历代旧闻》载《京都杂咏》：“倒喇传新曲，瓯灯舞更轻。筝琶齐入破，金铁作边声。”诗注云：“元有《倒喇》之戏，谓歌也。琵琶、胡琴、筝皆一人弹之，又顶瓯灯起舞。”从以上诗中的描绘，可以得知倒喇戏是以独舞的形式表现，同时加入演唱和乐曲演奏，以及杂技的表演形式。至明、清时期倒喇表演依然存在，清代周亮工《书影》卷七：“今京师阉宦，畜童子为筋斗舞盘诸杂戏者，谓之倒喇。”清代徐釚《南州草堂词话》卷下：“倒喇，金元戏剧名也，似俗而雅。”

② 左抱琵琶：左手怀抱琵琶。

③ 右持琥珀：右手拿着琥珀制作的拨子。

④ 胡琴中倚秦筝：胡琴前面倚放着秦筝。

胡琴：古代弹拨乐器，来源于北方少数民族，古代泛指北方和西北地区少数民族的拉弦和拨弦乐器（详见第一章唐代词第五节沈宇《武阳送别》）。

秦筝：中国最古老的弹拨乐器。

⑤ 冰弦忽奏：突然弹奏琴弦。

冰弦：琴弦的美称，传说中用冰蚕丝做的琴弦。

⑥ 玉指一时鸣：如玉般的手指弹拨琴弦，声音乍响。

⑦ 唱到繁音入破：唱到繁密音调入破的曲段时。

入破：指唐、宋大曲的第三部分，是整套大曲的最后一部分（详见第六章清代词第八节曹尔堪《水调歌头》）。

⑧ 龟兹曲、尽作边声：龟兹曲尽情地展示边塞之声。

龟兹曲：龟兹地区的乐曲。龟兹是西域古国名，今新疆库车地区，属唐代安西四镇之一。《龟兹乐》是古龟兹的音乐，于南北朝期间从龟兹传入中原，至唐代一直盛行不衰。“龟兹乐舞”的舞蹈特征主要有：“三道弯”的体态，即出胯（胯关节突出），扭腰（腰部与胯部呈反向），屈膝（膝盖弯曲），勾脚（脚尖向上勾回）；歌、舞、乐相融合，载歌载舞；手的动作姿态丰富，多用“击掌”与“弹指”动作；多执乐器等道具进行表演；善于旋转与跳跃，迅疾敏捷，技巧高超。《龟兹乐》为隋、唐宫廷燕乐《七部乐》《九部乐》《十部乐》中的一部。隋代宫廷设有“龟兹乐部”，唐代宫廷设有“胡部”，宋代教坊四部中有“龟兹部”。《隋书·音乐志》载：龟兹乐“起自吕光灭龟兹（382），因得其声。吕氏亡，其乐分散，后魏平中原，复获之。其声后多变易。至隋有《西国龟兹》《齐朝龟兹》《土龟兹》等，凡三部”。从以上文献可以得知，至隋代已有三种不同形式的龟兹乐流行于中国。“西国龟兹”指直接从龟兹国传入的较为纯正的龟兹乐，“齐朝龟兹”指具有北齐鲜卑族特色的龟兹乐，“土龟兹”指传入中原后逐渐被汉化的龟兹乐。《旧唐书·音乐志》载：“周武帝娉虏女为后，西域诸国来媵，于是龟兹、疏勒、安国、康国之乐，大聚长安。胡儿令羯人白智通教习，颇杂以新声。”又“自（北）周、隋以来，管弦杂曲将数百曲，多用西凉乐，鼓舞曲多用龟兹乐”。龟兹乐中打击乐器占主要地位，以热烈激昂著称。龟兹乐器包括：弦鸣乐器如弓形箜篌、竖箜篌、五弦琵琶、曲项琵琶等；气鸣乐器如排箫、筚篥、横笛等；打击乐器如大鼓、腰鼓、细腰鼓、羯鼓、铃、铜钹等。说明《龟兹乐》在隋、唐时期运用得十分广泛。唐代是龟兹乐舞的黄金时期，《新唐书》载："分四部：一、龟兹部，二、大鼓部，三、胡部，四、军乐部。龟兹部，有羯鼓、揩鼓、腰鼓、鸡娄鼓、短笛、大小觱篥、拍板，皆八；长短箫、横笛、方响、大铜钹、贝，皆四。凡工八十八人，分四列，属舞筵四隅，以合节鼓。大鼓部，以四为列，凡二十四，居龟兹部前。"唐代元稹《连昌宫词》："逡巡大遍凉州彻，色色龟兹轰录续。"

⑨ 倾耳际、忽悲忽喜：倾心而听，就好像在耳边，忽感悲伤，忽感喜悦。"忽悲忽喜"，将音乐和歌声传递的喜怒哀乐的情感表现出来，使人们随着音乐表达出的情绪，融入到词所营造的意境之中。

⑩ 忽又恨难平：忽然又有满心的怨恨难以平复之感。

⑪ 舞人矜舞态：舞者注重自己的舞姿体态。

⑫ 双瓯分顶：一对杯子分别顶在头上。

⑬ 顶上然灯：杯子顶点上灯火。

⑭ 更口噙湘竹：还有嘴里噙着湘竹表演的。

以上三句，使我们了解到"倒喇"这种戏剧表演形式中，有头顶杯子并且在杯顶上点灯火以及嘴里噙着湘竹而舞的技术。不仅使读者赏词观舞时"乐在其中"，更具有研究倒喇表演艺术的史料价值。

⑮ 击节堪听：打着拍子而听声音。

⑯ 旋复回风滚雪：犹如风中滚动回旋的雪。

⑰ 摇绛蜡、故使人惊：头上火红的蜡烛随着舞动摇摇摆摆，因此让人惊叹不已。

⑱ 哀艳极：凄恻动人，惊艳至极。

⑲ 色飞心骇：飞舞着的艳丽的色彩，使人震惊。

⑳ 四座不胜情：全场的观众震惊不已。

二十五、戴 鉴（生卒年不详）

字冰揆，号南村。约清康熙年前后在世。嘉定（今上海市嘉定区）人。诸生。有《南村词选》。

蝶恋花

正月家山我自悔。客舍并州，三载身如寄。积雪严冰寒彻底。春来那有春光丽。　　偶尔寻春随伴侣。春酿梨花，小醉茅檐里。卖菜佣妆傅粉妓。牛车几队秧歌戏[①]。

作品赏析

本词描写作者客居他乡时内心的惆怅，表现出孤独凄凉的思乡之情。上片描写正月里正是过年的喜庆日子，一个人客居并州，并且“三载身如寄”，愁从中来。“积雪严冰寒彻底”句，看似写物，实则将作者内心的寒意和伤感表现得更加深刻。下片通过“偶尔寻春随伴侣”“小醉茅檐里”等句，表现在无奈之中聊以自慰的心情。结尾句“牛车几队秧歌戏”一句，表现出作者孤寂中犹寻快乐的豁达的情怀。

乐舞阐释

① 牛车几队秧歌戏：牛拉的车与几队表演秧歌戏的人。

秧歌戏（见图 6–7）：民间传统戏曲艺术，主要流传于我国北方各地区。秧歌源于人们在插秧和农作时所唱的歌曲，后与民间舞蹈、杂技、武术等艺术结合，在每年的正月及元宵节社火时演唱带有故事情节的节目，逐步形成闹秧歌的戏曲形式。秧歌的发展主要经历了三个阶段：农作劳动时唱的小曲，独立的民间歌舞表演，秧歌戏。传统的秧歌主要在农历正月十五元宵节进行表演，而现今在各种欢庆集会时都有秧歌表演。

图 6-7　秧歌戏

秧歌在宋代以前被称为村田乐，宋代以后才被称为秧歌，并有了农事时唱秧歌的记载。清代史籍中也有对南宋秧歌舞队和表演秧歌小戏的记述。例如，清代吴锡麟《新年杂咏抄》载："秧歌，南宋灯宵之村田乐也。所扮有耍和尚、耍公子、打花鼓、拉花姊、田公、渔妇、装态货郎、杂沓灯术，以博观者之笑。"由此可见，秧歌已有近千年的历史。现在民间流传的秧歌有三种形式：以歌唱形式为主，以舞蹈形式为主，以戏剧形式为主。其中以舞蹈形式为主的秧歌舞队流传最广，表演形式主要有边走边舞的"过街"秧歌和在场地表演的"撂场"秧歌。"过街"秧歌由众人在乡村集镇的街道上边走边舞；"撂场"秧歌分为大场和小场，一般在场地中进行表演，大场为群舞，小场由两三个人表演。秧歌在全国广泛流行，有陕北秧歌、山东秧歌、东北秧歌、河北秧歌、山西秧歌等。秧歌的表演形式有：鼓子秧歌、地灯秧歌、伞头秧歌、破阵秧歌、二十八宿秧歌、高跷秧歌、地秧歌等。秧歌的历史悠久，唱腔雄浑厚重。不同地域的方言、音乐和生活习俗的融入，使秧歌具有鲜明的地方特色。

二十六、傅燮词（1643—?）

字浣岚，一字玄异（或作去异），号绳庵。灵寿（今河北省石家庄市灵寿县）人。清工部尚书维鳞之子，以故荫官。康熙年间，历任鲁城（今属河北）知县、四川邛州知州、福建汀州知府。编有《词觏》。有《绳庵诗稿》5卷，每卷均立小集名，分别为《声影集》《浣尘涉趣》《借闲歌谱》《前琴台遗响》《后琴台遗响》，收词583首。

一斛珠①（听歌）

红牙敲彻②。樱桃乍绽莺调舌③。一声款绕雕梁侧④。惊起芳尘⑤，蔌蔌如飘雪⑥。　　骊珠一串无争别。洞箫相和怜呜咽⑦。春禽啼晓猿啼月⑧。变徵清商⑨，引惹人愁绝。

作品赏析

本词为描写“听歌”之作。上片描写在红色拍板的伴奏下，歌声犹如黄莺美妙的鸣唱，好似“余音绕梁”一般，其音能“惊起芳尘”。描摹歌声时而柔美，时而雄浑，时而如莺鸣，时而似飘雪。下片接着描写歌声，通过“洞箫相和怜呜咽，春禽啼晓猿啼月”句，将歌者声中之哀和作者心中之痛融为一体；“引惹人愁绝”句，描写出其歌声使人们愁肠欲断。

乐舞阐释

① 一斛珠：原为唐教坊曲名，后用作词牌，又名《醉落魄》《怨春风》等。清代沈雄《古今词话·词辨》："时太真（杨贵妃）迁上阳，明皇于花萼楼念之，会夷使贡珠，命封一斛赐妃。妃谢以诗云：'柳叶双眉久不描，残妆和泪污红绡。长门尽日无梳洗，何必珍珠慰寂寥。'明皇以新声度曲，曰《一斛珠》。"本词为双调，共五十七字。全词同韵，仄韵，韵字可上声、可去声。

② 红牙敲彻：红色拍板敲打着节奏。

红牙：红色牙板，表演歌曲时打拍子用的红色檀木制成的拍板（详见第三章宋代词第二十八节吕胜己《满江红》）。

③ 樱桃乍绽莺调舌：歌声犹如樱桃般忽然绽放，似黄莺鸣叫。

④ 一声款绕雕梁侧：一声唱，声音旋绕于房梁的周围。

绕雕梁：取意于"余音绕梁"的典故。指听完演唱，声音仿佛久久留在耳边（详见第三章宋代词第三十九节周密《木兰花慢》）。

⑤ 惊起芳尘：惊起房梁上的尘土。用"惊起芳尘"所具有的视觉之感，形象地比喻歌声嘹亮，更加提升了听觉上的震撼力和声音的穿透力。

⑥ 蔌蔌如飘雪：就像雪花一样飘飘洒洒地落下来。

⑦ 洞箫相和怜呜咽：洞箫与歌声此唱彼和，就像怜惜而呜咽的声音。

洞箫：中国古代竹制吹奏乐器。

⑧ 春禽啼晓猿啼月：像春季禽鸟在天亮之时啼叫，猿猴在月亮下凄凉地哀鸣。以"春禽啼晓"声的柔美委婉、"猿啼月"声的凄凉激昂来比喻歌声，抒发作者悲凉的心情。

⑨ 变徵清商：改变为比徵调低半音的清商调。此处指清商调的变音形式。

变徵：低半音的徵。徵为五声音阶之一，用来表示音调的高低，相当于简谱中的5（Sol）音。此音悦耳婉转、空灵嘹亮、凄楚悲切。古人认为："徵属火，事之象。"有以徵音为主音构成的调式名。《周礼·春官宗伯》载："皆文之以五声：宫、商、角、徵、羽。"

清商：此处指音调，清商比商调高半个音。宫、商、角、徵、羽五调，加一个"清"字表示比它们的本调高半个音的调子，如"清宫"等。

二十七、蒋景祁（约1649—1695）

初字次京，改字京少，又作荆少，晚号炳学。江苏省宜兴市人。清代著名词人。顺治十三年（1656）随父蒋永修居京读书，十岁即能为文，博览群书，人称异之。康熙十六年（1677）参加京闱试，落选。十八年（1679）举博学鸿儒科，未遇。清初“阳羡”派词人，自称“阳羡后学”。词风追步陈维崧。以岁贡生至府同知，才华卓著而困顿科举，终年游食，一生落魄。曾经帮助朱彝尊刊刻《乐府补题》。编辑词选《瑶华集》。有《洞仙歌》《西山纪游》《东舍集》《梧月词》《罨画溪词》。

贺新郎（壬戌端午，追和刘后邨韵）

榴蹙红巾吐。洒微凉、镂尘香雨，六街无暑。一样乡园儿女节，飞上燕钗茧虎。只极目、南云难渡。倚醉玉河桥上望，淼银潢、几叠迎神鼓[①]。鱼龙戏[②]，杂揉舞[③]。　陡然块垒浇如许。笑何为、受人杯炙，恋人醲醑。不尽王孙芳草怨，万事缈于铢黍。且说与、灵均毋怒。一卷离骚须痛饮，奈酒醒、又怕情怀苦。土花涩，苔钱古。

作品赏析

本词作于康熙二十一年（1682）端午佳节。上片开始几句，通过对时令和景色的描写，表现出作者身处异乡的愁闷心情。接着以对节日女子身上装饰物的描写，追忆往昔作者故乡端午节的情景。“只极目、南云难渡”句，表现出恨不得化为飞鸟，飞回遥远的南方故乡，但实际上只能在桥上遥望和遐想，想象在这端午佳节之时，在遥远的故乡，清辉之下有多少迎接神灵的人们擂起响鼓，荡起龙舟，跳起娱神的傩舞。下片抒发作者怀才不遇的悲愤之情。“笑何为、受人杯炙，恋人醽醑”两句，体现出作者无所作为的郁闷心情。“不尽王孙芳草怨”句，用屈原“惜吾不及古人兮，吾谁与玩此芳草”句意，表现作者怀才而不遇、功名难就的悲怆和苦痛。“一卷离骚须痛饮，奈酒醒、又怕情怀苦”两句，寄寓了作者千金买醉、终有一醒的无奈与悲凉的心境。

乐舞阐释

① 淼银潢、几叠迎神鼓：渺远银河的清辉下，有多少迎接神灵的人们擂起响鼓。

迎神鼓：古时迎接神灵来降，以祈多福免灾。迎神祈福时，所用的鼓乐器被称为迎神鼓。清代纳兰性德《蝶恋花》：“行宿黄茅山店路，夕阳邨社迎神鼓。”

② 鱼龙戏：此处指竞技龙舟游戏。

③ 杂揉舞：此处指跳起娱神的《傩舞》。《傩舞》又称《逐除》（详见第三章宋代词第二十四节陆游《朝中措》）。

二十八、方桑者（生卒年不详）

字号不详。浙江鄞县（今浙江省宁波市）人。清代词人。累困场屋，以授徒为生。多作各地游历词，足迹遍及江、浙、闽、粤等地。后游历广州而卒。有《桑者新词》二卷，编成于康熙五十七年（1718），未刊，其时年五十余。有《法驾导引》。

行香子（王乾生琴）

清韵悠然①。弹破荒天②。听平沙、雁落三川③。高山流水④，曲曲神传⑤。有风中怨⑥，雨中愁⑦，月中怜⑧。 鱼动清涟⑨。凤舞窗前⑩。行云飘渺歇几筵⑪。余音未散⑫，花落苍烟⑬。是秦时轸⑭，汉时桐⑮，晋时弦⑯。

作品赏析

本词描写王乾生琴声的绝妙。上片描写了琴声“清韵悠然”，无论是“平沙落雁”，还是“高山流水”，皆“曲曲神传”。用“风中怨、雨中愁、月中怜”句中这些可闻、可视、可感的具体形象，将美妙动人的琴声描绘得真实可感，让人如身临其境，其中“怨、愁、怜”汉字，表达出作者沉郁、愁怨的心情。下片以物象来形容琴声，如“鱼动清涟，凤舞窗前”两句，使读者通过通感想象优美动人的曲子表现的鱼动、凤舞的形象。

乐舞阐释

① 清韵悠然：清雅和谐的音乐悠然飘来。

② 弹破荒天：弹奏出的乐音划破天际。

③ 听平沙、雁落三川：聆听《平沙落雁》之曲，传至泾河、渭河、洛河三川。

平沙、雁落：即《平沙落雁》，又称《雁落平沙》（详见第六章清代词第二十一节屈大均《行香子》）。

④ 高山流水：聆听《高山流水》之曲。古琴曲名，相传为俞伯牙所作（详见第四章元代词第四节王结《摸鱼儿》）。

⑤ 曲曲神传：每一曲都悦耳传神。

⑥ 有风中怨：曲音中有风中的哀怨。

⑦ 雨中愁：有雨中的愁苦。

⑧ 月中怜：有月影中的孤独。

以上三句，作者将琴声这种听觉体验，形象地描写为"风中怨""雨中愁""月中怜"的视觉体验，使听觉和视觉融为一体的同时，又饱含情感。

⑨ 鱼动清涟：乐音犹如鱼儿在清澈的水中游动，水面泛起细小的微波。

⑩ 凤舞窗前：犹如凤凰在窗台前飞舞。

以上两句，用比拟的修辞手法写音乐，使音乐变得活灵活现，生动可触。

⑪ 行云飘渺歇几筵：如行云般缥缈，若隐若现地间歇几次。此句将乐音勾勒为时隐时现、若有若无的云，体现出作者高超的作诗才能与高妙的音乐才华。

⑫ 余音未散：清雅的音乐在耳边久久未能消散。

⑬ 花落苍烟：如花开花落、苍茫云烟缭绕一样。

⑭ 是秦时轸：的确为秦时琴下的木轸。

轸：古琴下面有七个松紧琴弦用的木轸。

⑮ 汉时桐：汉时的丝桐。

桐：桐树，木材可做琴。

⑯ 晋时弦：晋时的琴弦。

以上三句指乐曲有古时风韵。

风流子[①]（观剧）

旦生净丑学[②]，传神摹、拟出百般来[③]。佳人情重处[④]，巫山云雨[⑤]，高唐梦里[⑥]，夜夜花开[⑦]。霎时际、悲欢离合异，终得到天台。若非阻隔[⑧]，姿情无味[⑨]，写风流、无限在阳台[⑩]。　薄情有兄弟[⑪]，笑脸里多藏[⑫]，白刃恢谐[⑬]。构起无端陷阱[⑭]，海祸山灾[⑮]。从何处呕出[⑯]，忠肝义胆，怨伸恨白[⑰]，玉洁尘埃。都是南柯枕上[⑱]，点破吾侪[⑲]。

作品赏析

本词为写“观剧”之作。整首词将观剧的过程和戏剧表演描写得生动形象、惟妙惟肖。上片开篇以戏曲人物“旦生净丑”写起，描写表演之传神，演到情重之处，似“巫山云雨，高唐梦里”，将戏中的悲欢离合跃然纸上，呈现于读者眼前。下片“薄情有兄弟，笑脸里多藏”两句，描写戏中演员的表演，以戏比喻现实，将生活中的阴谋诡计、人情冷暖演绎出来，抒发了作者对社会的不公和忠臣遭受迫害的痛恨之情。词的末句总结到，虽然一切不过是戏，恍如南柯一梦般虚无，却有点醒世人的作用。

乐舞阐释

① 风流子：原为唐教坊曲名，后用作词牌，又名《内家娇》。有单调、双调两体。单调体，三十四字，仄韵。本词为双调，共一百一十字，全词同韵，平韵，韵字可阴平、可阳平。上、下片各十一句。也有起句多押一韵，成为全词九平韵者。上片第四句、下片第七句首字为领字。下片头三句可撤句、造句，但须保持字数不变。另有一百〇九字体。

② 旦生净丑学：效法旦生净丑的表演。

旦（见图6–8）：戏曲角色，传统戏曲中的女性角色。有正旦、花旦、老旦、刀马旦、武旦等角色。正旦，又称青衣，是女主角，以唱为主，扮演贤妻良母角色；花旦，以扮演皇后、公主、贵夫人、女将、村姑等角色为主；老旦，以扮演中老年妇女角色为主；刀马旦、武旦，扮演以武功见长的女性。

图6–8 旦角

戏剧史学家周贻白在《中国戏曲论集》中认为：“旦”字由“妲”字演变而来。例如，宋代有杂剧《老孤遣妲》《双卖妲》等，“妲”字是“姐”字的演化；再由“妲”字简化为“旦”字。例如，金、元有《旦判孤》《酸孤旦》等。另外，原来的《老孤遣妲》也改为《老孤遣旦》。

图 6-9　生角

生（见图 6-9）：戏曲角色，传统戏曲中扮演男性角色。有老生、红生、小生、武生、娃娃生等。老生，又称须生，以扮演中老年男性角色为主。老生分为：安工老生（唱工老生），主要扮演帝王、官僚、文人等，以唱功为主，表演时动作较少，形象安详稳重，所以称为“安工老生”；靠把老生，又称长靠老生，主要扮演“扎大靠”舞动刀枪把子的武将一类人物；衰派老生，主要扮演年老体弱、穷困潦倒的形象。红生，为勾红脸的须生，主要扮演红脸的忠臣。小生，主要扮演带雉翎的大将、王侯等。武生，主要扮演戏中的武打角色。娃娃生，主要扮演幼童角色。

净（见图 6-10）：戏曲角色，俗称“花脸”，传统戏曲中扮演男性角色。元代柯丹丘认为“净”即“靓”之讹，他解释说：“傅粉墨献笑供谄者，粉白黛绿，古谓之靓装，今俗讹为净。”“净”用脸谱，确是粉白黛绿，符合“靓”的含义。净角色有：正净，以唱为主的铜锤花脸，又称“黑头”，俗称“大花脸”。正净扮演的人物多是性格刚正的正面角色。副净，以工架为主的架子花脸，又称“架子花”，俗称“二花脸”。架子花脸扮演的人物多是性格粗豪爽直的角色。武净，以跌扑摔打为主的武花脸，又称“摔打花脸”，俗称“武二花”。

图 6-10　净角

丑（见图 6-11）：戏曲角色，是传统戏曲中扮演滑稽人物的男性角色。在丑角扮演者的鼻梁上画上一块白色，其形象是丑的，称“小丑”。丑行分文丑和武丑：文丑以念白、做工为主，主要扮演文人、儒生；武丑以武打为主，主要扮演跌、打、翻、扑等武技角色。

图 6-11　丑角

③ 传神摹、拟出百般来：他们能够生动传神地模仿、演绎出人物角色的各种各样的神态。

④ 佳人情重处：美人表演情到深处时。

⑤ 巫山云雨：犹如巫山云雨。此句取意于战国时期楚国著名的辞赋家宋玉所著《高唐赋》中的故事。文中描写了一位神女主动来与楚王欢会，以华丽典雅的词藻把楚王的“艳遇”展现得淋漓尽致。而作者在明知楚襄王荒淫，一心想会神女的情景下，赞许怀王时的楚国国富民强，意在通过这样的描述来劝谏襄王效仿怀王的“思万方，忧国害。开贤圣，辅不逮”，只有如此才能耳聪心明，励精图治，重振先王伟业，稳保江山，那时神女便自会来相会。

⑥ 高唐梦里：高唐梦里的爱情故事。

⑦ 夜夜花开：每个夜晚都会在脑海里浮现花开的样子。

⑧ 若非阻隔：若不是两处之间相隔绝。

⑨ 姿情无味：纵情也会毫无趣味。

⑩ 写风流、无限在阳台：在楼台写尽文采无限之风流。

⑪ 薄情有兄弟：兄弟之间也有薄情寡义之人。

⑫ 笑脸里多藏：笑里藏刀之人阴险狡诈。

⑬ 白刃恢谐：持锋利的刀剑如风趣之事。

⑭ 构起无端陷阱：制造出无缘无故的陷阱和灾祸。

⑮ 海祸山灾：就像海啸与火山迸发一样的灾祸。

⑯ 从何处呕出：不知向哪里表达。

⑰ 怨伸恨白：得不到控诉的怨恨也在此倾诉清楚。

⑱ 都是南柯枕上：都恍如南柯一梦般虚无。南柯，即《南柯记》，为讽世剧，是明代汤显祖的代表作之一。主要描写淳于棼醉酒后梦入槐安国（即蚂蚁国）被招为驸马，后任南柯太守，政绩卓著。公主死后，召还宫中，加封左相，他权倾一时，淫乱无度，终于被逐。醒来发现是一场梦。

⑲ 点破吾侪：却能起到点醒我辈的作用。

图版目录

第一章

图 1-6-3　敦煌 327 窟弹凤首箜篌壁画，甘肃敦煌县城东南出土

刘东升、袁荃猷：《中国音乐史图鉴》，人民音乐出版社 2008 年版，第 92 页。

图 1-7　羌笛

刘东升主编：《中国乐器图鉴》，山东教育出版社 1992 年版，第 139 页。

图 1-8　纳西胡琴

刘东升主编：《中国乐器图鉴》，山东教育出版社 1992 年版，第 249 页。

图 1-9　宫廷绣品赏析，清乾隆年间“宫中团扇”

图 1-10　战鼓

刘东升主编：《中国乐器图鉴》，山东教育出版社 1992 年版，第 21 页。

图 1-11　大汶口陶角，山东莒县墓葬出土，藏于山东省文物考古研究所

林琳主编：《图说中国乐舞艺术》，江苏人民出版社 2009 年版，第 6 页。

图 1-12　筝

程天建：《西安鼓乐概论》，文化艺术出版社 2016 年版，第 95 页。

第二章

图 2-1　汉代乐舞百戏画像石上的百戏图，山东诸城出土

刘东升、袁荃猷：《中国音乐史图鉴》，人民音乐出版社 2008 年版，第 109 页。

图 2-2　笛

余甲方：《中国古代音乐史》(插图本)，上海人民出版社 2003 年版，第 194 页。

图 2-3　清代宫廷所用十七簧笙，藏于北京故宫博物院

刘东升主编：《中国乐器图鉴》，山东教育出版社 1992 年版，第 154 页。

第三章

图 3-6　胡笳

江明惇主编:《中国音乐之旅——民族器乐》，上海教育出版社 2010 年版，第 94 页。

图 3-7　腰鼓

刘东升主编:《中国乐器图鉴》，山东教育出版社 1992 年版，第 23 页。

图 3-8　铎

刘东升主编:《中国乐器图鉴》，山东教育出版社 1992 年版，第 84 页。

图 3-9　秦乐府钟，陕西临潼秦始皇陵出土，藏于秦始皇帝陵博物院

刘东升主编:《中国乐器图鉴》，山东教育出版社 1992 年版，第 36 页。

图 3-10　跳傩图

刘恩伯:《中国舞蹈通史·古代文物图录》，上海音乐出版社 2012 年版，第 462 页。

图 3-11　徐州汉抚瑟俑，徐州驮篮山西汉楚王墓出土，藏于徐州博物馆

刘东升、袁荃猷:《中国音乐史图鉴》，人民音乐出版社 2008 年版，第 73 页。

图 3-12　清代金编钟·黄钟，藏于北京故宫博物院

图 3-13　唐代李寿墓伎乐石刻摹本·坐部伎，藏于陕西历史博物馆

刘东升、袁荃猷:《中国音乐史图鉴》，人民音乐出版社 2008 年版，第 117 页。

图 3-14　唐代李寿墓伎乐石刻摹本·立部伎，藏于陕西历史博物馆

刘东升、袁荃猷:《中国音乐史图鉴》，人民音乐出版社 2008 年版，第 117 页。

图 3-15　唐代琴“大圣遗音”，藏于北京故宫博物院

刘东升、袁荃猷:《中国音乐史图鉴》，人民音乐出版社 2008 年版，第 142 页。

第五章

图 5–6　玉圭

载《检察风云》2008 年第 11 期。

图 5–7　汉代 · 巾舞画像石，河南南阳出土

刘恩伯:《中国舞蹈通史 · 古代文物图录》，上海音乐出版社 2012 年版，第 174 页。

图 5–8　山东滕县大郭村汉画像石拂舞图像

萧亢达:《汉代乐舞百戏艺术研究》(修订版)，文物出版社 2010 年版，第 164 页。

图 5–9　五代王建墓棺座乐舞石雕，吹觱篥，藏于成都永陵博物馆

刘东升、袁荃猷:《中国音乐史图鉴》，人民音乐出版社 2008 年版，第 140 页。

图 5–10　象鼓

刘东升主编:《中国乐器图鉴》，山东教育出版社 1992 年版，第 42 页。

图 5–11　秦石鼓文

载《国家人文历史》2013 年第 1 期。

第六章

图 6–1　筑，马王堆三号墓出土

刘东升主编:《中国乐器图鉴》，山东教育出版社 1992 年版，第 276 页。

图 6–2　五代《韩熙载夜宴图》琵琶独奏《六么》，藏于北京故宫博物院

刘东升、袁荃猷:《中国音乐史图鉴》，人民音乐出版社 2008 年版，第 127 页。

图 6–3　竽，马王堆一号汉墓出土

刘东升、袁荃猷:《中国音乐史图鉴》，人民音乐出版社 2008 年版，第 71 页。

图 6-4 明代朱载堉《乐律全书》，羽舞图

刘恩伯:《中国舞蹈通史·古代文物图录》，上海音乐出版社 2012 年版，第 425 页。

图 6-5 清镶铜嵌料石白海螺，藏于清代宫廷乐器展

中国日报网 http://cn.chinadaily.com.cn/，2016 年 9 月 7 日。（http://cnews.chinadaily.com.cn/2016-09/07/content_26722784.htm）

图 6-6 三弦

刘东升、袁荃猷:《中国音乐史图鉴》，人民音乐出版社 2008 年版，第 309 页。

图 6-7 秧歌戏

董锡久、刘峻骧主编:《中国舞蹈艺术史图鉴·下卷》，北京师范大学出版社 2013 年版，第 167 页。

图 6-8 旦角

董锡久、刘峻骧主编:《中国舞蹈艺术史图鉴·下卷》，北京师范大学出版社 2013 年版，第 97 页。

图 6-9 生角

董锡久、刘峻骧主编:《中国舞蹈艺术史图鉴·下卷》，北京师范大学出版社 2013 年版，第 53 页。

图 6-10 净角

董锡久、刘峻骧主编:《中国舞蹈艺术史图鉴·下卷》，北京师范大学出版社 2013 年版，第 56 页。

图 6-11 丑角

董锡久、刘峻骧主编:《中国舞蹈艺术史图鉴·下卷》，北京师范大学出版社 2013 年版，第 104 页。

参考文献

[1] 刘石、杨旭辉主编:《唐宋词鉴赏大辞典》,中华书局2012年版。
[2](清)彭定求等编著:《全唐诗》(全十五册),延边人民出版社2004年版。
[3] 王步高、邓子勉选注:《元明清词三百首注》,天津人民出版社2000年版。
[4] 邬庆时:《屈大均年谱》,广东人民出版社2006年版。
[5] 南京大学中国语言文学系《全清词》编纂研究室编:《全清词·顺康卷》(全二十册),中华书局2002年版。
[6] 严迪昌:《清词史》,江苏古籍出版社2001年版。
[7] 严迪昌:《阳羡词派研究》,齐鲁书社1993年版。
[8] 孙克强、杨传庆、裴喆编著:《清人词话》(上、中、下册),南开大学出版社2012年版。
[9] 黄拔荆:《中国词史》(上、下),福建人民出版社2003年版。
[10] 唐圭璋编:《全宋词》(全五册),中华书局2009年版。
[11] 严迪昌编选:《金元明清词精选》,江苏古籍出版社2002年版。
[12] 施议对主编、陶然编纂:《金元词一百首》,岳麓书社2011年版。
[13] 郑天挺、谭其骧主编:《中国历史大辞典》(全六册),上海辞书出版社2010年版。
[14] 钱仲联等编:《中国文学大辞典》,上海辞书出版社1997年版。
[15] 林非主编:《中国散文大辞典》,中州古籍出版社1997年版。
[16] 马兴荣、吴熊和、曹济平主编:《中国词学大辞典》,浙江教育出版社1996年版。
[17] 李时人编著:《中国文学家大辞典·明代卷》,中华书局2018

年版。
[18] 傅璇琮等编:《中国诗学大辞典》,浙江教育出版社 1999 年版。
[19] 王洪主编:《古代诗歌精萃鉴赏辞典》,北京燕山出版社 1989 年版。
[20] 王洪主编:《古代散文百科大辞典》,学苑出版社 1997 年版。
[21] 俞汝捷主编:《中国古典文艺实用辞典》,中国青年出版社 1991 年版。
[22] 邹德金主编:《名家注评·全宋词》(上、下卷),天津古籍出版社 2009 年版。
[23] 李修生主编:《元曲大辞典》(修订本),凤凰出版社 2003 年版。
[24] 史仲文、胡晓林主编:《中华文化大辞海》(全五卷),中国国际广播出版社 1998 年版。
[25] 胡敬署、陈有进、王富仁、程郁缀主编:《文学百科大辞典》,华龄出版社 1991 年版。
[26] 胡明扬主编:《中外名诗赏析大典》,四川辞书出版社 1993 年版。
[27] 吴海林、李延沛编:《中国历史人物辞典》,黑龙江人民出版社 1988 年版。
[28] 王洪主编:《唐宋词百科大辞典》,学苑出版社 1990 年版。
[29] 张福庆编著:《中国古代文学家字号室名别称词典》,华文出版社 2002 年版。
[30] 梁战、郭群一编著:《历代藏书家辞典》,陕西人民出版社 1991 年版。
[31] 吴海林、李延沛编:《中国历史人物生卒年表》,黑龙江人民出版社 1981 年版。
[32] 黄惠贤主编:《二十五史人名大辞典》(上、下册),中州古籍出

版社 1997 年版。

[33] 李治亭主编:《关东文化大辞典》，辽宁教育出版社 1993 年版。

[34] 张善文编著:《周易辞典》，上海古籍出版社 1992 年版。

[35] 刘石主编:《宋词鉴赏大辞典》(彩色版)，中华书局 2011 年版。

[36] 张仲谋:《明词史》，人民文学出版社 2002 年版。

[37] 方伯荣:《历代散曲鉴赏》，陕西人民出版社 1990 年版。

[38] 王起主编，洪柏昭、谢伯阳选注:《元明清散曲选》，人民文学出版社 2005 年版。

[39] 谢伯阳、翁晓芹选注:《清曲三百首》，百花文艺出版社 2002 年版。

[40] 张璋选编、黄畬笺注:《历代词萃》，河南人民出版社 1983 年版。

[41] 欧明俊译注:《豪放词三百首》，巴蜀书社 2001 年版。

[42] 严迪昌等编:《中国古词观止》，学林出版社 1995 年版。

[43] 贺新辉总主编:《清词鉴赏辞典》，北京燕山出版社 2006 年版。

[44] 王爽主编:《宋词三百首新编》，中国言实出版社 2016 年版。

[45](清)上彊邨民编、王景略解著:《宋词三百首全解》，北京联合出版公司 2013 年版。

[46] 顾玉婷编注:《宋词三百首详注》，中国华侨出版社 2016 年版。

[47] 毕宝魁:《宋词三百首译注评》，现代出版社 2014 年版。

[48] 潘慎主编:《唐五代词鉴赏辞典》，北京燕山出版社 1991 年版。

[49] 钱仲联等撰:《元明清词鉴赏辞典》，上海辞书出版社 2002 年版。

[50] 常法宽:《诗词曲赋知识手册》(第 2 版)，商务印书馆国际有限公司 2012 年版。

[51] 夏承焘等:《宋词鉴赏辞典》(新一版，上、下册)，上海辞书出版社 2013 年版。

[52] 李尤白主编：《梨园诗词选》，三秦出版社 1998 年版。
[53] 欧清煜、陈日荣编：《中华砚学通鉴》，浙江大学出版社 2010 年版。
[54] 严迪昌编选：《金元明清词精选》，江苏古籍出版社 1992 年版。
[55] 桐乡市政协文史资料委员会编：《桐乡运河文化专辑：桐乡文史资料第二十四辑》，台海出版社 2006 年版。
[56] 张钱松编著：《青田古诗词选注》，北方文艺出版社 2006 年版。
[57] 钟陵编著：《金元词纪事会评》，黄山书社 1995 年版。
[58] 杨镰、薛天纬主编：《中国文学通典·诗歌通典》，解放军文艺出版社 1999 年版。
[59] 王洪主编：《中国文学宝库：唐宋词精华分卷》，朝华出版社 1991 年版。
[60] 陶文鹏主编：《中国文学宝库：宋诗精华》，广西师范大学出版社 1996 年版。
[61] 门岿主编：《二十六史精要辞典》(中)，人民日报出版社 1993 年版。
[62] 陈瑞云主编：《大学历史词典》，黑龙江人民出版社 1988 年版。
[63] 门岿主编：《中国历代文献精粹大典》(上、下)，学苑出版社 1990 年版。
[64] 吴熊和：《唐宋诗词评析词典》，浙江人民出版社 1990 年版。
[65] 王洪：《中国古代诗歌精译》，朝华出版社 1993 年版。
[66]《黄河文化百科全书》编纂委员会编：《黄河文化百科全书》，四川辞书出版社 2000 年版。
[67] 张作耀主编：《中国历史便览》，人民出版社 1990 年版。
[68] 雪犁主编：《中国丝绸之路辞典》，新疆人民出版社 1994 年版。
[69] 木斋：《唐宋词评译》，广西师范大学出版社 1996 年版。

[70] 姚家余主编:《中华政治家百杰传》(1—25 册),延边大学出版社 2006 年版。
[71] 王洪、方广锠主编:《中国禅诗鉴赏辞典》,中国人民大学出版社 1992 年版。
[72] 李全德、高柯立:《宋朝顶级文臣》,花山文艺出版社 2007 年版。
[73] 郭雪玲编著:《宋辽金西夏人物故事》(上),北京语言大学出版社 2005 年版。
[74] 刘晖春:《宰相史话》,社会科学文献出版社 2012 年版。
[75] 楚默:《楚默全集 · 古典诗论研究》,上海书店出版社 2014 年版。
[76] 查洪德:《元代诗学通论》,北京大学出版社 2014 年版。
[77] 360 百科网站:https:// baike.so.com